Jenny Colgan

Hochzeitsglocken auf der kleinen Insel

Jenny Colgan

Hochzeitsglocken auf der kleinen Insel

Roman

Aus dem Englischen von
Sonja Hagemann

PIPER

Mehr über unsere Autorinnen, Autoren und Bücher:
www.piper.de

Wenn Ihnen dieser Roman gefallen hat, schreiben Sie uns unter Nennung des Titels »Hochzeitsglocken auf der kleinen Insel« an *empfehlungen@piper.de*, und wir empfehlen Ihnen gerne vergleichbare Bücher.

Alle Titel, die von Jenny Colgan im Piper Verlag vorliegen, finden Sie auf Seite 464.

Unser Versprechen für mehr Nachhaltigkeit
• Klimaneutrales Produkt
• FSC®-zertifiziertes Papier
• Hergestellt in Europa

FSC www.fsc.org
MIX
Papier | Fördert gute Waldnutzung
FSC® C083411

Deutsche Erstausgabe
ISBN 978-3-492-31910-2
Mai 2023

Titel der englischen Originalausgabe: »An Island Wedding«,
Sphere, an imprint of Little, Brown Book Group,
an Hachette UK Company, London 2022

Redaktion: Kerstin Kubitz
Satz: Fotosatz Amann, Memmingen
Gesetzt aus der Dante
Karte: The Flying Fish Studios, Viv Mullett
Druck und Bindung: CPI Books GmbH, Leck
Printed in the EU

*Für Andrea MacDonald, deren Entschlossenheit,
den Kindern von Fife auch während der Pandemie und danach
in bezahlbaren Tanzstunden Highlandtänze beizubringen,
eine wahre Inspiration ist.*

Einleitung

Hallöchen und willkommen auf der Insel Mure!

Diese Zeilen schreibe ich an einem stürmischen Frühlingstag, an dem die Sonne hier und da zwischen den Wolken auftaucht, nur um sofort wieder zu verschwinden. Ich wollte euch gern ein paar Erklärungen mit auf den Weg geben, falls ihr neu seid. Aber selbst wenn ihr schon andere meiner Mure-Bücher gelesen habt, kann eine kleine Auffrischung nicht schaden. Wir haben schließlich alle viel zu tun und tausend Sachen im Kopf.

Also, hier kommt ein kurzer Überblick, damit jeder auf dem Laufenden ist. (Nachzugucken, wer noch mal wer war, finde ich besonders bei E-Books anstrengend, weil man da nicht so einfach ein paar Seiten zurückblättern kann.)

Es gefällt mir überhaupt nicht, wenn einem bei Büchern in den ersten Abschnitten unauffällig eine Zusammenfassung untergeschoben werden soll. Ihr wisst schon, was ich meine, das sieht dann ungefähr so aus:

»Hey, Peter, wie geht es denn deiner Schwester Jane?«

»Du meinst meine jüngste Schwester, die achtundzwanzig ist? Die gerade in Minsk bei einem schrecklichen Unfall beide Beine verloren hat?«

»Ja, genau die. Die, deren Hochzeit wir – du, ich und dein dreißigjähriger Bruder John – hier feiern wollen.«

Lasst mich euch daher zunächst auf den neuesten Stand bringen, egal, ob ihr neu dazustoßt (Willkommen!) oder gerade alle anderen Bücher fertig gelesen habt.

Also, Flora MacKenzie ist nach dem Tod ihrer Mutter zurück auf die Insel Mure vor der nordöstlichen Küste von Schottland gezogen, wo sie aufgewachsen ist. Dort bewirtschaften ihr Vater und ihre drei Brüder den Bauernhof der Familie.

Flora hat das kleine Café *Annies Küche* eröffnet und kürzlich die Leitung des schicken Hotels *The Rock* übernommen, dessen Besitzer Colton vor einiger Zeit gestorben ist.

Flora ist außerdem mit dem Amerikaner Joel verlobt, der in London ihr Boss war, etwas schwierig ist und aufgrund einer Kindheit in Pflegefamilien zunächst so einige Probleme mit einer festen Bindung hatte.

Die beiden haben einen Sohn, Douglas, der inzwischen fast ein Jahr alt ist.

Lorna MacLeod ist Rektorin der Grundschule auf Mure und hat eine heimliche Beziehung mit Saif Hassan, dem örtlichen Hausarzt, der aus Syrien geflüchtet ist. Die zwei sind ganz verrückt nacheinander. Saifs Söhne sind bei ihm auf der Insel (und gehen bei Lorna zur Schule), seine Frau ist aber in Syrien im Krieg verschollen. Saif hat jedoch vor Kurzem ein Foto von ihr gesehen, auf dem sie nicht nur neu verheiratet, sondern auch schwanger zu sein schien.

Und dann haben wir da noch Floras Brüder.

Der verwitwete Fintan ist erleichtert, dass er nicht mehr die Verantwortung für *The Rock* trägt, Innes gibt seiner Ehe eine zweite Chance und hat mit der Erziehung seiner Tochter Agot beide Hände voll zu tun, und Hamish ist einfach nur Hamish. Er ändert sich nicht groß.

Okay, ich glaube, damit sind wir alle im Bilde!

Normalerweise liebe ich das Schreiben von Büchern, aber manchmal hätte ich gern die Möglichkeit, einen Film zu drehen. Dann würde ich an dieser Stelle Wind aufkommen lassen, nur eine leichte Brise, die plötzlich die Seiten des Buchs zum Flattern bringt … Man würde meinen, den Geruch von Salzwasser in der Luft wahrzunehmen, und es würde eine von diesen Aufnahmen folgen, die ihr doch sicher kennt: Da fährt die Kamera immer schneller übers Wasser, zoomt an einen winzigen Punkt in der Ferne heran, der größer und größer wird. Frisch weht der Wind am sonnigen Morgenhimmel, es erscheint ein breiter goldener Sandstrand, der sich als der Endless Beach herausstellt, man sieht den Leuchtturm und dann hoch im Norden *The Rock*. Am südlichen Ende des Strandes kann man eine Ansammlung von freundlichen kleinen Häuschen in unterschiedlichen Farben erkennen – in Blau, Gelb und Rosa sowie verblichenem Schwarz-Weiß im Fall des alten Hotels *Harbour's Rest*.

Jetzt wird die Kamera langsamer, macht einen geschmeidigen Schwenk über die klappernden Masten der Fischerboote mit ihren fröhlichen Wimpeln hinweg und setzt uns sanft auf dem grauen Kopfsteinpflaster des Hafens ab, direkt vor dem Anleger der Caledonian-MacBrayne-Fähre, die gerade zum ersten Mal am Tag hergetuckert ist und Pakete sowie die Zeitung vom Festland an Bord hat.

Der Kapitän steht selbst am Steuer, blickt zum Anleger und manövriert die Fähre vorsichtig.

Auf dem Weg zurück zu Eck, Floras Vater auf dem MacKenzie-Hof, trottet Schäferhund Bramble vorbei, die Zeitung des Vortags im Maul.

Im rosafarbenen Gebäude steht die Tür von *Annies Küche* bereits offen, und der Duft von gutem Kaffee und frischen

Käsescones zieht nach draußen, während auf Radio BBC nan Gàidheal Fiddlemusik läuft. Daher können wir ruhig hineingehen, uns eine Weile neben die Fair-Isle-Strickgruppe setzen, ein bisschen abschalten und das Kommen und Gehen im Hafen beobachten – willkommen zurück auf Mure!

Alles Liebe
Jenny
XXXXX

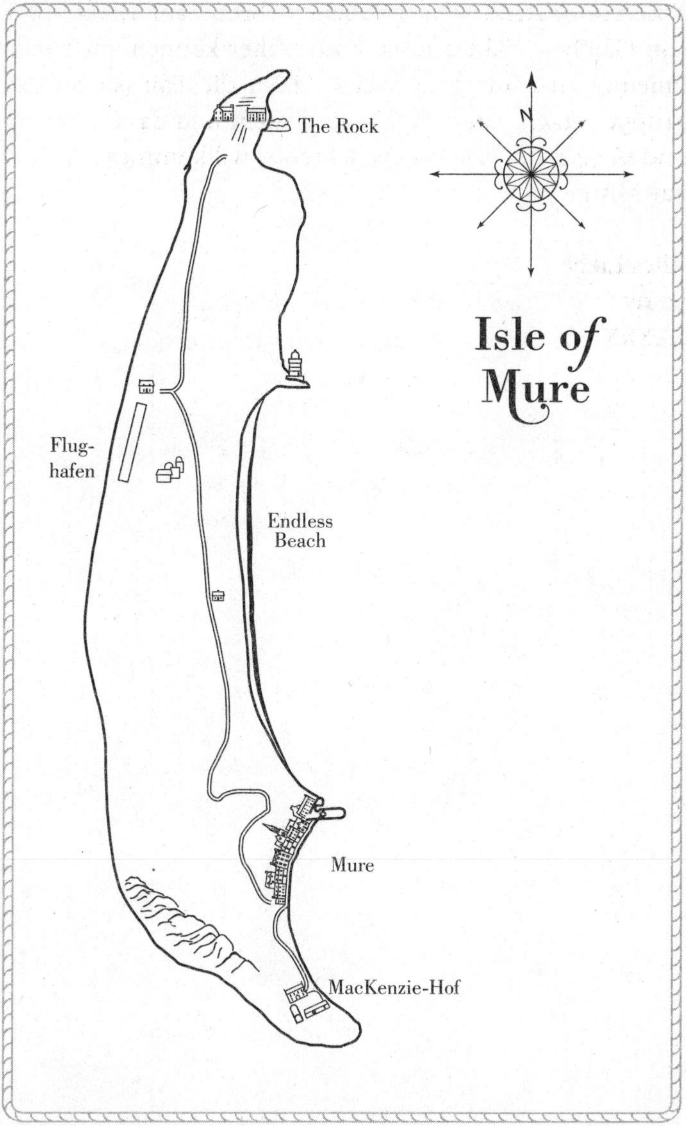
Isle of Mure
N
The Rock
Flug-
hafen
Endless
Beach
Mure
MacKenzie-Hof

I loved you a long time ago, you know
Where the wind's own forget-me-nots
blow, you know

Weißt du, ich hab dich vor langer Zeit geliebt
Da, wo der Wind seine eigenen
Vergissmeinnichtblüten verstreut

Roy Harper, *Another Day*

Kapitel 1

Ende März war das Hotel *The Rock* auf Mure komplett ausgebucht, und die Gäste hatten wirklich Glück: Nachdem die Stürme über dem Atlantik nachgelassen hatten, hatte es auf der Insel noch bis weit in diesen Monat hinein Eis und Schnee gegeben, doch letzte Woche hatte jeden Tag die Sonne gelacht.

Bei solchem Wetter war es auf der Insel einfach himmlisch, solange man nur eine warme Jacke und vernünftiges Schuhwerk hatte. (Im Notfall konnte man sich im Hotel ein Paar Gummistiefel leihen.)

Der Sand am Endless Beach war so hell, dass er fast weiß aussah; das Wasser schwappte türkisfarben und sauber an den Strand, der Himmel war so weit und blau wie auf einer Kinderzeichnung.

Die kleinen Häuschen in leuchtenden Farben, die sich am Hafen krumm und schief gegeneinander lehnten, hatten etwas Vergnügtes, Fröhliches an sich, und die frisch gestrichenen Fischerboote warteten ungeduldig auf ihre nächste Fahrt.

»Es ist einfach. Unfassbar. Kalt«, bibberte Flora, als sie in den strahlenden Sonnenschein hinaustrat, um den Garten hinter dem Gebäude in Augenschein zu nehmen, wo Osterglocken blühten.

Sie telefonierte gerade mit ihrem Verlobten, Joel, der ein

bellendes Lachen ausstieß. »Du bist wohl inzwischen etwas verweichlicht, weil das Hotel immer so gut beheizt ist.«

Flora seufzte. Damit hatte er vermutlich recht. Im Bauernhaus des MacKenzie-Hofs, wo sie aufgewachsen war, gab es bloß zugige Fenster mit Einfachverglasung. Morgens musste man mit kalten Füßen über den eisigen Boden huschen, um das nachts nur glimmende Torffeuer zu schüren, und dann zum Warmwerden die klammen Finger um eine Tasse kräftigen Tee schlingen.

Ganz anders war es mit *The Rock*, dem riesigen alten grauen Gebäude aus Stein. In ein Hotel verwandelt hatte es ein reicher Texaner, der keinerlei Unbequemlichkeit hatte ertragen können. Die Fenster im traditionellen Stil hatten eine Dreifachverglasung, eine Wärmepumpe war eingebaut worden und produzierte jede Menge günstige Energie, und die Badezimmer hatten Fußbodenheizung. Es gab überall flauschige Läufer und gemütliche Decken, und auch der Teppichboden in der Bibliothek und den Aufenthaltsräumen war schön dick.

Colton, der inzwischen verstorbene Ehemann von Floras Bruder Fintan, hatte ein Leben auf einer der nördlichsten der Britischen Inseln mit einem Aufenthalt in einem Skiresort verglichen und alles entsprechend einrichten lassen. Dabei hatte er auf eine Ästhetik gesetzt, mit der er sich an den Geschmack der Einheimischen hatte anpassen wollen. Da er aber ganz neu in Schottland gewesen war, war jetzt alles voll mit Hirschköpfen und Schottenkarostoffen in dunklem Blau und Grün.

Am Anfang hatte Flora es geschmacklos und albern gefunden. Inzwischen war ihr das alles aber ans Herz gewachsen, und die Dekoration erinnerte sie bei ihrem Weg durch die langen Flure oder bei einem kurzen Blick ins Restaurant jedes Mal an Colton. (Wenn Gaspard, der temperamentvolle Koch, in der Küche gerade jemanden laut zusammenstauchte, trat Flora lieber schnell den Rückzug an.)

Jetzt bog sie um die Ecke des Gebäudes und erreichte die Seite des Hotels, die aufs Meer hinausging. Hier gab es einen kleinen Anleger, den viele Leute mit dem Boot erreichten.

An einem windgeschützten, sonnigen Plätzchen direkt an der Mauer waren Bänke aufgestellt, von denen aus die Gäste in der Ferne die großen Schiffe bei ihrer langen Reise zu den Fjorden beobachten konnten.

Wenn die Sonne auf die Mauer schien, war es hier unglaublich angenehm, daher ließ sich Flora kurz nieder, um mal zwei Sekunden von den endlosen Aufgaben der Geschäftsführerin eines Hotels und Cafés zu verschnaufen. Sie versteckte sich nicht direkt, war aber froh, dass sie hier nicht entdeckt werden würde.

Sie hatte immer noch Joel am Telefon. »Wie läuft es so?«

Da Joel als Antwort schwer seufzte, rechnete er wohl nicht mit einer baldigen Rückkehr. Er kümmerte sich um Coltons Treuhandfonds, der die Entwicklung eines weltweiten Impfprogramms mitfinanzierte.

Durch dieses Projekt hatte Joel mehr zu tun, als er je für möglich gehalten hatte, vor allem nach seinem Umzug nach Mure, wo er eigentlich ein ruhigeres Leben angestrebt hatte.

»So gut also?«, sagte Flora und warf einen Blick auf die Uhr. Im Moment war Joel in Mexico City, wo es jetzt zehn Uhr morgens war.

»Viel zu gut«, antwortete Joel. »Und das ist ein Problem, weil alle der Meinung sind, dass ich dafür verantwortlich bin.«

»Bist du ja auch«, sagte Flora. Für sie war Joel der beste und klügste Mann, dem sie je begegnet war. Dass der Rest der Welt es langsam auch zu begreifen begann, wunderte sie nicht im Geringsten.

Joel räusperte sich. »Ich denke mal, die Tausende von echten Wissenschaftlern haben dazu wohl auch beigetragen. Na ja, ich will jedenfalls nur noch nach Hause.«

Aus alter Gewohnheit suchte Flora mit Blicken das Meer ab. Da war irgendwo eine Walschule in der Nähe, das konnte sie spüren, allerdings war am Horizont trotz des bewegten Wassers nichts zu sehen.

Alle auf der Insel wussten, dass die MacKenzie-Frauen von den Selkies abstammten, von Seehundmenschen. Das helle Haar und die durchsichtigen Augen machten ihre Verwandtschaft mit diesen Wesen aus dem Meer, die eines Tages dorthin zurückkehren mochten, unverkennbar.

Auf Bemerkungen dazu murmelte Flora nur, dass so etwas doch Unsinn sei. Aber auch sie konnte nicht verleugnen, dass sie zu den wilden Tieren vor der Küste der Insel einen besonderen Draht hatte. Sie fühlte eine ganz spezielle Verbundenheit, vor allem zu den Walen.

Aber das ging doch bestimmt allen Inselbewohnern so, sagte sie sich.

»Komm zurück, bevor die Wale hier sind«, bat sie Joel. »Dann liegt noch der ganze Sommer vor uns.«

»In Ordnung, mein Selkie-Mädchen«, sagte Joel, der in sich hineinlächelte. Manchmal gefiel ihm die Vorstellung, dass Flora ein Wesen aus dem Meer war.

Obwohl er einst ein eifriger Bahnenschwimmer gewesen war, mochte Joel selbst das tiefe Meerwasser überhaupt nicht, was er vor allen außer Flora geheim hielt. Um diese Abneigung zu überwinden, hatte er sich sogar als Freiwilliger für die Seenotrettungsgruppe der Royal National Lifeboat Institution gemeldet.

»So, ich mache mich dann wohl mal wieder an die Arbeit.«

»Pass gut auf dich auf!«, bat Flora mit gerunzelter Stirn. »Ist es da, wo du bist, eigentlich gefährlich?«

Man konnte Joel anhören, dass er lächelte. »Das ist es im Vergleich zu Mure doch überall«, sagte er. »Was dir gefährlich erscheint, ist es rational gesehen meist nicht.«

Damit hatte er recht. Clark, der Polizist vor Ort, arbeitete quasi Vollzeit auf seinem Bauernhof und wurde nur gelegentlich mal gerufen, wenn es am Markttag spätabends Theater vor dem *Harbour's Rest* gab oder wenn Touristen die ausdrückliche Empfehlung, keine Autos auf die Insel mitzubringen, ignoriert hatten und dann beim Parken ein wenig zu optimistisch waren.

Hier auf Mure kannte mehr oder weniger jeder jeden, und die Kinder stromerten die meiste Zeit des Jahres unbeaufsichtigt herum.

»Wie geht's Douglas? Läuft er schon?«

»Hör auf, ihm Druck zu machen!«

Alle MacKenzies hatten wohl mit neun Monaten ihre ersten Schritte gewagt. Da Douglas schon beinahe ein Jahr alt war, bestand also eine gewisse Erwartung.

»Mach ich doch gar nicht! Ich will einfach nur bei euch sein!«

»Oh, na ja. In diesem Fall: Er besteht weiterhin vor allem aus Sabber und Rotz.«

»Gut, gut«, murmelte Joel. Obwohl er selbst kaum elterliche Zuneigung gekannt hatte, hatte er sich zu dem hingebungsvollsten Vater entwickelt, den man sich nur vorstellen konnte. »Und über eins müssen wir noch reden, nämlich über … Ach nein, so dringend ist das nun auch wieder nicht.«

»Was denn?«, fragte Flora, die jetzt kerzengerade dasaß. Der Satz »Wir müssen reden« brachte ihrer Erfahrung nach nie etwas Gutes mit sich.

»Ach, nichts, ehrlich. Lass uns warten, bis ich zurück bin.«

»Aber das dauert doch noch Tage. Und jetzt krieg ich Panik und denke, dass es etwas Schlimmes ist.«

»Es ist nichts Schlimmes«, versicherte Joel. »Finde ich jedenfalls.«

»Was? O mein Gott, o mein Gott, o mein Gott, was denn nur?«

»Nichts! Wirklich!«

»JETZT SPUCK ES SCHON AUS!«

»Wenn ich wieder da bin … könnten wir dann über die Hochzeit reden?«

»Über *unsere* Hochzeit?«

»Nein«, schnaubte Joel, »über eine der vielen anderen Hochzeiten, an denen ich so reges Interesse habe. Steht bei den Kardashians gerade keine an?«

Nach dem Telefonat machte sich Flora auf den Weg zu ihrem Büro und fragte sich, was Joel damit wohl gemeint hatte – abblasen wollte er die Hochzeit wohl nicht, wenn er Witze über die Kardashians riss. Trotzdem …

Er hatte Flora den Antrag an Weihnachten gemacht, was toll und einfach wunderbar gewesen war. Einerseits sprach eigentlich nichts dagegen, dass die Feier noch diesen Sommer über die Bühne ging – andererseits hatte Joel immer etwas widerwillig gewirkt, wenn es darum ging, die Details zu klären.

Flora wäre es sehr recht gewesen, wenn er ihr einfach

freie Hand gelassen hätte, immerhin standen ihr ja ein Hotel mit Chefkoch und jede Menge Kuchen zur Verfügung, aber auch das hatte er so nicht gesagt. Und wenn sie wirklich in ein paar Monaten heiraten wollten, mussten sie sich langsam mal ranhalten …

Flora schaute hinüber zum nördlichen Ende des Endless Beach. Dort hatten sich Touristen in optimistischen Badesachen und weitaus realistischeren Anoraks breitgemacht. Von Zeit zu Zeit näherte sich jemand dem Wasser und steckte die Zehen hinein. Es sah ja auch einladend aus, wie es in karibischem Blau sanft an den perfekten weißen Sandstrand schwappte. Allerdings zuckte jeder, der sich vorgewagt hatte, angesichts der Temperatur unweigerlich entsetzt zurück.

Flora lächelte.

Egal, wie heiß die Sonne vom Himmel brennen mochte: Das war immer noch der Nordatlantik.

Im Lauf des Winters tauchten hier immer wieder sogenannte Wildschwimmer mit teurer Ausrüstung und riesigen Bademänteln auf, die laut tönten, wie super und fantastisch das Schwimmen in offenen Gewässern doch war, wie es ihr Leben komplett verändert hatte. Die konnte man dann dabei beobachten, wie sie maximal fünf Minuten immer wieder ins Wasser rannten, um sofort ans Ufer zurückzukehren. Auf Mure nannte man das einfach nur »Schwimmen«.

Flora betrat ihr Büro und warf durchs Fenster einen Blick nach draußen. Oh, da waren sie ja!

Eigentlich hatte sie damit gerechnet, ihnen draußen über den Weg zu laufen – gerade versuchten ihr Dad Eck und einer ihrer Brüder, Hamish, Douglas zum aufrechten Stehen zu bewegen.

Jetzt kam Agot zur Tür herein, die Tochter von Floras

Bruder Innes, und schniefte abfällig. »Das mit dem Laufen hat dieses Baby ECHT NICHT DRAUF! *Tha e gòrach.*« Agot sprach mit ihrer Mutter Gälisch und murmelte in dieser Sprache generell gern vor sich hin, vor allem freche Bemerkungen, die sie eigentlich besser nicht laut aussprechen sollte.

Floras drolliges Kind mit seiner ernsten Miene war seinem Vater wie aus dem Gesicht geschnitten. Gehüllt in etwa neun Lagen von Wollsachen, mit denen Inselbewohner, die stricken konnten (und das konnten auf Mure die meisten), Douglas ausgestattet hatten, hockte er im Gras und beäugte seine Verwandten misstrauisch.

Diesen Blick kannte Flora nur zu gut von seinem Vater, und er bedeutete: »Was auch immer ihr von mir wollt, ich werde tun, was ich für richtig halte, und zwar dann, wenn es mir passt.« Diese Haltung machte Joel zu einem so ausgezeichneten Anwalt und manchmal einem ziemlich nervigen Partner.

Trotzdem fand Flora es schön, die drei Generationen von MacKenzie-Männern zusammen zu sehen. Und dann war da auch noch Bramble, der sich auf die Suche nach der matschigsten Stelle im Blumenbeet machte, um sich darin herumzuwälzen. Dabei mied er die Aufmerksamkeiten des meist etwas zu enthusiastischen Bjårk Bjårkensson, des riesigen und ungestümen Küchenhundes. Sie sollten hier wirklich keinen Küchenhund haben, dachte Flora wieder einmal und ging ans Telefon, das jetzt klingelte: »Hotel *The Rock*, hallo!«

»Ja, hi.« Die Stimme klang ruhig und ausdruckslos. Von der ersten Silbe an war klar, dass diese Person daran gewöhnt war, stets ihren Willen zu bekommen. »Spreche ich da mit der Geschäftsführerin des Hotels?«

Flora stöhnte innerlich auf. Was auch immer man ihr andrehen wollte, sie wollte es nicht kaufen und würde es sich sowieso nicht leisten können.

»Ja, das bin ich, Flora MacKenzie, aber wir sind eigentlich nicht …«

»Jan MacArthur hat mir Ihre Nummer gegeben.«

Ah. Jan MacArthur, geborene Mathieson, bot hier auf der Insel Camping- und Survival-Kurse an und hegte eine völlig unerklärliche Abneigung gegen Flora, die vor Urzeiten mal mit Jans Ehemann rumgemacht hatte. Tatsächlich lange, bevor sie geheiratet hatten, was aber keine Entschuldigung zu sein schien.

»Ah, super!«, versetzte Flora mit heiterer Stimme.

»Ehrlich gesagt wollte sie mich ja davon abhalten, aber ich habe den Artikel über Sie gesehen …«

Letztes Jahr hatte sich an Weihnachten eine Journalistin im Hotel eingeschlichen, um einen Schmähartikel darüber zu schreiben. Am Ende hatte sie ihre Zeit hier allerdings so genossen, dass sie stattdessen ins Schwärmen verfallen war.

»Na ja. Ich wollte mit Ihnen über eine Hochzeit sprechen.«

Darauf war Flora vorbereitet. »Tut mir leid, aber Hochzeiten richten wir nicht aus«, sagte sie entschuldigend.

Tatsächlich hatte sie das schon irgendwann vor, denn ständig riefen Leute an und fragten danach. Außerdem konnte man sich dafür kaum einen malerischeren Ort vorstellen.

Aber das Hotel war ja erst seit drei Monaten wirklich geöffnet. Flora wollte erst einmal sichergehen, dass sie so etwas packen könnten, dass Gaspard keinen Zusammenbruch erleiden würde, dass die Gäste nicht ins Blumenbeet kotzen würden und dass sie hundert Leute gleichzeitig bedienen könnten. Dann wollte sie auf jeden Fall auch das Thema Hochzeiten in Angriff nehmen.

Bevor sie das Ganze anging, sollte die Hochzeit von Joel und ihr quasi als Testlauf dienen. Das war zumindest der Plan.

Allerdings steckte hinter ihrem Zögern noch mehr: Flora ging einfach die Hochzeit von Colton und Fintan nicht aus dem Kopf.

Sie hatte an einem wirklich zauberhaften Tag stattgefunden, alles war bis ins kleinste Detail geplant gewesen, einfach wunderbar – Wetter, Essen, Gäste, Trinksprüche, Reden, jedes dieser Elemente hatte unter dem leuchtend blauen Himmel zur reinsten Traumhochzeit beigetragen. Aber auch das hatte nicht verhindert, dass der Krebs Colton im Lauf des folgenden Jahres zerfressen hatte, was Fintan das Herz gebrochen hatte. Und deshalb waren jetzt alle ein bisschen abergläubisch.

»Jan hat gesagt, dass Sie für uns eine Ausnahme machen würden. Ich heiße Jacinth und rufe im Namen von Jans Schwester an.«

Flora riss die Augen auf. »Meinen Sie etwa *Olivia*?«

»Genau.«

Kapitel 2

Agot wusste nur zu gut, dass sie nach der Schule nicht im Hotel vorbeischauen, sondern direkt zum Bauernhaus gehen sollte.

Leider war sie in der Hotelküche äußerst beliebt, und Gaspard hatte sie unter seine Fittiche genommen. Er versuchte, mit Sachen wie Oliven, Sardellen, Entenherz, rohem Knoblauch und allem, was gerade Saison hatte, ihren Gaumen zu schulen.

Das wiederum führte vor allem dazu, dass sie Fintan bat, seinen Käse noch stinkiger zu machen, worauf außer Bramble sonst niemand scharf war.

Etwas später brach Flora jedenfalls mit ihrer Nichte auf, um sie auf dem Hof abzuliefern.

»O mein Gott, Olivia Mathieson!«, rief Flora aus, als sie zur Tür hereinkamen.

Innes lag nach der harten Arbeit des Tages ausgestreckt auf dem Sofa. Douglas hockte auf ihm und zog an Knöpfen der Kleidung seines Onkels herum.

Das kalte Sonnenlicht fiel herein und ließ den Raum mit seinen schäbigen Teppichen, den alten Familienfotos, stapelweise früheren Ausgaben des wöchentlichen Bauernmagazins und dem angeschlagenen Geschirr im Küchenschrank gemütlich und einladend aussehen.

»Dein Sohn ist einfach dämlich, Schwesterchen«, sagte

Innes, ohne aufzustehen, während er Douglas zugleich liebevoll über die Wangen strich. »Der kann immer noch nicht laufen! Alle MacKenzie-Babys waren mit neun Monaten auf den Beinen! Jedes einzelne!«

»Er wird mit dem Laufen anfangen, wann er will!«

»Vielleicht könnten wir ihm ein paar Bürsten unterschnallen, damit er beim Krabbeln ein bisschen die obere Scheune fegt.«

»Halt den Mund!«, sagte Flora, während Douglas seine dicken Ärmchen nach ihr ausstreckte. Dabei schien er allerdings immer ein wenig enttäuscht zu sein, dachte Flora jedes Mal, dass sie nicht sein heiß geliebter Vater war.

Durch Eck, Joel und Floras drei Brüder wurde Douglas' Leben weitestgehend von Männern bestimmt.

Es wäre schön gewesen, wenn seine Cousine Agot ein bisschen Interesse für ihn aufbringen würde, aber Agot empfand Douglas gegenüber tödlichen, unerbittlichen Hass.

»Ich glaube, DIESES BABY hat die Windel voll«, sagte sie jetzt und verzog ihr kleines Näschen. »Ich finde es ganz doof, dass jemand hier im Haus kackt. Selbst Bramble kackt nicht im Haus, und er ist nur ein Hund.«

»Hör auf, übers Kacken zu reden«, murmelte Innes.

»Kack, kack, kack«, trällerte Agot augenblicklich. »Kack, kack, kack, kack, kack.«

»Ich wechsle mal seine Windel«, sagte Flora und hob Douglas hoch.

»Moment!«, rief Innes. »Hast du gerade etwa ›Olivia Mathieson‹ gesagt?« Ruckartig setzte er sich auf.

»Äh, ja«, antwortete Flora über die Schulter hinweg, während sie Douglas ins Badezimmer trug.

Innes stand auf und folgte ihr. »Wow! Olivia hab ich

jetzt schon seit … Gott, seit der Schulzeit nicht mehr gesehen.«

»Jan spricht nie über sie. Inzwischen hatte ich sie fast für eine Legende gehalten … Weißt du, du darfst Douglas durchaus auch mal wickeln«, bemerkte Flora beim Anblick der Giftmülldeponie in Douglas' Windel.

Hektisch zog sich Innes zurück.

Als Flora mit einem süß duftenden Baby zurückkehrte, sang Agot immer noch das Kack-Lied, während Innes hastig auf dem uralten Laptop des Hofs herumscrollte.

»Sie ist nicht auf Facebook«, sagte er mit leicht verträumtem Gesichtsausdruck.

»Ich hatte in unserer gemeinsamen Schulzeit nie viel mit ihr zu tun, weil sie ihre eigene Clique hatte. Aber selbst damals war sie schon berühmt«, murmelte Flora.

»Olivia Mathieson«, wiederholte Innes noch einmal mit leicht ehrfürchtigem Tonfall, bevor er sich schuldbewusst umschaute. Seine Frau, Eilidh, war allerdings im *Harbour's Rest*, um mit Inge-Britt etwas zu trinken.

»Wie ist sie denn so? Und warum spricht Jan nicht gern über sie? Ehrlich gesagt hab ich die beiden bisher gar nicht miteinander in Verbindung gebracht. Jan kannte ich damals auch nicht, aber darum war es wirklich nicht schade.«

Innes lächelte in sich hinein. »Oh, eine Schwester wie Olivia zu haben war für Jan nie leicht.«

»Warum nicht?«, fragte Flora fasziniert.

»Das schönste Mädchen der Insel«, sagte Innes. »Und auch in der Highschool die Schönste weit und breit.«

Diese Bemerkung ging Flora irgendwie gegen den Strich. »Ja, aber: Ist sie auch *nett*?«

Innes zuckte mit den Achseln. »Keine Ahnung.«

»Bist du mal mit ihr ausgegangen?«

Innes war seinerzeit ein ziemlicher Insel-Casanova gewesen. Aber er schüttelte traurig den Kopf.

»Nee. Ich hab immer gedacht, dass ich vielleicht eine Chance bei ihr hätte, aber sie hat deutlich gemacht, dass sie mit Jungen von der Insel nichts zu tun haben wollte. Sie war ja kaum mal hier. Und du kennst doch Fraser, der hat richtig Geld.«

Tatsächlich waren die Mathiesons die reichste Familie auf der Insel. Zumindest waren sie das bis zu irgendeiner seltsamen Bitcoin-Geschichte gewesen, die niemand recht verstand. Flora hatte es sich mit Familienoberhaupt Fraser letztes Jahr verscherzt, als er versucht hatte, die Inselstatue abreißen zu lassen.

Aber mit der Zeit hatte der erbitterte Widerstand der Familie nachgelassen: Wenn man sich weigerte, sein Geburtstagsessen in *The Rock* zu veranstalten, und Sandwiches oder Gebäck nicht in *Annies Küche* kaufen wollte, hatte man auf Mure beim Thema Gastronomie leider nicht mehr viel Auswahl.

Daher hatten Fraser und der Rest der Familie unter Murren und Maulen begonnen, wieder die von Flora geführten Lokale zu besuchen. Wie ihr nicht entging, kritisierten sie dabei stets demonstrativ die Getränke, wenn sie mal etwas mit zu wenig Eiswürfeln fanden. Das Essen kritisierten sie nie, weil es da a) selten etwas zu kritisieren gab und sie b) furchtbare Angst vor Gaspard hatten.

»Und du willst ein berühmter Insel-Casanova gewesen sein?«, neckte Flora ihn, woraufhin Innes sofort ein Kissen nach ihr warf.

»Halt den Mund!« Er lächelte. »Also, was ist mit Olivia?«

»Sie will in *The Rock* heiraten.«

»Wer?«, fragte Fintan, der gerade aus der Milchkammer

zurückkehrte und sich erst einmal die Hände im riesigen Spülbecken wusch. »Hey, Douglas! Hey, Agot!«

»Kacke!«

Fintan schaute Innes an, der mit arglosem Blick beide Hände hob.

»Agot, wie alt bist du eigentlich?«, fragte Fintan ernst. »Bist du schon eine große Siebenjährige oder etwa ein kleines Mädchen, das dauernd alberne Sachen sagt?«

»Ich bin kacke Jahre alt«, antwortete Agot, und Fintan gab es auf.

»Wer wird in *The Rock* heiraten?«, fragte er wieder.

»Olivia Mathieson.«

Fintan brach in Gelächter aus und presste sich dann mit gespielt schwärmerischem Gesichtsausdruck die Hände vor die Brust. »Ooooh, doch nicht etwa Olivia Mathieson, das liebreizendste Mädchen der ganzen verdammten Insel?«

»Ich kann mich kaum noch an sie erinnern«, sagte Flora.

»Sie hat ja auch die erstbeste Gelegenheit genutzt, um hier zu verschwinden. Die Beine in die Hand genommen, so wie du auch, wenn ich mich recht entsinne.«

Flora räusperte sich.

»Ist sie nicht in die Ferne entschwunden, um Model zu werden oder so? Sie kommt wohl nie zurück auf die Insel.«

»Wirklich schade.«

»Du hast uns doch auch nie besucht!«, rief Fintan aus, aber Flora brachte ihn mit einem Blick zum Schweigen.

»Ich wette, dass sie niemanden aus der Gegend heiratet«, sagte Innes, machte zwei Flaschen Bier auf und reichte eine davon Fintan, der sie dankbar entgegennahm.

»Und wo ist mein Bier?«, fragte Flora.

»Aber du stillst doch noch, oder?«

»Schon seit gut vier Monaten nicht mehr!«, entgegnete

Flora und wünschte sich nicht zum ersten Mal, es gäbe mehr Frauen in ihrer Familie.

Jetzt holte Fintan auch ihr eine Flasche, die sie eigentlich gar nicht wollte. Aber es passte ihr nicht, nicht miteinbezogen zu werden.

»Und wen heiratet sie dann?«

»Das habe ich nicht gefragt«, antwortete Flora. »Beim Thema Hochzeiten sind die Bräutigame eigentlich nicht so wichtig.«

»So hab ich das aber nicht empfunden«, sagte Fintan, während ein unfassbar trauriger Ausdruck über sein Gesicht huschte. Coltons Tod war noch nicht einmal zwei Jahre her. Der Jahrestag ihrer Hochzeit, die auf dem Gelände von Coltons eigenem Hotel an einem strahlenden Tag stattgefunden hatte, fiel in den Sommer.

»Tut mir leid, Bruderherz«, sagte Flora sanft.

Fintan zuckte mit den Achseln. »*Aye*, na ja, es ist, wie es ist.«

Mit finsterer Miene starrte Innes wieder auf den Laptop. »Ich kann es nicht fassen. Endlich ist das Internet auf Mure gut genug, um auf Facebook zu gehen, und da schließen alle ihren Account.«

»Probier's mal mit Instagram«, schlug Flora vor, während sie versuchte, gleichzeitig Douglas, ihr Bier und ihr Handy zu jonglieren.

Innes verzog das Gesicht.

»Instagram ist wirklich gut für uns«, rief ihm Flora in Erinnerung.

Iona, die inzwischen *Annies Küche* leitete, postete dort viele tolle Bilder von ihren Kuchen, dazwischen Fotos vom Hafen, den hübschen Häuschen und der tollen Landschaft. Da sie die meisten Aufnahmen an sonnigen Tagen machte, hatte sie allerdings den ein oder anderen in falscher Sicherheit gewiegt, sodass etliche Touristen für ihren Urlaub mit Badesachen anreisten.

Flora scrollte durch Instagram und fand schließlich Olivia Mathieson über die Leute, denen Jan folgte. Jan veröffentlichte viele Bilder von ihrem Baby, der kleinen Christabel mit den runden Wangen. Oft trugen Mutter und Tochter dabei das gleiche Outfit. Aber …

»Da ist sie ja!«, rief Innes nur Sekunden später aus. »Meine Herren, sie hat sich überhaupt nicht verändert.«

»O doch«, widersprach Fintan, der einen Blick über Innes' Schulter warf. »Inzwischen sieht sie noch besser aus.«

Olivias Instagram war wirklich eine Nummer für sich.

Innes pfiff durch die Zähne.

Olivia war groß und gertenschlank, hatte dazu aber hoch sitzende, runde Brüste, die sie vorteilhaft in immer neuen, umwerfenden Bikinis und Cut-Out-Badeanzügen zur Schau stellte. Auf einem Bild stieg sie in ein Flugzeug, das nach einem Privatjet aussah. Auf einem anderen verzog sie die verdächtig voluminösen Lippen am Bug einer weißen Jacht zu einem Schmollmund. Auf wieder einem anderen wartete sie in einem äußerst edlen Geschäft darauf, dass jemand für sie eine Handtasche einpackte. Die Bilder waren fast alle von ihr, und sie zog auf jedem entweder den besagten Schmollmund oder zeigte ein strahlendes Lächeln mit gleichmäßigen, leuchtend weißen Zähnen.

Es bestand jedenfalls kein Zweifel daran, dass sie dauernd um die Welt jettete und unglaublich tolle Sachen machte – davon zeugten Infinitypools und Hochhäuser und L. A. und Hongkong und Singapur und die Hashtags #lovingmylife, #blessed, #beyourself.

Innes betrachtete etwas wehmütig die Bikinifotos, während Fintan und Flora einander auf die teuren Handtaschen aufmerksam machten.

Eins der letzten Fotos zeigte zwei miteinander verschlungene Hände, von denen eine einen Ring trug. Olivias zarter Finger schien das Gewicht des etwa legosteingroßen Diamanten daran kaum tragen zu können. Die Person, die ihr den Ring angesteckt hatte, war nicht zu sehen, aber man konnte hinter den verschlungenen Händen die Reling einer Jacht vor einem Sonnenuntergang erahnen. Das Bild hatte Tausende von Likes.

»Du meine Güte«, murmelte Fintan.

»O Mann«, sagte Flora. »Und sie will bei uns im Hotel heiraten.«

Flora lag die halbe Nacht wach und machte sich darüber Sorgen, was um alles in der Welt eine reiche Instagram-Influencerin wohl von ihnen erwarten würde und ob sie das übernehmen sollte oder nicht. Natürlich könnte sie einfach Nein sagen. Aber Olivia stammte doch von der Insel. Wenn sie plötzlich zurück zu ihren Wurzeln wollte – na ja, dann hatte Flora wohl kein Recht, ihr das zu verwehren, oder?

Mal abgesehen davon: Wenn man sie nicht in *The Rock* feiern ließ, würde Olivia womöglich das einzige andere Lokal auf Mure mieten, das *Harbour's Rest*, und das wäre doch wirklich nicht schön. Ja, das große schwarz-weiße Hotel direkt am Hafen hatte durchaus etwas Gemütliches an sich, aber es wurde nachlässig geführt und war auch halb verfallen.

Diese Vorstellung tat Flora in der Seele weh. Und irgendwo musste *The Rock* doch anfangen, oder nicht? Außerdem würden sie das Geld gut gebrauchen können. Die Kosten für das Personal waren schließlich hoch. Und Gaspard war absolut genial, akzeptierte für die Küche aber nur hochwertigste Zutaten.

Und es wäre so schön, dachte Flora, wenn das glückliche Lachen gut gekleideter Menschen, die Trinksprüche ausbringen und Spaß haben, durch die Räume von *The Rock* hallen würde. Falls Olivias Freundinnen alle so schön waren wie sie, wäre das die reinste Augenweide …

Bereits halb überzeugt döste Flora schließlich ein. In Gedanken schickte sie noch Joel einen Gutenachtkuss und fügte die Entscheidung über die Hochzeit zu der langen Liste von Aufgaben hinzu, die am nächsten Tag nach Douglas' Vorsorgeuntersuchung auf sie warteten.

Hätte jemand sie danach gefragt, hätte sie diese Termine wohl als reine Zeitverschwendung bezeichnet, da Douglas ja gesund war, wuchs und gedieh.

Wie viele junge Mütter hatte sie insgeheim allerdings große Freude an Unterhaltungen über ihr Baby, auch wenn der Gesprächspartner trockene medizinische Fragen stellte und dafür bezahlt wurde. Und angesichts all der Arbeit, die sie im Moment hatte, ging ein Besuch in der Arztpraxis geradezu als Freizeit durch.

Kapitel 3

Die Fähre ruckelte bei der Einfahrt in den Hafen. Neda Okonjo genoss es immer, auf Mure anzukommen, vor allem an einem kalten, sonnigen Tag wie heute. Sie lebte in Glasgow und kümmerte sich dort um die gesellschaftliche Eingliederung von Flüchtlingen, die in manchen Fällen gut gelang, in anderen weniger gut.

Die Vermittlung von Dr. Saif Hassan nach Mure war eine ihrer größten Erfolgsgeschichten: Er hatte die Praxis eines tatterigen alten Inselarztes übernommen und war mit seiner ruhigen, geduldigen Art, seiner Gründlichkeit und Freundlichkeit äußerst beliebt bei seinen Patienten.

Heute sollte Neda kurz nach seinen beiden Söhnen sehen, die bei ihm lebten, und hatte außerdem wunderbare Neuigkeiten für ihn im Gepäck.

Neda setzte ein schiefes Lächeln auf, als sie zu dem riesigen Engel hochschaute, den einfach jemand an den Stadtrand gesetzt hatte. Die Statue hatte sich zu einer richtigen Touristenattraktion gemausert. Tatsächlich hatte sie mit den großen, ausgebreiteten Engelsflügeln durchaus etwas Beeindruckendes an sich, wenn die Sonne direkt darauf fiel.

Mure war schon ein schönes Fleckchen Erde, dachte Neda.

Wenn sie nicht durch die Arbeit an Glasgow gebunden

wäre und wenn Mhairi nicht so sehr an ihrer Stelle in der Bücherei und an all den Restaurants und Kneipen im West End hängen würde … Nein, für sie beide war es nichts weiter als ein Luftschloss. Dennoch konnte Neda verstehen, warum manche Menschen so gern hier lebten.

Die Abläufe in Saifs Alltag kannte Neda gut: Er machte um drei Uhr in der Praxis Schluss, um die Jungen abzuholen.

Dabei hatte Ib ihn mehr als einmal darauf hingewiesen, dass er nun wirklich nicht mehr wie ein kleines Kind von der Schule abgeholt zu werden brauchte, schließlich war er jetzt in der höchsten Klasse der Grundschule. (Um ihm Zeit für die Eingewöhnung zu geben, hatte man ihn hier in Schottland eine Klasse tiefer eingeschult.)

Wenn die Kinder zu Hause mit einem Erdnussbuttersandwich vor dem Fernseher saßen und *Horrible Histories* guckten oder an so schönen Tagen wie heute zusammen im Garten hinter dem Haus Fußball spielten, machte Saif seine Hausbesuche, während Mrs Laird seine Söhne im Auge behielt.

Jetzt gerade war Saif mit seiner morgendlichen Sprechstunde beschäftigt, was Neda wunderbar passte, weil sie noch ein paar Formulare auszufüllen hatte und das gern in *Annies Küche* bei einer großen Tasse Kaffee und einem duftenden, noch ofenwarmen Käsescone tun wollte – einem so leckeren Käsescone, wie man ihn nirgendwo sonst bekam. Die Enthüllung ihrer guten Nachricht konnte noch ein bisschen warten, aber sie freute sich schon darauf, genau wie auf das Gespräch mit den beiden lieben Jungen. Einen besseren Arbeitstag konnte man sich eigentlich kaum vorstellen.

Auf dem Festland übernahmen normalerweise Krankenschwestern die Kindervorsorgeuntersuchungen, auf der abgelegenen, kleinen Insel Mure gab es dafür aber kein Personal, daher machte Saif das selbst.

Und für gewöhnlich genoss er es auch: Gesunde Patienten waren immer ein Plus, und er staunte jedes Mal darüber, wie schnell schwangere Frauen zu Müttern wurden und wie Kinder, die von ihm gerade erst die Dreifachimpfung bekommen hatten, plötzlich kurz vor der Einschulung standen.

Manchmal erfüllte ihn die Tatsache, wie schnell Kinder groß wurden, mit einer gewissen Panik. Er musste daran zurückdenken, wie seine Frau Amena damals mit ihren Söhnen zum großen, lauten Krankenhaus in der Nähe gefahren war, obwohl er durchaus selbst dazu in der Lage gewesen wäre, die Entwicklung der Jungen im Auge zu behalten.

Sie hatte ihm allerdings erklärt, dass sie die Termine dort immer gern wahrnahm, denn dann konnte sie jedes Mal sehen, wie viel besser und schöner ihre Söhne im Vergleich mit den anderen Babys doch waren.

Saif hatte eingewandt, dass die anderen Mütter sicher dasselbe dachten. Daraufhin hatte sie ihn nur mitleidig angesehen. »Ja«, hatte sie bemerkt, »wirklich traurig, wie blauäugig die sind.«

Heute hatte als Erstes Flora MacKenzie mit dem kleinen Douglas einen Termin, der bald ein Jahr werden würde und mit seinen dunklen Locken und dem intensiven Blick Joel so sehr ähnelte.

Flora grinste, als Saif ihr Baby wog und seine Reflexe überprüfte. »Meine Brüder sagen, er ist ein Idiot, weil er das mit dem Laufen noch nicht hinkriegt und auch sonst nicht besonders viel«, sagte sie.

»Sitzen kann er ja«, meinte Saif und probierte es gleich noch einmal aus.

Douglas blieb konzentriert sitzen, ließ wie ein kleiner Pascha den Blick durch das Sprechzimmer wandern und streckte die Hand nach einer Spielzeuggiraffe aus, die bei Saif auf dem Schreibtisch stand.

»Ja, allerdings kaum krabbeln. Er schiebt sich einfach auf dem Hintern voran! Einer von meinen Brüdern glaubt ja, dass er total beschränkt ist und irgendwann im Knast enden wird.«

»Etwa der Vater von Agot?«, fragte Saif, dessen Mundwinkel zuckten. Agot war die beste Freundin seines Sohnes Ash und verteidigte ihn immer gegen den Rest der Welt. Die beiden waren ein eingeschworenes Duo.

»Ja, genau. Also habe ich zu ihm gesagt: ›Lieber ein sabbernder Idiot als eine bösartige Psychopathin, die eines Tages die Weltherrschaft an sich reißt.‹ Statt mir zu widersprechen, hat er nur entgegnet: ›Diese Worte wird sie nach der Machtübernahme nicht vergessen haben.‹«

Saif lächelte und ließ seinen Stift durch die Luft wandern, dem Douglas mit Blicken folgte. Beide Augen bewegten sich parallel.

Dann setzte Saif ihm Kopfhörer auf und bat Flora, davon kein Foto zu machen, auch wenn sie es furchtbar lustig fand.

»Aber er ist *so niedlich!*«

»Lenk ihn bitte nicht ab!«, sagte Saif und testete das Gehör mit mehreren Knöpfen. Die Reaktionen des Babys passten zur Richtung der Töne.

»Was für Wörter und Laute benutzt er so?«

»*Gar keine!* O Gott, hat Innes etwa recht? Joel sagt, mit Douglas ist alles in Ordnung, und ich soll Innes einfach ignorieren.«

»Ich kann dir nach meinem besten Wissen versichern, dass mit Douglas tatsächlich alles in Ordnung ist«, sagte Saif, während er noch das Herz abhörte und dem Baby ein Maßband um den Kopf legte. Er versteckte die Giraffe hinter dem Rücken und beobachtete, wie Douglas auf die Stelle zeigte, an der er das Spielzeug vermutete.

»Braver Junge!«, sagte er. »Du brauchst dir wirklich keine Sorgen zu machen.«

»Außer wegen der …«

Saif lächelte und holte die Spritze. »Ich verspreche dir, dass es ganz schnell geht.«

»Weiß ich doch«, sagte Flora. »Aber ich hasse das einfach. Ich meine, diesem Baby ist noch nie irgendetwas Schlimmes zugestoßen. Und dann kommt der Mensch, der ihn auf dieser Welt am meisten liebt, dem er völlig vertraut, und hält ihn fest, während du ihm wehtust. Mir kommt das wie der Anfang vom Ende seiner Unschuld vor.«

»Ist aber zugleich«, sagte Saif beim Tippen gegen die Spritze, »Anfang und Ende seiner Masern.«

Douglas schaute erschrocken drein, als die Nadel in seinen molligen Oberschenkel eindrang, erholte sich nach einem kleinen Aufschrei und einer dicken Umarmung aber schnell wieder.

»Damit hätten wir's«, sagte Saif. Er schaute Flora an. »Und du selbst, wie geht es dir?«

»Was meinst du?«

Er zuckte mit den Achseln. Diese Frage war manchmal ein wenig heikel. »Wie ergeht es dir mit deiner Rolle als Mutter?«

»Oh!« Jetzt hatte Flora ihn verstanden. Sie grinste Douglas an, der zurückgrinste und dabei seine fünf Zähnchen zeigte.

»Na ja, es ist ganz schön anstrengend, absolut furchtbar: Ich werde nie wieder in meine alten Jeans passen, und irgendwie bin ich die ganze Zeit schmuddelig. Außerdem können Joel und ich keinen Satz zu Ende bringen, bevor einer von uns das Baby hochnehmen muss oder mittendrin einschläft. Und rein theoretisch hab ich vor vier Monaten mit dem Stillen aufgehört, doch Douglas möchte zum Einschlafen manchmal noch an die Brust, und dann bringe ich es einfach nicht über mich, ihm das zu verweigern … Aber erzähl es bitte niemandem, denn es bedeutet ja wohl, dass ich eine schrecklich nachgiebige Mutter werde, die keinerlei Rückgrat zeigt und ein absolutes Blag großziehen wird. Außerdem kann ich mich nicht auf meine Beziehung, die Arbeit, meine Freunde, den Haushalt und das Baby gleichzeitig konzentrieren, was heißt, dass ich all das gleich schlecht erledige.« Sie lächelte wieder. »Und ich bin vollauf begeistert.«

Saif nickte und notierte sich etwas. »Das ist alles ganz normal.«

»Danke, Herr Doktor«, grinste Flora. »Ich hab dir ein Stück Bakewell-Kuchen mitgebracht.«

»Das ist nett.« Die meisten Frauen auf der Insel fanden, dass man Saif ein bisschen päppeln musste, aber Floras essbare Geschenke waren bei Weitem die leckersten.

»Und, was hast du heute noch so vor?«

»Ich muss zur Arbeit, dann werde ich Joel anrufen, und dann werden wir eine Telefonkonferenz organisieren, um zusammen meinen blöden Brüdern zu erklären, dass mein Baby perfekt ist. Könntest du mir dafür vielleicht eine Bescheinigung mitgeben? Und am besten einen Anstecker oder eine Medaille, auf der steht, dass mein Baby das tollste ist?«

Saif lächelte. »Eine gute Idee. Ich sollte unter den Babys auf der Insel Noten verteilen, das würde bestimmt gut laufen.«

»Lorna hat mal erwähnt, dass du ziemlich sarkastisch sein kannst«, sagte Flora. Das war ihre beste Freundin, die heimlich mit Saif zusammen war. »Aber ich interpretiere das jetzt mal als ernst gemeint.«

Und dann verließ sie mit Douglas, der sich beruhigt hatte und schon wieder übers ganze Gesicht strahlte, das Sprechzimmer.

Im Wartezimmer versuchte Jan gerade, Christabel zu beruhigen, die mit puterrotem Gesicht in ihrem Kinderwagen tobte und sich wand.

Bis vor vierundzwanzig Stunden hatte sich Jan noch auf den heutigen Vorsorgetermin gefreut, schließlich war Christabel hochbegabt, wie Saif gleich selbst feststellen würde.

Gestern war jedoch etwas Furchtbares passiert. Okay, so furchtbar war es nun auch wieder nicht, das wusste sie ja selbst. Manche Leute würden sich sogar für ihre von allen bewunderte, reiche, schöne und talentierte Schwester freuen, die jetzt nach Hause zurückkehren würde, um triumphierend vor aller Augen einen Millionär zu heiraten.

Aber die hatten ja auch nicht mit ihr zusammenleben müssen.

Eine von Jans frühesten Erinnerungen bestand darin, dass eine alte Dame zu Senga, ihrer Mutter, herüberkam, auf Olivia zeigte und sagte: »Aber die da! Die ist ja *niedlich!*«, als wäre das völlig unerwartet.

Die behäbige, kurzsichtige Jan hatte danebengestanden und ganz unschuldig auf ihr eigenes Kompliment gewartet, das nie gekommen war.

Die beiden Schwestern waren herangewachsen, und es hatte nie eine Rolle gespielt, wie gut Jan in der Schule gewesen war und wie brav sie ihr Gemüse aufgegessen hatte.

Olivia war anmutig, hübsch und zuckersüß – zu allen außer Jan, der sie in die stämmigen Beine kniff, sobald die Erwachsenen ihnen den Rücken zuwandten. Wenn sich Jan darüber beschwerte, hatte Olivia plötzlich Tränen in den schönen grünen Augen und behauptete, es sei ein Versehen gewesen. Wenn Jan zurückschlug, ging das für sie immer übel aus.

Jan lernte, ihre kleine Schwester zu ignorieren, mit zunehmendem Alter wurde aber alles nur noch schlimmer, da Olivia unfassbar beliebt war.

Jeder wollte mit dem Mädchen befreundet sein, das wie Schneewittchen aussah und in dem großen Haus mit Whirlpool lebte. (Bis heute war es der einzige Whirlpool auf Mure in einem Privathaushalt und immer noch eine echte Sensation.) Jedenfalls geriet die seltsame, unscheinbare ältere Schwester dadurch zunehmend ins Abseits, während Olivia immer mehr auftrumpfte.

Irgendwann gab Jan den Gedanken an eine Freundschaft mit anderen Mädchen, die in ihren Augen ja doch nur alle boshaft waren, völlig auf.

Später konnte sie ihrem Leben dadurch einen Sinn verleihen, dass sie für Outward Adventures mit kleinen Jungen arbeitete, die auf eine Förderschule gingen. Ihre Schwester erwähnte sie nie (und ihre Mutter war klug genug, in Jans Gegenwart nie die Sprache auf Olivia zu bringen).

Diese winzige, engstirnige Insel hatte Olivia hinter sich gelassen, sobald sie konnte.

Sie war nach London gezogen, hatte ein bisschen gemodelt und dann eine nicht näher definierte Arbeit im Bereich Tourismus-PR ergattert, durch die sie ständig unterwegs zu den nobelsten Reisezielen war, die man auf ihren Instagramfotos bewundern konnte. Außerdem war sie, dem riesigen Klunker an ihrem Finger nach zu urteilen, jetzt mit einem wirklich, wirklich reichen Mann verlobt.

Und nun kam diese Schwester plötzlich zurück! Sie würde mit einem vermutlich superreichen, supersexy Liebhaber in Jans Territorium einfallen, und es würde wieder genauso wie damals in der Schule sein.

Olivia hatte sich noch nicht einmal dazu herabgelassen, zu Jans Hochzeit zu kommen. Sie hatte behauptet, in Hongkong zu tun zu haben, und als Geschenk ein unglaublich teures Louis-Vuitton-Gepäckset geschickt. Dabei hätte sie doch genau wissen müssen, dass Jan nie verreiste und deshalb überhaupt keine Verwendung dafür hatte.

Und Jan würde sich jetzt mit Sicherheit wieder ein Jahr lang von allen anhören müssen, wie toll Olivia doch war. Na super!

»Hallo!«, sagte Flora zu Jan, als sie auf dem Weg nach draußen einen Blick ins Wartezimmer warf. Sie gab sich ja Mühe, nett zu sein, bekam im Gegenzug aber wie üblich nicht viel zurück. »Wir sind schon fertig. Viel Glück!«

Jan beäugte Douglas so misstrauisch, als würde mit ihm irgendetwas nicht stimmen.

Arzthelferin Jeannie schaute zu ihnen herüber. »Okay, Miss Christabel MacArthur, jetzt sind Sie an der Reihe!«

Mit leuchtend rotem Gesicht zeterte Christabel nur noch lauter, als Jan an den Gurten herumfummelte.

»Viel Glück!«, sagte Flora wieder und bekam ein schlechtes Gewissen, weil Jan ihr einen bösen Blick zuwarf.

»Ich denke«, sagte Jan, »sie ist hochbegabt.«

Auch im Sprechzimmer hörte Christabel nicht mit dem Gebrüll auf.

»Sie kann schon sprechen und die Babyzeichensprache.«

»Sehr gut«, murmelte Saif, während er sein Stethoskop anwärmte, obwohl er Babygebärden ja eher argwöhnisch gegenüberstand.

Jetzt benutzte Christabel aber gerade ein Zeichen, das man kaum missverstehen konnte. Wie sie mit den Armen wedelte und um sich schlug, hieß eindeutig: »BLEIB WEG VON MIR, FREMDER MANN!«

»Hallo, kleines Baby, keine Sorge«, sagte er sacht.

»Sie ist für ihr Alter wirklich weit entwickelt«, fuhr Jan ungerührt fort.

Christabel biss Saif in den Finger.

»Okay«, sagte er, löste sich so vorsichtig wie möglich von dem Baby und hielt es seiner Mutter hin. »Bei den nächsten Untersuchungen bleibt sie am besten bei Ihnen auf dem Arm, aber bitte mit dem Gesicht zu mir.«

Er betrachtete Jan. Normalerweise hatte sie doch alles unter Kontrolle und hielt auf dem Zeltplatz die Zügel in der Hand. Ihre Kurse kannte Saif, weil seine Jungen da mitgemacht und wirklich viel Spaß gehabt hatten. Aber heute wirkte Jan traurig und bedrückt. Das zu einer praktischen Kurzhaarfrisur geschnittene graue Haar war ein wenig verwuschelt, ihre Brille verschmiert und die aufeinandergepressten Lippen nach unten verzogen.

Jan griff unwillig, beinahe grob, nach ihrer Tochter, deren Gebrüll noch lauter wurde.

Saif runzelte die Stirn. Der Unterschied zu Flora, die zwar gestresst war, das wie so viele Mütter aber gern in Kauf nahm, war ziemlich offensichtlich.

Saif untersuchte das Kind und sprach dabei mit Jan. »Und Ihnen selbst, wie geht es Ihnen so?«

Kurzes Schweigen.

»Wunderbar«, knurrte Jan. »Warum sollte es mir nicht gut gehen?«

Saif runzelte die Stirn. »Für einige Menschen ist es eine ziemlich ... einschneidende Erfahrung, ein Kind zu bekommen. Manche finden es schwierig.«

»Ich nicht«, erwiderte Jan sofort. »Schließlich kümmere ich mich doch ständig um Kinder und bin in meinem Job gut. Ich hab ja auch mal auf Ihre Jungen aufgepasst.«

»Ich weiß«, lächelte Saif, der bewusst darauf achtete, dass seine Stimme behutsam und freundlich blieb. »Und dafür bin ich sehr dankbar. Die beiden fanden es toll, Zeit mit Ihnen zu verbringen.«

Jan war drauf und dran, ihm von Olivia zu erzählen. Dieser große, dünne Doktor mit den riesigen Welpenaugen hatte so etwas an sich ... mit seiner fast greifbaren Aura von Traurigkeit, von Einsamkeit vermittelte er den Eindruck, alles verstehen zu können. Er war so sanft und vorsichtig und ruhig.

Beinahe hätte Jan sich ein Herz gefasst. Doch in diesem Moment wurde sie von Christabel abgelenkt, die einen lauten Schrei ausstieß. Jan versuchte, ihre Tochter zu beruhigen, und danach war sie zum Reden einfach zu müde.

Als sie den besorgten Gesichtsausdruck des Arztes bemerkte, wiederholte sie unwillig: »Mir geht es gut!«, während er Christabels Augenbewegungen und ihr Gehör überprüfte.

»Schön«, sagte Saif und notierte genau das Gegenteil in seinen Unterlagen, nur für alle Fälle. »So, jetzt ist sie bereit für die Impfung.«

Während Jan die kreischende Christabel dafür festhielt, war sie schon wieder drauf und dran, etwas zu sagen. Sie wollte so gern mit jemandem sprechen, der sich mit Sicherheit freundlich und mitfühlend zeigen würde. Aber das würde ja nichts bringen, wäre mehr als sinnlos.

Olivia war jetzt erwachsen und leider nicht mit unbehandelbaren Furunkeln übersät, war entgegen Jans Erwartungen nicht hässlich geworden. Und inzwischen buhlten nicht mehr nur Frauen um ihre Freundschaft, nein, bei ihrem Anblick wurden Männer zu sabbernden Idioten, denen die Zunge aus dem Mund hing.

»Tschüs«, sagte Jan zum Abschied so barsch, als hätte sie Saif einen Riesengefallen damit getan, in der Praxis vorbeizuschauen.

»Bis bald«, antwortete Saif, der sich wirklich Sorgen um sie machte.

Wie immer war auch an diesem Vormittag viel zu tun. Drei weitere Termine mit Babys standen an, die für die Insel einen äußerst willkommenen Bevölkerungszuwachs darstellten. Und danach musste er sich natürlich auch um seine üblichen Patienten kümmern.

»Also«, begann Saif und blickte auf seine Notizen, »Sie leiden also am Erschöpfungssyndrom?«

Mattie McGuiness nickte eifrig. »*Aye*, ganz genau.«

Saif schloss einmal langsam die Augen und rieb sich nachdenklich den Bart. Normalerweise fand er es nicht so schlimm, wenn Leute Symptome googelten. Das konnte sogar ganz nützlich sein, wenn er die Patienten erst einmal davon überzeugt hatte, dass sie höchstwahrscheinlich nicht an Denguefieber litten. Aber manchmal war er doch verblüfft.

»Und die Symptome sind …«

»Na ja, wenn man morgens nicht so recht aus dem Bett kommt, hm? Und das Gefühl hat, dass alles irgendwie sinnlos ist.«

Saif ging die einzelnen Schritte für die Diagnose einer Depression durch – soweit er das einschätzen konnte, litt Mattie aber nicht im Geringsten an einer Depression. Er hatte wohl im Moment einfach ein bisschen die Schnauze voll von allem, das war Saifs persönliche Meinung, obwohl er das niemals sagen würde.

»Hat sich in Ihrem persönlichen Umfeld in letzter Zeit etwas geändert?«, fragte er auf seine behutsame Art.

Mattie zuckte mit den Achseln. »Na ja, es ist Ablammsaison. Diese kleinen Mistviecher, die halten einen die ganze Nacht auf Trab.«

Mitfühlend lächelte Saif. Wie es war, zu ungewohnten Uhrzeiten aus dem Bett geklingelt zu werden, wusste er nur zu gut.

»Wenn ich könnte, würde ich Ihnen für die Schafe eine Krankschreibung mitgeben«, sagte er, aber Mattie redete einfach weiter.

Er sprach darüber, wie die Lämmchen davonsprangen und er sie nicht packen konnte. Manche Mutterschafe ignorierten ihre Lämmer auch, und andere Schafe wollten sie nicht annehmen, sodass die verstoßenen auf der Suche nach Milch herumirrten und immer panischer wurden. Dann musste er ein Schaf finden, das sein Lamm verloren hatte, dem toten Jungtier das Fell abziehen und es dem verstoßenen umbinden, damit es den Geruch annahm. Aber das klappte eigentlich nie.

Deshalb nahm er die Lämmchen am Ende mit zu sich und zog sie von Hand auf, was noch schlimmer war. Dann wollten sie nämlich gar nicht mehr nach draußen, was wiederum zu Unruhe bei seinen Hunden und den anderen Tieren führte, die nicht ins Haus durften.

Saif wurde zu spät klar, dass der unverheiratete Mattie vor allem jemanden brauchte, der ihm mal zuhörte. Daher behielt er lediglich die Uhr im Blick, ließ den Patienten reden und nickte an den passenden Stellen mitfühlend.

Er wusste, dass die Landwirtschaft natürlich ein Geschäft war, aber wie so viele andere freute er sich jedes Jahr über die neuen Lämmer. Manchmal wurden sie mitten in wilde, kalte Stürme am Ende eines bitteren Winters hineingeboren, manchmal aber auch, wie diese Woche, an einem sanften goldenen Morgen mit Nebel über den Wiesen.

Auf Matties Feld befand sich eine schlammige Stelle, an der sich die mutigeren unter den Lämmern gern einfanden. Abwechselnd sprangen sie darüber, so, als wollten sie sich gegenseitig herausfordern.

Ash, Saifs jüngerer Sohn, musste sich jedes Mal kullern vor Lachen.

»*Aye*«, kam Mattie nun zum Ende.

Saif nickte. »Ich … Alles, was ich Ihnen verschreiben könnte, würde es nur noch schlimmer machen«, sagte er. »Dann würde das Leben nur noch an Ihnen vorbeiziehen. Das beste Gegenmittel wäre wohl ein bisschen Urlaub, für den hat das National Health System aber kein Budget.«

»Ach, manchmal aber schon«, sagte Mattie. »Ich hab mal auf dem Festland ein neues Knie gekriegt, und das war wie in einem Hotel. Wussten Sie, dass Sie da Essen ans Bett gebracht bekommen? Und dass es einen Fernseher im Zimmer gibt? Ich bin so lange wie möglich dageblieben. Die haben mir gesagt, dass ich schon früher entlassen werden könnte. Aber ich hab gesagt: ›Nein, ist schon in Ordnung, Schätzchen. Das hier ist das reinste Paradies.‹«

Hier hatte Saif also einen Mann vor sich, dessen Leben so hart war, dass er einen Krankenhausaufenthalt als die angenehmste Erfahrung seit Jahren empfand. Was sollte er so jemandem nur sagen? Da fehlten ihm wirklich die Worte.

»Ich hab hier diese Broschüre«, sagte er. Leider betonte das Faltblatt – wie beim National Health System üblich – vor allem, wie wichtig Sport war.

Was körperliche Ertüchtigung anging, konnte man einem Schafzüchter von Mure allerdings wenig vormachen. Leute von seinem Schlag wurden normalerweise hundertsechs.

Jetzt lugte Mattie hinter Saifs Computer, wo er die braune Schachtel aus Recyclingkarton entdeckt hatte, die Flora eben dagelassen hatte. Sie trug den verräterischen Aufdruck *Annies Küche*.

»Was ist eigentlich in der Schachtel da drin?«

»Das ist jetzt aber keine medizinische Frage«, wich Saif aus.

»Ein Stück Bakewell-Kuchen, oder?«

Schweigen machte sich breit.

Annies Küche war ein tolles Café vor Ort, in dem es luftigleichte Pasteten und Kuchen gab. Alles, was dort aus dem Ofen kam, war eine Köstlichkeit.

»Warum fragen Sie?«, wollte Saif wissen, der langsam das Gefühl hatte, dass ihm die Sache entglitt.

»Ich dachte nur …« Ehrlich gesagt hatte Mattie den Vormittag bisher wirklich genossen. Er war mal von seinem Hof runtergekommen, der noch jenseits des MacKenzie-Hofs lag, hatte bei allen vorbeigeschaut und plante, seinen kleinen Ausflug gleich mit einem Mittagessen und vielleicht einer Partie Domino im *Harbour's Rest* ausklingen zu lassen. »Ich glaube, ich weiß, was mich wieder auf die Beine bringen würde.«

Saif starrte ihn an. »Ein Stück Bakewell-Kuchen?«

»Na ja, das ist doch ein psychisches Problem, oder? Und deshalb muss ich sehen, wie das Leben wieder neuen Reiz für mich kriegt.«

»Mit meinem Bakewell-Kuchen?«

»Ha, *wusste ich doch*, dass es Bakewell-Kuchen ist!«

Die sich erneut ausbreitende Stille wurde durch das Telefon unterbrochen, als Jeannie durchrief, weil der nächste Termin anstand.

»Sie glauben, ich kann Sie heilen, indem ich Ihnen meinen Kuchen gebe?«

»Einen Versuch ist es wert«, fand Mattie.

»Ich wusste nicht, dass bei Ihnen Leute während der Sprechstunde essen dürfen«, sagte Neda, als sie in ihrem dunklen Anzug hereineilte. Mit ihrem stets millimetergenau abgezirkelten Bürstenhaarschnitt und ihrem perfekten Make-up bot sie einen ganz anderen Anblick als die Inselbevölkerung mit ihren Fleecepullis und Gummistiefeln.

Sie schaute Mattie McGuiness hinterher, der auf seinem Weg hinaus fröhlich Kuchen mampfte.

»Fragen Sie besser nicht«, antwortete Saif, der seinem listigen Patienten zum Abschied hinterhergelächelt hatte und in dessen Miene sich jetzt ein zurückhaltenderer, argwöhnischer Ausdruck zeigte.

Mure, diese kleine Insel mit ständig umschlagendem Wetter, aber unerschütterlichen Bewohnern, hatte sich für Saif als der perfekte Ort herausgestellt, um die Schrecken des Krieges hinter sich zu lassen, das Dasein als Flüchtling, eine Welt, die unter seinen Händen zerbrochen war.

Neda war seine Verbindung zu dieser Welt, und dessen waren sich beide bewusst.

Saifs Herz begann so schnell zu schlagen, dass er einen kurzen, verräterischen Blick zu seinem im schwarzen Kasten auf dem Schreibtisch verstauten Stethoskop hinüberwarf.

»Wie geht es den Jungen?«

»Gut ... Aber ich fürchte, dass Ib sich nicht gerade auf das Internat freut.«

Die Kinder von Mure mussten unter der Woche auf dem Festland übernachten, wenn sie alt genug für die weiterführende Schule waren. Am Montagmorgen und Freitagnachmittag herrschte auf der Fähre daher immer ein ziemliches Tohuwabohu.

Mit wenigen Ausnahmen waren die Inselkinder (zu denen auch Internatsschüler von den Färöern und anderen weit abgelegenen Inseln gehörten) eine eingeschworene Truppe, die zusammenhielt und ihre gemeinsame Zeit auf dem Festland genoss.

Neda nickte. »Ich werde mit ihm darüber reden. Aber er ist ja schon zwölf, fast dreizehn – irgendwann müssen sich die beiden mal voneinander trennen.«

Saif nickte. »Ich weiß, ich weiß.«

Tatsächlich zeigte sich bei Ib bereits der Anflug eines Schnurrbarts auf der Oberlippe, und er bekam hier und da einen Pickel. Die finstere Miene, die er für gewöhnlich zur Schau trug, hatte allerdings nichts mit der Pubertät zu tun, sondern war immer schon typisch für ihn gewesen.

»Na ja«, sagte Neda lächelnd und legte einen Ordner auf den Tisch. »Dieses Mal habe ich jedenfalls gute Nachrichten!«

Sofort wurde ihr bewusst, dass sie einen Fehler gemacht hatte. Denn es war nicht klar, wie Saif reagieren würde.

Die Behörden hatten Saifs Frau bislang zwar nicht ausfindig machen können, vor einiger Zeit aber ein Bild von ihr aufgetrieben. Es war das Foto ihrer Hochzeit mit einem anderen gewesen, auf dem sie sichtbar schwanger gewesen war. In Saifs Augen hatte sie darauf glücklich ausgesehen. Außerdem hatte sie sich nicht mit ihm in Verbindung gesetzt und antwortete auch nicht auf Nachrichten.

Der Schmerz darüber, dass sie in vielerlei Hinsicht eigentlich gar nicht mehr seine Frau war, saß tief bei Saif. Da würde es ihm nicht im Traum einfallen, mit den Jungen darüber zu sprechen. Was hätte er auch sagen sollen? Sie hatte sich ein ganz neues Leben aufgebaut, und mit dieser Information wollte er seine Söhne nicht belasten.

»Nein, es geht nicht um Amena«, fügte Neda daher schnell hinzu. »Tut mir leid, mein Lieber.«

Saif nickte nur rasch.

»Ich meinte das hier.« Sie zog einen Stapel Papiere hervor. »Sie sind jetzt seit fast fünf Jahren offiziell hier … und können damit das dauerhafte Aufenthaltsrecht beantragen.«

Er schaute sie aus zusammengekniffenen Augen an. »Um Schotte zu werden?«

»Es wäre bloß der erste Schritt in Richtung Ihrer neuen Staatsangehörigkeit. Durch die Sie allerdings Brite werden, kein Schotte, zumindest im Moment noch.« Sie lächelte in sich hinein. »Sie sind hier viel zu gut integriert.«

Saif blickte sie weiterhin an. »Und die Jungen …?«

»Also: Zuerst wird man Ihnen den Aufenthalt für weitere fünf Jahre verlängern, ich denke, das geht klar. Ihre Nützlichkeit hier steht ja außer Frage, und ich werde für

Sie bürgen, daher wird es wohl noch diesen Sommer klappen. Und am Ende dieser Zeit bekommen Sie die Staatsangehörigkeit. Solange Sie nicht in der Zwischenzeit einen Verbrecherring aufziehen oder so.«

Sie lehnte sich vor. »Endlich, Saif! Und da Ib in fünf Jahren noch minderjährig ist, werden dann auch die beiden britische Pässe bekommen.«

Er starrte sie an und versuchte, das alles zu verarbeiten.

»Die Jungen werden sicher sein«, sagte Neda sanft.

Tief in Saif rührte sich etwas. Was genau da passiert war, begriff er nicht, aber er wagte es nicht, jetzt den Mund aufzumachen.

Er würde in Sicherheit sein, und auch seine Söhne, deren neue Staatsangehörigkeit ihnen den Zugang zur ganzen Welt ermöglichen würde. Briten hatten ja keine Ahnung, was für ein Glück ihnen damit zuteilgeworden war, dass sie in einem reichen Land geboren waren. Das hatte er immer schon gedacht, auch wenn er es für sich behielt.

Die Leute hier meckerten gern und beschwerten sich über die Regierung, aber sie würden nie auf einen Lichtschalter drücken, ohne zu wissen, ob heute der Strom ging, mussten keine Angst davor haben, im Krankenhaus abgewiesen zu werden. Sie konnten einfach in jedes Flugzeug steigen und reisen, wohin auch immer sie wollten.

Nach so schrecklichen Anfängen Westeuropäer zu werden – was für eine wunderbare Karte das Schicksal seinen Kindern da ausgeteilt hatte! Sie würden einen Pass bekommen, der ein goldenes Ticket war, für den Millionen ihr Leben riskieren würden und tatsächlich jeden Tag riskierten.

Saif sah Neda direkt an. »Das ist nicht alles, oder?«, fragte er behutsam. Aber er wusste bereits, was sie sagen würde. Eigentlich sollte er sich darüber jetzt nicht den Kopf zerbrechen müssen. Es musste wohl einen Grund dafür geben, dass dieses Thema plötzlich so dringend war.

»Sie müssen das jetzt schnell abwickeln«, antwortete sie.

Neda versuchte nie, die Dinge anders darzustellen, als sie waren. Das schätzte er so an ihr.

Er nickte. »Wissen Sie, es wird berichtet, dass Damaskus sicher ist«, sagte er. »Aber haben Sie mal die Bilder gesehen? Es sind ja nicht einmal Ruinen übrig, selbst die wurden zerbombt. Da bleibt bloß noch Staub.«

Neda nickte.

»Wie soll jemand dort eine Familie durchbringen?«

»Trotzdem«, sagte Neda, »wurde Ihnen hier Zuflucht gewährt, weil in Ihrem Land Krieg geherrscht hat. Jetzt heißt es, dass der Krieg dort vorbei ist.«

»Nur weil nichts mehr übrig ist, wofür man kämpfen könnte«, erwiderte Saif bitter. »Nur noch verblichene Knochen und brennende Reifen.«

»Ich bin da ganz Ihrer Meinung. Aber ich will Ihnen nicht vorenthalten, dass wir in naher Zukunft mit Druck vonseiten der Politik rechnen. Ich denke, dieses Thema wird an Bedeutung gewinnen, sogar stark, wenn in London Wahlen anstehen. Ja, Sie sind Arzt in einer Gegend mit einem Mangel an medizinischem Personal, was auf jeden Fall helfen wird. Dennoch wird Schottland Sie vielleicht nicht schützen können, auch wenn es das gern möchte. Aus diesem Grund«, sagte Neda, »empfehle ich Ihnen, den Antrag umgehend zu stellen.«

Er nickte und versuchte, die Flut an Informationen zu verarbeiten.

»Das sind gute Nachrichten«, sagte Neda, »wirklich tolle Neuigkeiten. Aber ich möchte eben betonen, wie schnell

Sie jetzt handeln sollten, das ist alles. Riskieren Sie nicht, dass in Westminster die Stimmung umschlägt; die Politiker dort drehen ihr Fähnlein nämlich nach dem Wind.«

Sie ließ ihm die Formulare und eine Broschüre da und machte mit ihm aus, dass sie sich nachher an der Schule treffen würden.

Nachdenklich starrte Saif die Papiere an, während er zerstreut nach der inzwischen leeren Kuchenschachtel griff.

Kapitel 4

Es gab nur einen einzigen Ort in den Weiten des Universums, in der Unendlichkeit von Zeit und Raum, in allen je erschaffenen Welten, auf allen Planeten, Kontinenten, in allen Ozeanen, Ländern, Städten, Örtchen, auf allen Inseln und Straßen, in allen Häusern und Räumen, nur einen Ort, an dem Lorna MacLeod einen verschwindend kurzen Moment lang glücklich war und immer glücklich sein würde.

Und dort befand sie sich heute Abend, in ihrem Schlafzimmer hinten in ihrer versteckten Wohnung über dem (normalerweise geschlossenen) Mure-Museum und der Bücherei (die nur am Nachmittag aufhatte). Ihr Zuhause hatte eine sonnige Küche, einen Außenbereich am Notausgang, wo man sich im Sommer draußen hinsetzen konnte, und wurde im Winter von der gemütlichen Wärme eines großen Kamins erfüllt.

Wie auch bei den anderen steinernen Häuschen gingen die Fenster des blauen Schlafzimmers nach hinten raus, sodass man im Raum völlige Privatsphäre hatte.

Lorna hatte ihn ganz für sich allein und teilte ihn sich in diesem Moment mit Saif Hassan, der unter einem strahlend weißen, im frischen sauberen Frühlingswind getrockneten Laken lag.

Saif hatte einen anstrengenden Tag hinter sich.

Weil sie seinen Geruch so sehr liebte, hüllte Lorna sich in sein Hemd, das er hastig abgestreift hatte – und schaute ihm einfach beim Schlafen zu.

Einerseits hätte sie ihn am liebsten geweckt. Sie verbrachten ohnehin schon so wenig Zeit zusammen, dass ihr jede einzelne Sekunde wichtig war. Andererseits sehnte sie sich auch immer nach solchen Momenten, in denen sie sich an seiner golden schimmernden Haut laben konnte, an seinem weichen, verwuschelten dunklen Haar, am Anblick seines Mundes, der im Schlaf für gewöhnlich voll und weich war.

Er war nicht nur der schönste Mann, sondern generell das Schönste, was Lorna je im Leben gesehen hatte. Sie liebte ihn so sehr, dass sie befürchtete, das Herz könne ihr aus der Brust springen. Abgesehen von dessen Klopfen war nichts weiter zu hören als Saifs sanfter Atem und das ferne Kreischen von Möwen.

Es war unfassbar schwierig für den Hausarzt der Insel, sich heimlich mit der örtlichen Schulrektorin zu treffen, die auch noch seine Kinder unterrichtete.

Tatsächlich war es ein Albtraum voll Trickserеien und Geheimniskrämerei.

Flora wusste es natürlich, war aber zur Verschwiegenheit verpflichtet worden.

Und Jeannie, die Arzthelferin der Praxis, hatte eine ziemlich zutreffende Vermutung darüber, was hier vor sich ging.

All die Aufregung, die Explosion der Leidenschaft hinter verschlossenen Türen, Verlangen und Liebe und gemurmelte Worte und gestohlene Seufzer machten nicht wett, wie oft Lorna abends allein zu Hause hockte, wenn das Telefon nicht klingelte.

Bei Veranstaltungen und Feiern erschienen sie getrennt, nickten einander höflich zu und ignorierten sich entweder komplett (was keine gute Idee war, weil Lornas Kollegin, Mrs Cook, bei Lorna eine Abneigung gegen Saif vermutete und fürchtete, dass sie eine Rassistin war) oder rangen sich einen gequälten Small Talk über Ashs letztes Zeugnis ab.

Lorna war Zeugin dessen gewesen, was Flora und Joel hatten – eine Liebe, die sie nährten, indem sie sich einander nach und nach öffneten. Douglas fügte dieser Liebe noch mehr Tiefe hinzu, und ihre Beziehung bezog auch Floras Familie und Joels Adoptiveltern Mark und Marsha mit ein. So webten sie nach und nach gemeinsam den Wandteppich ihres Lebens.

So etwas würden Saif und sie niemals miteinander teilen können.

Oder vielleicht doch?

Lorna sprach das Thema nie an, klammerte sich aber insgeheim an etwas, was sie wusste: dass Amena wieder geheiratet und eine neue Familie gegründet hatte.

Trotzdem konnten sie nicht einfach nach vorne sehen.

Diese beiden kleinen Jungen waren durch die Hölle gegangen und hatten so viel verloren.

Lorna war eine der wenigen erwachsenen Personen, denen Saifs Söhne zu vertrauen gelernt hatten, nachdem die Welt sie so fürchterlich enttäuscht hatte.

Sollte sie sich einfach vor sie hinstellen und verkünden, dass ihre Mum sie nicht mehr wollte, weil sie mittlerweile neue Kinder hatte? Und dann hinzufügen, dass sie selbst, Lorna, jetzt jeden Morgen im Bett ihres Vaters aufwachen würde, bevor sie sie später in der Schule unterrichten würde? So nach dem Motto: »Vergesst eure Mutter einfach!«

Schon die Vorstellung war unmöglich. Unerträglich. Grausam.

Aber … wann? Und wie? Lorna war nur zu bewusst, dass sie auch nicht jünger wurde, und sie sah auf Mure überall die in ihre üblichen neun Lagen lokal produzierte Wolle gehüllten Babys.

Sie würde es niemals laut aussprechen, aber auch sie träumte von einem Baby … mit schwarzen Wimpern, so lang, dass sie einen Schatten warfen, mit weicher Haut …

Lorna schüttelte den Kopf, weil sie wütend auf sich selbst war. Es brachte doch nichts, sich mit solchen Gedanken immer und immer wieder zu quälen. Sie warf einen Blick auf ihre Armbanduhr.

Außerdem lief Saif Gefahr, die Jungen zu spät von den Pfadfindern abzuholen.

Lorna legte sich wieder hin, schob sich an Saif heran und schmiegte sich an seine Brust.

Noch im Halbschlaf schlang er instinktiv die Arme um sie, zog sie an sich und vergrub das Gesicht in ihrer langen rotbraunen Mähne, die er so vergötterte.

Sie schloss die Augen und wünschte, sie könnte genau so für immer hier liegen bleiben.

Zwischen ihren Haaren stießen seine Lippen schließlich ein leises Stöhnen aus. »Wie spät ist es?«

»Ist schon okay«, flüsterte Lorna. »Im Moment übernehmen sie doch kleine Aufgaben, um für die Gruppe Geld zu sammeln. Deshalb sind sie bestimmt spät dran.«

»Ich könnte für immer hierbleiben«, murmelte er in ihre Haare und schmiegte sich immer enger an sie.

»Ich auch.«

Diese Nähe hatte heute Abend zum zweiten Mal die

vorhersehbare Wirkung auf Saif, deshalb machte er sich widerwillig los, bevor die Sache noch aus dem Ruder lief.

In Lorna zog sich alles zusammen, als sie allein im Bett zurückblieb, wie jedes Mal, wenn er sich fertig machen und gehen musste. Dann kam sie sich vor wie eine Mätresse oder etwas noch Schlimmeres.

Hastig duschte Saif und zog sich an. Beim Binden der Krawatte schaute er in den Spiegel und sah Lorna.

»Ich hab heute Neda getroffen«, sagte er.

»Ich auch«, erwiderte Lorna mit einem kleinen Lächeln.

Natürlich hatte sie sich unglaublich professionell gezeigt, sich auf die Jungen konzentriert und keine Fragen über Saif gestellt, die Neda ja doch nicht beantwortet hätte.

»Sie hat gesagt ... dass ich ein Visum für weitere fünf Jahre bekomme, wenn ich es jetzt beantrage. Und danach hätte ich ein Anrecht ... auf die britische Staatsangehörigkeit.«

Lorna erstarrte. Sie sprachen nie über seinen Status oder über andere Aspekte seiner Zukunft.

In fünf Jahren! Das war noch so lange hin. Aber dann wäre Ib schon beinahe erwachsen. In fünf Jahren ... würde sie erst achtunddreißig sein.

Es bekamen doch dauernd Leute mit achtunddreißig noch ein Baby. In fünf Jahren könnten sie also vielleicht ... Sie könnten sich zusammen ein Haus kaufen. Mit einem britischen Pass würde Saif reisen können, dann könnten sie ein normales Leben führen und einfach alles tun, was sie wollten. Sie würden ...

Unverwandt schaute er sie an. »Freust du dich?«

Lorna traute ihrer Stimme nicht, also nickte sie heftig.

»Immer bitte ich dich darum zu warten«, sagte Saif mit sanftem Lächeln. »Immer, Lorena.«

Er kam zu ihr herüber und schob ihr eine Strähne hinters Ohr. »Jedes Mal bitte ich dich, noch länger zu warten. Aber kannst du das?«

Eigentlich hätte Lorna mit der Faust auf den Tisch hauen und mehr verlangen sollen als nur eine gestohlene Stunde hier und da. Sie hätte sich unnachgiebig zeigen und darauf bestehen sollen, dass sie darüber sprachen, wie sie es den Leuten sagen, den Kindern beibringen würden.

Aber all das tat sie nicht. Stattdessen nickte sie nur.

Saif kniete sich vor das Bett, während er ihr flehentlich die Hände entgegenstreckte.

»Du bringst Freude in mein Leben, Lorena. Meine Söhne – die sind mein Herz, mein Leben. Aber du … du bist das Licht.«

Sie schloss die Augen und streckte die Hand aus, um ein letztes Mal seine starke Schulter zu berühren, seinen Duft einzuatmen, ihn bis zu seinem Aufbruch festzuhalten, solange sie konnte.

Jetzt ging der Alarm an ihrem Handy los, und auch seins piepte.

»Okay, okay.«

Lorna richtete sich auf, um sich zu verabschieden.

Aber während Saif sie noch küsste, Kosenamen auf Arabisch in ihr Haar murmelte, kehrte bereits die Traurigkeit zurück.

Lorna rollte sich wieder auf dem Bett zusammen und schmiegte sich in das Kissen, um Saifs Geruch einen Moment länger in der Nase zu haben, um jeden Kuss noch einmal zu durchleben, jede Berührung, jeden perfekten kleinen Augenblick, bis nur noch Leere und das Gefühl des Verlustes bleiben würden.

Kapitel 5

Am nächsten Abend kehrte Joel per Flugzeug heim.

»Du bist zurück, zurück, zurück!«, jubelte Flora.

Als Erstes schaute Joel seinem kleinen Jungen tief in die Augen und entschuldigte sich dafür, dass er ohne ihn weg gewesen war, aber Douglas schlief einfach ohne zu murren ein.

»Es scheint ihm ja gar nichts ausgemacht zu haben, dass er mich wochenlang nicht gesehen hat«, klagte Joel. »Ist dir aufgefallen, wie er …?«

»Reden können wir später«, sagte Flora mit einer gewissen Dringlichkeit. Sie fand, dass sie sich über Douglas schon genug mit Saif, Hamish, Eck, den Fair-Isle-Strickdamen in *Annies Küche* und Agot ausgetauscht hatte. (Letztere hatte vor allem wissen wollen, wann Douglas eigentlich alt genug fürs Internat sein würde.)

Und auch, was Joel wegen der Hochzeit mit ihr besprechen wollte, würde leider warten müssen.

Wie er mit seinem ein wenig zerknitterten Anzug, dem sich lösenden Krawattenknoten und den ihm lockig in die Stirn fallenden Haaren aus dem Flugzeug gestiegen war, hatte auf sie nämlich eine vorhersehbare Wirkung gehabt.

Zu Hause angekommen, packte sie Joel beim Ärmel seines schicken Anzugs und marschierte mit ihm hoch in ihr großes Schlafzimmer, wo ein Feuer im Kamin flackerte und das Licht gedämpft war. Dass Flora das angrenzende Bad extra mit frischen Handtüchern ausgestattet und eine Duftkerze aufgestellt hatte, bemerkte Joel allerdings nicht.

Und Flora war völlig egal, ob es ihm auffiel oder nicht, zumindest im wilden Taumel, bis sie, viel zu kurze Zeit später, ineinander verschlungen wieder auf dem Bett ruhten.

»Du bist eine Hexe«, keuchte Joel atemlos und kopfschüttelnd. »Du bist eine verrückte Selkie-Hexe. Ich weiß nicht einmal, wie du das machst, Flora, aber es fühlt sich jedes Mal wieder wie das erste Mal an.«

Mit leuchtend rosigen Wangen schmiegte sie sich ganz dicht an ihn, während ihre Glieder einerseits schwer waren und andererseits zu zerfließen schienen. Alles an ihr schien sich aufzulösen. »Hmmm?« Als sie ihn anschaute, war ihr Blick ganz verschleiert.

Wie gern Joel sie so sah! Schon stand er wieder unter Strom. »Ich glaube, es geht gerade erst los.«

Aber vergebens, Flora schlief bereits tief und fest.

Am nächsten Morgen hatte Joel durch den Jetlag ziemliche Probleme beim Aufwachen und sah Flora benebelt dabei zu, wie sie im Raum hin und her eilte.

»Hör auf, mich anzustarren«, befahl sie und versuchte, sich die Strumpfhose anzuziehen, ohne sich dabei langzulegen.

»Ich hab meine Brille nicht auf«, rief Joel ihr in Erinnerung. »Ohne die weiß ich doch nicht einmal, ob das überhaupt du bist.«

Über das Babyfon hörten sie jetzt Douglas brabbeln und blickten sich einen Moment an.

Flora holte ihn und wickelte ihn.

»O Gott, es ist so schön, wieder zu Hause zu sein«, sagte

Joel und setzte sich auf, um Douglas mit seinem Fläschchen in Empfang zu nehmen. Der Kleine wurde immer schwerer. »Du musst mir alles erzählen.«

Flora schaute ihn an und wünschte sich nichts mehr, als mit ihren beiden liebsten Menschen auf der Welt zurück ins warme Bett zu krabbeln.

»Ich will heute nicht zur Arbeit«, maulte sie.

»Dann geh doch nicht«, sagte Joel. »Im Ernst, scheiß drauf. Wer braucht schon einen Job? Lass uns Coltons Geld veruntreuen und auf die Bermudas abhauen.«

»Okay«, antwortete Flora. »Und was machen wir da den ganzen Tag?«

»Öh, unser schmutziges Geld zählen und in der Sonne Mai Tais trinken? Und noch das andere, was du so gern machst.«

Flora grinste und schaute durchs Fenster nach draußen. Die Sonne stand bereits am Himmel, es war ein strahlender Tag. Aber sie wusste, dass das täuschte und es draußen eiskalt war.

»Wir würden uns doch nur langweilen.«

»*Wirklich?*«

Sie lehnte sich vor und drückte ihm einen Kuss auf die schöne Nase.

»Jetzt erzähl erst einmal, was ich alles verpasst habe.«

»Während du dich an exotischen Orten mit Spitzenwissenschaftlern und Denkern und glamourösen sexy Typen getummelt hast?«

»Du kennst offensichtlich nicht viele Virologen«, entgegnete Joel trocken.

»Ooh!« Flora fuhr hoch. »Hier auf der Insel wartet *tatsächlich* Glamour auf uns!« Sie seufzte. »Aber verlieb dich bitte nicht in sie, okay?«

»Von wem redest du da?«

»Von Olivia Mathieson, Jans Schwester. Die wird herfliegen, um bei uns zu heiraten!«

»Jan hat eine Schwester? Fraser hat noch eine Tochter? Da erscheint mir das Risiko des Sichverliebens nicht sehr groß.«

»Sie ist *so* schön und international und erfolgreich«, sagte Flora. »Im Ernst, verlieb dich bitte nicht in sie.«

»Nein, ich hatte wirklich nicht geplant, mich in Jans Schwester zu verlieben. Aber warum, wie ist sie denn so?«

»Oh«, machte Flora. »Ich ... du weißt schon. Eigentlich kann ich das gar nicht sagen, weil ich ihr noch nicht begegnet bin. Aber laut den anderen ist sie unglaublich schön, und alle verlieben sich in sie, also mach das bloß nicht ...«

»Du bist doch auch schön«, warf Joel schnell ein.

»Hör auf, Schatz«, protestierte Flora. »Ich war nun wirklich nicht auf Komplimente aus. Es freut mich, dass ich dir gefalle, aber wenn ich gleich in eine Modelagentur spazieren würde, würde man mich dort für die neue Putzfrau halten. Olivia hingegen ...«

Joel zuckte mit den Achseln. »Pf, ich war schon mit Models zusammen ...«

»Ich weiß!«, rief Flora aus. »Deshalb mache ich mir ja Sorgen!«

»... und das ist genau so, wie du es eben beschrieben hast. Man hat keine Ahnung, wie diese Person in Wirklichkeit ist, weil man viel zu sehr von ihrer Schönheit geblendet wird. Dass sich diese Frauen deshalb für ach so toll halten, ist wirklich langweilig. Denen haben ihr Leben lang Männer erzählt, wie witzig sie doch sind, dabei sind sie das überhaupt nicht.«

»Na ja, schön zu wissen, dass ich witzig bin«, sagte Flora.

Joel presste die Lippen gegen Douglas' Näschen. »Außerdem sind sie furchtbar knochig.«

»Oh, das Argument ist natürlich viel besser«, sagte Flora, während sie sich einen zusätzlichen Pullover anzog.

»Während meine Liebe zu dir bis in die Knochen geht«, sagte er. »Reicht dir das?«

Flora beschloss, endlich in den sauren Apfel zu beißen. »Okay«, sagte sie. »Gut, nach allem, was ich gesehen habe, scheinst du dich ja nicht von mir trennen zu wollen.«

»Was?«, sagte Joel.

»Dann solltest du mir jetzt sagen, worüber wir sprechen müssen.«

»Oh! Ja! Ich hab dir doch versichert, dass es nichts Schlimmes ist.«

»Ja«, murmelte Flora. »Aber du hast gesagt, dass wir reden müssen. Das ist oft ein ganz schlechtes Zeichen.«

Jetzt wirkte Joel ein bisschen nervös.

»O Gott, was ist denn nur?«, drängte Flora.

»Na ja. Eigentlich hatten wir doch ausgemacht, dass unsere Hochzeit der Testlauf für weitere solcher Feiern in *The Rock* sein soll, oder?«

»Ja, und jetzt müssen wir Gas geben, weil Olivias Hochzeit im Hotel stattfinden soll!«

»Wie meinst du das?«

»Sie will eine riesige Veranstaltung, die am Mittsommertag über die Bühne gehen soll. Wirklich ein schönes Datum für eine Hochzeit. Na ja, wenn wir denn zusagen.«

»Oh.« Joel runzelte die Stirn. »Das soll also eine schicke Feier mit allem Prunk und Pomp werden?«

»Das hoffe ich doch mal«, sagte Flora. »Da könnten wir was richtig Tolles auf die Beine stellen und uns als Hotel damit profilieren. Gut aussehende Menschen haben auch gut aussehende Freunde, oder?« Sie überlegte. »Hey, Mittsommer hatten wir doch auch angedacht. Ich weiß, dass die meisten Leute so etwas ein Jahr im Voraus planen, aber *die meisten Leute* haben ja auch kein eigenes Hotel!« Sie grinste. »Okay, es ist nicht wirklich meins, schon klar«, flüsterte sie. »Aber vielleicht dürfte ich wenigstens am Tag meiner Hochzeit so tun. Was meinst du?«

Joel hatte bereits ein schlechtes Gewissen wegen dem, was er jetzt sagen würde. »Hör mal, ich hab mit Mark gesprochen, als ich unterwegs war.«

»Hm-hm?«, machte Flora.

Sie liebte Mark, der einst Joels Therapeut gewesen war und ihn mittlerweile adoptiert hatte, heiß und innig. Dass Joel das Gespräch mit ihm suchte, war aber meist kein gutes Zeichen.

»Darüber … dass ich vor der Hochzeit ein wenig Angst habe.«

Flora wusste, wie schwer es Joel fiel, über solche Dinge ehrlich zu sprechen, und dass sie ihn unterstützen musste, wenn er sich ihr gegenüber öffnete. Trotzdem war es ganz schlimm für sie, seine Worte zu hören.

»Okay«, sagte sie und bemerkte, mit welch heftigem Griff er seinen Sohn festhielt.

Douglas spielte mit der Brille seines Vaters herum. Falls bei ihm auch irgendwann mal eine starke Sehschwäche festgestellt werden würde, schien er sich schon mal damit vertraut machen zu wollen.

»Ich meine, alle werden vor allem deinetwegen kommen«, sagte Joel. »Und das ist ja auch toll, ich finde es super und liebe deine Familie. Nur … wird von meiner Seite niemand dabei sein.«

Flora nickte. »Mark und Marsha schon …«

»Natürlich, das weiß ich ja. Aber abgesehen davon?«

»Was ist denn mit all deinen Freunden aus London?«

Flora erinnerte sich noch gut an die Zeit, als er ihr Chef gewesen war und sie nur eine unbedeutende Anwaltsgehilfin, die total in ihn verknallt gewesen war.

Damals war er immer von Menschen umringt gewesen, hatte mit Leuten Squash gespielt oder war in einer großen Gruppe durch die Bars gezogen und hatte oft irgendeine unfassbar schöne Frau am Arm hängen.

Joel setzte ein halbherziges Lächeln auf. »Diese Typen habe ich gehasst«, erklärte er. »Oder, nein, das ist ungerecht. Die waren schon in Ordnung, zumindest einige von ihnen. Aber das waren doch einfach nur Menschen, mit denen ich zusammengearbeitet habe. Da ging es normalerweise darum, wie ich die schlagen oder ihnen Mandanten wegschnappen oder sie ins Bett kriegen konnte oder … na ja. Alles hatte immer etwas von einem Tauschgeschäft an sich.«

Er zog Flora heran, bis sie ganz nah bei ihm saß, was wirklich nicht fair war. Auch sie schlang den Arm um Douglas.

»Ich komme mir so egoistisch vor, aber wenn du von all diesen Menschen umgeben bist – von Leuten, die dich von Kindheit an kennen und lieben, von deinen ganzen alten Freunden, jedem, dem du je begegnet bist, dann … wird das für mich schwierig«, sagte er abschließend. »Tut mir leid, das ist so jämmerlich. Es klingt einfach erbärmlich, wenn ich es laut ausspreche.«

»Ich kann dich schon verstehen«, sagte Flora.

»Und dann muss ich wieder an meine Eltern denken und … na ja. Aber, ich meine, es ist doch deine Hochzeit.«

Joels Eltern waren jugendliche Drogenabhängige gewesen. Ihre Beziehung hatte in einer Tragödie geendet, als sein Vater seine Mutter umgebracht hatte. Diese Schande, dieser Makel hatten den stillen, schlauen Jungen mit den schlechten Augen immer begleitet, während er zwischen Pflegefamilien hin und her geschoben worden war, die wenig Interesse an ihm gehabt hatten.

Er hatte so viele Familien durchlaufen, in die er nicht hineingepasst hatte, bis ihn schließlich ein Kinderpsychologe in einem Internat untergebracht hatte.

Er war ein exzellenter Schüler und Student gewesen, hatte härter gearbeitet als alle anderen und sich selbst immer weiter angetrieben. Während des Jurastudiums hatte er sich mit drei Jobs über Wasser gehalten, und er hatte sich mit vierunddreißig bereits zum Partner in einer Anwaltskanzlei hochgearbeitet.

Irgendetwas hatte unter all dem ja leiden müssen, und vor ein paar Jahren hatte es zu einem ziemlich gefährlichen Zusammenbruch in New York geführt. Damals war Flora für Joel da gewesen, um ihn aufzufangen und wieder aufzubauen.

Manchmal hatte sie Angst, dass er sie deswegen als Heilerin wahrnahm, als eine Art geheimnisvollen Selkie-Engel, und nicht als das, was sie wirklich war: eine fröhliche, liebevolle, manchmal ein wenig unordentliche, ganz normale junge Frau. Dass sie und im weiteren Sinne die ganze Insel von Joel als ein Rückzug von der »echten« Welt gesehen wurden.

Aus diesem Grund hatte sie sich ja so auf die Hochzeit gefreut. Am Tag der Trauung würden sie sich als gleichberechtigte Partner vor den Augen der ganzen Welt füreinander entscheiden. Um nicht nur die schlechten Zeiten zu teilen, dachte sie manchmal, sondern auch die guten.

Als Team, das es gemeinsam mit dem Rest der Welt aufnehmen konnte.

Natürlich wusste Flora, was ihre Brüder über Joel dachten: dass er ihre Gutmütigkeit ausnutzen konnte, weil sie ihn so sehr liebte. Dass er sie genauso liebte, wollte sie nun der ganzen Welt zeigen – und zwar in einem wahnsinnig tollen weißen Kleid.

»Hm«, machte Flora. »Also, was wolltest du dazu sagen?«

Joel drückte sie an sich. »Okay, sei bitte ehrlich: Würde es dir etwas ausmachen, wenn wir im ganz, ganz kleinen Kreis feiern würden? Nur wir?«

»Äh, wie klein genau? Meinst du eine *Sweetheart Wedding*?«

»Wie bitte?«

»Na, eine *Sweetheart Wedding*, so nennt man eine Hochzeit ohne Gäste.« Flora musste schlucken. Dieser Ausdruck ließ es sogar ganz nett klingen.

»Also … ich will jetzt nicht *jegliche Gäste* ausschließen. Deine Brüder müssten schon mit dabei sein. Und Mark und Marsha natürlich.«

»Also Dad, meine Brüder, Mark und Marsha, und das war's?«

Joel zuckte mit den Achseln. »Was meinst du? Ich möchte … na ja. Ich will natürlich auch, dass du bekommst, was du dir wünschst.«

Flora musste daran denken, wie viel Schmerzhaftes Joel schon durchlebt hatte, wie schwierig es für ihn gewesen war, diesen Punkt zu erreichen. Und sich verletzlich zu zeigen war für ihn immer noch eine Herausforderung.

»Alles, was ich je wollte, bist du«, sagte sie. »Und deinen kleinen Klon.« Sie küsste Douglas auf den Bauch.

»Bist du sicher?«

»Wichtig ist doch die Ehe, nicht die Hochzeit«, sagte Flora. »Und ich könnte es nicht ertragen, dass du unglücklich bist, nicht eine Sekunde lang.« Der plötzliche Kloß im Hals überraschte sie selbst. »Aber würde es dich … Kann ich vielleicht noch … Lorna einladen?«

»Ja, klar«, sagte Joel.

»Wenn Agot meine Brautjungfer sein soll, brauche ich ohnehin jemanden, der sie im Auge behält.«

Joel nickte. »Ein guter Gedanke.« Er küsste sie. »Ich liebe dich so sehr. Irgendwann um Mittsommer herum wäre doch ein guter Zeitpunkt, oder?«

Flora nickte und lächelte. Sie war als Teil dieses Trios so glücklich.

»Da ist noch etwas«, gab Joel nun zu.

Flora runzelte die Stirn.

»Nein, ist egal, darüber können wir später noch sprechen.«

»Danach sieht es aber nicht aus.«

»Es ist nur … Tut mir leid, ich hatte eben viel Zeit zum Nachdenken, als ich weg war.«

»Ja, offensichtlich.«

»Okay. Also. Es geht um Folgendes … Und du musst es ehrlich sagen, wenn es dir nicht passt, weil wir schließlich bald heiraten. Wir wollen doch echte Partner sein und es uns zusammen aufbauen.«

»Was aufbauen?«

»Na, unser Leben«, sagte Joel. »Ein gemeinsames gutes Leben.«

»Oh!«, sagte Flora. »So hatte ich das noch nie betrachtet.«

Ja, es gefiel ihr, die Dinge so zu sehen, würde sie mal

sagen. Dass sie sich hier nicht nur auf die Hochzeit vorbereiteten, auf diesen einen Tag mit einer, wenn auch kleinen, Feier, sondern auf ein gemeinsames Leben. Und natürlich gefiel es ihr, dass Joel sich darüber Gedanken gemacht hatte.

In der Vergangenheit hatte sie manchmal Sorge gehabt, dass ihre Beziehung für Joel nichts Ernstes war, nur eine kleine Auszeit von seinem üblichen Leben, bei dem er immer unter Hochspannung stand. Dass sie nicht nur eine individuelle, eigenständige Person war, sondern auch eine Zerstreuung. Dass er hier verschwinden würde, sobald es ihm besser ging, sich wieder in den zielstrebigen, im Fitnessstudio gestählten Schürzenjäger verwandeln würde, der er vor ihrer Beziehung gewesen war.

Diese Angst hatte nachgelassen – vor allem durch Joels große Hingabe für Douglas. Aber jetzt wurde Flora etwas klar: Wenn diese Angst immer noch vorhanden war, obwohl sie hier mit einem Ring am Finger saß, dann war das womöglich ihr eigenes Problem und nicht das von Joel.

Vielleicht lief das einfach so, wenn man mit jemandem zusammenkam, für den man lange geschwärmt hatte. Das brachte immer große Verletzlichkeit mit sich, was man auch machte. Und selbst die größte, schickste Hochzeit der Welt würde das nicht ändern.

»Na ja«, sagte Joel, »so lange Fintan hier nicht wieder einziehen will, haben wir doch dieses Zuhause.«

Sie lebten in einem wunderschönen Haus, das Fintan geerbt hatte. Ja, er bekam dafür Miete von ihnen, vor allem wollte er aber nicht inmitten von Erinnerungen an seinen verstorbenen Ehemann leben.

»Hm-hm«, machte Flora.

»Und die Unternehmen …«

»Ja, mehr oder weniger«, sagte Flora, die mit Sorge an die Buchhaltung dachte.

»Und ich arbeite halbtags für die Stiftung … und wir werden in ganz kleinem Kreis heiraten …«

»Willst du mir eröffnen, dass du alles aufgeben willst, um bei der Ultimate Fighting Championship mitzumachen?«, fragte Flora.

»Was? Nein!«, sagte Joel, der die Andeutung nicht verstand. »Nein, ich hab gedacht, wegen der kleinen Hochzeit und so … Also … ich meine, ich hab in London so viel Geld verdient, aber durch echt üble Sachen. Immer ging es um Geschäftsübernahmen, Steuerumgehung, darum, dass irgendwelche Schurken nicht in den Knast sollten«, fuhr er fort. »Ich habe irgendwie das Gefühl … dass ich da etwas wiedergutmachen muss. Wenn ich die armen kleinen Kerle sehe, die Charlie und Jan auf die Insel holen …«

Flora begriff immer noch nicht, worauf er hinauswollte.

»Ich dachte, wir könnten vielleicht das Geld, das wir für eine große Hochzeit ausgegeben hätten … für diese Jungen spenden. Die sind genau wie ich, Flora, das sehe ich jedes Mal, wenn ich da aushelfe. Outward Adventures könnte dieses Geld so gut gebrauchen.«

Flora schaute ihn an. Natürlich, wie sollte sie dazu Nein sagen?

»Es ist wirklich nervig«, sagte sie, während sie ihn küsste, »dass du dich in so einen guten Menschen verwandelt hast, Joel Binder.«

»Das ist nur auf eine einzige Person zurückzuführen«, sagte Joel.

Dann küsste auch er sie ganz heftig.

»*Wie bitte?*«

»Fang. Gar nicht. Erst an!«, mahnte Flora und starrte traurig die Flasche billigen Weißwein an, die sie sich im *Harbour's Rest* teilten. Sie hatte nach der Arbeit wirklich das Bedürfnis gehabt, bei jemandem Dampf abzulassen, und zwar an einem Ort, an dem nicht jeder andere für sie arbeitete.

»Er will euer ganzes Hochzeitsbudget *Jan* schenken?«

»Wenn du es so ausdrückst, klingt es nur noch schlimmer.«

»*O Gott*!«, stöhnte Lorna. »Da musst du wirklich einschreiten. Was, wenn er am Ende alles weggeben will?«

»Wie soll ich denn einschreiten? Er tut doch das Richtige und etwas Gutes, bla, bla, bla.«

»Das Richtige *für ihn*, aber nicht *für dich!*«

»Du lieber Himmel«, sagte Flora, »mir kommt da gerade etwas in den Sinn! Was, wenn das nur der Anfang einer riesigen Midlife-Crisis ist und er all unseren Besitz verschenken und dann barfuß herumlaufen und Sachen verbrennen will und so? O neeeeeeein!«

»Ich bin mir sicher, dass es so weit nicht kommt«, wandte Lorna ein, die an Joels teure Schuhe von Church's denken musste.

»Freut mich, dass wenigstens du überzeugt bist«, bemerkte Flora.

Lorna grinste.

»Aber er hat durchaus recht«, sagte Flora. »Schließlich haben wir einerseits beide Arbeit und sind auf dieses Geld nicht angewiesen, während es da draußen Kinder gibt, die dringend Hilfe brauchen. Andererseits hab ich mich auch immer selbst versorgen müssen. Du bist fein raus, du wirst schließlich einen Arzt heiraten.«

»Hör bloß auf!«, entfuhr es Lorna, die diesbezüglich abergläubisch war. Sie war hergekommen, um ihre guten Neuigkeiten mit Flora zu teilen, hatte aber schnell gemerkt, dass ihre Freundin sich erst einmal etwas von der Seele reden musste.

Flora seufzte.

»Das Problem ist eben«, sagte Lorna pragmatisch, »dass du dich damals in einen reichen und erfolgreichen Anwalt verknallt hast.«

»Aber das ist ein furchtbarer Gedanke!«, jammerte Flora. »Das klingt so geldgierig! Und wir kommen doch gut klar!«

»Das ist nicht geldgierig, es ist nur menschlich«, sagte Lorna. »Verlieben kann man sich in so ziemlich jeden – meine Herren, das weiß ich ja wohl am besten. Aber es ist schon schön, wenn diese Person auch Geld hat. Und mit niemand anders verheiratet ist«, fügte sie leise hinzu.

»Natürlich können wir Geld verdienen«, sagte Flora. »Ich hatte einfach nur im Hinterkopf, dass es ganz schön wäre … wenn jemand für mich sorgen könnte, falls mir die Dinge irgendwann über den Kopf wachsen. Das ist alles.«

»Und das würde er ja auch«, sagte Lorna. »Er würde wieder zurück ins Büro gehen.«

Mit zweifelndem Blick schaute Flora sie an. »Ganz ehrlich, nach dem letzten Mal … glaube ich das nicht mehr. Für die Stiftung zu arbeiten und Gutes zu tun ist wohl genau das Richtige für ihn. Ich glaube nicht, dass er sich wieder für diesen Heuschreckenkapitalismus einspannen lassen würde. Schließlich ist er jetzt zum ersten Mal in seinem Leben glücklich.«

»Und du zum ersten Mal in deinem unglücklich«, wandte Lorna ein.

»Bin ich *nicht!*«, versetzte Flora mit Nachdruck. »Ich heirate den Mann meiner Träume und habe ein fantastisches Baby.«

»Er ist wirklich ein fantastisches Baby«, sagte Lorna.

»Es geht einfach darum … dass eine Hochzeit nie nur eine einzige Person betrifft, oder? Dadurch werden doch zwei Leben zusammengebracht und auch zwei Familien. Dabei bezieht man die ganze Gemeinschaft mit ein, und genau so sollte man es auch machen. Nicht heimlich, still und leise. Manchmal …« Ihre Stimme brach. »… habe ich eben das Gefühl, dass es Joel nicht wichtig ist, hier dazuzugehören. Womöglich möchte er nur, dass ich mich um ihn kümmere. Für ihn bin ich vielleicht eher etwas Symbolisches statt eine echte Person mit Freunden und so. Die vielleicht gern groß feiern würde.«

»Dann sag ihm das doch einfach.«

»Aber er hat so gute Argumente, und er ist darüber echt glücklich! Außerdem handelt es sich ja nur um einen einzigen blöden Tag. Ich muss einfach aufhören, an mich selbst zu denken, und über die Sache hinwegkommen.« Sie schaute auf.

»Ihr könntet doch hier heiraten«, stichelte Lorna und ließ den Blick über die ziemlich ungefegten Ecken des *Harbour's Rest* huschen.

»Ach, halt den Mund«, murmelte Flora.

»Ich sag dir das ja nur ungern, aber …«, begann Lorna.

»Jetzt will gerade schon zum zweiten Mal innerhalb von zwei Tagen jemand eine unangenehme Wahrheit ansprechen«, seufzte Flora. »Und das erste Mal hat mir gar nicht gefallen.«

Lorna verzog das Gesicht. »Okay, dann eben nicht.«

»Hey, jetzt *musst du* aber!«

Um es sich leichter zu machen, spuckte Lorna es lieber schnell aus. Sie konnte einfach nicht ertragen, dass über ihre Freundin getratscht wurde.

»Es ist nur so, dass die Inselbewohner euch MacKenzies für superreich halten, weil euch hier lauter Sachen gehören, du in *The Manse* wohnst und Fintan einen Amerikaner geheiratet hat. Die glauben alle, dass er Coltons ganzes Geld hat. Deshalb gehen die Leute davon aus, dass eure Hochzeit die größte aller Zeiten wird, sogar noch größer als die von Olivia, und dass jeder dazu eingeladen wird. Ich erzähl dir nur, was ich so am Schultor höre, das ist alles.«

Sanft ließ Flora den Kopf auf die Tischplatte sinken. »Himmel! *Och,* nein, aber das werden sie schon verstehen. Alle werden Verständnis dafür haben, oder?«

»Hör mal«, sagte Lorna, »auch wenn ihr im kleinen Kreis heiraten wollt, brauchst du für die Hochzeit doch nicht alles abzublasen. Warum sagst du nicht einfach: ›Okay, so viel wird es kosten‹, und gibst den Rest Jan?«

»Aber Männer haben ja keine Ahnung, was Sachen wert sind!«, rief Flora aus. »Die denken doch immer, dass alles zwanzig Pfund kostet!«

»Ja, weil du immer ›zwanzig Pfund‹ antwortest, wenn Joel zum Beispiel nach dem Preis deines neuen Mantels fragt«, bemerkte Lorna.

Joel hatte sich tatsächlich mit einem Lächeln auf den Lippen auf den Weg zu Outward Adventures gemacht, wo er auf eine grimmig dreinblickende Jan traf.

»Gott sei Dank«, sagte sie, als er ihr erzählt hatte, dass sie nur im kleinen Kreis heiraten würden.

Sie wusch gerade Emaillebecher im Bach, während die Jungen Schutzhütten bauten.

»Eine Riesenhochzeit pro Sommer reicht mir schon.« Sie verdrehte die Augen und erzählte ihm in wenig schmeichelhaften Worten von ihrer angeberischen Schwester. Joel war erleichtert, dass Flora und er durch ihre Entscheidung für eine kleine Feier zumindest nicht Jans rechtschaffenen Zorn auf sich ziehen würden.

»Wir haben uns überlegt, dass wir unser Hochzeitsbudget Outward Adventures spenden«, erklärte er, woraufhin sich auf Jans Zügen zum ersten Mal in dieser Woche ein echtes Lächeln zeigte.

»Das war die richtige Entscheidung«, sagte sie gnädig, »wirklich das Beste, was ihr tun könnt, da ist Flora bestimmt meiner Meinung. Sie ist sicher begeistert, oder?«

Daran glaubte Jan nicht eine Sekunde.

Vom *Harbour's Rest* aus gingen Flora und Lorna den Endless Beach entlang, damit Lornas Hund Struppi ein bisschen Auslauf bekam. Dabei war er der faulste Vierbeiner überhaupt.

Es war ein kühler Frühlingsabend, die Sonne ging gerade unter, und der Strand war praktisch leer. Man konnte Robben bellen hören, die wie verlorene Schwimmer mit Badekappe hier und da den Kopf aus dem Wasser streckten. Sie waren auf dem Weg zur nördlichen Spitze der Insel, wo sie sich gern in der Nähe von *The Rock* zusammenfanden und gelegentlich Besuchern einen ganz schönen Schreck einjagten.

Auch war von Zeit zu Zeit Blöken von den Weiden her zu hören. Die Ablammsaison war immer noch in vollem Gange, daher waren auf etlichen Hügeln die Scheinwerfer von Quads zu sehen – die Bauern hatten im Moment viel zu tun.

Ein kleiner Spaziergang ohne ein konkretes Ziel mit der besten Freundin war an diesem frischen, klaren Abend sehr angenehm, solange man nur eine passende Jacke anhatte.

Flora hatte den idealen Moment abwarten wollen, um Lorna zu fragen. Aber am besten machte sie es jetzt einfach. Ein bisschen heikel erschien es ihr aber schon, ihre Freundin um Hilfe beim Zelebrieren ihrer Liebe zu bitten, wenn Lornas Beziehung die komplizierteste aller Zeiten war.

»Lorna«, sagte Flora, »ich brauche … Ich möchte dich gern etwas fragen. Aber wenn es zu … Also, ich kann verstehen, wenn du nicht möchtest. Ich will nun wirklich nicht unsensibel sein.«

Lorna zog wegen des Windes den Reißverschluss ihrer Jacke hoch und warf einen Stock für Struppi. »Hör bloß auf. Es reicht mir schon, dass Mrs Cook dauernd versucht, mich mit jemandem zu verkuppeln.«

»Tut mir leid«, sagte Flora. »Sorry. Ehrlich gesagt hatte ich ja gedacht, dass ich mich in den kompliziertesten Mann im ganzen Universum verliebt habe.«

»Ja, ja, ja«, murmelte Lorna, aber es klang gutmütig.

»Ich wollte dich fragen … ob du vielleicht meine Trauzeugin sein möchtest.«

Überrascht und äußerst erfreut schaute Lorna sie an. »Im Ernst? Ich dachte, ihr wolltet es ganz klein halten.«

Flora nickte. »Aber ich werde dich da brauchen, Lorna. Ohne Mum wird es wirklich hart werden. Irgendwie … geht man doch davon aus, dass man bei seiner Hochzeit die eigene Mutter an der Seite hat.«

Auch Lorna nickte. »Wirst du ihr Kleid tragen?«

Als Antwort auf diese Frage gab Flora einen Laut von

sich und scrollte auf ihrem Handy herum. Aus ihrer Zeit in London hatte sie immer noch einen Ordner mit Familienfotos.

Ja, da war sie auch schon – ihre Mutter in einem Lady-Di-mäßigen Puffärmelmonster aus Satin. Man konnte es sich gut als Vorher-Bild einer Nachricht über eine schreckliche Brandkatastrophe vorstellen. Eck wurde von den endlosen Stoffbahnen beinahe verschluckt und war auf dem Foto kaum zu sehen.

»Und, was meinst du?«

Lorna schlug sich die Hand vor den Mund. »O mein Gott!«

»Ich durfte mich manchmal damit verkleiden, als wir klein waren, weißt du nicht mehr?«

»Himmel, *stimmt!*«, sagte Lorna. Sie runzelte die Stirn und betrachtete wieder das Foto. »Das fanden wir damals so toll, es war für uns das schönste Kleid der Welt!«

»Wir waren aber auch *acht*«, gab Flora zu bedenken.

»Du meine Güte«, seufzte Lorna. »Also, welches Datum habt ihr euch überlegt?«

»Ich weiß nicht«, sagte Flora. »Wenn wir uns für den Mittsommertag entscheiden …«

»Wow«, sagte Lorna. »Das ist ja schon bald.«

Flora zuckte mit den Achseln. »Ja. Wenn man niemanden einlädt, kann man es eigentlich machen, wann man will. Es wird ja nur ein Essen im Hotel sein, für das Gaspard uns etwas Leckeres zaubern wird.«

Lorna schaute sie an. »Du bist darüber wirklich nicht glücklich, oder?«

»Doch, doch«, sagte Flora und atmete aus. »Wirklich, schließlich ist Joel so froh darüber, und das zu Recht. Wenn man sich nur mit Leuten umgibt, die man liebt und die einen lieben, setzt man doch ein machtvolles Zeichen.«

»Ja, das sehe ich auch so«, sagte Lorna. »Und das wird bestimmt schön. Jetzt musst du es nur noch allen anderen Bewohnern dieser Insel erklären.«

»Die rechnen doch nicht wirklich mit einer Einladung, oder? Wir leben ja schon zusammen und haben ein Baby.«

»Und aus diesem Grund kann niemand mit einer Einladung der Person rechnen, *die vor Ort das Café und Hotel leitet?*«

»Aber es wird eine ganz kleine Hochzeit, bloß für uns selbst!«

Lorna schnaubte. »O Mann! Du wirst wirklich eine Trauzeugin brauchen, und zwar als Türsteherin!«

Flora schaute auf. Sie wusste nur zu gut, dass sie Lorna besser nicht fragte, was eigentlich los war. Wenn ihre Freundin über bestimmte Dinge mit ihr reden wollte, dann würde sie das schon tun.

Einerseits konnte Flora die Vorstellung wirklich nicht ertragen, Lorna zu drängen und ihr damit wehzutun.

Anderseits hatte sie ja Neda in *Annies Küche* gesehen. »Sag mal, ist irgendwas passiert?«

Nun verriet ihr Lorna, dass Saif seinen dauerhaften Aufenthalt beantragen konnte.

»O mein Gott!«, rief Flora strahlend aus und packte Lorna am Arm. »Er bleibt also hier? Das sind ja tolle Neuigkeiten, echt Wahnsinn!«

»Ich weiß!« Jetzt strahlte auch Lorna. »Allerdings liegt das immer noch … alles in weiter Ferne, klar … Irgendwie … kommt es mir trotzdem … wie ein Schritt in die richtige Richtung vor.«

Sie sah ihre gute Freundin an, die zum Horizont blickte.

»Weißt du, vielleicht würden sich die Jungen sogar freuen«, sagte Flora vorsichtig.

»Fang jetzt bitte nicht wieder mit *Meine Lieder, meine Träume* an.«

»Ich mein ja nur. Die Kinder in dem Film waren begeistert.«

Lorna schniefte. »Ja, diese Kinder hatten aber auch keine Mutter.«

Dem konnte man wenig entgegensetzen.

»Erwähnt er sie dir gegenüber manchmal? Hat er noch mal was gehört?«

Lorna schüttelte den Kopf. »Niemand weiß, wo sie ist. Aber sie hat wieder geheiratet, ist schwanger und meldet sich nicht bei ihm.« Sie zitterte ein bisschen, als sie es laut aussprach. »Es ist furchtbar. Ich weiß ja, dass es furchtbar ist. Aber … er ist frei.«

Flora blickte sie an. »Und darüber habt ihr auch gesprochen?«

Lorna schüttelte den Kopf. »Es ist alles so schwierig. Wie … wie soll er das den Jungen nur beibringen? Ash denkt doch … immer noch, dass sie ihn irgendwann holen wird. Und abgesehen von all den anderen Komplikationen haben wir noch nicht einmal ›Ich liebe dich‹ gesagt.«

»Was alles nur daran liegt, dass ihr in den letzten zwei Jahren knapp neunzig Minuten miteinander verbracht habt.«

»Ich weiß, ich weiß, jetzt sei schon still.«

»Was ist denn, wenn sich irgendwann herausstellt, dass er total nervig ist und seine Zehennägel im Waschbecken schneidet?«

»Also, das glaube ich nicht, und wenn doch, würde es mich auch nicht stören.«

»Was, wenn er nur AC/DC hört und überall Haare hinterlässt?«

Lorna lächelte. »An AC/DC könnte ich mich vermutlich gewöhnen.«

»Er ist doch ziemlich behaart.«

»Ist er nicht«, erwiderte Lorna steif. »Seine Brust ist nicht behaart.«

Flora zog die Augenbrauen hoch. »Na immerhin.« Sie grinste. »Du hältst ihn für absolut perfekt, oder?«

Lorna seufzte. »Ja, aber die Kommunikation klappt bei uns einfach nicht, deshalb reden wir über all das … eigentlich nie. Das mit dem Aufenthaltsrecht ist allerdings eine große Sache, das ist doch … ziemlich endgültig.«

»Mit Joel war es ähnlich«, überlegte Flora. »Und ich weiß oft immer noch nicht, was eigentlich in seinem Kopf vorgeht.«

»Vielleicht ist das bei Männern einfach so«, sagte Lorna.

»Vielleicht.«

Flora lächelte vorsichtig. »Auf jeden Fall sind das doch tolle Neuigkeiten, super! Jetzt hast du endlich Gewissheit, dass er nicht weggehen wird, dass ihr eine gemeinsam Zukunft habt! Um die Einzelheiten zu klären, habt ihr noch jede Menge Zeit. Und die Jungen werden ja auch älter.«

»Die ganze Insel wird durchdrehen.«

»Ja und? Es werden sich zwei Tage lang alle das Maul über euch zerreißen und dann zum nächsten Thema übergehen. Die Leute werden sich für dich freuen, wenn du glücklich bist, und für ihn auch. Eigentlich ist es ja erstaunlich, dass es noch niemand erraten hat.«

»Ich weiß«, sagte Lorna. Und dann konnte sie sich nicht länger auf die Zunge beißen: »Ist er zu eurer Hochzeit auch eingeladen?«

»Oje«, murmelte Flora. »Lorna, wegen Joel halten wir die Feier doch ganz klein.«

»Aber die beiden sind ja befreundet.«

»Ich hatte gedacht, meine Familie, du, Mark und Marsha auf Joels Seite, und na ja, das war's auch schon … Eigentlich war ich versucht gewesen, das ganze Büro aus London einzuladen, nur um sagen zu können: ›Haha, guckt mal, ich hab den sexy Boss an Land gezogen!‹ Aus irgendeinem Grund war Joel damit aber nicht einverstanden.«

»Okay«, sagte Lorna.

»Jedenfalls würde es komisch aussehen, wenn ich nur Saif einlade.«

»Und die Jungen! Die würden sich bestimmt freuen. Sie könnten für die Feier kleine Kilts tragen!«

Flora war hin- und hergerissen. Sie hatte ja gerade erst einer möglichst kleinen Hochzeit zugestimmt. Aber die Vorstellung, dass Lorna und Saif zusammen an ihrem großen Tag teilhaben durften, war so verführerisch …

»Okay, lass mich darüber nachdenken. Willst du dir wirklich noch mehr Kinder aufhalsen, auf die du achtgeben musst? Ich hab zwar nur eine einzige Brautjungfer, aber rate mal, wen!«

»Au Backe!«, rief Lorna aus, die regelrecht erbleichte. »Im Ernst? Willst du mich wirklich einen ganzen Tag dazu abkommandieren, mich mit Agot herumzuschlagen?«

»Ihre Mutter wird auch dabei sein.«

»Ich hab Eilidh ja gern, aber wir wissen beide ganz genau, dass sie sich beim Sekt ranhalten und um zwei Uhr mittags bereits mit Innes herumtwerken wird.«

Das stimmte leider.

»Was soll ich denn anziehen?«, fragte Lorna.

»Ich werde dich in eine exakte Kopie vom Kleid meiner Mutter stecken, nur in Weinrot«, behauptete Flora.

Lorna streckte ihr die Zunge heraus, und sie liefen lachend weiter den Strand entlang.

Kapitel 6

Murrend und klagend saß Jan bei ihrer Mutter, Senga, in der Küche.

Christabel hockte brüllend in ihrem Hochstuhl, und Senga war drauf und dran, ihrer Enkelin einen Lutscher zu geben, einfach damit sie Ruhe gab. Leider drohte Jan damit, den Kontakt völlig abzubrechen, wenn ihr Kind von Senga jemals Zucker bekommen sollte.

Die riesige Küche war einst Sengas ganzer Stolz gewesen. Es handelte sich um eine weitläufige Landhausküche aus hellem Holz, in der es überall geschwungene Griffe und andere verschnörkelte Schnitzelemente gab. Große Panoramaglastüren mit Rüschengardinen führten auf den Wintergarten hinaus. Dort konnte man von wuchtigen Korbmöbeln aus auf den Golfplatz hinunterschauen. Fraser verbrachte einen Großteil seiner Zeit auf dem Platz, wobei die karierte Golfhose zunehmend über seinem breiten Hintern spannte.

Leider schätzte Fraser seine eigenen Fähigkeiten in Bezug auf Investitionen nicht sehr realistisch ein, daher war von dem Vermögen der Familie mittlerweile nicht mehr viel übrig.

Deshalb wirkte der Wintergarten inzwischen ein wenig altmodisch und abgewohnt, wie auch das ganze große Haus selbst.

Im Wohnzimmer waren mächtige braune Ledersofas und -sessel rund um einen künstlichen Kamin angeordnet, es gab jede Menge Beige und viele große Fotos von Olivia. Bei den meisten handelte es sich um Aufnahmen aus ihrer Zeit als Model.

Von Jan stand hier ein einziges Schulfoto, auf dem sie eine Brille mit rosafarbenem Gestell trug und einen grimmigen Gesichtsausdruck zur Schau stellte.

Auch das einzige große Bild von Christabel, aufgenommen in einem Baby-Fotostudio auf dem Festland, war nicht besonders vorteilhaft. Darauf lag sie bäuchlings auf einem etwas schmuddelig wirkenden Fellteppich und lächelte in die Kamera, während ihr ein Speichelfaden vom Kinn tropfte.

»Ich kann nicht fassen, dass sie ausgerechnet jetzt zurückkommt«, sagte Jan und futterte Plätzchen aus einer Dose, obwohl ihre Mutter jedes Mal sichtbar zusammenzuckte, wenn Jan erneut zugriff.

»Ach, na ja, wir finden es schön«, sagte ihre Mutter. »Eine Rückkehr nach Hause, um auf der Insel zu heiraten! Eigentlich hatte ich ja gedacht, dass ihr hier alles viel zu eng und klein geworden ist!«

»Sie kommt nur, um anzugeben und so zu tun, als würde sie sich noch an ihre Wurzeln erinnern«, sagte Jan. »Obwohl sie doch seit Jahren nicht zu Besuch war. Ihr ist alles schnuppe, solange sie nur weiter ihr schickes Luxusleben führen kann.«

»Meinst du nicht, dass das fantastisch wird?«, fragte Senga. »Eine große Hochzeit in *The Rock*?«

»Was war denn an unserer im *Harbour's Rest* auszusetzen?«

Was dieses Thema anging, hatte Senga jahrelange Übung

und lenkte die Unterhaltung lieber schnell in eine andere Richtung.

Ja, die Hochzeit von Jan war schön gewesen, sie hatte aber am Catering sparen wollen und viel mehr Leute eingeladen als abgesprochen. Daher war das ganze tolle Essen, das Flora vorbereitet hatte, innerhalb von fünf Minuten verspeist gewesen, und die meisten Gäste hatten sich mit Toastbrot und Chips zufriedengeben müssen.

Aus irgendeinem Grund hatte Jan die Sache in Gedanken so gedreht, dass Flora daran die Schuld trug, und ihr das nie vergeben.

»Wie läuft es mit Charlie?«

Jan runzelte die Stirn und versuchte, Christabel ein Stück Käse zu geben. Die schleuderte ihn wütend zu Boden und wollte nach einem von Jans Plätzchen greifen.

»Mein Schatz …«, sagte Senga.

»Bei mir ist alles klar«, versetzte Jan. »Mach dir um mich keine Sorgen. Aber es werden wieder alle ein Riesentheater um Olivia machen. Wie üblich.«

»Hast du mit ihr geredet?«

»Nein«, sagte Jan. »Von ihrer Verlobung hab ich auch nur durch Instagram erfahren wie ihre Fans. Mir ist das alles egal.«

»Hast du ihr denn nicht einmal geschrieben?«

»Mum, ich weiß wirklich nicht, warum du dich um die ganze Sache scherst. Olivia hat uns schon vor Ewigkeiten fallen lassen. Jetzt kommt sie hierher, weil sie ein paar hübsche Bilder für Instagram will, und wird danach wieder verschwinden. Ich versteh einfach nicht, warum du auch nur einen Gedanken an sie verschwendest.«

Senga senkte den Blick. »Ich bin mir sicher, dass sie bleiben und ihre Nichte kennenlernen möchte.«

»Sie hat mir für sie ein albernes Outfit von Christian Dior geschickt, das zu klein und sowieso zu dämlich war, um es Christabel anzuziehen«, sagte Jan, »und das war's. Hierher kommt sie nur, um für irgendeine Zeitschrift eine Show abzuziehen.«

»Na ja, immerhin kommt sie nach Hause«, sagte ihre Mutter glücklich, was Jans Laune wirklich nicht besserte.

Bevor Flora sich auf den Weg zu *The Rock* machte, schaute sie noch kurz unangekündigt im Café vorbei. Sie wollte sehen, wie es lief, und vielleicht auch einen Käsescone mitnehmen. Es war ein klarer, stürmischer Morgen, an dem sich das Wetter wie so oft im Frühling alle zehn Sekunden änderte.

Der Wind riss Flora die in blassen Rosa gestrichene Tür aus der Hand, als sie eintrat. Ihre hellen Augen leuchteten angesichts des Duftes von frischem Kaffee.

Iona, die das Café führte, backte seit Neuestem jede Woche Plätzchen in Formen, die etwas mit den aktuellen Veranstaltungen auf der Insel zu tun hatten, und das wurde wirklich gut angenommen. Diese Woche fand die Shinty-Endrunde statt, daher wurden kleine Schläger und Bälle angeboten.

Die Leute freuten sich immer schon auf den Montagmorgen, um zu sehen, welches Thema Iona dieses Mal gewählt hatte.

Flora hatte eine To-do-Liste im Kopf, die kein Ende zu nehmen schien. Eine der anstehenden Aufgaben bestand darin, Jans Schwester Olivia anzurufen und mit ihr darüber zu sprechen, was genau ihr für die Hochzeit vorschwebte.

Um die Buchhaltung fürs Hotel kümmerte sich Innes, und er hatte angemerkt, dass eine große, teure, sensationelle Hochzeit ihre finanzielle Situation um einiges verbessern könnte.

Flora war hinten in der Küche, als wieder das Türglöckchen klingelte. Es war so schön, mitzubekommen, wie die Cafébesucher kamen und gingen, auch wenn sie jetzt nicht mehr selbst hinter der Theke stand.

Flora liebte das Café. Sie lächelte in sich hinein, während sie sich die Kunden vorstellte, ihre zufriedene Miene beim Anblick des gemütlichen, nach Gebäck duftenden Lokals.

»VERDAMMT NOCH MAL, passt du eigentlich GAR NICHT AUF, wenn ich mir dir rede?«, ertönte jetzt eine schrille Stimme. »Ich hab vierzehn gesagt, und jetzt haben wir nur dreizehn, womit wieder ein Platz vergeudet ist, also kann ich mir die Spucke auch sparen, oder? Weil du ja doch nie zuhörst!«

Flora erstarrte. Dann warf sie zögerlich einen Blick durch den Spalt der Küchentür. Ja, das hatte sie sich schon gedacht, aber wie seltsam! Wer da mitten im Café stand, war tatsächlich Jan, obwohl Flora so ein Gekeife von ihr gar nicht kannte. Üblicherweise sprach Jan mit einem so nervigen Tonfall, als hätte sie ein nicht besonders cleveres fünfjähriges Kind vor sich, das einfach nichts kapierte.

Begleitet wurde Jan von Teàrlach oder Charlie, ihrem Ehemann. Der war ein großer Kerl, hielt jetzt aber den Kopf gesenkt und starrte zu Boden.

»Guck mich an, wenn ich mit dir spreche!«, knurrte Jan, die sich noch nicht so recht vom morgendlichen Kaffeetrinken mit ihrer Mutter erholt hatte. »Ich rede ja hier wie gegen eine Wand!«

Als sie sich kurz umschaute, entdeckte sie zu ihrem offensichtlichen Entsetzen Flora, die sie wohl wie üblich oben in *The Rock* vermutet hatte. Sofort änderte sich ihr Tonfall.

»Okay, mein Schatz«, sagte sie mit liebevoller Stimme. »Jetzt bestell ich dir erst einmal einen Kaffee, okay?«

Charlie schaute auf, und seine sichtbare Verwirrung wurde auch nicht weniger, als er Flora bemerkte.

Er hatte keine Ahnung, welcher Hass immer noch in Jan brodelte, weil Flora ihn mal vor Jahren geküsst hatte, als sie vorübergehend getrennt gewesen waren. Jan störte nicht so sehr der Vorfall an sich als vielmehr, dass Flora nach etwa fünf Sekunden über die ganze Sache hinweg gewesen und mit einem anderen zusammengekommen war. Das ging ihr furchtbar gegen den Strich.

Nach dieser Angelegenheit hatte Jan Charlie ein Ultimatum gesetzt, aufgrund dessen er sie quasi sofort geheiratet hatte, weil er eben ein umgänglicher Typ war.

Jetzt bemerkte Flora auch den riesigen Kinderwagen mit jedem erdenklichen Schnickschnack, der mitten im Café stand und damit allen im Weg war. Eigentlich war Jan ja für eine bedürfnisorientierte Erziehung, bei der das Kind nie abgelegt wurde. Das kleine Mädchen mit dem hellblonden Haar ihres Vaters war allerdings ein ziemlicher Brocken, sodass dieses Konzept mittlerweile nicht mehr umsetzbar war.

»Hi, Jan«, sagte Flora in diesem falsch-fröhlichen Tonfall, in den sie immer dann verfiel, wenn sie vor jemandem entweder Angst hatte oder ihn nicht mochte. Bei Jan war beides der Fall.

»Hey, Christabel«, sagte sie dann und beugte sich vor. »Na, du siehst ja toll aus!«

Christabel trug eine Lederjacke in Babygröße, und um ihren Kopf war ein großes rosafarbenes Tuch gebunden. Bis jetzt hatte sie Grimassen gezogen und herumgezappelt, weil sie aus dem Wagen wollte, doch kaum blickte sie in Floras offenes Gesicht, strahlte sie begeistert.

Jan trug allerdings nicht ihre übliche Miene zur Schau – die von einer gewissen Enttäuschung über alles zu zeugen schien, was Flora sagte oder tat. Vielmehr sah sie ganz schön fertig aus. Immerhin rang sie sich aber zu der Frage durch, die sie immer stellte: »Wo ist denn Douglas?«

Jedes Mal musste Flora den Drang unterdrücken, mit »Wer?« zu antworten oder zu sagen: »Oh, den hab ich mit der Gebrauchsanleitung für die Fritteuse allein zu Hause gelassen.« Wie immer lag ihr auch die Rechtfertigung auf der Zunge, dass es gegen Babyfinger in Butter ziemlich strenge Regeln gab. Anders als Jan konnte sie ihr Kind also nicht einfach mit zur Arbeit nehmen.

»Er ist bei Hamish«, antwortete sie stattdessen. »Was kann ich euch bringen?«

Jan gab ihre Bestellung auf und fuhr dann erbarmungslos fort: »Heute ist Joel wieder als Freiwilliger bei uns. Das muss für dich ja hart sein.«

»Ist schon okay«, erwiderte Flora und merkte noch im selben Moment, dass sie wieder einmal in die Falle getappt war, da ihr Tonfall überhaupt nicht so klang, als sei es okay.

Jan schniefte nur.

»Also – Olivia wird heiraten!«, rief Flora verzweifelt aus. »Ist das nicht aufregend? Und sie kommt bald für die Planung her. Ich kann mich gar nicht mehr erinnern, wann ich ihr das letzte Mal begegnet bin.«

»Na ja, du bist schließlich selbst nicht immer hier gewesen«, meinte Jan.

»Also, ich hab mir ja immer eine Schwester gewünscht«, sagte Flora ganz ehrlich.

Jan schniefte wieder und nahm ihre Getränke entgegen. Hier in *Annies Küche* verwendeten sie dafür Common Coffee's Handblend, den besten Kaffee in ganz Schottland, worüber sich wohl alle einig waren, außer Joel. Der bevorzugte weiterhin das verbrannt schmeckende Zeug aus der normalen Kaffeemaschine, wie er es aus seiner Heimat kannte.

»Tja«, sagte Jan steif, »meine ist natürlich furchtbar erfolgreich, und wir stehen uns total nahe. Wie sollte es auch anders sein?«

Flora lächelte. »Mann, Mann, Mann. Na ja, ich kann es kaum erwarten, mich mit ihr zu treffen …« Nach kurzem Überlegen entschlüpfte ihr die Frage, bevor sie sich auf die Zunge beißen konnte: »War sie eigentlich bei deiner Hochzeit?«

Jans Miene wurde finster. »Da gab es eine Terminüberschneidung.«

Flora hätte sich in den Hintern treten können. »Oh, okay«, sagte sie schnell. »Na ja, ich freue mich jedenfalls auf unseren Termin!«

Und erneut zu spät fiel Flora wieder ein, dass Olivia ihr heute Morgen eine E-Mail bezüglich der Hochzeitsplanung geschrieben hatte. Sie überlegte wohl, wegen des Termins in *The Rock* zu übernachten. Daher war es durchaus möglich, dass Flora sie noch vor ihrer Schwester sah. Warum wollte sie eigentlich nicht bei Jan und Teàrlach unterkommen? Oder bei ihren Eltern?

»Ooooh!« Dieser Ausruf kam von Mrs Baillie, einer Stammkundin des Cafés, die hereinschaute, um sich ein klebriges Stück Blechkuchen mit Karamell zu genehmigen. Danach würde sie zu einem ihrer regelmäßigen Termine in der Praxis weiterziehen, um mit dem attraktiven Herrn Doktor über ihre Verdauungsprobleme zu sprechen, wobei diese Treffen nicht für beide Seiten ein Vergnügen waren.

»Ist Olivia da? Ich hab gehört, dass sie kommt. Hach,

dieses Kind, der reinste Engel! Ein hübscheres Mädchen hab ich noch nie gesehen. Erst war sie der Stolz der Insel, und jetzt ist sie in London ganz berühmt!«

Flora vermied es, in Jans Richtung zu schauen. Plötzlich wurde alles ein bisschen klarer: Kein Wunder, dass Jan manchmal etwas schwierig war. Das war das Gute daran, wenn man nur Brüder hatte: Niemand würde Flora je mit Innes vergleichen.

»Diese Hochzeit wird das größte Ereignis auf Mure seit Jahrzehnten!«, rief Mrs Baillie aus. »Ach nein, wie dumm von mir. Natürlich abgesehen von der anderen Hochzeit.«

Erwartungsvoll schaute Jan auf.

»Der von Fintan und Colton. Oh, das war ein toller Tag!«

Kapitel 7

Wie so oft lief Flora durch die Flure von *The Rock*, doch jetzt sah sie alles durch die Augen einer zukünftigen Braut.

Der kleine Landungssteg für das Boot – das wäre doch die perfekte Stelle, um dort vor aller Augen zusammen einzutreffen.

Joel würde unglaublich gut aussehen, in einem schicken Anzug oder vielleicht auch in einem Kilt. Sie selbst würde ein Kleid mit langer Schleppe tragen, und alle würden klatschen, wenn Joel ihr aus dem Boot half. Sonnenlicht auf dem Wasser, Konstantin und Isla, die mit Getränken nach draußen kamen …

Na ja, klein war wohl gut, dachte sie bei sich.

Trotzdem, eine Sache würde sie sich nicht nehmen lassen. Sie würde mit Lorna zusammen ein Wochenende wegfahren, um ein Kleid zu kaufen. Wenigstens ein Kleid stand ihr doch zu. Und auf die Reise zum Festland freuten die beiden sich schon.

Die alte Flora, die mit dem Londoner Schick, hätte wohl ein wenig abfällig auf jemanden reagiert, der wegen eines Shoppingtrips nach Edinburgh so aufgeregt war. Mittlerweile war es für sie aber etwas, was sie mit großer Vorfreude erfüllte.

Sie würden ein Hotelzimmer buchen und Cocktails

schlürfen. Flora würde sich auch bei ein paar alten Freunden vom College melden, von denen viele in Edinburgh wohnten – dann würden sie sich auf eine Tour durch die Secondhandläden machen und etwas ebenso Hübsches wie angemessen Günstiges finden, das ihr als Hochzeitskleid dienen könnte.

Es hatte ja keinen Sinn, für so eine kleine Feier einen unglaublich teuren Fummel zu kaufen. Aber sie würde hoffentlich etwas Schönes finden können. Und da gab es noch jemanden, für den sie etwas zum Anziehen besorgen musste …

»Ich hab nachgedacht«, verkündete Agot, als Flora und sie in der Küche des Bauernhauses mit Kokoseis experimentierten. Flora hoffte darauf, ihr Rezept so weit verfeinern zu können, dass man das Eis zum Verkauf anbieten konnte.

Sie hatte allerdings den Eindruck, dass die Leute alles in allem nur für eine gewisse Menge von Kokosraspeln empfänglich waren. Das sah Agot ganz anders.

Douglas machte gerade ein Schläfchen, worüber Agot froh war, da sie eine wichtige Angelegenheit mit ihrer Tante zu besprechen hatte.

»Ich hab lange nachgedacht und habe mich entschieden: Ich möchte niemanden an meiner Seite haben, wenn ich Brautjungfer bin. Nein, danke«, sagte sie förmlich. »Du weißt schon, bei der Hochzeit.«

Flora sah sie an. »Aber es geht hier um Lorna! Du magst Lorna doch!«

»Sie ist meine LEHRERIN«, erklärte Agot, die sorgfältig rote Lebensmittelfarbe anrührte. »Deshalb hasse ich sie jetzt.«

»Du hasst sie doch nicht, solche Sachen sagt man nicht«,

mahnte Flora verstimmt. »Sie ist schließlich immer lieb zu dir.«

»Sie sagt: ›Wir singen in meinem Klassenzimmer nur im Musikunterricht, Agot Fleur MacKenzie‹«, erklärte Agot.

»Aber so ist das nun mal!«, sagte Flora. »Du musst tun, was dir deine Lehrerin sagt. Egal, welche Lehrerin!«

»Deshalb ist es ja auch ganz furchtbar, Brautjungfer zu sein, wenn eine Lehrerin-Brautjungfer dabei ist. Außerdem ist sie GANZ, GANZ ALT.«

»Sie ist ja auch keine Brautjungfer, sondern meine Trauzeugin«, sagte Flora, wobei sie ahnte, dass sie durch diesen Satz klein beigab. Das war immer ein Fehler. »Leck nicht am Löffel!«

»Ah, na dann, DAS ist okay«, sagte Agot, womit sie Floras Vermutung nur bestätigte. »Also bin ich die EINZIGE Brautjungfer.«

»Ja, das könnte man so sagen …«

»Ich hab Mary-Elizabeth und Orla und Maeve gesagt, dass sie sich in die erste Reihe setzen sollen, damit sie mein tolles Kleid sehen können. Ich hoffe, sie sind nicht zu neidisch«, sagte Agot leichthin.

»Agot … so eine Art von Feier wird das nicht, sondern nur eine ganz kleine Hochzeit! Wir werden nicht viele Leute einladen.«

Agot hörte auf zu rühren. »Aber mich werden doch alle als Brautjungfer sehen wollen!«

»Na ja, wir werden viele Fotos machen.«

»Ich hab Mary-Elizabeth und Orla und Maeve schon davon erzählt, also könnten vielleicht nur die kommen. Und natürlich Ash.« Sie bemerkte Floras zweifelnde Miene.

»Agot, mein Schatz, ich glaube nicht, dass wir all diese Leute zu unserer Hochzeit einladen können.«

»Aber Ash ist doch mein BESTER FREUND!«

Flora wechselte schnell das Thema. »Also, ich werde ja zum Einkaufen nach Edinburgh fahren und habe mich gefragt, was für ein Kleid du gern hättest.«

Aber Agot stand stocksteif auf dem kleinen Hocker, von dem aus sie über die Arbeitsplatte gucken konnte, und hatte den Mund zu einer gefährlich bebenden Linie verzogen.

»Ich dachte, wir könnten uns vielleicht zusammen ganz viele Kleider im Internet angucken …«

Trotzig starrte Agot über ihre Schulter hinweg.

Na ja, dachte Flora, Lorna ging ja bereits davon aus, dass Saif kommen würde. Würde es wirklich so seltsam aussehen, wenn nur ihre Familie dabei war, Mark und Marsha für Joel und … der örtliche Hausarzt mit seinen Söhnen? Würde es nicht Lorna und Saif in den Mittelpunkt rücken und quasi ihr Geheimnis enthüllen? Sie runzelte die Stirn. Das Ganze war komplizierter als gedacht. O Gott, und wenn sie Saif einlud, aber Inge-Britt zum Beispiel nicht …

Agot schaute sie immer noch nicht an.

»Okay«, sagte Flora hastig und entschied, darüber später noch einmal nachzudenken. »Gut, Ash kann kommen, okay?«

»JUCHHU!«, rief Agot. »Und mein Kleid wird weiß sein.«

»Ich denke, nur die Braut trägt ein weißes Kleid«, wandte Flora ein. »Und das werde ja ich sein, schon vergessen?«

Agot runzelte die Stirn. »Ich brauche aber ein weißes Kleid.«

»Es gibt bestimmt ganz viele hübsche Kleider für Brautjungfern«, sagte Flora und goss zwei Lagen Kokosmasse in eine Form.

Dann half sie Agot vom Hocker und stellte den Kessel

auf den Herd, um sich eine Tasse Tee zu machen. Während sie warteten, dass das Eis fest wurde, konnten sie schon mal im Internet gucken.

»Blöd. Blöd. Blöd. Blöd. Blöd«, sagte Agot, während Flora durch die Bilder mit hübschen Brautjungfernkleidern in Eiscremefarben zu scrollen begann.

»Die Kleider von Lorna und dir müssen zusammenpassen«, erklärte Flora.

»Nö, finde ich nicht«, verkündete Agot.

Als sie auf halber Höhe der ersten Seite war, wurde Flora auf einmal ganz anders. Sie hatten ein altes Foto der Hochzeit von Prinz William und Kate Middleton vor sich – und alle Brautjungfern, von denen es etwa ein Dutzend zu geben schien, trugen Weiß.

»Ja, genau, das, danke«, sagte Agot und stand von ihrem Stuhl auf, um zu sehen, ob das Kokoseis schon gefroren war. Sie wusste ganz genau, dass es noch nicht fest sein würde, aber sie steckte so gern den Finger hinein.

Diese Kleider waren toll für eine königliche Hochzeit, aber im Rahmen der schlichten, kleinen Feier, die sie ausrichten wollten … würden sie ziemlich albern wirken.

Es wäre doch irrsinnig, wenn sie selbst etwas Einfaches, Hübsches, Schlichtes und Schickes tragen würde und Agot aussehen würde wie ein Sahnebaiser. Gott, jetzt konnte sie sich auf etwas gefasst machen! Und Innes würde seine Tochter bei ihren Forderungen natürlich noch unterstützen. Eins wusste Flora aus bitterer Erfahrung: Agot zu etwas zu bewegen, was sie nicht tun wollte, war weder die Zeit noch die Energie wert.

Unvergesslich war den Leuten zum Beispiel ein Ostergottesdienst aus der Zeit geblieben, als Agot in ihrer Waschbärenphase gewesen war. Sie war in ihrem hübschen kleinen Kleidchen mit Strickjacke aufgetaucht, als könne sie kein Wässerchen trüben. Allerdings hatte unter dem Rockteil bei jeder Bewegung ein riesiger buschiger Waschbärenschwanz hervorgelugt.

»Äh, wir werden sehen«, sagte Flora.

»Ja, das WERDEN wir«, bestätigte Agot. »Ich bin so glücklich, dass ich jetzt mein Kleid habe! Es ist so schön! Danke, Tante Flora! Damit wird es richtig Spaß machen, Brautjungfer zu sein.«

Innes kehrte, müde nach dem langen Arbeitstag, vom oberen Feld zurück und lächelte, als er seine Tochter so zufrieden sah.

»Daddy! Daddy! Tante Flora kauft mir das schönste Brautjungfernkleid ALLER ZEITEN! Guck mal!«

Sie zog Innes mit zum Computer und zeigte ihm die Bilder von der Zeremonie der Royals.

Innes zog die Augenbrauen hoch. »Meine Güte, Schwesterchen, ich hatte ja keine Ahnung, dass das so eine große Sache wird.«

»Wird es auch nicht!«, protestierte Flora.

»Hör mal, wenn du schon einen auf königliche Hochzeit machen willst, dann solltest du Lorna auch in so ein Kleid stecken wie das von Pippa.«

»Sei still! Wir machen das im ganz kleinen Rahmen!«

»Ich bin aber Mrs Kennedy über den Weg gelaufen, und die hat mich nach der Feier gefragt. Ich hab ihr gesagt, dass ich zwar nicht über die Details Bescheid weiß, es aber eine ziemlich große Sache wird …«

»Wird es *nicht*.«

»Mein Kleid hat einen riesigen Rock, und dann gucken mich alle an«, erklärte Agot. »Mrs Kennedy findet es bestimmt auch toll, dann wird sie auch nicht böse.«

Agot hatte vor Kurzem angefangen, bei Mrs Kennedy Highland-Tänze zu lernen, und tat sich ziemlich schwer mit der strengen Disziplin im Unterricht. Allerdings konnte man ihr bei den Tanzstunden – im Gegensatz zur Schule – erfolgreich damit drohen, dass sie nicht mehr hingehen durfte. Und das wäre für Agot unerträglich, weil dann Mary-Elizabeth lernen würde, höher zu springen. Zudem würde sich die Erfahrung aus dem einzigen Tanzunterricht, den man hier nehmen konnte, bestimmt positiv auf ihre internationale Karriere als Eiskunstläuferin auswirken, also hielt sie wohl oder übel durch.

»Mrs Kennedy wird gar nicht dabei sein!«, mischte sich nun Flora ein.

»Ach so«, sagte Innes. »Sie hat allerdings gesagt, dass du doch sicher gern eine Tanzeinlage von ihren Schülerinnen hättest.«

Flora biss sich auf die Lippen. Die Vorstellung von all den kleinen Mädchen der Insel mit ihren Schottenröcken und weißen Blusen, den schwarzen Miedern und karierten Strümpfen, die mit fest geschnürten Schuhen zu den Klängen eines Dudelsackspielers aus der Gegend tanzen würden …

»Oh«, machte sie.

»Ich meine, in diese Tanzschule bist du schließlich auch lange gegangen.«

»Wir werden *im kleinen Kreis* heiraten!«, versetzte Flora. Mit, dachte sie bei sich, vielleicht einer kurzen Tanzeinlage, die sie Joel schmackhaft zu machen versuchen würde. »Aber ich schlage die Tänzerinnen gern für Olivias Hochzeit vor.«

Innes schniefte. »Oh, ich glaube kaum, dass *Olivia* die will.«

»Was soll das denn heißen?«

»Na, sicher lässt sie eher die Pussycat Dolls oder so einfliegen, meinst du nicht?«

»Olivia hat sogar eine Hochzeitsplanerin!«, erklärte Flora. »Die kommt nächste Woche mit ihr zusammen her. Sie hat mir bereits jede Menge schlecht gelaunte E-Mails geschickt.«

»Hast du Angst vor ihr?«, fragte Innes.

»Ja, ein bisschen. Nein. Doch«, seufzte Flora.

»Okay«, sagte Innes, der sich um die Buchhaltung des Hotels kümmerte, »räum denen vor allem keine Rabatte ein. Das meine ich ernst. *The Rock* kommt finanziell über die Runden, aber nur, solange du alles entsprechend in Rechnung stellst.«

»Das werde ich natürlich.«

In warnendem Tonfall entgegnete Innes: »Ich hab dich schon mal Gratiskuchen verteilen sehen.«

»Ich verteile doch keinen ›Gratiskuchen‹«, empörte sich Flora. »Vielmehr unterstütze ich manchmal Charlie und Jan bei ihrer wohltätigen Arbeit.«

»Ich wollte es ja nur gesagt haben«, murmelte Innes. »Es fängt mit Gratiskuchen an, und als Nächstes sind es plötzlich Gratishochzeiten.«

»Ich bin doch jetzt eine ernst zu nehmende Geschäftsfrau«, sagte Flora, »und ich werde mich ganz professionell verhalten.«

Innes tauschte einen Blick mit Agot, die genauso feixte wie er. Sie sahen einander gerade sehr ähnlich.

Kapitel 8

Es war schon seltsam. Oder vielleicht auch nicht, schließlich hatten sich bereits tausend solcher Gelegenheiten geboten, aus denen aber selten etwas geworden war. Da hatten sie ein bisschen Glück doch verdient.

Die Osterferien standen bevor, die Jungen waren zum letzten Mal abends bei den Pfadfindern, und Lorna saß mit Saif zusammen im kleinen Außenbereich hinter ihrer Wohnung, um dort bei einer Tasse Tee einen schmalen Streifen Abendsonnenschein zu genießen. Sie schmiegte sich an Saifs Brust, während sie ihm von ihrem Wochenendtrip erzählte.

Saif lächelte, sah aber auch ein bisschen traurig aus. »Du wirst mir fehlen.«

»Ich weiß«, sagte Lorna. So flapsig wie oft fügte sie hinzu: »Lass doch die Kinder mit dem Toaster zu Hause und komm einfach mit. Wir mieten uns ein U-Boot, damit wir uns unbemerkt davonmachen können.«

»Was wollt ihr denn in Edinburgh?«

»Floras Brautkleid und mein Trauzeuginnenkleid kaufen. Dafür werden wir durch die Läden ziehen und überall gern ein Glas leicht warmen Prosecco annehmen!«

Saif überprüfte die Daten auf seinem Handy. »Hm«, machte er. »Also, zu dem Zeitpunkt findet in Edinburgh auch eine Konferenz für Hausärzte statt, organisiert vom Royal College.«

»Tatsächlich?«, hauchte Lorna und setzte sich auf.

»Irgendeine Konferenz findet ja immer gerade statt.« Er zuckte mit den Achseln.

»Ich weiß, ich weiß«, sagte Lorna. »Keine Sorge.«

Saif lächelte nur.

Als er später noch bei einem Treffen der Royal National Lifeboat Institution war (bei der sich die meisten Männer der Stadt engagierten), wurde er aber von einem der Seeleute, Rigby, gefragt, ob sich seine Jungen eigentlich angemeldet hatten.

»Wofür denn?«

»Für das Wochenende mit dem Wassertraining. Hast du das Formular gar nicht bekommen?«

Bei Saif stand immer jede Menge Papierkram an, deshalb las er manches weniger aufmerksam als anderes.

Rigby reichte ihm das Blatt. Es ging um eine Veranstaltung der RNLI, bei der das Selbstvertrauen von Kindern in Hinblick aufs Wasser gestärkt werden sollte – und zwar bei einem Wochenende mit Übernachtung. Es würden wohl auch viele Kinder vom Festland dazukommen, alle würden zusammen kochen und sich abends einen Film angucken – das klang einfach super.

Saif seufzte. Auf der Insel gab es ein kleines Schwimmbad, und seine Söhne gingen dort zum Unterricht, waren aber keine guten Schwimmer und hatten weiterhin Angst vor Wasser. Warum, brauchte man wohl nicht zu fragen. Manchmal jammerte Ash so sehr, dass Saif ihnen erlaubte, den Unterricht zu schwänzen. Dabei wusste er nur zu gut, wie wichtig es war, schwimmen zu können.

»Meine Jungen können nicht gut schwimmen«, sagte er und verzog das Gesicht.

Joel, der ebenfalls bei dem Treffen dabei war, schaute zu

ihm herüber. »Dann solltest du sie vielleicht da hinschicken«, schlug er vor. »Das später im Leben noch zu lernen ist gar nicht so leicht.«

Er sprach aus bitterer Erfahrung, weil sich in seiner Kindheit niemand richtig um das Thema gekümmert hatte. Deshalb hatte er erst als Erwachsener Schwimmen gelernt und im Becken seines schicken Apartmentblocks hartnäckig seine Bahnen gezogen. Vor tiefem Wasser hatte er allerdings immer noch Angst, was mit der Grund dafür war, dass er sich der RNLI überhaupt angeschlossen hatte. Es kam ihm absurd vor, mitten im Atlantischen Ozean zu leben und immer noch so eine Furcht mit sich herumzutragen. Und bald würde er ja auch eine Frau heiraten, die die halbe Insel für eine Wassernymphe hielt.

Fionn, Mures erfahrenster Fischer, der inzwischen die RNLI-Gruppe der Insel leitete, starrte sie an. »Na, toll zu erfahren, dass ich in meinen Rettungsbooten zwei Nichtschwimmer habe.«

»Jetzt bin ich ja kein Nichtschwimmer mehr«, sagte Joel. »Ich hab es als Erwachsener gelernt, bin bei mir zu Hause stundenlang hin und her gekrault. Das war echt anstrengend.«

»Du hattest deinen eigenen Pool?«, fragte Fionn mit hochgezogenen Augenbrauen.

»Nein, das nicht, es gab bei uns in London im Gebäude ein Schwimmbecken. Ich hab einen Schwimmlehrer engagiert, der gekommen ist und mich unterrichtet hat«, sagte Joel und bekam gar nicht mit, welch großen Eindruck diese Information auf alle machte.

»Der ist so reich! Seine Hochzeit wird ein Megaevent!«, flüsterte Rigby Clark zu.

Rigby zeigte Saif einen Abschnitt im unteren Bereich

des Formulars. Dort stand, dass es bei diesem Schwimmcamp zwei Gruppen geben würde, für gute und noch nicht so gute Schwimmer.

»Wenn sie da mitmachen, sind sie nachher viel besser«, sagte Fionn. »Das kann ich dir nach drei Tagen im Wasser versprechen. Die Veranstaltung findet am Wochenende nach Ostern statt.«

Mit plötzlich klopfendem Herzen schaute Saif auf. Aber er konnte doch nicht …

»Die Hälfte ihrer Klassenkameraden wird dabei sein«, versicherte Fionn.

»Könnte Douglas da auch mitmachen?«, fragte Joel. »Das hilft vielleicht, seine Beinmuskulatur aufs Laufen vorzubereiten.«

Saif rang mit sich. Was, wenn er die Insel verließ und ausgerechnet in seiner Abwesenheit etwas passierte? Was, wenn die Jungen Probleme bekämen und er nicht da wäre?

Wenn er früher aufs Festland gereist war, dann meist, um in Glasgow Fragen über Amena zu beantworten. Für ihn war das immer furchtbar, richtig traumatisch gewesen, und es hatte sich auch negativ auf seine Söhne ausgewirkt.

Vielleicht wäre es gar nicht schlecht, wenn sie sehen würden, dass nach seiner Abwesenheit die Stimmung nicht jedes Mal am Nullpunkt sein musste.

Natürlich, sinnierte er, hatte er damals an Amena und sich noch als verheiratetes Paar gedacht. Deshalb hatte er jeden Morgen am Wasser gesessen und mit der Hoffnung auf die Fähre gewartet, seine Frau könnte vielleicht an Bord sein. Diese Tage waren lange vorbei, und es wartete eine glücklichere Zukunft auf ihn.

Er stellte sich vor, wie Lorna und er zusammen die Straße entlanggingen, ein Paar wie jedes andere. Wie sie sich ein Hotelzimmer nahmen und dann einfach gemeinsam loszogen, ganz normal, Hand in Hand. O Gott!

Die Sache reizte Saif auch noch aus ganz anderen, egoistischen Gründen. Ja, er liebte Mure und wusste die Sicherheit der Insel zu schätzen, ihre Schönheit, ihre heilenden Kräfte. Aber er stammte aus Damaskus und hatte in Beirut studiert – damit war er auch ein Stadtmensch, und ihm fehlte schlicht die Quirligkeit einer Metropole mit ihren Menschenmengen. Er sehnte sich danach, mal Leuten zu begegnen, die er nicht kannte, vor allem solchen, die ein bisschen mehr aussahen wie er selbst.

Dort würde er auch für die Jungen einkaufen können, und …

Er rief Neda an, die bei solchen Sachen ein verlässlicher moralischer Kompass war. Sie wusste von der Situation mit Lorna und war die einzige Person, die es wagte, einfach laut aufzulachen und ihm zu sagen, dass er natürlich fahren konnte.

Dann machte sie eine Bemerkung darüber, dass er noch eine zusätzliche Referenz für den Antrag seines Aufenthaltsrechts brauche und dass die örtliche Schulrektorin dafür vielleicht nicht ideal sei, wenn er weiterhin mit ihr ins Bett ging. Oder vielleicht gerade doch, aber dann wollte Neda lieber keine Details hören.

Wenn einem ein Problem so schwer auf den Schultern lastete und nichts zu helfen schien, brachte ein Witz manchmal Erleichterung, und das hatte Neda begriffen.

Saif freute sich unglaublich darauf, Lorna die Neuigkeit zu erzählen.

Sie riss die Augen auf und begann zu strahlen, obwohl

sie sich ja eigentlich ein Zimmer mit Flora hatte teilen wollen und jetzt noch eins buchen musste.

Als Flora davon erfuhr, war sie ein wenig eingeschnappt, weil sich Lorna dann ständig davonschleichen würde. Lorna versicherte ihr aber, dass sie auf jeden Fall einen Tag zusammen shoppen gehen würden.

Damit es etwas glaubwürdiger war, würde Saif nämlich an der Konferenz teilnehmen.

Und Flora könnte ja ein paar ihrer Schickimickifreundinnen von der Uni anrufen, die sich alle nervig noble Häuser in Edinburgh gekauft hatten. Dort könnten sie zusammen abhängen und ein bisschen ablästern.

Die Idee fand Flora nicht schlecht. Allerdings hätte sie Lorna gern dabeigehabt, weil es mit deren Rückendeckung angenehmer für sie wäre, falls ihre Freundinnen mal zickig sein sollten.

»Ja, für dich vielleicht«, hatte Lorna gesagt.

Die Sache war jedenfalls abgemacht.

Kapitel 9

Das Hotel *The Rock* auf Mure erreicht man am besten mit dem Boot. Dafür steigt man leichtfüßig in Berties schnittigen hölzernen Außenborder und tuckert vom Hafen der Insel aus los.

Wenn das offene Wasser erreicht ist und man an den sanften Hügeln im Hinterland der Insel vorbeifährt, saftig und grün und voller Kühe, dann fühlt man sich plötzlich auf See ganz allein und weit weg von allem.

Bei einem Blick zurück bietet sich ein Panoramablick auf die wunderschöne Hafenfront mit dem Café und den Läden in unterschiedlichen leuchtenden Farben – die Metzgerei ist gelb und *Annies Küche* hellrosa gestrichen, und das auch als Kneipe dienende Hotel *Harbour's Rest* schwarzweiß, dazu kommen noch die kleinen Fischerboote in Rot und Grün.

Nun schaut man hinauf zur Nordspitze der Insel, wo sich der Windpark befindet. Und in dem Moment, in dem man die zerklüftete Spitze umrundet, wirkt Mure auf einmal gar nicht mehr klein, sondern ragt riesig und unheilvoll aus der aufgewühlten See.

Die Insel liegt so weit weg von allem, dass man sich fragt, wie sich darauf überhaupt je Menschen ansiedeln konnten. Denn hier kann man nur gelegentlich den enormen Umriss eines Containerschiffs ausmachen, das in der

Ferne durchs bewegte Wasser pflügt, meist befindet sich zwischen dem Betrachter und dem Nordpol aber gar nichts mehr.

In dem Moment kommen plötzlich viele Fragen auf: Wie oft diese Fahrt wohl unternommen wird? Ist das Boot denn nicht viel zu klein für den Ozean? Könnte eine einzige große Welle es davontragen? Ist der Wind hier immer so stark? Wie weit sind wir jetzt eigentlich vom Festland entfernt? Sehen diese Klippen aus der Nähe nicht ganz schön unheimlich aus, und könnte nicht alles als Kleinholz enden, wenn man dagegen geschleudert würde?

Aber exakt in dem Augenblick, in dem einem diese Gedanken durch den Kopf gehen, ändert das Boot seinen Kurs und tuckert genau auf die Spitze der Insel zu. Je nach Jahreszeit erhascht man in diesem Moment einen ersten Blick auf *The Rock*, womöglich eingerahmt von einem Sonnenuntergang. Das so robuste wie zauberhafte Gebäude aus grauem Stein wurde in der viktorianischen Zeit mit Blick auf eine Nordwestpassage gebaut, von der man sich eine Abkürzung auf dem Weg zu den Reichtümern der Welt erhofft hatte.

Die Anlegestelle liegt unterhalb eines abfallenden Geländes, auf dem nur die widerstandsfähigsten Pflanzen zu finden sind, solche, die alles ertragen, was der Nordatlantik so mit ihnen vorhat.

Der Anleger selbst ist mit fröhlichen Laternen erhellt, die den Weg weisen – je nach Wind manchmal auch mit offenen Feuerschalen. Und dort steht bereits jemand vom Hotelpersonal, gekleidet in die schicke hellblaue Uniform mit Schottenkaroelementen, um die Besucher in Empfang zu nehmen und zur schweren Eingangstür des Hotels zu begleiten.

Bei einem Blick hinein kann man durch die großen Erkerfenster dicke Teppiche, prasselnde Kaminfeuer und riesige, gemütliche Sessel sehen. Dort drinnen sitzen und stehen bereits Gäste, die plaudern und lachen, während ihnen Getränke eingeschenkt und Häppchen gereicht werden.

In den Zimmern oben verheißen schwere Gardinen Luxus und Romantik, und an diesem Punkt beginnen die Besucher vermutlich, sich zu entspannen.

Heute fuhr Flora allerdings in dem treuen alten Land Rover zum Hotel hinauf und freute sich, als sie Leute durch den Garten schlendern sah. Sie hoffte nur, die Gäste würden den Pfauen nicht zu nahe kommen, denn die waren erstaunlich wehrhafte Tiere.

Das hatte Bjårk, der Küchenhund, schon etliche Male feststellen müssen, wenn er auf sie zugesprungen war, um zu sehen, ob sie mit ihm spielen oder Sex haben oder sich von ihm fressen lassen wollten – er stellte nicht viele Ansprüche. Jedes Mal war er unter so viel Gepicke und Geschrei vertrieben worden, dass die Leute dachten, beim Zierlabyrinth würde jemand ermordet.

Die Fenster sowohl des Hotels als auch der kleinen Gästehäuschen, die Colton dahinter hatte bauen lassen, waren hell erleuchtet.

Bei diesem Anblick erfasste Flora wie üblich eine Mischung aus Stolz und Aufgeregtheit angesichts der Tatsache, dass sie für den ganzen Komplex die Verantwortung trug. Er bot für die Menschen auf der Insel Arbeitsplätze, ein Einkommen an einem Ort, der so sehr vom Tourismus abhing. Und sie versuchten hier, Coltons Vermächtnis zu ehren. Auf dem Sterbebett hatte er sich gewünscht, dass Fintan geliebt und sicher sein sollte und das Hotel Erfolg haben möge.

Beinahe wirkte es so, als wäre es ein wichtiger Faktor für eine erfolgreiche Zukunft, für das Wohlergehen der Inseln und vielleicht sogar ganz Schottlands. Flora war schon klar, dass sie da in ziemlich großen Kategorien dachte, aber sie glaubte daran und wollte sich *The Rock* würdig erweisen.

Einst hatte sie in London als Anwaltsgehilfin ihr gesamtes Gehalt fürs Pendeln und die Miete ausgegeben, während sie verzweifelt in ihren Chef verliebt gewesen war, der sie nicht einmal wahrgenommen hatte. Damals hätte sie nicht im Traum geahnt, dass sie eines Tages die Geschäftsführerin solch eines Hotels sein würde, und erst recht nicht, dass der desinteressierte Chef von damals ihr den Ring anstecken würde, den sie nun an der linken Hand trug.

Als der Land Rover zuckelnd die letzten Meter zurücklegte, seufzte Flora zufrieden. Doch jetzt tauchte in der Küchentür eine wild gestikulierende Gestalt auf und lief auf das Auto zu, sodass Flora schon befürchtete, die Person würde ihr gleich unter die Räder geraten. Es war ihr temperamentvoller Chefkoch, Gaspard.

Er war jetzt bereits seit mehreren Monaten im Hotel angestellt. So lange war er wohl noch nie an einer Arbeitsstelle geblieben, was Flora als einen persönlichen Triumph verbuchte. Eins musste sie allerdings zugeben: Sie hielten ihn vor allem dadurch hier, dass sie ihn frei schalten und walten ließen.

»Das ist ja *unerträglich!*«, klagte er, bevor sie auch nur die Tür öffnen und in die steife Brise hinaustreten konnte.

Flora bemühte sich um einen besorgten Gesichtsausdruck. Zu den Dingen, die Gaspard in der Vergangenheit als *unerträglich* erachtet hatte, gehörten: Margarine servieren, kein Kalbfleisch anbieten können, Brot, das länger als einen Tag frisch bleiben würde, Wein mit Schraubverschluss, die Existenz von Lunchables-Snacks und jede in Großbritannien übliche Verwendung von Zucchini.

»Hallo!«, sagte Flora und ließ sich von ihm wie üblich zwei nach Tabak riechende Wangenküsschen geben.

«'allo!«, kam es zurück, während er an seiner Zigarette zog. Unter dem Ärmel seiner leuchtend weißen Küchenuniform lugte die bunte Mischung verblichener Tattoos hervor.

Flora wusste, dass zwischen ihm und Fintan etwas lief. Was genau, war ihr aber nicht klar, und sie wollte auch nicht fragen – zumindest Fintan nicht. Gaspard wäre die Sache vermutlich nicht im Geringsten unangenehm.

Fintans Liebe zu Colton war so tief und stark gewesen, dass eine Affäre mit einem anderen ihm wie Verrat vorkommen musste, so viel konnte Flora sich denken.

Wenn sie ihm doch nur begreiflich machen könnte, dass es okay war, dass alle dafür Verständnis hätten und Colton genau das gewollt hätte … (Aber hätte er das wirklich? Flora war sich da gar nicht sicher. Wie die meisten reichen Menschen hatte er gern alles nur für sich haben wollen.)

»Was ist denn los?«, fragte Flora und ging mit Gaspard zusammen aus der Frische des Gartens hinein in die geschäftige, laute und warme Küche.

Isla, die früher mal in *Annies Küche* gearbeitet hatte, war mit ihrem Freund Konstantin gerade damit beschäftigt, sich lachend durch eine Auswahl von Kuchen zu testen. Sie eilte herbei, um Flora mit einem Kuss zu begrüßen. Heute war der große Tag: Endlich würde die berühmte Olivia mit ihrer Hochzeitsplanerin eintreffen, und dafür musste alles perfekt sein.

»Oooh!«, machte Flora. Die Kuchen waren einfach

prächtig: Der eine war wohl mit Zitronengeschmack, dann gab es einen Schokoladenkuchen und einen, der gerade mit frischen Erdbeeren verziert werden sollte. »Das sieht ja toll aus!«

»Wir testen Hochzeitskuchen!«, erklärte Isla und grinste.

»Ohne Glutän! Dabei ist das doch alles Einbildung!«, sagte Gaspard wütend. »Backän wir die einfach mit Glutän und sagän: ›Ist kein Glutän drin, isch schwöre!‹«

»Nein, das machen wir nicht!«, stellte Flora hastig klar.

»Isch möschte bitte ein großes Schild, auf dem steht: JA, ICI ALLES MIT GLUTÄN. Mit riesigän Buchstabän. Nebän der Tür.«

»Ich denke darüber nach«, sagte Flora schnell. »Ist sie schon da?«

»Noch nicht!«, antwortete Isla aufgeregt. »Ich will so gern sehen, was sie anhat. Persönlich hab ich sie nie kennengelernt, aber meine Mum hat sie oft erwähnt.«

Flora nickte den gut gelaunten Mitarbeitern der geschäftigen Küche zu, in der eine Stimmung herrschte, als würde auf Mure bald ein Promi eintreffen.

Unter der Woche stiegen im Hotel oft ruhige, ältere Ehepaare ab. Manche Küchenmannschaften hätten da den bequemen Weg gewählt und sich auf Pasteten sowie Fish and Chips beschränkt. Für Gaspard war es vielmehr ein Ansporn, mit neuen Gerichten zu experimentieren. Daher wurde heute *Pigeon aux champignons* angeboten, mit winzig kleinen Kartoffeln in rosafarbener Schale als Beilage, gewürzt mit getrockneten Algen.

Als Flora kurz den Kopf ins Restaurant hineinsteckte, bot sich ihr ein erstaunlicher Anblick: Statt der üblichen Nebensaisonler – Senioren, die ihren Urlaub außerhalb der Ferienzeiten machten, wenn nicht so viel los war – entdeckte sie etliche jüngere Gäste, die allerdings nicht zusammensaßen. Stattdessen checkten viele ihr Handy. Manche waren extrem trendy gestylt, die Männer zum Teil mit Bart und Dutt. Solche Figuren liefen hier immer öfter auf, heute war es allerdings extrem.

»Wer sind die nur?«, fragte Flora.

»Foodblogger«, flüsterte Isla. »Hergelockt von Ionas Instagramfotos.«

»Wow«, murmelte Flora. »Und was machen die da?«

»Es ist wirklich merkwürdig. Die kommen hier an, sitzen dann schweigend rum, machen jede Menge Fotos und Notizen und fragen, ob sie gratis etwas zu essen bekommen …«

Panisch schaute Flora sie an.

»… woraufhin sie von Gaspard angeschnauzt werden, was ihnen aber gar nichts ausmacht.«

Gequält verzog Flora das Gesicht. Das Problem war, dass sie einerseits fest an Gaspard und sein wunderbares Essen glaubte. Andererseits …

»Bist du sicher, dass es sie nicht stört? Könnte er das vielleicht bleiben lassen?«

»Sie finden es toll!«, versicherte Konstantin, der ganz aufgekratzt wirkte, weil er Eischnee mit einem kleinen Gasbrenner abflämmen durfte. »So authentisch.«

Ja, er ist ein authentisches Arschloch, dachte Flora und schaute zu Gaspard hinüber; in ihrem Blick lag Zuneigung, obwohl Gaspard gerade einen kompletten Finger in eine Soße tauchte und ihn begeistert ableckte. Flora tat so, als hätte sie es nicht gesehen, und bat auf dem Weg zur Rezeption Isla, Kaffee und ein paar Plätzchen aus *Annies Küche* in die Lounge zu bringen.

Sie konnte sich der Gefühle nicht erwehren, die sie

eigentlich zu verdrängen versuchte. Es wäre so schön, wenn sie den Kuchen für ihre eigene Hochzeit probieren würde, ihre eigene Hochzeit planen könnte. Auch wenn es natürlich toll war, all das für eine andere Braut zu tun.

Joel hatte klar und deutlich den ehrlichen und nachvollziehbaren Wunsch vorgebracht, im ganz kleinen Kreis zu heiraten. Leider hatte Flora erst dadurch begriffen, wie sehr sie sich selbst nach einer großen Feier sehnte. Aber das war egoistisch.

Und Joel war ja völlig begeistert, schwärmte davon, wie sehr sich Jan auf das Geld freute, das sie ihr spenden würden, und wie viel Gutes damit für die Jungen getan werden konnte.

Also würde Flora versuchen, eben die Hochzeit von Olivia so wunderbar wie möglich zu gestalten und es zu genießen, mahnte sie sich streng. Schließlich konnte sie in ihrem Leben für so unglaublich viele Dinge dankbar sein.

Um diese Uhrzeit war es in der Lounge ruhig. Die meisten Leute waren draußen bei einem Spaziergang und genossen die Weite und Leere des Endless Beach oder stöberten in den Souvenirlädchen am Hafen.

In einer Ecke wurde still Scrabble gespielt, und an einem Fenster las jemand den *Scotsman*. Die beiden Sessel am Feuer mit hellblauem Schottenkaromuster waren allerdings leer, und Flora warf einen Blick auf ihre Armbanduhr, bevor sie sich noch einmal aufgeregt umschaute. Wo steckten die beiden nur? Das hier war doch für alle ein wichtiger Termin.

Aber da erschien im hölzernen Rahmen des Durchgangs zur Rezeption plötzlich eine große, schlanke junge Frau – die hübscheste, die Flora je gesehen hatte.

Alles an ihr war zauberhaft – die helle Haut, die dunklen

Haare und die leuchtend grünen Augen. Ja, das war alles so ähnlich wie bei Jan, dachte Flora. Deren Haar war allerdings matt und ergraut, die Augenfarbe trüber.

Olivias Haar glänzte hingegen wie eine Kastanie, changierte in schillernden Tönen. Unter den dicken schwarzen Wimpern wirkten die stechend limettengrünen Augen beinahe unwirklich.

Natürlich war hier und da nachgeholfen worden. Aber es war unverkennbar, dass falsche Wimpern und eine Tönung allein nicht solche Schönheit erschaffen konnten.

Und es lag ja nicht nur an den hübschen Gesichtszügen, sondern auch daran, wie sie den Kopf leicht schräg legte, an dem markanten Kiefer, der Ebenmäßigkeit der Haut und den zarten Schultern.

Schon seltsam, wie man sich automatisch von dieser Schönheit angesprochen fühlte, als wäre das im Menschen fest verankert. Einer Person gegenüberzustehen, die so umwerfend aussah, verschlug einfach jedem den Atem.

Flora lächelte in sich hinein. Sie brauchte sich nun wirklich keine Sorgen darüber zu machen, dass Joel oder sonst irgendjemand sich in Olivia verliebte. Diese Frau war mit nichts zu vergleichen, schien ja kaum der gleichen Spezies anzugehören.

Olivia trug ein schlichtes schwarzes Etuikleid, bei dem Flora erfolglos zu ergründen versuchte, warum es eigentlich so teuer aussah, und Silberschmuck. Neugierig schaute sie sich um.

Flora fragte sich, wie es sich wohl anfühlte, wenn man den Verkehr zum Erliegen bringen konnte, wenn sich beim Betreten eines Raums plötzlich Schweigen breitmachte, nur weil man Wangenknochen hatte, die einen Millimeter weiter links oder rechts saßen.

Plötzlich wurde Flora klar, dass sie gerade unhöflich gaffte. Sie trat einen Schritt vor. »Hi … Olivia Mathieson? Ich bin Flora MacKenzie.«

Kapitel 10

Die gertenschlanke Gestalt trat vor und streckte so gnädig eine Hand aus, als erwarte sie, dass Flora sie küssen würde. Man musste ehrlicherweise dazusagen, dass Flora es auch beinahe getan hätte.

»Herzlich willkommen.«

»Vielen Dank«, sagte Olivia.

Überrascht kniff Flora die Augen zusammen. Olivia klang wie die Queen. Flora konnte nicht den Hauch eines Akzents hier aus der Gegend heraushören.

Olivia ließ den Blick schweifen. »Tut mir leid, Jacinth sieht sich gerade noch ein bisschen um.«

Jacinth war die Hochzeitsplanerin. Nur um dieses Treffen zu arrangieren, hatte sie Flora bereits neunzehn ausführliche E-Mails geschickt.

»Wie war die Reise von London hierher?«

Olivia schaute sie an. »Ich hatte ganz vergessen, wie weit weg von allem Mure liegt.«

»Allerdings«, nickte Flora. »Das macht unsere Insel ja so speziell. Tee?«

»Heißes Wasser mit Zitrone«, entgegnete Olivia, ohne bitte oder danke zu sagen.

Flora nickte Isla zu, die zum Spionieren im Türrahmen gelungert hatte und jetzt fröhlich davoneilte, um den Wunsch zu erfüllen.

»Also kommen Sie nicht oft her?«, fragte Flora, während sie beide Platz nahmen.

Dabei brachte Olivia es irgendwie fertig, ihren langen, eleganten Hals so zur Schau zu stellen, dass sie aussah wie ein Model in einer Ausgabe der *Vogue* aus dem Jahr 1954.

Sie lachte. »Gott, nein, machen Sie Witze? Himmel! Ich meine, Sie können nichts dafür, Sie müssen schließlich hier leben.« Sie lächelte auf eine Art und Weise, die Flora plötzlich an Jan erinnerte.

Isla brachte das Zitronenwasser und war blitzschnell wieder verschwunden.

»Ihnen fehlt doch sicher Ihre Familie«, bemerkte Flora.

»Kennen Sie meine Familie?«

»Äh, ja«, antwortete Flora. »Die ist hier in der Inselgemeinschaft sehr angesehen.« Dass Fraser der Vater eines so außerordentlichen Wesens wie Olivia sein sollte, war allerdings kaum zu glauben. »Sie heiraten also deretwegen hier?«

»*Du meine Güte*, nein, das tue ich für meine neuen Schwiegereltern. Die finden das alles ganz entzückend – Kilts und Armbrüste und *Donald, Where's Your Troosers?*, und ich will sie wirklich nicht enttäuschen.«

Das ging Flora unwillkürlich gegen den Strich. Es war eine Sache, wenn Ausländer nach Schottland kamen und alles ganz putzig und lustig fanden. Schließlich wussten sie es nicht besser. Sie hatten hier noch nie mit den uralten Felsen im Rücken an einem klaren, kalten Morgen am Ufer gestanden, während sich die Farbe des Himmels ständig änderte, während Sturmvögel zwischen den Ausläufern des Morgennebels im Kreis immer weiter in die Höhe stiegen und man in der Ferne die Musik eines einzelnen Dudelsackspielers hören konnte.

Aber Olivia war doch Schottin. Obgleich sie nicht so aussah, war auch sie ein Inselmädchen.

Flora versuchte, ein bisschen Nähe herzustellen. »Und, wie ist er so?«

Olivia platzte vor Stolz. »Anthony? Er ist natürlich göttlich. Erfüllt mir jeden Wunsch und verwöhnt mich nach Strich und Faden, dieser Dummkopf!«

»Ich bin auch verlobt«, sagte Flora.

Olivia zog nur die perfekt gezupften Augenbrauen hoch und sagte dazu nichts.

Als Flora ihren Laptop hervorzog, bemerkte sie den raschen Blick auf den Ringfinger ihrer linken Hand, und ein weiteres Mal hoben sich die Augenbrauen.

Sie liebte ihren Ring. Joel hatte gefragt, ob sie sich selbst einen aussuchen wollte, aber sie hatte nur geantwortet: »Nein, du hast doch einen guten Geschmack.« Den hatte er wirklich, daher war das Schmuckstück weitaus edler, als Olivia wohl von einer Hotelmanagerin auf einer kleinen schottischen Insel erwartet hatte. Die drei Steine darin waren perfekte Diamanten, ein etwas größerer in der Mitte, eingerahmt von zwei kleineren und umrankt von einem Band aus Platin.

Tatsächlich hatte Flora ein wenig Angst davor und trug ihn deshalb nur selten, damit er ihr am Ende nicht noch in den Eintopf fiel oder von Douglas verschluckt wurde. Sie hatte Albträume, in denen sie allen zu erklären versuchte, sie habe ihr eigenes Baby umgebracht, weil sie nicht verhindert hatte, dass es ihren sehr eleganten und teuren Verlobungsring verschluckte.

Heute saß der Ring aber an ihrem Finger, eben wegen ihres Termins.

Der Ring von Olivia sah so aus, als könnte sie damit

jemandem ein Auge ausstechen oder mit einer Steinschleuder eine Ziege umnieten.

Flora war ständig drauf und dran, ihr zu sagen, wie hübsch sie doch war, aber das war natürlich müßig, ungefähr so, als würde man zu einem großen Menschen sagen, wie groß er war. Das brachte ja nichts.

»Also, äh, was hatten Sie sich für Ihre Hochzeit denn so vorgestellt?«

Olivia zuckte mit den Achseln. »Na ja, eben *schottisches Zeug*, würde ich mal sagen, von allem nur das Teuerste. Darum wird sich Jacinth schon kümmern. Mir ist das egal, Hauptsache, alle sind schwer beeindruckt. Anthony ist ja so großzügig, und seine Familie wird wirklich …« Sie runzelte die Stirn. »Aber wenn ich es mir recht überlege: Viel teurer kann man Haggis wohl nicht machen, oder?«

Sie hatte wirklich überhaupt keinen Inselakzent, nicht einmal einen Anflug. Den hatte sie komplett verloren, wohl einfach abgelegt.

In all den Jahren, die sie unten im Süden gewesen war, wäre Flora das nicht im Traum eingefallen, obwohl sie oft gebeten worden war, etwas noch einmal zu wiederholen. Die Leute hatten sie entweder nicht verstanden oder noch einmal diese seltsame Melodie hören wollen, die für Flora ganz normal war. Das Ganze war nervig und anstrengend gewesen, und es hätte Flora so einiges erspart, wenn auch sie wie Olivia plötzlich eher nach Kensington geklungen hätte.

»Na ja«, begann Flora und merkte auf einmal, dass sie auch versuchte, ihren Akzent ein wenig zu dämpfen, was sie furchtbar ärgerte. »Wir könnten dazu einen unglaublich teuren Whisky servieren.«

Olivias Augen begannen zu leuchten. »Ja«, sagte sie, »das klingt schon mal gut. Wie teuer?«

Flora zuckte mit den Achseln. »Ich müsste bei uns im Keller nachschauen, aber ich denke, wir haben da ganz außergewöhnliche Sachen. Einen ganz alten Macallan, glaube ich. Und einen richtig alten Whisky aus der Brennerei hier auf der Insel. Der ist äußerst rar.«

»Gut«, sagte Olivia. »Damit meine neuen Schwiegereltern irgendetwas ernst nehmen, muss alles völlig überzogen sein.«

»Sind sie nett?«

Olivia zog die Nase kraus. »Ich bin mir nicht so sicher, ob ich dem entspreche, was sie für Anthony eigentlich im Sinn hatten. Deshalb müssen wir wirklich eine *Riesenshow* abziehen, im Ernst, denen deutlich zeigen, wer hier das Sagen hat. Die sollen mit dem Eindruck wieder abreisen, dass ich die Königin dieser Insel bin, so was in der Art.« Sie lächelte verschwörerisch.

»Aber das sind Sie für die Bewohner von Mure ja schon«, wandte Flora ein, und Olivia lachte.

»Okay, aber ich meine, für die Leute, die wichtig sind.«

Bevor Flora dazu etwas sagen konnte, tat sich etwas im Eingangsbereich des Hotels. Flora hatte gar nicht bemerkt, dass es inzwischen draußen zu regnen begonnen hatte. Das war auf Mure meist nicht einmal einen Kommentar wert, weil es hier zu jeder Jahres- und Tageszeit so normal war. Doch nun hatte jemand die Hoteltür aufgerissen, stand tropfend und offenbar stinkwütend da und kämpfte mit einem umgestülpten Regenschirm.

»Entschuldigung?«, rief die Person zu Gala an der Rezeption hinüber. »Hallo, können Sie den bitte mal nehmen? Ich brauche Hilfe! Ja? Danke!«

Gala eilte herbei und versuchte, der Frau aus ihrem nassen Trenchcoat zu helfen. Dank des Durchgangs konnten Olivia und Flora die Szene von der Lounge aus beobachten.

»Ist das …?«

»Ja«, antwortete Olivia selbstgefällig und erhob sich mit ihrer schlanken Gestalt zu voller Größe. »Jacinth! Wir sind hier!«

Die Hochzeitsplanerin bedachte Gala mit einem weiteren bösen Blick. »Passen Sie gut auf damit – das ist nämlich Burberry! Das ist eine Marke – eine wirklich teure, okay?« Den kaputten Schirm warf sie einfach auf den jetzt schlammverschmierten Fußboden, bevor sie hereinmarschierte.

»Olivia, *Schätzchen*! O mein Gott, in diesem Licht siehst du einfach bezaubernd aus. Und schlanker denn je!«

Jacinth selbst war unglaublich dünn, beinahe knochig, dachte Flora, die schon lange nicht mehr in London gewesen war. Bei der Hochzeitsplanerin sah das nicht so elegant aus wie bei Olivia, sondern eher so, als würde sie nicht genug zu essen bekommen.

Sie hatte irgendein seltsames Kleidungsstück an, das drei Armlöcher zu haben schien. Dann musste es wohl furchtbar teuer und angesagt sein, dachte Flora. Jacinth hatte sehr kurzes schwarzes Haar, das stachelig vom Kopf abstand, und trug eine Brille mit dicken Gläsern.

Unter Jacinths Blick fühlte Flora sich mit einem Mal sehr spießig.

»Hi. Jacinth«, stellte sich die Frau vor und reichte Flora die Hand, an der sie mehrere silberne Ringe trug. Aufwendige Tätowierungen zogen sich von den dürren Handgelenken aus die Arme hoch, und Flora fühlte sich unglaublich uncool, obwohl sie sich heute für ihr hübschestes Blümchenkleid und einen weichen Kaschmirpullover entschieden hatte. Darin kam sie sich plötzlich altbacken, wie ein Landei vor.

»Ich bin die Hochzeitsplanerin«, erklärte Jacinth im selben Augenblick, in dem Olivia sagte: »Jacinth ist eine Freundin von mir.«

Einen Moment herrschte Stille, dann fuhr Jacinth selbstbewusst fort: »Na ja, ich bin jedenfalls nicht die typische Feld-Wald-und-Wiesen-Hochzeitsplanerin.«

Flora war noch nicht vielen Feld-Wald-und-Wiesen-Hochzeitsplanerinnen begegnet und lächelte nur höflich. »Flora MacKenzie. Willkommen auf Mure.«

»Wo sind wir hier überhaupt?«, knurrte Jacinth. »Ich bin heute Morgen in Berlin aufgewacht.«

»Ganz oben, am äußersten Ende der Welt«, erklärte Olivia.

»Na ja, jedenfalls ist es trostlos«, versetzte Jacinth. »Meine Herren! Okay, gut, was wird uns hier geboten?«

»Also, wir verwenden ausschließlich lokale Produkte, und wir haben ein paar Gerichte zubereitet, damit Sie probieren können«, führte Flora aus.

Jacinth schnaubte. »Na super, Sie holen Ihre Kartoffeln vom benachbarten Feld, ganz toll. Aber haben Sie auch etwas, was so richtig einschlägt? Einen echten Kracher, der frischen Wind in die Sache bringt? Alle haben die Nase voll von diesen langweiligen Cirque-du-Soleil-Hochzeiten mit echten Einhörnern. Wir brauchen etwas ganz anderes, Neues. Das Stichwort ist ›neu‹, kapiert?«

Fassungslos schaute Flora zu den Fenstern hinüber. Normalerweise waren die Leute schon beeindruckt genug, wenn sie nur hinaus in den Garten schauten, wo perfekte kleine Stufen zum Anleger hinunterführten und die perfekten blauen Wellen des riesigen Ozeans im Hintergrund wogten.

Es war ein außergewöhnlicher Anblick, und dann umrundete im Lauf des Tages auch noch die Sonne das Hotel, fiel durch unterschiedliche Fenster herein, bis sie am Abend hinter dem riesigen, tadellos getrimmten Garten oberhalb der Klippen unterging, der durch seine Lage besonders viel Sonne und wenig Wind abbekam.

Es gab nichts Schöneres, als im Haus mit einer Decke aus reiner Wolle in der Nähe des Kamins zu sitzen, an einem Whisky-Honig-Getränk zu nippen und den Sonnenuntergang zu betrachten, während aus der Küche der Duft von Gaspards gebackenem Ofenfisch herüberzog. Konnte sich irgendjemand etwas Tolleres vorstellen? Flora jedenfalls nicht.

In diesem Moment sah man wegen des heftigen Regengusses draußen allerdings kaum die Hand vor Augen, und von der See her wehte der Wind so heftig, dass Regentropfen und Gischt fast nicht zu unterscheiden waren.

»Na ja, die Location ist schon mal wunderschön«, sagte Flora.

»Ach, wirklich?«, fragte Jacinth wenig beeindruckt. »Ich meine, ist das hier immer so?«

»Nein«, behauptete Flora im gleichen Moment, in dem Olivia »Jeden verdammten Tag« sagte.

»Tja, dann müssen wir eben zwei Feiern vorbereiten«, entschied Jacinth. »Eine drinnen und eine draußen, je nachdem, wie es an dem Tag aussieht.«

»Wir könnten auch ein Festzelt aufstellen«, schlug Flora vor. Es gab auf der Insel eins, das bei allen größeren Feiern zum Einsatz kam. Vorsichtshalber erwähnte sie nicht, dass dieses Zelt einem Gerücht zufolge verflucht war. Wenn es aufgestellt wurde, begann es nämlich jedes Mal, sintflutartig zu regnen, sodass man darin einen guten halben Meter tief im Schlamm stand.

Die Inselbewohner waren zu dem Schluss gekommen, dass der Prozess des Aufbauens wohl eine Art Regentanz sein musste, und hatten während ein paar ungewöhnlich trockener Wochen vor ein paar Jahren ernsthaft erwogen, es wegen des benötigten Regens zu errichten.

Aber das war sowieso egal, weil die beiden anderen Frauen schon beim Gedanken an ein Festzelt in Gelächter ausbrachen.

»Himmel, wie bei einem Parteitag der Torys 2002«, versetzte Jacinth gnadenlos. »Nein, jetzt seien Sie mal nicht albern. Ich hatte gedacht, wir könnten vielleicht Tipis aufstellen oder Wigwams. Natürlich in kulturell angemessenem Rahmen. Oder eventuell eine Scheune?«

»Sie wollen hier … doch nicht etwa *eine Scheune* aufbauen lassen?« Flora war entgeistert. »Auf der Insel gibt es schon jede Menge Scheunen.«

»Aber sind da nicht … Sie wissen schon … irgendwelche *Tiere* drin?«, fragte Olivia.

»Sie können keine *Scheune* neben *The Rock* aufbauen. Warum nehmen Sie nicht einfach das ganze Hotel in Beschlag und nutzen unsere Räumlichkeiten? Hier drinnen können erst Getränke gereicht werden, gegessen wird im Restaurant, und später kann man dort die Tische wegräumen, wenn die Band kommt und zum Tanz aufspielt …«

Flora verstummte, als sie die mitleidigen Blicke bemerkte.

»Flora heiratet auch bald«, erklärte Olivia.

»Ach, wie nett«, sagte Jacinth gleichgültig. »Tja, ich bin mir sicher, dass das ganz toll wird. Also, hören Sie mal, ich hab da eine Firma gefunden, die uns hier einen Palast aufbauen kann, mit Bibliothek und Kapelle.«

»Moment mal, bei uns im Garten?«, fragte Flora.

Olivia tätschelte ihr aufmunternd das Knie. »Seien Sie unbesorgt: Geld spielt keine Rolle!«

»Aber Sie können doch nicht … Wir haben den ganzen Sommer über Gäste. Da können hier nicht wochenlang Bauarbeiter herumstapfen!«

»Oh, wir würden auch gar nicht im Weg sein«, versicherte Jacinth.

»Sie wollen bei uns hinter dem Haus ein riesiges Gebäude bauen und dabei niemandem im Weg sein?«

»Und ich dachte, vielleicht ein Karussell …«

Flora machte den Mund auf, um zu protestieren, schloss ihn aber schnell wieder, als sie daran denken musste, wie sehr sich die Kinder von Mure über ein Karussell freuen würden. Der nächste Jahrmarkt befand sich weit weg auf dem Festland, und die meisten Inselkinder hatten nie die Chance, einen zu besuchen.

»Brauchen wir das wirklich?«, fragte Olivia. »Es wird doch eine Hochzeit komplett ohne Kinder.«

»Oh!«, entfuhr es Flora.

Die beiden schauten sie an.

»Auf keinen Fall«, bekräftigte Olivia. »Sonst können sich die Eltern einfach nicht entspannen, selbst wenn Kindermädchen dabei sind, die man ja auch noch verpflegen muss. Die armen Mütter wollen doch einfach mal abschalten. Außerdem können sich die Blagen ums Verrecken nicht benehmen. Also nee!«

»Bei der Hochzeit Ihrer Schwester waren jede Menge Kinder dabei«, sagte Flora, die an Jans Feier zurückdenken musste. Sie hatten sich wie Heuschrecken über das Büfett hergemacht.

»Ja, sehen Sie!«, versetzte Olivia. »Noch ein Grund, es anders zu machen.«

Jacinth schaute nach draußen. »Klart es etwa auf? Dann muss ich mir das noch einmal ansehen.«

Von Aufklaren konnte keine Rede sein. Und schlimmer noch: Hinter der Tür zum Restaurant rumorten Personen herum, die sich überhaupt keine Mühe gaben, leise zu sein.

Flora ahnte, dass es Gaspard und Konstantin sein mussten, und konnte sich gut vorstellen, wie Isla zurück in die Küche geeilt war und gerufen hatte: »O mein Gott, da draußen sitzt die schönste Frau der Welt!« Deshalb waren sie wohl gekommen, um hier herumzuschnüffeln.

Flora erkannte Konstantins Stimme.

»O mein Gott«, rief er.

Dann sah Flora ihn durch den Türspalt lugen.

»Das ist wirklich die schönste Frau, die ich je gesehen habe.«

Isla, die hinter ihm stand, seufzte. »Meine Mutter hat ja gedacht, dass Olivia vielleicht dick und hässlich und picklig und unglücklich werden würde, nachdem sie von der Insel weggezogen ist. Aber so war das wohl nicht.«

Sie schaute zu Konstantin hinüber. »Verlieb dich bitte nicht in sie, nur weil sie schön und reich ist«, bat sie. »Nicht dass du am Ende noch beschließt, mich umbringen zu lassen, um mich aus dem Weg zu haben.«

»Ich stelle ja nur fest, dass sie schön ist«, sagte Konstantin. »Das ist eine Tatsache, bedeutet aber nicht, dass ich sie mehr mag als dich. Und ich lasse eigentlich auch nie Leute umbringen, nur dieses eine Mal.«

»Die ist wirklisch Wahnsinn«, hauchte Gaspard. »Schaut eusch nur diese Tattoos an!«

»Doch nicht die, Idiot!«, rief Konstantin.

»Okay, hier gibt es viel zu besprechen«, sagte Jacinth, als Flora mit den beiden Frauen einen Rundgang durchs Hotel machte und trotz der über der Insel liegenden Finsternis versuchte, auf die Schönheit der Landschaft hinzuweisen.

»Ich überlege, ob wir vielleicht die Eingänge thematisch dekorieren könnten. Wir könnten Bereiche für Frühling, Sommer, Herbst und Winter gestalten, für jede Jahreszeit mit den entsprechenden Blumen oder Laub. Die könnte man auf dem Weg vom Empfangsbereich zu den Cocktails, dann zum Essen und zur Tanzfläche durchschreiten, das wäre ziemlich beeindruckend. Und die Bereiche könnten wir rotieren, sodass sich alles ständig verändert. Dafür können wir von überall her Blumen einfliegen lassen. Also, für den Winter …«, sie deutete auf eine kahle Stelle auf dem Anwesen, »… denke ich an alte Spiegel und Kronleuchter. Dann Schnee am Boden, überall Bäume, ein riesiger Flügel, Spinnweben …«

»Sie wollen Spinnweben *kaufen*?«, fragte Flora. »Also, da hätte ich so einige im Angebot, die ich Ihnen günstig abtreten könnte.«

Jacinth ignorierte sie und fuhr fort: »Wir könnten alles so gestalten, dass es ganz staubig aussieht. Und wenn alle Gäste eingetreten sind – *Voilà!* –, lassen wir es schneien.«

»Im Inneren?«, fragte Flora. »Vergessen Sie dabei aber nicht, dass es hier im Juni ohnehin kalt sein könnte.«

»Dann verschwinden plötzlich die staubigen alten Wände, und alles verwandelt sich in eine riesige bunte Disco mit Eisskulpturen. In eine Eislaufbahn.«

»In eine Eislaufbahn?«, echote Flora.

»Oh, wie toll!«, hauchte Olivia. »Ja, eine Eislaufbahn fände ich super.«

Flora hatte den ganzen Tag versucht, stark zu bleiben.

Gut, hier bekam eine andere Frau ihre Traumhochzeit, aber das war in Ordnung, schließlich gehörte das zu ihrer Arbeit mit dazu. Sie selbst hatte doch so großes Glück und war so zufrieden, dass sie vor niemandem anzugeben brauchte.

Aber eine Eislaufbahn? Eine Eislaufbahn! Flora konnte an nichts anderes mehr denken als an ihre Nichte Agot, die vom Schlittschuhlaufen völlig besessen war.

Ihre Mutter brachte sie zweimal im Monat in die Eislaufhalle in Inverness, aber das reichte einfach nicht, um besser zu werden.

»Äh, wenn Sie wirklich eine Eislaufbahn aufstellen lassen würden«, begann Flora mit gespielter Beiläufigkeit, »wie lange würde die sich dann hier befinden?«

»Oh, wir würden sie lediglich übers Wochenende mieten«, antwortete Jacinth. »Das Ganze ist ohnehin bloß eine Stippvisite, die Gäste bleiben nur eine Nacht.«

»Ach so«, sagte Flora.

Olivia nickte. »Wir quartieren alle im *Gleneagles* ein« – das war ein berühmtes Luxushotel auf dem Festland – »und bringen sie nur für diesen einen Tag her. Die Idee ist, dass wir Mure für einen Abend in ein fantastisches Brigadoon verwandeln, als wäre es eine verzauberte Insel. Wenn die Nacht hereinbricht, verschwindet alles um kurz vor Mitternacht wieder. Klingt das nicht großartig?«

Flora lächelte. »Allerdings«, sagte sie, doch in ihrer Stimme lag ein wenig Bedauern. Zum Teil, weil sie neidisch war, und zum Teil, weil es schön wäre, wenn alle auf der Insel bleiben und dort jede Menge Geld ausgeben würden. »Wirklich toll.«

Kapitel 11

Als sie ins Restaurant zurückkehrten, trafen sie dort Gaspard an.

Flora hatte ihn gebeten, nett zu sein. Seine Körpersprache machte allerdings schon von Weitem deutlich, dass ihre Bitte eher den gegenteiligen Effekt gehabt hatte.

Mit vor der Brust verschränkten Armen stand er da, sog Luft durch die Zähne und wirkte einfach genervt.

Isla hingegen starrte zu Boden, als sei sie zu schüchtern, um Olivia ins Gesicht zu schauen.

»Also, was gibt es hier zu probieren?«

»Wir 'abän Entänlebär«, erklärte Gaspard, »in Blätterteig.«

»Blätterteig, o mein Gott!«, rief Jacinth aus. »Auf keinen Fall.«

»Abär Sie 'abän meinän Blätterteig noch nischt probiert.«

»Nein, und das werde ich auch nicht tun«, versicherte Jacinth.

Gaspard betrachtete sie einen Moment, und Jacinth musterte ihn mit ähnlichem Blick.

Flora gefiel es gar nicht, in welche Richtung sich das gerade entwickelte.

»Und das hier sind …«, begann sie und starrte ihren Chefkoch vielsagend an.

»… Ziegenkäsetörtchen«, vervollständigte Isla den Satz, als Gaspard sich weigerte, etwas dazu zu sagen.

»Milchprodukte? Mal im Ernst, ist das hier eine Show mit versteckter Kamera? Wollen Sie mich verarschen?«

Isla blickte Olivia an, als sei sie eine Art Engel. »Wollen Sie nicht mal probieren?«, fragte sie traurig.

»Doch, das würde ich *liebend gern*«, behauptete Olivia mit falschem Lächeln, ohne zuzugreifen.

Es war eine unfassbar gelungene Art und Weise, etwas nicht zu tun, dachte Flora.

Hier lief gerade alles völlig falsch.

»Was haben wir denn hier, Rote Bete?«, fragte Flora fröhlich.

Zugegeben, das Ganze war nicht Gaspards Schuld. Sie hatte ihn einfach gebeten, die schönsten Kanapees fertig zu machen, die ihm in den Sinn kamen, und die hier waren wirklich kleine Kunstwerke. Eigentlich hatte sie gedacht, dass die beiden Frauen danach vielleicht bis zum Abendessen bleiben wollten.

»Rote Bete mag doch jeder!«

Gaspard schnaubte. Er fand es unfassbar, dass sich Briten konsequent Pferdefleisch verweigerten, aber problemlos Dinge aßen, die er als Pferdefutter ansah.

Flora hatte um lokale Zutaten gebeten, und das war es nun einmal, was hier wuchs.

»Und was ist da noch mit drauf?«, fragte Jacinth verächtlich.

»Pastinakencreme und gebratene Zwiebeln«, erklärte Isla.

Gequält verzog Olivia das Gesicht. »Zwiebelgemüse …«, murmelte sie.

»*Mais oui*«, sagte Gaspard.

»Ich bin mir sicher … dass sich da irgendeine Lösung finden lässt«, sagte Flora.

»Ja«, kam es von Gaspard. »Die Lösung ist, dass Sie 'ier verschwindän und nie mehr zurückkehrän.«

»Wenn ich gern den Rat eines schlecht gelaunten Chefkochs hören möchte, frage ich einen der anderen neuntausend, die ich kenne«, sagte Jacinth. »Wir buchen diese Location, und damit müssen Sie jetzt klarkommen. Also, was haben Sie noch zu bieten?«

»Ohne Salz, Zucker, Milschprodukte, Fett oder Tiere?«, fragte Gaspard. »Für Sie nischts.«

»Aha!«, rief Jacinth aus. »Wir verschwenden hier wohl unsere Zeit. Vielleicht lassen wir am besten alles einfliegen.«

»Das ist wirklich nicht nötig«, sagte Flora entsetzt.

»Bah, oui!«, bestätigte hingegen Gaspard. »Diese Küsche ist für Menschän, die essän.«

»Na, Sie haben wohl noch einiges zu lernen«, geiferte Jacinth. »Wenn Sie Glück haben, dürfen Sie sich vielleicht für uns ums Frühstück kümmern.«

Gaspard machte auf dem Absatz kehrt und stürmte aus dem Raum, zischte aber noch vor sich hin: »Sie ist *magnifique!* Unerträglisch, aber *magnifique!*«

»Es tut mir so leid«, sagte Olivia – allerdings zu Jacinth, nicht zu Flora. »Also, was die Leute auf dieser Insel angeht … muss man bedenken … dass die einfach so weit weg von allem leben. Mit zeitgemäßen Essgewohnheiten ist man hier einfach nicht vertraut.«

Völlig geknickt wandte Flora sich ab und schaute sich in dem einladenden, gemütlichen Restaurant um, das ihr so ans Herz gewachsen war. In dem Raum mit den weichen Stühlen und dem prächtigen Parkettfußboden flackerten für gewöhnlich Kerzen, und bei kaltem Wetter wurde der

Kamin entzündet. Wenn das für diese Truppe nicht gut genug war … na, dann eben nicht! Es würde im Sommer auch ohne sie viel zu tun sein. Sie würden schon klarkommen.

Okay, das Essen hier würden sie vielleicht nicht wollen, aber die Hotelzimmer würden sie auf jeden Fall brauchen, oder? Na ja, vielleicht planten sie ja auch, da draußen vorübergehend ihr eigenes Hotel aufzubauen? Das würde Flora ihnen durchaus zutrauen.

Als sich Olivia und Jacinth wie zum Aufbruch erhoben, stand auch Flora auf.

»Dann kriegen wir jetzt noch den Flug«, sagte Jacinth.

»Schauen Sie denn nicht bei Ihren Eltern vorbei?«, fragte Flora mit echter Verblüffung.

»Ach«, antwortete Olivia wegwerfend. »Die würden ja doch nur auf mir herumhacken, weil ich nicht oft genug komme. Selbst wenn ich denn mal da bin.«

»Aber Sie wollen doch sicher Ihre Nichte sehen«, sagte Flora. »Christabel ist einfach prächtig.«

»Ah ja, das Baby«, murmelte Olivia.

Jacinth sah von ihrem Handy auf. »Vielleicht sollten wir ein paar Bilder mit diesem Baby machen«, sagte sie. »Du weißt schon, das volle Programm, Wiedersehen mit der Familie und so weiter.«

»Programm?«, fragte Flora schüchtern.

»Für Instagram. Lückenlose Berichterstattung«, versetzte Jacinth, als sei das offensichtlich. »Sie glauben gar nicht, wie viele Leute uns dafür Sachen umsonst geben wollen. Und Sie werden danach überrannt werden.«

Flora hielt die Luft an. Sie brauchten das Geld von dieser Buchung, hatten es wirklich nötig.

»Also wenn Sie uns irgendwie entgegenkommen würden …? Ich meine, wir bringen auf die Insel natürlich viel Geld mit … Das wird eine große Veranstaltung.«

Flora starrte zu Boden. »Aber Sie wollen doch jede Menge Bauarbeiter herschicken und unseren Garten umpflügen!«, protestierte sie.

»Ganz genau«, sagte Jacinth. »Und haben Sie eine Ahnung, was für einen Appetit Bauarbeiter entwickeln?«

Darauf erwiderte Flora nichts.

Die Tür zur Küche flog auf, und mit grimmigem Gesichtsausdruck erschien Gaspard, mit einem Tablett bewaffnet. Was darauf stand, sah im Vergleich zu seinen großen Händen ganz klein und zart aus. Er brachte das Tablett herbei, knallte es auf den Tisch und wandte sich ab. Auf dem Weg nach draußen hielt er noch einen Moment inne, um zu verkünden: »Das ist GLUTÄNFREI!«

Die drei Frauen beugten sich über das Tablett. Darauf lagen winzig kleine, leichte, hoch aufgegangene Pfannküchlein mit Schnittlauch. Garniert waren sie mit einem erfrischenden Klacks saurer Sahne aus Fintans Milchkammer und Lachs aus der Gegend, den Gaspard seit einiger Zeit in einem Außengebäude des Hotels selbst räucherte.

Flora griff nach einem der Küchlein und schob es sich neugierig in den Mund. Er war heiß und süßlich, schmeckte nach Zitrone und schwarzem Pfeffer. Der Lachs brachte ein holziges Aroma mit ein und war oben noch mit etwas Kaviar versehen. Das Ganze zusammen war wie ein Biss in ein Stück Himmel, so frisch wie die Gischt des Meers.

Selbst Olivia runzelte die Stirn und schob sich eins dieser Häppchen in den Mund. »Weißt du«, sagte sie dann zu Jacinth, die nickte, »das Essen wird ja doch kaum jemand anrühren. Daher ist es eigentlich egal, oder?«

»Okay, vielleicht, wie auch immer. Soll er das Frühstück übernehmen«, sagte Jacinth.

Flora konnte sich einfach nicht bremsen und schnappte sich ein weiteres Pfannküchlein. Sie waren leicht wie Luft und unfassbar köstlich.

Olivia griff nicht noch einmal zu.

Flora seufzte. Die beiden wussten wirklich nicht, was ihnen entgehen würde.

»Übrigens«, sagte Olivia, die auf ihr Handy blickte.

»Was denn?«, fragte Jacinth.

Olivia zeigte ihr das Handy, und Flora erhaschte einen Blick auf Jans Instagram mit jeder Menge Fotos von Christabel.

»Hm«, machten beide Frauen, während sie durch die Bilder scrollten.

Plötzlich war Flora in Jans Namen furchtbar wütend.

»Die ist ja ganz schön … blass«, bemerkte Jacinth schließlich.

»Und proper«, sagte Olivia, was aber gar nicht wohlmeinend klang.

»Sie ist wirklich niedlich«, sagte Flora sofort. »Einfach prächtig.«

Jacinth löste den Blick vom Telefon. »So«, sagte sie. »Natürlich wissen wir, dass für Hochzeiten die Preise furchtbar in die Höhe getrieben werden, was natürlich absoluter Schwindel ist.«

Ach, tatsächlich?, dachte Flora, in der sich ein mulmiges Gefühl breitmachte. Sie brauchten dieses Geld unbedingt.

»Aber das würden Sie einer Familie aus dem Ort niemals antun, oder?«

Olivia setzte ein hübsches Lächeln auf und hielt dann ihr Handy hoch, als würde sie gerade einen Anruf bekommen, den sie unbedingt entgegennehmen musste, obwohl es gar nicht klingelte. Sie verschwand in Richtung Lobby.

»Wir dachten an …«

Die Summe, die Jacinth nannte, war nicht einmal die Hälfte dessen, was Flora für alle Zimmer und Bereiche des Hotels plus Getränke, Tanzabend und Frühstück als angemessen erachtete.

Kapitel 12

In gewisser Weise machte es das viel leichter. Wenn Jacinth ihr zum Beispiel drei Viertel dessen angeboten hätte, was sie kalkuliert hatte, wäre Flora wohl hin- und hergerissen gewesen. Und wenn sie Gaspard gewollt hätten.

Aber *The Rock* würde schon klarkommen. Flora glaubte daran, glaubte an Gaspard. Solange Menschen noch irgendwo hinreisen wollten, würden doch sicher einige von ihnen einfach dasitzen und auf ein nördliches Meer schauen wollen, darauf hoffen, mit etwas Glück vielleicht einen Wal zu sehen, sich über den Anblick der freundlichen grauen Seehunde freuen und im Licht des späten Abends an einem edlen Rob Roy nippen.

Hier brauchte man nicht um billige Likes auf Instagram zu buhlen. An Weihnachten waren sie vorübergehend eine Internetsensation gewesen, daher wusste Flora inzwischen aus Erfahrung, dass so etwas ja doch nur Schmarotzer auf den Plan rief, die etwas abzustauben versuchten.

Sie ließ den Blick durch das Hotel wandern, das Colton einst mit so viel Sorgfalt und Liebe eingerichtet hatte. Alles hatte er persönlich ausgesucht, von den Böden über die Servietten bis hin zum irrwitzig schweren und unpraktischen Silberbesteck, von den Gemälden bis hin zu den Verdunkelungselementen vor den Fenstern, gegen Jetlag und die hellen Nächte im Sommer, wenn es nie richtig finster wurde.

Die Verantwortung für diesen Ort, den er auf der Welt am meisten geliebt hatte, hatte Colton ihr und Fintan übertragen.

»Tut mir leid«, sagte Flora schließlich mit leiser Stimme, weil sie innerlich erbebte. »Nein.«

Jacinth starrte sie an. »Aber das ist doch die Hochzeit des Jahres! Olivia und Anthony Forbes! Eine Riesensache! International!«

»Ja, super«, sagte Flora. »Und wissen Sie was, im *Harbour's Rest* wird man mit Sicherheit alles daransetzen, auf Ihre Bedürfnisse einzugehen.«

»O Gott, den Laden gibt es immer noch?«, fragte Olivia, die jetzt wieder zur Unterhaltung dazustieß. »Der war damals schon die reinste Bruchbude. Da hab ich zum ersten Mal Alkohol getrunken, Cider mit Johannisbeersaft. Du liebe Güte, auf dieser Insel geht es wirklich nie voran.«

»Bei uns hier schon«, versetzte Flora standhaft.

»Himmel!«, sagte Jacinth, die Flora mit Blicken durchbohrte. »Mit ein bisschen gutem Willen könnten wir vielleicht noch eine Kleinigkeit drauflegen …«

»Unsere Angestellten beziehen ein faires Gehalt«, sagte Flora. »Und wir verwenden die besten Zutaten, die vor Ort zu finden sind. Ich kann Ihnen versichern, dass ich hier nicht versuche, den großen Reibach zu machen. Aber für diesen Betrag werden wir uns nicht einig.«

Später lag Flora mit dem Kopf auf Joels Bauch und erzählte ihm die ganze Sache. Besonders ärgerlich fand sie, dass die beiden Frauen extra für das kurze Meeting hergeflogen waren. Das war auch schon teuer gewesen!

»So ist das mit reichen Leuten«, sagte Joel. »Die geben Geld für Dinge aus, die uns total bescheuert vorkommen. Aber wenn es um große Ausgaben geht, feilschen sie wie verrückt. Na ja, vermutlich sind sie nicht dadurch reich geworden, dass sie Geld zum Fenster hinausschmeißen. Aber du hast das toll gemacht!«

»Ich weiß«, nickte Flora, »deshalb bin ich auch stolz auf mich. Ich hab einfach ›*Nein!*‹ gesagt. Okay, vielleicht schon ein bisschen leiser.«

»Bei den Jacinths dieser Welt musst du standhaft bleiben«, ermutigte Joel sie. »Sonst verschlingen die dich mit Haut und Haar.«

»Ich glaube, das wird sie trotzdem tun«, sagte Flora. »Oder das würde sie, wenn sie denn irgendetwas zu sich nehmen würde.«

»Haben die vom Essen wirklich nichts angerührt? Gaspard muss ja vor Wut geschäumt haben.«

»Olivia hat die Pfannküchlein probiert, und das war's. Aber Gaspard hat sich seltsam zurückgehalten«, musste Flora zugeben. »Das war schon merkwürdig.«

»Gaspard hat sich komisch benommen? Unglaublich!«, spöttelte Joel. Er kitzelte sie. »Siehst du? Bist du nicht froh, dass du dir das ganze alberne Theater ersparst?«

»Hm«, machte Flora. Dann wurde sie wieder munter. »Aber *am Ende* …«

Die beiden Frauen schickten sich zum Gehen an, und Flora begleitete sie mit bedauernder Miene zum Ausgang.

Wie so oft war das schlechte Wetter weitergezogen, und die Welt da draußen hatte sich von einer Sekunde auf die andere völlig verändert. Von der grauen Wolkenwand im Osten, die sich schnell in Richtung Norwegen entfernte, erstreckte sich ein Regenbogen. Plötzlich erstrahlte ein frisch gewaschener blauer Himmel, brachte Sonnenschein und einen Wind mit, der Wäsche hätte trocknen können.

Das Gras im Garten, der zum Anleger hinunterführte, war so grün, dass es zu glühen schien. Die tadellosen kleinen Beete mit Sukkulenten und die Osterglocken, die in Reih und Glied standen, sich jetzt aber im Wind wiegten, waren einfach herrlich.

Das entzückende hölzerne Boot tanzte am Anleger auf dem Wasser, so, als warte es nur auf eine perfekte klassische Braut, die hier ausstieg und dann über den Steg auf klatschende und johlende Freunde und Verwandte zuschritt, während Kellner mit Getränken erschienen.

Die Sonne erstrahlte am Himmel, die Luft war so frisch, dass man es auf der Zunge zu schmecken meinte, und in dieser himmlisch ruhigen, friedlichen Umgebung waren als einzige Laute die Rufe von Vögeln zu hören.

Brachvögel kreischten auf dem Wasser, und in weiterer Ferne konnte man auch Singvögel vernehmen, die geschäftig an ihren Nestern bauten.

Flora trat einen Schritt zurück, um zu sehen, ob die beiden Frauen, die hinter ihr kamen, auch den Zauber der Umgebung spürten.

Wenn ihr Blick nicht von der Fischereiflotte da draußen angezogen wurde, von jenen kühnen Männern, die auf die kalte See hinausfuhren, vom unendlichen Ozean, der zwischen ihnen und dem Nordpol lag, wenn sie das Herz vor der atemberaubenden Schönheit dieses Orts verschlossen … Na ja, dann konnte auch Flora nichts mehr ausrichten.

Olivia blieb wie erstarrt stehen. Dann wandte sie sich an Flora.

»Das hatte ich ganz vergessen«, sagte sie. »Wissen Sie, mir war völlig entfallen, dass es manchmal so ist. In Erinnerung geblieben ist mir nur der verdammte Regen.«

»Es ist ja nicht so … Ich meine, es regnet schon *oft* …«, sagte Flora.

Olivia trat einen Schritt vor, und der Ausdruck auf ihrem schönen Gesicht war längst nicht mehr so mürrisch. »Oh, ich wusste wirklich nicht mehr …«

Die Pfauen mussten sich ausgerechnet diesen Moment aussuchen, um einander knurrend und wild kreischend über den Rasen zu jagen.

»Aber was, wenn wir so ein Wetter eben nicht erwischen?«

»Sie kennen doch den Spruch«, sagte Flora. »Wenn Ihnen das Wetter in Schottland nicht gefällt, dann warten Sie mal fünf Minuten.«

Olivia nickte.

»Und es gibt da noch einen: In Schottland haben wir zwei Jahreszeiten: Winter … und Juni.«

Als sie schließlich das hinter dem Haus wartende Inseltaxi erreichten, war es zwar noch nicht fest abgemacht, Flora war aber schon zuversichtlicher.

»Es würde die Schwiegereltern wirklich beeindrucken«, gab Olivia widerwillig zu.

Flora lächelte. »Ich verspreche, dass wir alles in unserer Macht Stehende tun werden, damit es hier für Sie perfekt wird.« Sie überlegte einen Moment und fügte hinzu: »So perfekt, wie es nur sein kann.«

»Der Mittsommerabend«, murmelte Olivia. »Genau das wünschen wir uns doch, oder? Eine perfekte Nacht, in der es nie dunkel wird. Ein verwunschenes Märchenland.«

»Ich dachte, du wolltest es topmodern und trendy?«,

wandte Jacinth ein. »Ich werde auf keinen Fall welche von diesen albernen bemalten Treibholzschildern kaufen, auf denen *Leben, Lachen, Lieben* steht, und alle aus verdammten Marmeladengläsern trinken lassen!«

»Ich mag ja Marmeladengläser«, wandte Flora ein.

»Das glaube ich gern«, schnaubte Jacinth, als plötzlich ein alter Land Rover herbeiraste.

Eine verwirrt wirkende Jan sprang heraus, während sich in der Babyschale auf dem Beifahrersitz Christabel mit hochrotem Gesicht die Lunge aus dem Leib brüllte.

»OLIVIA!«

Obwohl ihre Haltung so elegant blieb wie zuvor, hatte Flora den Eindruck, dass Olivia neben ihr kaum merklich erstarrte.

»Du hast gar nicht Bescheid gesagt, dass du kommst! Ich musste es von Clark erfahren!«

»Wie schön, dass der Buschfunk weiter problemlos funktioniert«, sagte Olivia. »Hi, Jan. Schön, dich zu sehen.«

Flora hatte keine Schwester und hatte sich oft gefragt, wie es wohl wäre, in seinem Leben ein anderes Mädchen zu haben, mit dem man reden und spielen, Klamotten tauschen und sich über Make-up beraten konnte.

Wenn man von dem ausging, was sie hier gerade miterlebte, hatte sie wohl nicht viel verpasst.

»Bist du auf dem Weg zu Mum und Dad?«

»Es ist nur eine kurze Stippvisite«, erklärte Olivia und schürzte die Lippen. »Wir müssen uns sofort auf den Weg zum Flughafen machen.«

Das war alles andere als die Wahrheit, weil das Flugzeug erst in zwei Stunden abheben würde.

Flora blickte weiterhin unverwandt vor sich hin ins Leere. Das hier ging sie nichts an. Aber es war schon seltsam. Wie oft hatte sie in der Vergangenheit unter Jans spitzer Zunge zu leiden gehabt! Da hätte man doch denken können, es würde sie freuen, dass sich jetzt mal Jan erniedrigt und ausgeschlossen fühlte.

Aber so war es überhaupt nicht, so empfand man das ja nie. Flora spürte nichts als Unbehagen und Mitleid.

»Möchtest du vielleicht … deine Nichte kennenlernen?«, fragte Jan und versuchte, ihre Tochter aus dem furchtbar komplizierten Autositz herauszuschälen.

Wie kleine Kinder das so tun, wenn sie sich eigentlich von ihrer besten Seite zeigen sollen, plärrte Christabel dabei die ganze Zeit.

»Natürlich«, sagte Olivia. »Also, weil wir ja jetzt die Hochzeit organisieren, werde ich viel hin und her reisen, und …«

Es war ein kleiner Triumph, als es Jan schließlich gelang, Christabel zu befreien, die darauf mit lautem Gebrüll reagierte.

Sie hatte offensichtlich püriertes Obst gegessen, wovon all die Flecken auf dem grauen Strampler zeugten, der schon bessere Tage gesehen hatte. Flora fand, dass sie auch besser mal gewickelt werden sollte.

»Sag deiner Tante Olivia Hallo«, ermunterte Jan ihre kleine Tochter und wedelte mit Christabels Händchen herum.

Jacinth setzte einen angeekelten Gesichtsausdruck auf und machte einen Schritt zurück, wohl um der Berührung eines schmutzigen Babys zu entgehen.

Olivia hingegen holte tief Luft und beugte sich vor, bis sie auf Augenhöhe mit ihrer Nichte war.

»Na hallo«, sagte sie mit ihrer süßen, sanften, englisch klingenden Stimme.

Als hätte jemand einen Schalter umgelegt, hörte Christabel sofort auf zu weinen. Während sich ein ehrfürchtiger Ausdruck auf ihrem Gesicht breitmachte, streckte sie die Hand aus, um die nette Frau zu berühren.

Sie griff nach einer Strähne von Olivias glänzendem Haar und wickelte sie sich um die molligen Händchen.

»Es ist schön, dich kennenzulernen«, sagte Olivia zu dem hypnotisierten Baby.

»Hoffentlich kann sie im Juni schon laufen«, bemerkte Jan, »und bei deiner Hochzeit Blumenmädchen sein.«

Grabesstille breitete sich aus.

»Hm-hm«, machte Olivia schließlich, löste vorsichtig ihr Haar aus Christabels Griff, trat einen Schritt zurück und setzte ein strahlendes Lächeln auf, das absolut nichts zu bedeuten hatte.

Jacinths Gesichtsausdruck blieb unverändert. Sie wandte sich an Flora. »Wo kaufen Sie eigentlich Ihr Hochzeitskleid?«

»Oh, ich wollte mich in Edinburgh umsehen«, sagte Flora, die sich unglaublich darauf freute. »Wir wollen über Nacht bleiben und durch die Vintageläden ziehen, das wird ein richtiges Mädelswochenende.«

»Also, Vintagesachen fallen ja immer furchtbar klein aus«, warf Jan mürrisch ein.

Sie hielt Christabel zurück, die sich in Richtung Olivia zu winden versuchte.

Olivia riss die Augen ein wenig weiter auf, und zwar zum ersten Mal vor Begeisterung statt Geringschätzung. »Gibt es da viele Vintageläden?«

»Ja …«, murmelte Flora.

»Und Sie fahren da … mit Ihrer Mutter hin?«

»Eine Mutter habe ich nicht«, erwiderte Flora ein wenig steif. »Ich fahre mit einer Freundin.«

»O mein Gott, das klingt ja toll«, sagte Olivia.

»Na ja, ich ... Meine Mutter lebt nicht mehr«, sagte Flora. »Und ich habe auch keine Schwestern. Das ist also für mich die beste Lösung, wenn ich diese Momente nicht mit der Familie teilen kann, würde ich mal sagen.«

Obwohl Olivia doch eine Mutter hatte, die gesund und munter war, und eine Schwester, die direkt neben ihr stand, nickte sie eifrig.

Plötzlich stieg in Flora ein wenig Traurigkeit auf. Dass ihre Hochzeit in so kleinem Kreis stattfinden würde, hatte zum Teil natürlich damit zu tun, dass weder bei ihr noch bei Joel die Mutter dabei sein würde. Diese Tatsache verband sie miteinander und war der Grund dafür, dass Flora Douglas manchmal ganz fest drückte, bis er zu zappeln anfing.

Natürlich war Joels Adoptivmutter, Marsha, mit ihren weisen, blitzenden Augen und ihren vögelchenhaften Art einfach super, und auch Flora hatte sie furchtbar gern. Aber es war eben nicht dasselbe. Joel sprach über seine Eltern lieber so selten wie möglich ... Wahrscheinlich war es wirklich das Beste.

»Hach, das stell ich mir *super* vor«, sagte Olivia mit glänzenden Augen. »Ein Mädelstrip! Was meinst du, Jacinth?«

»Aber ich hab schon mit dem Atelier gesprochen.« Jacinth schaute von ihrem Handy auf. »Die Anproben sind bereits alle gebucht.«

Olivia verzog das Gesicht. »Ehrlich gesagt kann ich gut darauf verzichten, in Paris sechzehn Stunden lang mit Stecknadeln gepikst zu werden.«

»Wann fahren Sie denn?«

Flora war drauf und dran zu lügen. Lorna und sie freuten sich schon so lange darauf. Und nicht zu vergessen: Lorna würde ja ihren Freund mitbringen.

»Am Wochenende nach Ostern«, antwortete Flora schließlich widerwillig.

An den Feiertagen selbst hatten sie nicht fahren wollen, weil dann alles überlaufen sein würde. Eine Woche später würden sie es aber wohl riskieren können.

»Cool, das würde passen«, sagte Olivia.

»Äh, an dem Wochenende hab ich aber keine Zeit …«, sagte Jan.

Zu ihrer Bestürzung wurde Flora nun etwas klar: Sie war nicht als Einzige davon ausgegangen, dass Jan – verständlicherweise – keinerlei Interesse an der ganzen Sache hatte. Olivia hatte offenbar auch nicht damit gerechnet. Himmel!

Aber Olivia hatte sich schnell wieder gefangen. »Ach, wie schade«, gurrte sie. »Na ja, macht nichts.«

Im selben Moment sagte allerdings Jan: »… aber ich könnte vielleicht ein paar Sachen umorganisieren …«

Kapitel 13

Ich meine ja nur«, beharrte Jan, »dass du mit den Jungen Kanu fahren solltest.«

Störrisch starrte Joel aufs Wasser. »Nein, besser nicht«, sagte er steif. »Ich kümmere mich lieber um das Überlebenstraining.«

Jan plante für das Wochenende vor, an dem sie weg sein würde.

»Also, vor Wasser Angst zu haben ist wirklich bescheuert.«

»Angst hab ich ja auch keine«, erklärte Joel. »Ich … mag es nur nicht besonders.«

Aufmerksam blickte er an diesem düsteren Tag hinaus auf die Wellen, bei deren Anblick er sich am liebsten geschüttelt hätte.

Er konnte nicht fassen, dass Saif mit einem Boot aus seinem Land geflüchtet war, das war einfach unglaublich.

Aber deshalb ging Joel ja zu den RNLI-Treffen – um über seine Phobie hinwegzukommen. Zum Glück hatte er es dabei bislang nur mit viel Planung und Trockenübungen zu tun gehabt. Damit kam er klar.

»Flora freut sich schon so auf das Wochenende.«

Jan schniefte. »Gott, wirklich? Selbst ich bin ja nur wegen meiner Schwester mit dabei«, versicherte sie wieder einmal. »Ich kann echt nicht verstehen, warum Leute unbedingt so eine protzige, teure Hochzeit planen müssen. Das ist doch alles nur Angeberei, meinst du nicht?«

»So ist Flora aber nicht«, erwiderte Joel stolz.

Jan verdrehte die Augen. »Das behaupten Frauen immer«, sagte sie. »Es wird jedenfalls eine verrückte, wilde Frauentruppe.« Jetzt verzog sie das Gesicht. »Oh, und vergiss nicht, die Liste mit den Notfallkontakten zu aktualisieren. Es wird nämlich ein Ersatz für Dr. Hassan kommen, weil der an dem Wochenende auch nicht da ist.«

»Wieso fällt eigentlich keinem auf, dass Lorna und Saif gleichzeitig weg sind?«, fragte Joel.

Im Vorjahr hatte Flora ihm von Lorna und Saif erzählt, ihn aber zu strengster Geheimhaltung verpflichtet. Was Joel an der Sache am unglaublichsten fand: Abgesehen von ein paar Bauern gehörten Lorna und Saif zu den wenigen alleinstehenden Menschen Anfang dreißig hier auf Mure. Außerdem nahmen sie in der Inselgemeinschaft durch ihren Beruf ja Rollen ein, die einander eigentlich ergänzen sollten. Man hätte – unter normalen Umständen – also durchaus davon ausgehen können, dass sie Zeit zusammen verbrachten. Trotzdem vermieden sie es konsequent, in der Öffentlichkeit miteinander zu sprechen oder einander auch nur anzuschauen.

»Und genau das macht es so offensichtlich!«, sagte Joel. »Es ist verrückt, dass niemand was merkt.«

»Solange sie nicht mit der Nase darauf gestoßen werden, fällt den Leuten überhaupt nichts auf«, gab Flora zu bedenken und erwähnte netterweise nicht, dass Joel ihre Schwangerschaft im dritten Monat immer noch nicht bemerkt hatte.

»Ich meine, es ist doch nicht zu übersehen«, sagte Joel.

»Mrs Cook denkt, dass sich die beiden hassen. Sie hält ihre Kollegin für eine schreckliche Rassistin, da muss sich Lorna ständig auf die Zunge beißen.«

»O nein!«, rief Joel aus. »Arme Lorna!«

»Ja, genau«, sagte Flora. »Jetzt bekommt er allerdings bald das Bleiberecht …«

»Ich weiß«, nickte Joel. »Aber warte nur ab, bis die Jungen herausfinden, dass eine schreckliche Rassistin ihre Stiefmutter wird.«

Flora schlug mit einem Kissen nach ihm.

»Olivia zahlt also alles?«, fragte Senga in der Küche.

»Na, eigentlich die Familie von diesem mysteriösen *Anthony*«, sagte Jan. »Aber sie tut trotzdem so. Mum, du hättest sie da auf dem Hotelgelände herumspazieren sehen sollen, als würde das alles ihr gehören. Sie ist noch schlimmer als Flora.«

»Der das Hotel *ja tatsächlich* gehört.«

»Gar nicht, sie ist nur eine Angestellte!« Jan schniefte.

»Na ja, ich kümmere mich jedenfalls gern um Christabel, während du shoppen gehst«, sagte Senga, doch ihre Skepsis war nicht zu überhören. »Es ist schön, dass ihr ein bisschen Zeit miteinander verbringen werdet.«

»Das haben wir schon unsere ganze Kindheit getan, Mum!«, knurrte Jan. »Und es hat uns auch nicht enger zusammengebracht. Sie hat mich wie Dreck behandelt, dich wie ein Dienstmädchen und ist dann hier verschwunden, ohne einen weiteren Gedanken an uns zu verschwenden. Und du hast das einfach zugelassen.«

»Soll ich mich etwa dafür entschuldigen, dass meine Töchter beide ein äußerst erfolgreiches Leben führen?«, fragte Senga wütend und gab Christabel mit Absicht ein

Plätzchen. »Versuch doch bitte, ein bisschen Spaß zu haben, Liebes.«

Am Tag vor ihrer Reise ging Flora zum Bauernhof hinunter, um Douglas abzuholen.

Fintan lag auf dem Sofa und schnitt Grimassen für Douglas, der auf dem Teppich herumrollte und mit Brambles Fell spielte. Bramble störte das nicht im Geringsten. Flora schon ein wenig, weil Douglas wegen des alten Steinfußbodens und des struppigen Hundes furchtbar schmutzig war und gleich lautstark dagegen protestieren würde, gebadet zu werden.

»Sag mal, habt ihr im Hotel eigentlich auch ein Zimmer für Tripp? Das wollte er gern wissen«, sagte Fintan.

»Was?«, fragte Flora. Sie überflog die Buchhaltungsunterlagen, die Innes strategisch platziert hatte – wenn seine Schwester sich irgendetwas ansehen sollte, legte man es am besten in die Nähe des Babys.

Innes hatte die Details so übersichtlich wie möglich dargestellt, sodass Flora Einnahmen und Ausgaben auf einen Blick erfassen konnte.

Wegen Personal, Strom, Waren, eben allem Möglichen, wurden in beide Richtungen große Geldbeträge bewegt, wirklich enorme Summen. Aber sie hatten ja gut zu tun. Solange nichts komplett schieflief, schrieben sie gerade so eben schwarze Zahlen.

Colton hatte ihnen das Anwesen vermacht, seitdem waren sie aber auf sich allein gestellt. Nun hieß es: Friss oder stirb!

Weder noch, dachte Flora. Es fühlte sich eher so an, als würden sie mit einem leichten Anflug von Panik vor sich hin picken. Denk an den Scheck von Olivia!, sagte sie sich immer wieder. Sei dieses Wochenende nett zu ihr. Krieg sie dazu, dass sie auch Gaspard mit übernimmt und hier so viel Geld ausgibt wie möglich.

»Wegen der Hochzeit. Er möchte wissen, wo er sich am besten einquartiert.«

Tripp war Coltons Bruder, mit dem er allerdings jahrelang zerstritten gewesen war und bei dem es sich darüber hinaus um einen echten Hinterwäldler handelte.

»Tripp? Aber der ist doch gar nicht zur Hochzeit eingeladen! Warum sollte ich denn zu meiner winzigen Hochzeit im kleinen Kreise deinen Schwager einladen? Ein schwulenfeindliches Arschloch, wie du sicher nicht vergessen hast!«

Überrascht schaute Fintan sie an. »Aber er gehört doch zu Coltons Familie!«

»Er war ja nicht einmal auf *eurer* Hochzeit!«, argumentierte Flora.

»Stimmt, aber er hat sich geändert.«

Flora schnaubte. Sie mochte die meisten Amerikaner – sogar generell die meisten Menschen –, aber der Charme des guten alten Tripp war nicht bis zu ihr vorgedrungen.

»Doch, wirklich«, versicherte Fintan. »Weißt du, was der jetzt macht? Er versucht, andere von Verschwörungstheorien abzubringen, erklärt Zusammenhänge, damit die Leute nicht das ganze verrückte Zeug im Internet glauben! Du kannst dir nicht einmal vorstellen, wie schwierig das ist, vor allem dort, wo er lebt! Alle hassen ihn, und er ist wirklich einsam, weil er den ganzen Tag nichts anderes tut.«

Flora merkte auf. »Oh, das war mir nicht klar.«

»Guck dir das mal an«, bat Fintan, holte den alten Laptop des Hofs und zeigte seiner Schwester die Facebook-Seite von Tripp.

Der versuchte dort tatsächlich, Verschwörungstheorien zu widerlegen, und wurde deshalb von seinen Freunden als Feigling und Hasenfuß bezeichnet.

»Wow«, entfuhr es Flora. »Und das macht er deinetwegen?«

»Mehr oder weniger. Also hat er doch sicher eine Verschnaufpause verdient, etwas Zeit hier, wo er wenigstens ein paar Freunde hat. Außerdem gehört er ja zur Familie.«

»Zu *deiner* Familie!«

»*Unserer* Familie«, erwiderte Fintan treuherzig.

Flora seufzte. »Joel hat gesagt, er möchte nur Leute dabeihaben, die wir lieben.«

»Mich liebt Joel aber nicht!«

»Also, erstens hat er dich richtig gern, und zweitens liebe ich dich durchaus«, sagte Flora.

Fintan biss sich auf die Lippen. »Ja, ja, was auch immer«, murmelte er, doch sie sah ihm an, dass er sich über ihre Worte freute.

Flora seufzte. Wenn Tripp kam, machte das vielleicht Saifs Anwesenheit weniger auffällig. »Hm … könnte Tripp nicht als deine Begleitung zur Hochzeit kommen?«

»O *Gott*, würg – das ist ja widerlich! Himmel, was ist denn bloß los mit dir?«

Flora rollte mit den Augen. »Wolltest du eigentlich Gaspard mitbringen?«

»Tja, das kann ich wohl nicht, oder? Da du ihn in die Küche verbannst.«

Sie schielte zu ihm hinüber. »Läuft da denn … noch was zwischen euch?«

Fintan zuckte mit den Achseln. »Was weiß ich. Das ist … Ich will es nicht in irgendeine Schublade stecken, okay? Für mich …«

Gaspard und Fintan hatten seit Weihnachten eine Affäre. Eigentlich hatten alle das nur für ein Strohfeuer gehalten, aber noch war die Flamme nicht verpufft. Offiziell war die Sache aber nicht.

Fintan seufzte. »Ich will Gaspard nichts vormachen. Also … Ich meine, ich bin noch nicht bereit für eine Beziehung. Schließlich bin ich … war ich verheiratet. Ich hatte einen Ehemann und sehe mich selbst immer noch als einer. Alles andere will ich im Moment nicht benennen müssen.«

»Verständlich«, räumte Flora ein. »Aber weiß Gaspard das auch?«

»Ich hatte eigentlich gehofft, es wäre nur … Ich weiß auch nicht … was Vorübergehendes. Eine Liebelei, durch die ich über Colton hinwegkomme. Aber die Insel ist halt sehr klein …«

»Bist du etwa dabei, dich in ihn zu verlieben?«

Fintan schüttelte den Kopf. »Hörst du mir überhaupt zu?«

»Oh«, machte Flora. »Na ja, aber er ist nun mal der beste Chefkoch, den wir je hatten. Könntest du nicht so lange wie möglich so tun, als ob? Am besten für immer?«

Fintan schniefte und blickte wieder auf den Laptop. »Dann sag ich Tripp also, dass er nur beim Empfang vorbeischauen soll?«

»Du hast ihn schon vor Ewigkeiten eingeladen, oder?«, fragte Flora.

»Weil ihr doch an Mittsommer heiraten wollt! Ich dachte, dieses Datum wäre unumstößlich, und es ist wirklich leicht zu merken.«

Flora runzelte die Stirn. Es war natürlich auch das Datum, das Olivia wollte. Aber wäre das denn so schlimm, wenn Joel und sie ohnehin nur eine ganz kleine Feier abhalten wollten? Der Gedanke, dass sie ihre Hochzeit vermutlich dazwischenquetschen konnten, während Olivia sich für ihre fertig machte, ließ Flora furchtbar traurig werden, obwohl sie sich das nicht eingestehen wollte.

»Er hat schon Flugtickets, die man nicht umtauschen kann«, erklärte Fintan mit gerunzelter Stirn. »Na los, Schwesterchen. Er hat auch versprochen, dass er sich benimmt.«

Am Abend trafen sich Lorna und Flora auf einen Feierabenddrink im *Harbour's Rest*. Sie wollten auf ihre Reise am nächsten Tag anstoßen, bevor sie gleich nach Hause gehen und aufgeregt ihre Tasche packen würden.

Da sie sich hier nicht in einem der von ihr geführten Lokale befanden, musste Flora nicht alle fünf Minuten aufspringen, um verwirrten Auswärtigen zu helfen, die auf der Suche nach dem *Starbucks* der Insel waren oder sich nicht bei Netflix einloggen konnten oder sich fragten, warum in der Küche so viel herumgebrüllt wurde.

Und sie brauchte sich auch keine Sorgen darüber zu machen, dass sich Bjårk mal wieder am Empfang herumdrückte. Ja, im Allgemeinen reagierten die Gäste sehr positiv auf ihn und sahen ihn als eine Art offiziellen Hotelhund an. Sein Herrchen, Konstantin, band ihm gern Halstücher in wechselnden Farben um, was seine Beliebtheit noch steigerte.

Am liebsten hätte Flora die Leute mit einem Schild gebeten, Bjårk nichts von ihrem Frühstück abzugeben, wenn er sich einschmeichelte, kaum dass morgens Würstchen serviert wurden. Aber sie befürchtete, damit eventuelle Inspektoren vom Gesundheitsamt erst auf die Spur zu bringen, daher ignorierte sie die Sache lieber.

Aus all diesen Gründen hatte sich Flora mit Lorna im etwas schmuddeligen, ein wenig klebrigen *Harbour's Rest* getroffen, in dem aber immer viel los war. Der geschäftige Kneipenbereich war stets laut und voller Menschen, doch niemand würde Flora herbeirufen, damit sie mal guckte, was schon wieder die Abflüsse verstopfte.

»Danke!«, sagte Inge-Britt, als sie Flora und Lorna ihre Gin Tonics brachte. »Es freut mich echt, dass ihr die Hochzeit nicht hier feiert, denn so kann ich den ganzen Tag dabei sein und es einfach genießen! Ich nehme mal an, dass wir voll gebucht sein werden, aber das ist okay. Dann serviere ich das Frühstück eben ein bisschen später.«

Flora starrte sie an. »Oh, ich … ich meine, wir planen bloß eine ganz kleine Hochzeit. Nur die Familie und so.«

»Deine Freundinnen vom Festland kommen doch sicher auch«, sagte Inge-Britt.

»Also, es wird … Ich hab jetzt nicht alle eingeladen.«

»Tja, umso besser!«, sagte Inge-Britt. »Dann sind es also nur wir Mädels!«

Lorna warf Flora einen »Hab ich's dir nicht gesagt?«-Blick zu, aber Flora lächelte strahlend und verdrängte die ganze Sache. Darum würde sie sich später kümmern. Im Moment genoss sie Lornas Begeisterung und Aufgeregtheit viel zu sehr, um sich durch irgendetwas die Laune verderben zu lassen.

Ein paar Barhocker von ihnen entfernt saß jemand vor einem einsamen Bier, hatte den Kopf in die Hände gestützt und starrte ins Leere – erstaunt stellten sie fest, dass es Charlie war. Den sah man eigentlich nie in der Kneipe – weil er stets hart arbeitete und außerdem Jan selten von der Seite wich.

Die beiden Frauen lächelten ihm zu.

»*Ciamar a tha thu a, Teàrlach?*«, fragte Flora. »Wie geht's dir, Charlie?« Seine Muttersprache war Gälisch.

Er zuckte mit den Achseln.

»Komm, setz dich doch zu uns!«, forderte Lorna ihn auf. Sie war heute so überglücklich, dass sie befürchtete, vor lauter Ausgelassenheit versehentlich eine Bemerkung über Saif zu machen, die Inge-Britt womöglich mitbekommen würde.

Zu ihrer Verblüffung zog Charlie tatsächlich den alten Hocker über den eher klebrigen Fußboden zu ihnen heran und ließ sich mit seiner großen Gestalt schwer darauf sinken.

»Was ist denn los?«

»Ach, ich weiß auch nicht«, sagte er und blickte traurig in sein Bier. »Ich glaube, zu Hause bin ich gerade nicht erwünscht.«

»Tja, das muss ja auch ermüdend sein«, sagte Lorna mitfühlend. »Du und Jan, ihr arbeitet so hart und seid dabei die ganze Zeit zusammen.«

Er zuckte mit den Achseln. »Mich hat das nie gestört, aber ich glaube, sie hat langsam die Nase voll.«

Flora runzelte die Stirn. »Wie meinst du das?«

»Na ja, es lief eigentlich gut mit uns. Ich meine, seit das Baby da ist, ist alles etwas seltsam – aber das ist doch immer so, oder?«

»Ja, seltsam schon …«, räumte Flora ein, »wenn auch auf schöne Art und Weise.«

»Nur leider gibt sie wegen dieser Geschichte mit Olivia keine Ruhe. Wie leicht doch alles für Olivia ist. Wie riesig Olivias Hochzeit wird. Ich meine, unsere Hochzeit fand ich *schön.*«

»Ja, das Fußballspiel mit den ganzen Jungen«, erinnerte sich Flora, »das war wirklich niedlich.«

»Genau«, sagte Charlie. »Aber jetzt redet sie nur noch über Geld und schicke Zelte und über was weiß ich für Sachen, die Leute so für ihre Hochzeit organisieren.«

»Ja, das ist so *einiges*«, bestätigte Flora, die sich jeden Tag mit zig E-Mails von Jacinth herumschlagen musste. Die Betreffzeile enthielt immer geheimnisvolle Schlagworte wie »Trainingszeiten Formationstanz-Experten«, »99 wichtige Einsatzzeichen für die Lichtcrew (tagsüber)«, »Checkliste für Blumenallergien« und »Aufbau Kamerazubehör«.

»Ich hätte nicht gedacht, dass sich Jan für solche Sachen interessiert.«

»Tut sie auch nicht«, versicherte Flora. »Das ist bloß eine Frage der Rivalität zwischen Geschwistern, oder?«

»*Aye*, vielleicht. Und Christabel wacht weiter jede Nacht fünf oder sechs Mal auf, das hilft auch nicht.«

»Ich *wusste* es!«, entfuhr es Flora, die sich sofort auf die Zunge biss. Natürlich war ihre Reaktion unangemessen gewesen, aber Jan hatte Stein und Bein geschworen, dass ihre Tochter schon mit zehn Wochen die ganze Nacht durchgeschlafen hatte.

»Deshalb ist Jan ständig müde, und ich leiste angeblich nicht meinen Beitrag, obwohl ich doch immer vorschlage, dass wir uns mehr Hilfe holen. Aber dann klagt sie bloß über ihre Mutter, und es geht wieder von vorne los …« Er verstummte und trank einen Schluck Bier. »Tut mir leid, ich rede zu viel.«

»Nur für deine Verhältnisse«, sagte Flora, deren Mundwinkel zuckte. Sie fragte sich, wen er eigentlich sonst zum Reden hatte. Auf so einer kleinen Insel, wo jeder die Nase in jedermanns Angelegenheiten steckte, war das gar nicht so einfach.

»So etwas ist nach der Geburt eines Kindes nicht ungewöhnlich«, sagte Lorna sanft. »Selbst für die Eltern von Schulkindern ist es manchmal noch schwer.«

»Ich weiß«, seufzte Charlie. »Ich weiß. Wenigstens hab ich Geduld oder versuche zumindest, sie aufzubringen.«

Ja, er war ein geduldiger Mensch. Deshalb erledigte er ja seine Arbeit bei Outward Adventures so gut. Die Firma bot Outdoorkurse an, und zwar sowohl für Schlipsträger (die das Geld einbrachten) als auch für benachteiligte Kinder (für die sie es wieder ausgaben). Und dabei behandelte Charlie alle mit derselben ruhigen Beständigkeit, die er normalerweise auch in seine Ehe einbrachte.

»Und ich übernehme ja meinen Teil. Aber manchmal scheint es fast so, als würde ihr Hass auf Olivia Jan für alles andere blind machen. Und dann kommt es mir so vor … als würde sie beinahe auch mich hassen.« Er sah Flora an. »Hasst du Joel?« Es hatte geradezu hoffnungsvoll geklungen.

Douglas und Christabel waren fast im exakt selben Alter.

»Äh …« Verzweifelt suchte Flora nach irgendeinem Grund. »Manchmal kann er seine Brille nicht finden und ist dann so blind, dass ich losziehen und sie für ihn suchen muss, egal, womit er gerade beschäftigt war. Oder er kriecht auf Händen und Füßen herum, was nicht gerade attraktiv ist.«

»Aber das ist ja nicht seine Schuld.«

»Himmel, nein! Der Arme«, sagte Flora. »Wenn ich erst einmal alt und schrumpelig bin, werde ich das Ding sowieso verstecken, damit er mich nur noch durch die rosarote Brille sehen kann.«

»Das ist dein Plan, um eure Zukunft zu sichern?«, fragte Lorna. »Blindheit?«

»Jap«, bestätigte Flora. »Komm schon, das ist wirklich der einzige Weg. Er wird natürlich für immer toll aussehen, das merkt man doch seinen Haaren an. Mit der Zeit wird er an den Schläfen vornehm ergrauen und eine sexy Falte zwischen den Augenbrauen entwickeln, mehr nicht …«

Sie seufzte glücklich, bevor ihr wieder einfiel, dass es hier ja gerade um Charlie ging. »Aber die Ehe ist schon schwierig«, fügte sie rasch hinzu. »Das ist doch allgemein bekannt.«

Jetzt wirkte Charlie nur noch untröstlicher. »Dieses Olivia-Getue hat alles noch schlimmer gemacht.«

»Das ist doch bloß ein Schwesternding«, sagte Lorna.

»Sie denkt«, fuhr Charlie bedrückt fort, »dass Olivia die ganze Liebe und Romantik abkriegt. Dass ich nur ein langweiliger alter Bauer bin und sie sich zu früh gebunden hat.«

Dieser Kommentar schlug ein wie eine Bombe. Was für ein schockierender Gedanke!

»Jetzt sei doch nicht albern«, sagte Lorna hastig, um die Stille auszufüllen. »Wie kommst du denn auf die Idee?«

»Wie sie über das alles redet«, sagte Charlie, der langsam feuchte Augen bekam. »Also, ich bin nun mal nicht glamourös, ich komme aus der Landwirtschaft und leite Outward Adventures, das ist alles … Ich meine … ich wüsste auch nicht, wie ich das ändern soll. Schließlich kann ich mich nicht plötzlich für Hongkong oder Designerschuhe interessieren, davon versteh ich doch nichts! Deshalb kann ich nicht … Ich weiß noch nicht einmal, was sie will. Außer dass ich es nicht bin.« Jetzt standen ihm wirklich Tränen in den Augen.

Flora fühlte sich furchtbar. Sie war nie in Charlie verliebt gewesen, aber sie hatte ihn immer sehr gemocht. Er war durch und durch freundlich und anständig, attraktiv und lustig und offen. Wenn Jan dachte, dass das nicht reichte und sie da draußen etwas viel Besseres finden könnte, lag sie wirklich falsch.

Dennoch wusste Flora natürlich, dass es schwierig sein konnte, nach der Geburt eines Kindes einfach so weiterzumachen, als wäre nichts geschehen. So zu tun, als wäre alles in Ordnung, nachdem das Leben einen gepackt und einmal komplett durchgerüttelt hatte. Damit war plötzlich alles hinfällig, was man über sich selbst gedacht hatte, und die eigene Welt drehte sich um einen völlig neuen Mittelpunkt. Auch wenn man es nach außen hin herunterspielte, war es ziemlich dramatisch.

Dass sie Jan irgendwann mal bedauern würde, hätte Flora früher auch nicht gedacht.

»Oh, *Teàrlach*«, sagte sie, »das tut mir so leid. Ich weiß, wie seltsam das Jahr nach der Geburt des Kindes ist. Das ist bei vielen Menschen so.«

»Aber das geht vorbei«, versprach Lorna. »Wirklich.« Sie tätschelte ihm die Hand. »Vielleicht sollte sie sich einen Termin bei S… – in der Praxis holen«, schlug sie vor. »Bei Stimmungsschwankungen können Ärzte gut helfen, und …«

»An so etwas glaubt Jan aber nicht«, wandte Charlie ein. »Das sieht sie als Schwäche.«

»Und was ist das Problem mit Schwäche?«, fragte Flora. »Ich selbst stehe zweimal im Jahr vor dem Zusammenbruch und Joel auch, so wie alle anderen.«

Das sah Lorna genauso. »Ich weine quasi neunmal die Woche.«

»Echt?«, fragte Charlie.

»Ja«, nickte sie. »Ständig.« Dann schlug sie sich die Hand vor den Mund, als hätte sie gerade zu viel gesagt. »Ich meine, das machen die Leute doch unentwegt.«

»Stimmt«, mischte sich Flora schnell ein. »Aber das geht auch wieder vorbei.«

»Und jetzt wird sie mit Olivia für dieses blöde Wochenende wegfahren«, sagte Charlie finster. »Sie ist so eifersüchtig auf ihre Schwester, dass es nicht mehr lustig ist. Ich glaube, wenn ich ein bisschen mehr Glamour hätte oder andere Sachen tragen würde oder eine tolle Arbeit hätte … Vielleicht sollte ich mich in Joel verwandeln!«

Bei diesem Kommentar wandten die Frauen lieber schnell den Blick ab.

»Nur eine Zeit lang«, sagte Charlie hastig. »In diese Anzüge würde ich sowieso nicht passen.«

Man konnte sich Charlie nun wirklich nicht im Anzug vorstellen. Das wäre ja, als würde man ein Pferd schick anziehen.

»Ich weiß auch nicht, vielleicht könntest du einfach … den Ball ein bisschen flach halten?«, sagte Flora. »Nur bis nach der Hochzeit? Wenn sie dabei Spaß hat und Olivia danach verschwindet, kommt womöglich alles wieder in Ordnung.«

»Oder es wird schlimmer denn je«, unkte Charlie.

»Wie traurig dich diese Sache macht«, sagte Lorna, »ist zumindest ein gutes Zeichen für eure Beziehung.«

»Ja!«, stimmte Flora eifrig zu. »Wenn dir alles völlig egal wäre, hättest du daran nicht so zu knabbern.«

In diesem Moment flog die Tür des Barbereichs auf, und Jan marschierte herein. Sie hatte sich Christabel auf den Rücken geschnallt, die sich die Seele aus dem Leib brüllte.

»*Hier* steckst du also!« Sie warf Inge-Britt einen bitterbösen Blick zu.

»Keine Babys in der Kneipe«, rief die im Gegenzug über die Schulter hinweg.

»Und dann tratschst du auch noch mit …« Jan war völlig entsetzt. Bei ihrem Gesichtsausdruck hätte man meinen können, dass Flora und Lorna gerade von wer weiß woher angekrochen gekommen waren.

»Ich wollte nur schnell ein Bier trinken«, wandte Charlie matt ein.

»Ja, natürlich. Mich führt er nie aus!«, sagte Jan, als wolle sie einen Witz machen.

»Natürlich könnte ich dich mal ausführen!«

»Keine Babys in der Kneipe!«, wiederholte Inge-Britt.

»Spar dir die Mühe!«, schnaubte Jan. »Ich komme schon klar. Dann gehe ich wohl mal und kümmere mich um all den Papierkram, ja? Während du hierbleibst und dich amüsierst!« Damit wandte sie sich ab und stampfte zur Tür hinaus.

Charlie warf Flora und Lorna einen vielsagenden Blick zu, während er sich langsam erhob und ihr folgte.

Sie ließen ihn ziehen und pressten sich beide die Hand vor die Augen, sobald er verschwunden war.

»O Gott«, stöhnte Flora. »Das ist nicht witzig. Es ist wirklich nicht witzig. Armer, armer Charlie.«

»Und arme Jan«, sagte die gutherzige Lorna.

»Ich weiß, ich weiß. Aber mal im Ernst. Sie hat einen fantastischen Ehemann, ein tolles Baby, eine super Arbeit – echt jetzt. Wenn es ihr nicht gut geht, dann soll sie sich eben Hilfe von Saif holen. Und wenn es ihr in Wirklichkeit gut geht und sie sich einfach nur nervig aufführt, dann sollte sie damit vielleicht lieber aufhören.«

»An unserem Wochenende ist ihre Laune bestimmt besser«, versicherte Lorna. »Auf jeden Fall. Das wird ein toller Trip.«

Flora gab einen ächzenden Laut von sich. »Von meinem tollen Spaßwochenende bleibt von Sekunde zu Sekunde weniger.«

Ib schien begeistert zu sein, dass er mit seinen Freunden an dem RNLI-Kurs teilnehmen durfte, aber Ash war geradezu aufgedreht.

»Ich glaube, wenn ich groß bin, werde ich Aquaman«, sagte er.

Ib verdrehte die Augen. »Nein, wirst du nicht, Alter. Das ist das Dämlichste, was ich je gehört habe.«

»Hm, wenn ich Aquaman wäre, würdest du das nicht sagen«, entgegnete Ash gelassen. »Irgendwann werde ich Aquaman. Aber ich denke, ich werde gnädig sein, wenn ich meinen DREIZACK schwinge!«

Er schnappte sich den Küchenbesen und fing an, damit wild in Ibs Richtung zu fuchteln.

»Hör auf!«, rief der. »*Abba!* Sag ihm, er soll aufhören.«

»Aquamans Zorn kann nicht gestoppt werden!«, entgegnete Ash.

»Stell den Besen weg«, sagte Saif.

»Okay«, murmelte Ash und brachte ihn zurück an seinen Platz neben dem Kühlschrank. »Aber nach dem Schwimmkurs …«

»Ja, was auch immer«, sagte Ib.

»Also, ich werde ja auf dem Festland sein …«, begann Saif.

Ash schob sich ein bisschen näher an ihn heran. »Ist das einer von diesen besonderen Terminen?«, fragte er beunruhigt.

»Nein«, antwortete Saif wahrheitsgemäß und hob sich seinen Sohn, der für einen Neunjährigen immer noch klein war, auf den Schoß.

»Du redest da also nicht … über Mama?«

Mittlerweile sprach er dieses Wort so selten aus, dass es merkwürdig klang. Vor allem, weil die Jungen jetzt immer Englisch mit ihm redeten – auch dann, wenn sich Saif gelegentlich die Mühe machte, sie auf Arabisch anzusprechen.

Ihm war nicht entgangen, dass Ib erstarrt war, obwohl er so tat, als würde er gar nicht zuhören. Saif redete mit den beiden regelmäßig über ihr früheres Leben in Damaskus, über die Geschichten und Lieder, die Amena ihnen erzählt und für sie gesungen hatte.

»Das ist schon in Ordnung«, sagte jetzt Ash. »Ich denke gar nicht mehr oft an sie. Nur manchmal abends. Miss Lorna sagt, es ist okay, traurig zu sein.«

»Nun … ja, das stimmt«, murmelte Saif. Er fragte: »Und, was sagt sie noch so?«

»Wenn ich mir wehtue oder auf dem Schulhof hinfalle« – Ashs Bein war einst nicht korrekt geschient worden und machte deshalb gelegentlich noch Probleme –, »dann fragt sie mich immer, wie es mir geht, und sagt, dass alles wieder gut wird, und holt mir ein Pflaster. Ich glaube, das würde eine Mama auch machen. Aber wir dürfen uns nicht umarmen, weil sie meine Lehrerin ist. Das weiß ich, weil ich es versucht habe.«

Bei diesen Worten erstarrte Saif, und seine Gedanken rasten. »Und was ist mit dir, Ib?«

Sein Großer zuckte mit den Achseln. »Meine Lehrerin ist sie ja nicht.«

»Nein, ich meine … redest du manchmal über deine Mutter?«

Ib schwieg einen Moment und zuckte dann mit den Achseln. Er musste an einen seiner Mitschüler denken. »Ich mag Lindsey ja«, sagte er schließlich.

Saif wusste sofort, was er meinte. Die Mutter von Lindsey Pettersen war im Jahr zuvor gestorben – an Bauchspeicheldrüsenkrebs. Diese Diagnose hasste Saif besonders, weil es so eine üble Krankheit war. Mrs Pettersen hatte sich tapfer geschlagen, aber es hatte von Anfang an nicht gut ausgesehen. Als sie in die Praxis gekommen war, waren ihre Augäpfel bereits gelb gewesen, und sie hatte rasch abgenommen. Saif hatte nicht mehr viel tun können, außer regelmäßig nach ihr zu sehen und sicherzugehen, dass die Schmerzen erträglich waren.

»Wie geht es ihm?«, fragte Saif.

»Also, alle anderen sind okay«, sagte Ib, ließ das Bein baumeln und starrte zu Boden, »aber sie kapieren es einfach nicht. Sie wissen nicht, wie es wirklich ist. Und sie vergessen es auch immer wieder. Sie sind fünf Minuten lang nett, aber dann geht es wieder um ihren eigenen Kram. Deshalb vergessen sie es ständig, aber es ist ja noch da. Lindsey kann das verstehen.«

»Ja, wahrscheinlich«, sagte Saif.

Wenn einem im Leben üble Sachen passierten, dachte man oft nicht daran, dass ja allen möglichen Menschen auf der Welt schlimme Dinge zustießen.

So wie Lindsey selbst war auch Lindseys Vater bei der RNLI. Er war ein guter Mann, und Saif wusste, dass er mehr Zeit mit ihm verbringen sollte. Aber es war oft so anstrengend, den ganzen Tag in der Praxis zu sitzen, wo er sich die Sorgen und Nöte anderer Leute anhören musste. Es fiel ihm schwer, danach noch aufmerksam und höflich zu sein. Er mahnte sich jedoch, sich Mühe zu geben.

»Ist Miss Lorena denn nett zu dir?«

»Ja, schon«, sagte Ib. »Aber sie gehört doch zu den Leuten, die zu allen nett sind, oder?«

»Nein!«, protestierte Ash. »Zu mir ist sie besonders nett, weil sie mich mag. Mit Agot muss sie manchmal ein kleines bisschen schimpfen, weil … na, IHR WISST SCHON.«

Und ob Saif das wusste! »Was ist denn mit Mrs Cook?«, fragte Saif Ib, der mit den Schultern zuckte.

»Mrs Cook ist nicht so nett«, flüsterte Ash, der wie viele von den jüngeren Kindern definitiv Angst vor der Klasse der Großen hatte. Dabei war Mrs Cook wirklich eine gute Lehrerin. Wenn man Kinder unterschiedlichen Alters von Grundschulklasse vier bis sieben zusammen unterrichtete, war aber eben manchmal ein scharfer Tonfall vonnöten.

»Natürlich ist Mrs Cook nett!«, wandte Saif verwirrt ein.

»Sie frisst freche Kinder«, behauptete Ash. »Das hat mir Agot erzählt.«

Saif war inzwischen fest davon überzeugt, dass Ashs beste Freundin eine Hexe war. »Na, da hat Agot wohl wieder Unsinn geredet«, sagte er. »Hat Mrs Cook etwa Ib gefressen?«

»Ib würde doch eklig schmecken«, stichelte Ash. Daraufhin fingen die Jungen sofort wieder mit ihrem Gekabbel an, und das Gespräch über ihre Mutter schien völlig vergessen.

Wie seltsam Kinder doch waren, dachte Saif. Sie kamen vom Hölzchen aufs Stöckchen, während Erwachsene beim immer gleichen Thema hängen blieben.

Diese Belastbarkeit und Widerstandsfähigkeit, dachte er, war eine erstaunliche Gabe. Allerdings hätte er wirklich gehofft, seine Söhne hätten sie nicht zu entwickeln brauchen.

»Okay«, sagte er und hob beide Hände. »Also, was ist jetzt mit diesem Schwimmcamp? Wollt ihr da hin oder nicht?«

»Ja, wollen wir! Ja!«, rief Ash. »Und wartet nur ab, was ich mit meinem Dreizack mache! HA!«

Kapitel 14

Flora und Lorna flogen schon am Freitag aufs Festland, während Saif am Samstagmorgen ganz früh die Fähre nehmen wollte. Selbstverständlich hätten sie auch gemeinsam reisen können – Mensch, natürlich konnte man erwarten, dass man an Bord des Fliegers jeden kennen würde, der kein Tourist war. Dabei hätte sich niemand etwas gedacht, aber Lorna litt geradezu an Verfolgungswahn.

Und Flora war nur erleichtert, dass sie nicht mit ansehen musste, wie die beiden in der Öffentlichkeit herumschmusten. Sie hatte den großen, ernsten Arzt wirklich gern, wollte sich aber ungern irgendeiner Schmusesituation ausgesetzt sehen.

»O mein Gott!«, rief Lorna aus, als sie sich auf den winzigen Sitzen anschnallten. Das Flugzeug, das die Inseln mit dem Festland verband, war eher wie ein kleiner Schulbus. Man konnte hier aufgeregte Urlaubsgäste und Ornithologen antreffen, aber auch Leute, die auf dem Weg nach Glasgow, Edinburgh oder notfalls Inverness waren, um dort einzukaufen und die Lichter der großen Stadt zu bewundern.

»Ich muss keine Arbeiten korrigieren, kein Erbrochenes wegwischen und habe in den letzten zwei Stunden nicht eine einzige Frage zu Dinosauriern gehört! Unfassbar!«

Flora lächelte. »Weißt du, was für ein Brot uns heute Abend zum Essen gereicht wird?«

Lorna schüttelte den Kopf. »Nein.«

»Ich auch nicht!«, rief Flora aus. »Und das ist mir ganz egal, yeah!« Mit einem glücklichen Seufzer lehnte sie sich zurück.

Der Flug war nicht lang genug für Getränke, die Fahrt von Aberdeen nach Edinburgh aber schon. Die beiden waren als Erste aus dem Flieger gehuscht und machten es sich nun im Zug bequem. Flora hatte schon im Voraus Fahrkarten für die erste Klasse reserviert – ein wahrer Luxus, der die beiden zunächst zum Schwärmen und dann beinahe zum Heulen brachte, als Flora sagte: »Genieß es, weil ich mir so etwas wohl zum letzten Mal erlauben kann. Schließlich spendet Joel ja bald jeden Penny für hungernde Waisenkinder.«

Dann stießen sie fröhlich mit Gin Tonics aus der Dose an und betrachteten dabei die wunderschöne Frühlingslandschaft, die draußen vorbeizog, die blühenden Highlands voller Ginster, ganze Wälder voller Glockenblumen, Lämmer, die sie auf ihrem Weg gen Süden überall hopsen und springen sahen. Es war einfach herrlich.

»Okay«, sagte Lorna. »Wie sieht das Programm aus?«

»Heute Abend: Hotelbar und das exotischste Restaurant, das ich finden konnte«, sagte Flora. Die Großstadt fehlte ihr nur selten, aber sie vermisste die kulinarische Auswahl. »Es gibt ein ganz neues koreanisches Grillrestaurant, das ich unbedingt ausprobieren will.«

»Ooh!«, sagte Lorna, die einen weniger anspruchsvollen Gaumen hatte, ihrer vom Essen begeisterten Freundin aber den Spaß gönnte.

»Ich hab da superfrüh für uns reserviert. Wenn wir

schon in einem schicken Luxushotel übernachten, will ich gern so zeitig wie möglich wieder auf dem Zimmer sein, zusammen im Bett Trash-TV gucken und die Minibar plündern.«

»Willst du nicht in der Stadt einen draufmachen?«, fragte Lorna schelmisch.

Flora schaute sie an: »Erstens nein, und zweitens ist das Edinburgh. Die Definition von ›einen draufmachen‹ ist hier ›fünf Füchse erschießen und damit bei Waitrose angeben‹.«

»Flora!«

»Ich mach ja nur Spaß! Wie auch immer, morgen haben wir jedenfalls viel vor. Wann hat Saif frei?«

»Zum Mittagessen und dann am Abend wieder. Aber ich hab da einen Plan. Wir wollen schließlich ausgiebig shoppen, oder?«

»O ja«, sagte Flora. »Am Vormittag geht es darum, in den Vintageläden etwas Cooles zu finden. Dann treffen wir uns mit Olivia und Jacinth in einem richtigen, total einschüchternden Brautmodengeschäft. Und wenn sie fies zu uns sind, werden wir nachher ordentlich über sie herziehen.«

»Okay«, sagte Lorna. »Also, in Edinburgh gibt es ein Café, das von Syrern geführt wird. Guck mal.«

Sie zeigte Flora die Website. Das Café sah wirklich hübsch aus – rosa gestrichen und voll mit klebrig wirkenden Süßigkeiten.

»Da gibt es alle möglichen syrischen Gerichte, und er kann auch noch etwas bleiben, wenn ich zu euch zurückmuss.«

»Am Nachmittag bist du aber wieder dabei, oder? Bitte lass mich nicht mit diesen angsteinflößenden Frauen allein.«

»Äh …«, machte Lorna. »Sorry. Ich hab ein schlechtes Gewissen, weil das ja eigentlich unser Mädelswochenende sein sollte und so.«

»Ist schon in Ordnung«, sagte Flora. »Ich hab mich bei ein paar alten Freundinnen gemeldet, die ich auch gern sehen würde. Allerdings werde ich mir da lauter Sprüche darüber anhören müssen, dass ich jetzt am Ende der Welt wohne. Angesichts der ganzen Stichelei könnte ich ein bisschen Verstärkung gut gebrauchen.«

»Es tut mir so leid«, beteuerte Lorna, obwohl ihre glühenden Wangen etwas ganz anderes sagten.

»Ich will niemals einem unanständigen kleinen Wochenende im Wege stehen«, sagte Flora. »Ehrlich gesagt freue ich mich vor allem darauf, übermorgen nicht früh aufstehen zu müssen. Ich werde schlafen und schlafen und schlafen und schlafen, dann *ganz allein* ein langes, ausgiebiges Bad nehmen und dann noch einmal schlafen und schlafen.«

Jetzt warf sie einen Blick auf ihr Arbeitshandy vom Hotel, auf dem sich bereits Nachrichten sammelten. »Weißt du, was ich bräuchte? Eine Festland-SIM-Karte, die bloß hier funktioniert. Ab jetzt will ich nur noch Nachrichten von dir, in denen du mich fragst, ob ich noch eine Margarita möchte. Und darauf lautet die Antwort natürlich Ja.«

Lorna lächelte, bemerkte aber, dass ihre Freundin immer noch auf dem Handy herumscrollte. »Lass das!«

Flora hatte unbewusst alte Fotos von Douglas aufgerufen. »Ach komm«, sagte sie und hielt ein Bild ihres Sohns mit seinen Locken und den dunklen Augen hoch. »Ist er nicht einfach goldig?«

»Ist er«, bestätigte Lorna. »Und jetzt pack das Handy weg.«

»Ja, mach ich gleich, hab ich ja schon. Bin quasi dabei.

Schließlich bin ich kein biederes altes Muttchen, das in der Hotelbranche arbeitet. Ich bin eine zauberhafte Braut.« Betrübt blickte sie die leere Tüte Mackie's-Chips an, die zwischen ihnen lag. »Die hätte ich besser nicht essen sollen, oder?«

»Aber es ist doch ein Mädelswochenende!«

»Ich wette, Olivia isst keine Chips.«

»Sie ist wahrscheinlich zu sehr damit beschäftigt, von sieben Zwergen bewacht in einem Glassarg zu schlafen«, wandte Lorna ein. »Darüber würde ich mir keine Gedanken machen.«

Im Hotel, das am Rand der Altstadt an einem kleinen dreieckigen Platz lag, gab es alles, was das Herz begehrte: große, gemütliche Betten, eine frei stehende Badewanne mit Klauenfüßen und endlos laufendem dampfend heißem Wasser, eine lauschige Bar.

Flora nahm die Ausstattung genau unter die Lupe, um sie mit der in *The Rock* zu vergleichen und eventuell noch etwas zu lernen. Nach dem ersten köstlichen Dark and Stormy entspannte sie sich allerdings.

Es war wunderbar, in Ruhe quatschen zu können, ohne Angst zu haben, dass sie belauscht oder dauernd wegen der Probleme irgendwelcher kleiner Menschen unterbrochen wurden. Sie konnten jeden Gedanken zu Ende führen, ohne ständig den Faden zu verlieren, wie es schwer beschäftigten Frauen oft passierte.

Hier konnten sie in sicherer Umgebung über Ehe und Zukunft sprechen, ohne dass Flora sich Sorgen machen musste, weil Lorna niemanden hatte. Es würde wohl nicht einfach für sie werden, das war klar, aber wenigstens gab es einen Weg!

Sie sprachen auch über Joel, und weit weg von ihren Brüdern konnte Flora endlich zugeben, wie sehr sie zu kämpfen gehabt hatte, als es Joel so schlecht gegangen war.

Dazu hatte Lorna allerdings auch etwas zu sagen, nachdem ihr die Cocktails die Zunge gelöst hatten. Sie fand, dass Joel Flora ganz schön übel behandelt hatte, als er sich noch nicht für ein Baby bereit gefühlt hatte.

Später hatten sich die Dinge zwar zum Besten gewendet, aber damals hatten sich alle wirklich Sorgen gemacht.

Natürlich war Flora da völlig Lornas Meinung, zugleich ging ihr die Bemerkung aber ziemlich gegen den Strich. So war das nun mal, wenn man jemanden unglaublich anhimmelte und diese Person von anderen auch nur ein bisschen kritisiert wurde.

Lorna fügte hastig hinzu, es habe wohl vor allem daran gelegen, dass Joel so gut aussah wie ein Männermodel. Jetzt, da sie ihn besser kannte, hatte sie ihn selbstverständlich auch gern, genau wie alle anderen, und Flora habe natürlich die ganze Zeit recht gehabt.

Das war genau der richtige Ansatz, und Flora räumte nun ein, dass sie sich um Lorna auch Sorgen gemacht hatte, dass sich Saif aber als absolut perfekt herausgestellt hatte.

Am Ende waren beide mit dem Verlauf des Gesprächs sehr zufrieden.

Sie studierten Brautmagazine, verglichen Kleider und Schnitte und bezogen dabei sogar die Barfrau mit ein, weil sie ganz vergessen hatten, dass es nicht Inge-Britt war, sondern eine freundliche Neunzehnjährige aus Polen, die trotzdem ihr Bestes gab.

Kundig legte sie dar, dass in Polen beim Brautkleid vor

allem das Volumen wichtig war. Wenn man im Leben nur einmal heiratete, sollte alles so imposant wie möglich sein, fand sie.

Lorna sagte: »Siehst du, das hab ich doch die ganze Zeit gesagt.«

Flora, die ja schon länger nicht mehr ausgegangen war, protestierte und unterstrich, dass es doch gerade eine kleine, ganz schlichte Hochzeit sein sollte. O Gott, für mehr hatte sie auch kein Geld, wie oft musste sie das denn noch erklären?

Als die Barfrau gestand, wie traurig sie eine kleine Hochzeit fand, runzelte Flora die Stirn.

Lorna wandte schnell ein, dass sie dann umso mehr die Gelegenheit haben würde, alle mit ihrem Kleid zu beeindrucken, oder etwa nicht?

Am Ende landeten sie wesentlich später im Bett als geplant, hatten aber unglaublich viel Spaß. Leider ging es Flora nicht besonders gut, als sie gegen fünf Uhr morgens aufwachte. Nachdem sie jede Menge Wasser getrunken hatte, gelang es ihr, noch einmal einzuschlafen, und das, obwohl sie eine eher trockene Nachricht von Joel gelesen hatte. Darin bedankte er sich für ihre etwa zwanzig Nachrichten vom Abend, in denen sie ihm versichert hatte, wie sehr sie ihn liebte. Das sei wirklich von Vorteil, da sie ja bald heiraten würden.

Am nächsten Morgen wartete ein äußerst herzhaftes schottisches Frühstück auf sie, bei dessen Anblick sich Flora allerdings Sorgen machte, weil sie sich ja gleich bei all den Anproben bis auf die Unterwäsche ausziehen musste. Sie hatte für die Umkleidekabine Formwäsche dabei und tröstete sich außerdem mit dem Gedanken an die ewig langen Strecken, die man in Edinburgh wohl oder übel immer zu Fuß zurücklegen musste. Das würde schon schiefgehen.

Es war ein klarer, kalter, sonniger Morgen, und sie kamen am grandiosen National Museum of Scotland vorbei, das sich unweit ihres Hotels befand. Von dort aus sahen sie auch das erstaunliche kleine Bedlam Theatre, machten sich aber auf den Weg in die entgegengesetzte Richtung, hinunter zur Southside, wo sich Studenten tummelten und sich daher auch die ganzen Vintageläden befanden.

»Ich werde irgendwas ganz, ganz Billiges finden«, verkündete Flora, und Lorna beschloss, über ihre gestrige Barrechnung besser den Mund zu halten. »Aber es soll auch superschick sein, geradezu göttlich, damit alle meinen guten Geschmack bewundern können. Und für dich suchen wir etwas Hübsches, das zu deinen tollen Haaren passt, aber gleichzeitig nicht Agot zum Toben bringt.«

»Ich kann es kaum erwarten«, entgegnete Lorna mit vor Sarkasmus triefender Stimme. »Darf ich von Kopf bis Fuß Einhörner tragen?«

Flora grinste, war allerdings ein bisschen nervös.

»Agot und ich müssen doch nicht gleich aussehen, oder?«, fragte Lorna.

»Neeeeeein …«, sagte Flora. »Aber … es ist so eine kleine Feier. Da hätte ich gern eine Art Uniform. Weißt du, was ich meine? Es soll nur nicht so aussehen, als wäre Agot eine merkwürdige Kindsbraut und als hätten wir beide mit der Sache gar nichts zu tun.«

Lorna nickte. »Klar«, sagte sie. »Es ist ja deine Hochzeit. Es soll so sein, wie du dir das wünschst, und ich werde tragen, was auch immer du für mich aussuchst.« Sie strich eine Strähne ihres vollen rotbraunen Haars zurück und fügte hastig hinzu: »Außer vielleicht irgendwas in Rosa.«

»Kein Rosa«, stimmte Flora sofort zu.

In der Southside-Gegend gab es viele ganz unterschiedliche und oft zauberhafte Vintageläden. Leider hieß bei Brautmode »Vintage« vor allem »Achtzigerjahre«. Also wühlten sie sich durch riesige aufgeblähte Sahnebaisers, die inzwischen – unfassbar! – bereits vierzig Jahre alt waren, vergilbte und müde wirkende Modelle mit Satinoberteil und mit Rüschen aus hochentzündlichen Materialien.

»Du meine Güte, haben damals etwa alle Lady Di imitiert?«, fragte Flora. »Warum denn nur?«

Lorna griff nach noch mehr vergilbtem Brokat. Das Kleid mit einem fürchterlichen Schwalbenschwanzsaum war trägerlos, sodass die Braut oben viel Haut zeigte.

»Nein«, sagte sie. »Manche wollten auch wie geschmacklose Meerjungfrauen aussehen.«

»Oh«, machte Flora. »Na, in gewisser Weise *bin ich ja …*« Dann bemerkte sie das Ungetüm von Kleid. »Okay, vergiss es.«

»Haben Sie vielleicht irgendetwas, was ein bisschen älter ist?«, fragte sie die einschüchternd hippe Verkäuferin mit hochgerollten Ärmeln, Haartolle und leuchtend rotem Lippenstift. Sie war einfach eine unglaublich coole Festlandbewohnerin.

Die Frau verschwand kurz und kehrte mit einem glitzernden Fransenkleid aus den Neunzehnhundertzwanzigern zurück. Es bestand aus jeder Menge langen Fäden über einem seidenen Unterkleid.

»Ooh!«, machte Flora.

»Ooh!«, kam es auch von Lorna.

Flora verschwand in der Kabine und zwängte sich unter Schwierigkeiten in die Formwäsche. Dann rann die glatte Seide wie Wasser über ihre Schultern. Das Kleid roch ein wenig muffig … aber zum Glück passte es und fühlte sich kühl und angenehm an.

Flora wirbelte herum, um sich im Spiegel der engen Kabine zu betrachten – und starrte fassungslos.

Kapitel 15

Du siehst *völlig okay* aus«, sagte Lorna, als Flora aus der Umkleide kam. »Und es war wohl nicht zu erwarten, dass du schon bei der ersten Anprobe begeistert sein würdest. Mach dir mal keinen Kopf!«

»Aber ich sehe aus … wie eine hässliche alte Jungfer!«

»Tust du nicht!«, tröstete Lorna sie. Sie musste Flora aus diesem Kleid herausholen, bevor sie es sich vom Leib riss oder mit ihren Tränen befleckte. »Es passt nur nicht zu dir, das ist alles. Diese Flapper-Kleider sind für Frauen ohne Hüfte oder Brüste gedacht, und du hast beides.«

»Stimmt«, warf die Verkäuferin ein, die sich wachsam in der Nähe herumdrückte. »Leute mit Taille sehen darin eigentlich nie gut aus.«

»Ich bin … das reinste Fass«, schluchzte Flora. »Ein großes, dickes Gurkenfass!«

Lorna verdrehte die Augen. »Jetzt reg dich mal nicht auf. Du hast immer noch die riesigen Brüste vom Stillen, die Joel doch toll findet.«

»Woher weißt du das?« Flora verzog das Gesicht.

»Hast du mir gestern Abend selbst erzählt. Hör mal, natürlich wird nicht alles zu dir passen, und dieses Kleid ist schließlich das erste, das du anprobiert hast. Ehrlich, Flora, du siehst super aus, dir gehen nur gerade ein bisschen die Nerven durch.«

»Das liegt bloß daran, dass ich ständig arbeite oder in meinen blöden Gummistiefeln durch die Gegend stapfe und es auf Mure keine Bekleidungsgeschäfte gibt. Deshalb gucke ich kaum noch in den Spiegel. Und jetzt komme ich zum ersten Mal in zwei Jahren zum Shoppen hierher, und dann sehe ich aus wie ein riesiges, formloses Dickmamsell-*Fass*!«

»Wir ziehen das jetzt aus!«, ordnete Lorna mit ihrer Klassenzimmerstimme an. »Sorry«, hauchte sie in Richtung der Verkäuferin, die nur freundlich mit den Händen wedelte.

»Die Fünfziger«, sagte sie, während Lorna die schniefende Flora zurück in Richtung Umkleidekabine führte. »Eine schmale Taille, tolle Schultern, ordentlich Holz vor der Hütte – dafür brauchen Sie was aus den Fünfzigern.«

»Aber ich will doch *elegant* aussehen«, jaulte Flora.

Darauf erwiderte niemand etwas.

Jetzt klingelte das Glöckchen an der Tür.

»DA SIND SIE JA!«, flötete Olivia fröhlich. »Ich wusste, dass wir uns früher oder später über den Weg laufen würden.«

»O Gott, was um alles in der Welt haben Sie da nur an?«, fragte Jacinth.

Die Haltung der Verkäuferin änderte sich völlig, als Olivia in einer schmal geschnittenen weißen Hose und einem weißen Kaschmirtop hereinrauschte.

Wer trug denn nur im Frühling in Schottland eine weiße Hose?, dachte Flora. So etwas hatte es ja noch nie gegeben.

Jacinth hingegen war in ein Outfit aus schwarzem Leder gehüllt, das von einer finsteren Miene begleitet wurde. Ganz im Ernst, eine Hochzeitsplanerin stellte sich Flora völlig anders vor. Das stachelige, kurze dunkle Haar, die dicken Brillengläser – heutzutage waren so viele dünne

Gläser auf dem Markt, dachte Flora, dass sie diese wohl mit Absicht trug, als ein Statement gegen Eitelkeit.

Als Letzte kam Jan herein, bekleidet mit derselben wasserdichten Hose und den Kletterschuhen wie sonst auf den Hügeln von Mure. »O mein Gott, willst du das etwa anziehen?«, fragte sie.

Es schien kaum möglich, aber damit kam sie sogar noch unhöflicher rüber als Jacinth, während sie Flora in dem unvorteilhaften Kleid und mit den leuchtend roten Wangen entgeistert anstarrte.

Diese zusätzliche Aufmerksamkeit hatte Flora gerade noch gefehlt. »Nein«, sagte sie. »Ich hab es nur mal anprobiert.«

»Einen Versuch war es wert«, sagte Olivia.

»Nein, nein, das solltest du auf jeden Fall nehmen«, stichelte Jan kichernd. »Lass mich eben ein Foto machen.«

»Nein!«, rief Flora und stürmte davon.

»So«, sagte Olivia zu der Verkäuferin, »ich suche auch nach einem Hochzeitskleid. Wir machen eine Mädelsshoppingtour! Hätten Sie vielleicht irgendwas, was passen würde?«

»Da habe ich genau das Richtige«, sagte die Frau, jetzt geradezu beflissen.

Flora weigerte sich standhaft, noch etwas anderes anzuprobieren. Als sie trotzig, wütend und verschwitzt aus der Kabine kam, verschwand die Verkäuferin gerade wieder hinten in einem nicht zugänglichen Bereich.

Flora und Lorna wechselten wegen Jan vielsagende Blicke und beschlossen stillschweigend, so zu tun, als hätte die Begegnung mit Charlie nie stattgefunden.

»Na, wie geht es Christabel?«, erkundigte sich Lorna höflich.

»Oh, könntest du mir für sie vielleicht ein paar Bücher für Leseanfänger heraussuchen?«, fragte Jan.

Lorna starrte sie an. »Aber sie ist doch noch nicht einmal eins.«

»Ja, ich weiß, aber ihre Entwicklung ist wirklich vielversprechend. Sie kennt schon alle Tiergeräusche und kann viele Babygebärden.«

Lorna vermied es lieber, in Floras Richtung zu blicken. Douglas konnte sich gerade einmal auf die Seite rollen, und wenn er in die Hände zu klatschen versuchte, traf er jedes Mal knapp daneben.

»Deshalb denke ich eben, dass wir ihr Gehirn stimulieren müssen. Es wäre doch nicht fair, so eine große Begabung zu ignorieren.«

»Himmel, Babys sind ja so was von langweilig!«, bemerkte Jacinth und erwies sich damit aus Floras Sicht endlich einmal als nützlich.

Olivia war in ein Gespräch mit der Verkäuferin vertieft, die etwas in einer Plastikhülle mitgebracht hatte. Nun verschwand sie gefühlt nur Millisekunden lang in der Umkleidekabine. Als sie wieder heraustrat, legte sich ehrfürchtige Stille über das Grüppchen.

Olivia trug einen Overall aus weißem Stoff und mit langen Hosenbeinen, der wie angegossen zu sitzen schien und ihren Körper zugleich sanft umschmeichelte. Der tiefe V-Ausschnitt hätte bei Flora an eine Barfrau aus einer Seifenoper der Achtzigerjahre erinnert. Die hoch geschnittene Hose umfing wohlwollend Olivias perfekten Po und ließ ihre Beine ellenlang wirken. Sie sah aus wie Bianca Jagger im Jahr 1970.

Allen entfuhr ein kleines Seufzen, bei dem Flora allerdings die Arme vor der Brust verschränkt hielt.

»Lass mal sehen«, sagte Jacinth und forderte Olivia zu einer Drehung auf.

»Na ja, erstens ist es gar kein Brautkleid«, knurrte Jan. »Und zweitens kann man auch den Zwickel sehen. Aber, ich meine, wenn du so etwas im Sinn hattest …«

Auch Flora entging es nicht: Ja, in diesem uralten Einteiler, in dem jede andere aussehen würde, als wäre sie auf dem Weg zum Konzert einer Abba-Tributeband, wirkte Olivia wie eine Göttin. Trotzdem war ihrem perfekten Gesicht kurz die Enttäuschung anzumerken gewesen. Plötzlich war jegliche Blasiertheit aus ihrer Miene verschwunden. Es war unfassbar, dass eine Frau wie Olivia, deren Schönheit wie von einem anderen Stern wirkte, immer noch durch einen fiesen Kommentar ihrer großen Schwester aus dem Konzept gebracht werden konnte.

»Ignorier sie einfach«, sagte Jacinth rasch. »Der ist ideal.«

»Was?«, fragte Flora. »Und damit haben Sie einfach so Ihr Brautkleid ausgesucht und sind hier fertig?«

»Es ist noch nicht einmal ein Kleid«, bemerkte Jan wieder säuerlich.

Jacinth schniefte. »Nein. Aber es kann als eins der Kleider dienen. Vielleicht beim Übergang vom Tag zum Abend? Oder, je nach Wetter, wenn ihr abends aufbrecht?«

»Jetzt hör schon mit dem Wetter auf!«, sagte Olivia. »Ich kann es nicht mehr hören.«

Flora kniff die Augen zusammen. »Sie werden mehr als nur ein Kleid tragen?«

»Oh, das denke ich doch wohl«, sagte Olivia sorglos und betrachtete ihren perfekten Po im Spiegel.

Wie konnte der nur so glatt sein?, fragte sich Flora traurig. Ohne Knubbel und Dellen.

»Flora braucht aber keine zwei Kleider, oder?«, fragte

Jan arglos, wobei sie vor Selbstzufriedenheit geradezu glühte.

Plötzlich war Flora so sauer, dass sie sich nicht mehr auf die Zunge beißen konnte, sondern schnauzte: »Tut mir leid, aber ich glaube nicht, dass ich gleich mit allen zusammen shoppen gehen kann. Ehrlich, mir steht echt nicht der Sinn nach Leuten, die andere mit ihrer schonungslosen Meinung vor den Kopf stoßen.«

»Auch nicht, wenn nur ich mich äußere?«, fragte Jacinth. »Ich bin zwar hart, aber fair.«

»Das ist mir schnuppe!«, rief Flora, die ganz rot im Gesicht war. »Schließlich richten Sie meine Hochzeit nicht aus. Heute ist mein Tag, der von mir und Lorna, und so was brauchen wir wirklich nicht. Olivia, Sie sehen wunderschön aus. Lorna, komm! Und tschüs!«

Für Lorna kam diese Wendung völlig überraschend, und sie sprang hastig auf.

»Nein, nein!«, rief Olivia. »Nein! Lassen Sie mich hier bitte nicht zurück! Kann ich nicht mitkommen?«

»Ach, könnt ihr es etwa nicht ertragen, wenn euch jemand die Wahrheit ins Gesicht sagt?«, fragte Jan und verschränkte die Arme vor der Brust.

»Es geht doch um unsere Hochzeit!«, rief Flora verzweifelt aus. »Da will niemand die Wahrheit. Wir sehnen uns nach Freude und Hoffnung, nach Liebe, Aufregung und nach einem Sieg des Optimismus!«

»Genau!«, sagte Olivia, trat auf Flora zu und griff nach ihrer Hand.

»Verdammt, auf meiner Hochzeit *warst* du ja nicht einmal!«, rief Jan. »Hast dich nicht zum Kommen herabgelassen …« Jetzt nahm sie auch Flora ins Visier: »Und *du* hast mir ein Vermögen berechnet, hast noch so getan, als wäre das Ganze unter deiner Würde, und hast versucht, mir den Verlobten wegzuschnappen.«

»*So* habe ich das aber nicht in Erinnerung«, entgegnete Flora fassungslos.

Sie hatte sich für Jans Hochzeit die Finger wund geschuftet und ein tolles Catering vorbereitet, nur um dann mit anzusehen, wie es von einer großen Gruppe zusätzlicher Gäste geplündert worden war.

Jacinth warf einen Blick auf ihre Armbanduhr. Olivia pochte zwar immer darauf, dass sie Freundinnen waren, tatsächlich rechnete Jacinth aber nach Stunden ab. Die Dinge entwickelten sich also gerade zu ihren Gunsten.

Die weichherzige Lorna versuchte, die Situation zu retten. »Hochzeiten sind immer so ein emotionales Thema«, sagte sie versöhnlich. »Na komm, Jan, wir sind doch hier in der großen Stadt, wo Freiheit und jede Menge Spaß warten. Genießen wir das einfach zusammen!«

»Ja, nicht dass wir noch Olivia verstimmen«, entgegnete Jan wütend. »Alle flattern immer wie die Hühner herum und fragen sich panisch, was wohl Olivia will und was Olivia jetzt tun würde.«

Mittlerweile waren alle Blicke zu Boden gerichtet.

»Ich hätte wirklich kommen sollen«, sagte Olivia irgendwann. »Es tut mir leid, Jan. Mir war nicht klar, dass das für dich so wichtig war. Als du mir die E-Mail geschrieben hast, hast du doch klargestellt, dass es bloß eine Feier im kleinen Rahmen sein würde. Du hast selbst gesagt, dass große Hochzeiten ja albern und nur eine Ausrede dafür sind, jede Menge Geld für irgendwelchen Mist auszugeben und die Ressourcen der Erde zu verschwenden.«

»Sind sie ja auch!«, bekräftigte Jan.

»Deshalb hab ich gedacht, es wäre dir lieber, wenn ich

nicht extra dafür herfliege. Und dass du mir deshalb keine Einladung geschickt hast.«

»Aber das *war doch* die Einladung!«, rief Jan mit hochrotem Gesicht.

Lorna konnte einfach nicht anders und schaltete wieder in den Grundschullehrerinnenmodus um. »Okay«, sagte sie mit ihrer fröhlichsten Stimme, »ist es nicht unglaublich, wie man sich manchmal missverstehen kann? Olivia, toll, dass Sie sich entschuldigt haben! Jan, was ist mit dir?«

Jan schniefte.

»Wäre es nicht super, wenn wir alle zusammen zum nächsten Laden gehen und danach gemeinsam essen könnten? Es wäre doch eine Schande, so einen schönen Tag zu vergeuden. Na los, Leute! Olivia, Sie ziehen sich jetzt um, und dann wollen wir mal. Vielen Dank!« Letzteres war an die Verkäuferin gerichtet.

Flora konnte es kaum fassen, als zunächst Jan eine Entschuldigung murmelte und dann Olivia tatsächlich verschwand, um sich umzuziehen.

»Du bist ja eine angsteinflößende Grundschulhexe«, sagte sie ehrfürchtig.

»Und du, Flora MacKenzie! Raus mit dir, und zwar augenblicklich! Warte draußen auf dem Bürgersteig auf uns!«

Kapitel 16

Im Taxi schwiegen sie weitestgehend, bis auf Jacinth, die einen Anruf entgegennahm und laut irgendwelche Lieferanten zusammenbrüllte.

Floras Annahme, dass das wohl ein Einschüchterungsversuch in ihre Richtung sein sollte, traf völlig zu.

Olivia wirkte nachdenklich, während Jan mit trotziger Miene aus dem Fenster starrte.

Flora tauschte Blicke mit Lorna. Sie konnte einfach nicht fassen, wie tief bei den beiden Schwestern der Groll saß.

Bei der Ankunft am Brautmodengeschäft, in dem Jacinth einen Termin für sie ausgemacht hatte, waren schließlich alle seltsam besänftigt.

Verrückt, wie groß der Unterschied zu dem Vintageladen war, als sie in fast völliger Stille in den von Duftkerzen aromatisierten Bereich traten.

Heaven Wedding befand sich in einem alten georgianischen Gebäude in dem Teil der Stadt, der New Town hieß. In den Verkaufsräumen gab es hohe Decken mit vergoldetem Stuck, Vorhänge aus zarten Schleierstoffen und dicke helle Teppiche, die furchtbar schwierig sauber zu halten sein mussten, dachte Flora. »Ich hab das Gefühl, als sollte ich mir die Schuhe ausziehen«, flüsterte sie.

Nach dem vollgestopften Vintageladen mit seinen unvorteilhaften Spiegeln empfand sie hier alles als unglaublich luxuriös. Ja, in diesem Geschäft kam viel mehr Brautkleid-Shopping-Stimmung auf, fand sie. Sie war jetzt offiziell gegen das Konzept »Vintagekleidung«.

Hier lud man sie ein, auf hellbraunen Wildledersofas Platz zu nehmen, und reichte ihnen – wie prophezeit – Zeitschriften und Prosecco, während zwei charmante Verkäuferinnen am Kleiderständer begannen, Modelle herauszuziehen, die vielleicht passen könnten.

»Eine Doppelhochzeit!«, schwärmte eine von ihnen. »Sind Sie Schwestern?«

»Nein!«, riefen sowohl Olivia als auch Flora ein wenig zu rasch aus.

Es war völlig schnuppe, was Olivia anprobierte, dachte Flora, die sich mit ihrem Glas Prosecco zurücklehnte. Sie sah in allem toll aus, und ihr rabenschwarzes Haar passte genauso gut zu leuchtendem Weiß wie zu Cremetönen.

Egal, mit welchen Pailletten und albernen Rüschen das Kleid auch aufgemotzt war, Olivia veredelte jedes einzelne Modell. Das machte es schwierig, sich eine Meinung darüber zu bilden, was sie nehmen sollte. Die Kleider, in die sie schlüpfte, verwandelten sie in eine Barbie oder eine Schafhirtin oder eine griechische Vase. Aber sie waren alle schmeichelhaft.

Keins davon führte allerdings zum Wow-Effekt. Während Olivia Kleid um Kleid anprobierte und sich darin fotografieren ließ, dachte man immer eher an ein Model, das ein Brautkleid vorführte, als an eine echte Braut. Sie sah jedes Mal toll aus, aber ein Volltreffer war noch nicht dabei.

Flora wurde derweil zunehmend mulmiger beim Gedanken an später, wenn sie an der Reihe sein würde.

»Vielleicht mehr Glitzer?«, überlegte Lorna.

»Nein. Auf keinen Fall. Weißt du, was, Babe?«, sagte Jacinth schließlich.

Olivia schaute auf.

»Du solltest es so machen wie Meghan Markle.«

»Wie jetzt, sich von einer niederträchtigen, feindseligen Presse aus dem Land vertreiben lassen?«, fragte Flora. Das Blubberzeug schien den Restalkohol vom Vorabend in ihrem Blut wieder zu aktivieren.

»Kannst du dich noch an ihr Kleid erinnern?«

»Nicht so richtig«, sagte Olivia und zog die Nase kraus. »Aber das von Kate habe ich noch gut vor Augen.«

»Genau!«, rief Jacinth triumphierend aus. »Weil Meghan das schlichteste Kleid auf Erden anhatte. Die haben sie da quasi in eine Serviette gewickelt rausgeschickt. Und warum? Weil sie so unfassbar schön ist, dass sie kein tolles Kleid brauchte, um sie noch schöner zu machen. Dieses Modell hat dem Konzept eines schicken Brautkleids triumphierend ins Gesicht gelacht. In dem Augenblick hätte eigentlich allen klar sein müssen, dass man diese Frau nicht in einen goldenen Käfig sperren kann.«

»Du meinst also, ich soll … in ein Handtuch gehüllt zum Altar schreiten?«, fragte Olivia skeptisch.

»Du könntest es dir erlauben, Babe.« Jacinth wandte sich an eine der Verkäuferinnen. »Bringen Sie mir das schlichteste Kleid, das Sie haben. Etwas, worin eine Nonne heiraten würde. Und damit meine ich keine sexy Nonne.«

Die Verkäuferin starrte sie an. Nach dem langweiligsten Modell im Laden wurde eher selten gefragt. »Moment«, sagte sie, verschwand und erschien wieder mit einer Plastikhülle, die ein Bettlaken zu enthalten schien.

»Das stammt aus unserer konservativen Kollektion«, erklärte sie, »und ist ein Einzelstück, weil sie das Modell nicht in jeder Größe hergestellt haben. Ich hab hier das Musterexemplar, aber da passen Sie rein.«

Olivia griff danach und verschwand wieder kurz.

»Vielleicht«, sagte Flora, »ist das ja wie ein riesiger Kartoffelsack.« So laut, dass Olivia es hören konnte, rief sie: »Kannst du überhaupt so aussehen, als würdest du einen Kartoffelsack tragen, Olivia?« Nach dem ganzen Prosecco waren sie längst alle per Du. »Wir würden dann schwindeln und dir erzählen, wie super er dir steht.«

Selbst Jan musste beinahe lächeln.

Lorna hingegen wandte sich an Flora und versetzte: »Du hattest wohl genug Prosecco!«

»Ich weiß«, sagte Flora verdrossen und stellte ihr Glas ab. »Sonst fange ich noch an, alles durch die rosarote Brille zu sehen und zu denken, dass mir die Kleider gut stehen.«

Lorna umarmte sie. »Sei nicht albern. Wir werden schon etwas finden, worin du super aussiehst.«

»Na ja, zumindest wissen wir jetzt, dass sie auch Sackkleider haben«, murmelte Flora.

Die Verkäuferin zog den Vorhang der Kabine zur Seite.

In der Mitte des Umkleidebereichs gab es ein Podest, auf dem man sich in Spiegeln von allen Seiten betrachten konnte, während der Stoff des Rocks sich am Boden rundherum sammelte. Langsam schritt Olivia darauf zu, dabei war das eigentlich nicht nötig.

Jacinth sollte recht behalten. Das Kleid war aus schwerer Seide in reinem Weiß und unglaublich schlicht. Der U-Boot-Ausschnitt schien Olivias schmale Schultern und ihren Schwanenhals noch zu betonen und rahmte ihren vornehmen Kopf ein. Der Stoff des Oberteils enthielt ein wenig Lycra, erklärte die Verkäuferin, wie die Leggings einer Tänzerin, wodurch es leicht dehnbar war, die langen Ärmel unterstrichen die Eleganz ihrer schlanken Arme, der Rock war voll, aber nicht zu voluminös. Das Kleid war nicht mit Perlen, Glitzersteinen oder irgendeiner Art von Rüschen geschmückt.

Olivia erinnerte darin an die alte Schwarz-Weiß-Fotografie einer makellosen, unerreichbaren, ein wenig melancholischen Schönheit.

»Wow!«, entfuhr es Flora, als sie wieder einen Laut hervorbringen konnte.

Zur allgemeinen Überraschung brach Jan in Tränen aus. »Du … siehst … so … schön aus!«, schluchzte sie.

Alle drehten sich zu ihr um.

»An deinem großen Tag hast du auch toll ausgesehen«, sagte Lorna.

»So aber nicht.«

»So sieht doch niemand aus«, versicherte Lorna beschwichtigend.

»Und es wird wieder wie immer laufen. Alle werden sagen: ›Wow, super, wie Olivia sich gemacht hat. Aber Jan … was für ein Jammer.‹«

Lorna musste sich erst einmal auf die Lippen beißen, bevor sie die nächsten Worte sprechen konnte. »Jan«, sagte sie durch zusammengepresste Zähne, »du hattest eine fantastische Hochzeit und hast einen fantastischen Ehemann, der dich von ganzem Herzen liebt. Ihr leistet in einem unglaublich wichtigen Bereich tolle Arbeit und helft so vielen Menschen. Dann habt ihr auch noch eine wunderbare kleine Tochter, und es gibt viele – *unglaublich viele* – Menschen, die gern auch nur einen Bruchteil davon hätten.« Ihr stockte die Stimme. »Also, wenn du wie Olivia aussehen willst, okay. Nimm zehn Kilo ab, besorg dir Kontaktlinsen und geh zum Schönheitschirurgen, wen juckt es? Aber wenn du den ganzen Tag hier herumsitzen und über dein schreckliches Los jammern willst, dann sag es bitte gleich. Das kann ich nämlich nicht länger ertragen.«

»Ich sage einfach nur, wie ich die Dinge sehe«, maulte Jan und wischte sich über die Augen.

»Dann lass das doch vielleicht einfach mal«, schlug Flora vor.

Olivia stand so reglos da wie eine Puppe.

Flora erhob sich. »Das ist genau richtig. Du siehst perfekt aus.«

»Meinst du wirklich?«, fragte Olivia. Plötzlich wirkte ihr Gesichtsausdruck sanfter. »Ich will auch … perfekt aussehen.«

»Für ihn?«, fragte Lorna mit sehnsüchtiger Stimme.

»Oh, einfach generell«, antwortete Olivia.

»Es ist wirklich perfekt«, bestätigte Jacinth.

»Wie für dich gemacht«, hauchte Lorna.

»Deshalb achte ich darauf, die Standardgröße zu halten«, erklärte Olivia. »Damit alles so sitzt.«

»Das muss schwer sein, oder?«, fragte Flora. Sie würde ihr morgendliches Toastbrot niemals für ein Kleid aufgeben, und mochte es das schönste der Welt sein. So eine Lebenseinstellung war einfach nichts für sie.

»Furchtbar schwer«, bestätigte Olivia, während sie sich zugleich mit einem zaghaft zufriedenen Blick betrachtete.

Es herrschte Schweigen, bis Jan mit einem schlecht gelaunten Seufzen aufstand. »Tut mir leid«, sagte sie. »Das ist wirklich ein schönes Kleid, Olivia«, fügte sie hinzu. »Und so wird es auch sonst jeder sehen.«

»Danke«, sagte Olivia beinahe schüchtern.

Flora machte ein paar Fotos, und Jacinth stellte klar, dass sie die nicht auf den sozialen Medien posten durfte. Da gab es wohl Einschränkungen wegen eines Exklusivvertrags, den sie mit einer Zeitschrift geschlossen hatten.

»Kein Problem«, sagte Flora. »Ich werd sie nur Joel schicken und behaupten, das wäre ich.«

»Still jetzt!«, schimpfte Lorna.

Nun legten sie erst einmal eine Mittagspause ein, nach der Flora an der Reihe sein würde. Darüber war sie gar nicht begeistert, weil es bedeutete, dass sie nicht viel essen konnte.

In dem schicken Restaurant, das sich im Designermodegeschäft Harvey Nichols befand, stellte Flora zufrieden fest, dass es hier wenigstens sehr leckere winzige Salate für Leute gab, die sich freiwillig die Freuden des Lebens versagten.

Davon bestellte sie sich einen, genau wie Jacinth und Olivia.

Jan nahm Fish and Chips, die superlecker rochen.

»Wo ist eigentlich Lorna?«, erkundigte sich Olivia. Doch die hatte sich heimlich davongeschlichen.

»Oh, sie trifft sich mit einer Freundin, die hier wohnt«, antwortete Flora vage. »Nur fürs Mittagessen. Sie kommt nachher wieder zurück.«

Jan merkte sofort auf. »Nein! Hat sie etwa einen Liebhaber? Oder eine Liebhaberin? Das würde so einiges erklären.«

Nervös blickte Flora sie an. »Ach, tatsächlich?«

»Na komm schon! Sie ist die eingefleischteste Junggesellin der ganzen Insel und hat von Wullie Mulligans Scheidung nicht einmal Notiz genommen!«

»Weil selbst seine Kühe wissen, dass Wullie Mulligan ein ätzender Mistkerl ist!«

»Und so hässlich ist sie ja nun nicht, im Ernst, daher war das immer allen ein Rätsel. Aber wenn sie sich mit jemandem in Edinburgh trifft … Ja, das ergibt Sinn. Ist er etwa verheiratet? Ooh – ist *sie* verheiratet?«

Flora ließ sich die Sache einen Moment durch den Kopf gehen. Könnten solche Spekulationen womöglich sogar hilfreich sein? Ja, vielleicht.

»Ich kann wirklich nichts zu Lornas Edinburgher Freunden sagen, die natürlich hier leben«, begann sie. »Aber ich weiß, wie gern sie immer herkommt …«

Mehr ließ sie sich nicht entlocken, aber es hatte auf jeden Fall den größten Hunger nach Klatsch und Tratsch gestillt.

Flora konnte Jan ansehen, dass sie alles brühwarm Charlie und der halben Inselbevölkerung erzählen würde, was ihr gerade durchaus recht war.

Außerdem nahm Jan nun endlich wieder am Gespräch teil, und das war doch schon mal was.

»So«, sagte Flora jetzt hastig, um die Unterhaltung in eine andere Richtung zu lenken. »Dann erzähl doch mal von Anthony.«

Olivia verzog ihr perfektes kleines Näschen. »Ach, er ist ein Schatz«, sagte sie. »Wirklich! Verwöhnt mich nach Strich und Faden.«

»Was macht er denn?«

»Oh, er sucht immer noch nach einer Bestimmung«, antwortete Olivia ein wenig vage. »Deshalb probiert er mal dieses, mal jenes aus … Die Freizeitindustrie, Importgeschäfte … noch hat er sein Betätigungsfeld nicht gefunden.«

Jetzt war Flora verwirrt. »Aber er hat schon viel Geld, oder?«

»Oh, das Vermögen gehört eigentlich der Familie«, erklärte Olivia mit gerunzelter Stirn. »Was meinst du denn, warum wir für seine Familie so eine Show abziehen müssen? Das sind lauter Leute aus gutem Hause!«

Jan schniefte laut, aber daran waren ja alle gewöhnt.

»Bringst du ihn denn vorher mal mit?«, fragte Flora. »Wirst du ihn uns vorstellen?«

Olivias Gesichtsausdruck wurde trübe. »Gott, nein, dafür ist er viel zu beschäftigt! Aber keine Sorge, Anthony wird genau das tun, was ich ihm sage!«

Kapitel 17

Aufmerksam sah sich Lorna zwischen den Hunderten von Studenten um, die kamen und gingen und sie in ihrer Großstadtmanier einfach ignorierten.

Hier kannte sie niemanden. Sonst reiste von der Insel an diesem Wochenende keiner nach Edinburgh, und Jan saß ja bei Harvey Nichols, wo Flora sie im Auge behalten konnte. Daher konnte sie hier wirklich niemandem über den Weg laufen, der sie erkennen würde. Keiner Menschenseele.

Trotzdem blieb Lorna auch auf dem Unicampus lieber vorsichtig, während sie, erfüllt von ebenso froher wie nervöser Aufregung, von einem Bein aufs andere trat. Sie kam sich eher vor wie eine Jugendliche bei ihrer ersten Verabredung und nicht so, als würde sie auf einen Mann warten, der bei ihr jeden Tag die Kinder von der Schule abholte.

Endlich entdeckte sie ihn. Er überragte die meisten in der Menge und hatte für die Konferenz einen schicken dunkelgrauen Anzug angezogen, den er auf der Insel normalerweise nicht trug, dazu ein blütenweißes Hemd mit Krawatte. In der Hand trug er eine kleine Reisetasche aus Leder.

Ein strahlendes Lächeln ging über ihre Züge und spiegelte sich in seinen. Sobald er Lorna erreichte, zog er sie vor aller Augen in die Arme. Und niemand dachte sich etwas dabei.

»Es ist so schön, dich zu sehen«, sagte sie, als er sie nach dem Kuss wieder freigab, und obgleich sie ja nicht voneinander getrennt gewesen waren, wusste er genau, was sie meinte.

Lorna schmiegte sich an ihn, überquerte mit ihm eine Brücke und ging dann zu dem Lokal weiter, das sie fürs Mittagessen ausgesucht hatte. Von der Uni aus war es nicht weit.

Sie fanden es auf einer geschäftigen Straße: Durch eine seitliche Schiebetür erreichte man ein winziges Café.

Saif wirkte erst ein wenig beunruhigt, dann aber begeistert, als ihm die Speisekarte ins Auge sprang und er das freundliche Gesicht des Besitzers hinter dem Tresen bemerkte. Ein syrisches Restaurant!

»Das gibt's doch nicht!«, rief Saif aus und schaute sich um.

»Hier können wir was essen, und dann muss ich schnell wieder zurück«, erklärte Lorna. »Du kannst aber noch bleiben und Kaffee trinken …«

Saif ließ bereits den Blick über den langen hölzernen Tresen wandern, der mit Spiegelelementen dekoriert war. Darauf war eine Auswahl von süßem Gebäck in jeder nur erdenklichen Form zur Schau gestellt, mit Zuckerfäden und Pistazienfüllung. Der Duft von Fladenbrot und Kümmel erfüllte die Luft.

»Oh, Lorena!«, sagte Saif.

Sie musste lächeln. »Überraschung!«

Saif strahlte sie an und ging dann zögerlich zur Theke hinüber.

An einem Tisch sprachen Männer laut Arabisch, und

auch aus dem Radio ertönte eine Sprache, die nichts mit den quirligen Edinburgher Straßen da draußen zu tun hatte.

Der freundliche Besitzer schmunzelte – eine so verblüffte Reaktion bekam er hier oft zu sehen.

Die beiden Männer redeten miteinander, und Lorna konnte in groben Zügen folgen (weil sie unglaublich hart gepaukt hatte, um mit Saifs Söhnen ein bisschen Arabisch sprechen zu können, als sie bei ihr in der Schule angefangen hatten). Deshalb verstand sie, dass Saif gerade ordentlich auf die Schippe genommen wurde, weil er aus Damaskus stammte und nicht aus Aleppo.

Dann bestellte Saif schnell und lachte, als der Mann etwas erwiderte, was Lorna auch verstand: dass das viel zu viel Essen für sie sein würde.

Er zuckte mit den Achseln, dann setzten sie sich zusammen an einen kleinen rosafarbenen Tisch und aßen und redeten über tausend Sachen und lachten zusammen. So sorglos erlebte Lorna Saif selten, daher fiel es ihr schwer, sich loszureißen. So langsam wurde es aber Zeit, da kam der Besitzer mit winzigen Kaffeetässchen für sie herbei. Er hatte offensichtlich Interesse an einer Unterhaltung.

»Ich muss unbedingt was von dem Gebäck mit zurücknehmen«, sagte Saif.

»Mach das«, lachte Lorna. »Ich hätte wohl einen größeren Koffer mitbringen sollen.«

In dem kleinen Restaurant brodelte in der Küche frischer Kaffee, Saif war von lauten Stimmen umgeben, fühlte sich aber sicher und geborgen, war geradezu fröhlich. Als sie aufbrach und ihn zurückließ, störte es Lorna längst nicht mehr so sehr, dass alle außer ihr heirateten und Jan solchen Ärger machte.

Auf dem Weg zurück freute sie sich sogar auf den Rest des Tages, aber ganz besonders auf den Abend. Doch jetzt würden sie erst einmal etwas Hübsches für Flora finden. Ja, gut, die war theoretisch nicht so makellos wie Olivia, in den Augen ihrer treuen Freundin aber wunderschön.

Der Besitzer des Restaurants hatte einen freundlichen Blick und hielt sich mit Fragen zurück.

Beim Gespräch mit ihm fragte sich Saif, wie viele traurige Geschichten er wohl schon von Menschen gehört hatte, die hier zur Tür hereingekommen waren.

Das Aroma des Essens und des Kaffees, das in der Luft hing, die Pistazien und der zähflüssige Sirup, die Zeitungen auf Arabisch, das Radio, die Gebetsteppiche an den Wänden und die Stimmen an den Tischen hinter ihm … all das fühlte sich seltsam an.

Wenn nicht mit jedem Neuankömmling der kalte Frühlingswind hereingefegt wäre, hätte Saif hier beinahe … zu Hause sein können.

Als der Restaurantbesitzer zu seiner Arbeit zurückkehrte, begann Saif, der Unterhaltung am Nachbartisch zu lauschen.

»Nein, das würden sie nicht«, sagte einer der Männer. »Nicht hier in Schottland.«

»Davon sind sie in Dänemark auch ausgegangen«, bemerkte ein anderer. »Aber sie wurden nach Hause geschickt, und zwar alle.«

»So ist das in Schottland nicht.« Der erste Mann war fest überzeugt. »Schottland ist freundlich und schützt seine Flüchtlinge. Wir sind hier gern gesehen.«

»Na ja, ich will sowieso zurück.« Das kam von einem viel jüngeren Mann, der kaum mehr als ein Junge war.

Die beiden älteren lachten ihn aus. »Was erwartest du dir denn davon?«

»Chancen! Das Land muss wieder aufgebaut werden, da kann man Geld verdienen und gleichzeitig etwas Gutes tun!«

»Und wozu das Ganze?«, fragte einer. »Willst du wirklich dein schönes Zuhause hier, deine Arbeit und deine Bildung einfach aufgeben, um da Ziegel zu schleppen? Das syrische Pfund wird dir nicht so gut gefallen wie das britische, das kann ich dir versichern.«

»Aber es ist unser Land!«, beharrte der junge Mann. »Da ist es doch unsere Pflicht, es wieder aufzubauen und ganz neu zu gestalten.«

Der ältere Mann schnaubte. »Als ob du dazu irgendetwas beitragen könntest, nachdem du dich hier an das angenehme Leben gewöhnt hast. Du bist weich geworden, Bruder, da können die dich echt nicht gebrauchen!«

Saif erstarrte. Er rührte sich nicht und gab auch nicht zu erkennen, dass er gelauscht hatte.

»Wir sollten alle zurück!«, rief der junge Mann aus, dessen Entschlossenheit ungetrübt war.

»Ja, du hast gut reden«, sagte der erste Mann. »Ich werde mich hüten, meine Kinder hier wegzuholen, wo all ihre Freunde leben und sie eine gute Schule besuchen. Hier können sie zur Uni gehen, eine vernünftige Arbeit finden, tun und lassen, was sie wollen. Und wenn du glaubst, dass ich ihnen das einfach so nehmen kann, dann hast du dich aber geschnitten. Das hier ist doch alles … was man sich für seine Kinder je erträumen könnte.«

»Mal abgesehen davon, dass deine Frau dich dann noch vor den Milizen umbringen würde!«, warf sein Freund ein.

»Die würde mich in tausend kleine Stücke hacken«, bestätigte der Mann, und alle lachten.

Aber Saif machte sich ziemlich nachdenklich auf den Weg zum Gordon-Aikman-Hörsaal.

Kapitel 18

Zurück bei Heaven Wedding war Flora seltsam aufgeregt, vor allem, als Lorna mit leuchtenden Augen im Geschäft auftauchte.

»Wo hast du denn gesteckt? Wie geht es ihm oder ihr?«, stichelte Jan, aber Lorna grinste einfach nur, strahlte sie auf entwaffnende Art und Weise an und ignorierte ihre Fragen.

»Und wo hast du gegessen?«

»Ich hab mir ein Sandwich zum Mitnehmen geholt«, behauptete Lorna, die plötzlich Sorge hatte, Jan könne sie womöglich nach dem Kassenbon dafür fragen.

»Okay«, sagte die Verkäuferin. »Schön, Sie wieder hier zu haben.« Sie war offensichtlich an gewisse Spannungen bei solchen Einkaufsgrüppchen gewöhnt und wirkte sehr warmherzig und zugewandt. »Ich habe schon mal … ein paar Sachen herausgesucht, die zu Ihnen passen könnten«, sagte sie zu Flora.

»Ah, gut«, sagte Flora. »Lorna, komm mit, um mir da reinzuhelfen.«

»Aye, aye, Captain!«, antwortete Lorna.

»Und hör schon auf, so zu grinsen«, zischte Flora, als sie schließlich in der Sicherheit des riesigen, luxuriösen Umkleideraums angekommen waren. »Mit dieser überglücklichen Miene machst du die anderen nur noch misstrauischer. Ich fürchte, dass sie mich gleich so lange in die Mangel nehmen, bis ich euch beide verrate. Obwohl ich natürlich alles geben werde, damit es nicht so weit kommt.«

»Äh, ja, gut«, sagte Lorna und versuchte, das Lächeln aus ihrem Gesicht verschwinden zu lassen, was ihr nicht recht gelang.

»Egal. So, dann verfrachte mich mal in das Riesenhöschen.«

Lorna half ihr, die enge elastische Formwäsche hochzuziehen.

»Sicher?«, fragte sie. »Willst du dir das echt den ganzen Tag antun?«

»Den ganzen Tag!«, bestätigte Flora. »Darauf bestehe ich. Wenn ich es auch nur einen Moment bequem und gemütlich habe, bin ich als Braut gescheitert.«

»Ich bin bloß froh, dass du keine Serviette tragen wirst«, gab Lorna zu, als sie Flora ein hübsches Kleid mit korsettartigem Oberteil und winzigen glitzernden Perlen überstreifte. »Ich hab es gern ein bisschen schick.«

»Das hoffe ich doch«, sagte Flora, während Lorna und die Verkäuferin, die jetzt nach ihnen sah, das Kleid vorsichtig nach unten zogen.

Das hatte einen V-Ausschnitt mit Chiffonborte, schmeichelhafte Halbärmel, eine tief sitzende Taille und einen weiten Rock. Außerdem fühlte es sich so kühl und schwer an, als wäre Flora in Wasser gehüllt. Es war wirklich ein tolles Kleid.

Flora trat hinaus in den Verkaufsraum und ging langsam auf den Ganzkörperspiegel zu.

»Ooh!«, sagte Olivia, und Jan löste mit einem Schniefen kurz den Blick vom Handy.

Zögerlich schaute Flora auf, weil sie Bammel davor hatte, wie sie wohl aussehen würde.

»Oh!«, machte sie.

Es lag nicht am Schnitt – die schmale Taille stand ihr gut, die Chiffonborte war auf ihrer hellen Haut wunderschön, und Flora hatte ja wesentlich mehr Busen als Olivia, auch das passte also. Es lag an der Farbe.

Von ihren skandinavischen Vorfahren her hatte Flora beinahe farbloses Haar. Die milchweiße Haut, so hell, dass sie fast durchsichtig erschien, war wiederum auf ihre nicht gerade mit Vitamin D verwöhnten schottischen Vorfahren zurückzuführen. Ihre Augen hatte eine helle grün-blaugraue Farbe, die im Einklang mit Wasser und Himmel zu changieren schien.

Auf der Insel Mure mit ihrem grün-blau-grauen Himmel und Meer, mit dem endlosen weißen Strand, mit hellgrauen Felsen und Kies, passte sie einfach ins Bild, war mit der Landschaft im Einklang. In London war sie Joel nie aufgefallen, während sie in Schottland etwas ganz Elementares an sich hatte.

Aber auf dem hellen Teppichboden schien sie in dieser grauen Stadt in diesem weißen Kleid völlig zu verschwinden. Bei Olivia war der deutliche Gegensatz zwischen dem weißen Kleid und ihrem rabenschwarzen Haar äußerst beeindruckend gewesen. So einen Kontrast gab es bei Flora einfach nicht. Man konnte ja kaum sagen, wo sie aufhörte und das Kleid begann.

»Du siehst hübsch aus«, sagte Lorna ermutigend. »Und der Schnitt steht dir super.«

Alle kommentierten murmelnd, was für ein toller Schnitt das für sie war.

»Versuchen wir mal etwas anderes«, schlug die Verkäuferin vor, und sie probierten es mit einem ausgestellten Kleid im Stil der Fünfzigerjahre, mit einem breiten Taillenbund.

Auch dieser Schnitt stand Flora ausgesprochen gut. Alles, was ihre cremeweißen Schultern, ihren üppigen Busen und ihre schmale Taille betonte, sah toll an ihr aus.

In Wirklichkeit war sie bei Weitem nicht so stämmig, wie sie selbst dachte. Sie hatte einfach nur zu lange in Brautmagazinen geblättert und neben Olivia gestanden.

Aber die Farben passten einfach nicht zu ihr. Sie versuchten es mit leuchtendem Weiß, Elfenbein- und Cremeweiß und einer Nuance, die eher in Richtung Beige ging. Mit jedem dieser Farbtöne sah sie schwindsüchtig aus, abgesehen vom strahlenden Weiß, das sie verdrießlich wirken ließ.

»Ich kann einfach nicht fassen, dass wir daran vorher nie gedacht haben«, bemerkte Lorna verblüfft.

»Ihr Teint und Ihre Haarfarbe sind einfach so ungewöhnlich«, sagte die Verkäuferin.

»Ich weiß, ich weiß«, murmelte Flora unglaublich enttäuscht. Im Grunde war sie ja gar nicht der Typ Frau, der sich oft aufrüschte. Aber sie hatte gedacht, mit dieser riesigen Auswahl an Kleidern aus wunderschöner, teurer Seide oder Brokat, mit Stickereien, Tüll, Perlen, Netzstoff, Chiffon und Satin würde sie heute – nur dieses eine Mal – etwas wirklich Schönes finden. Sie wollte gern für einen Tag die Schürze ausziehen und sich wie etwas ganz Besonderes fühlen.

»Vielleicht eine Borte in einer Kontrastfarbe …«, überlegte die Verkäuferin.

»Das reicht jetzt!«, rief Jacinth, die mehr oder weniger alles ignoriert und auf ihr Handy gestarrt hatte. Das hätte Flora weitaus persönlicher genommen, wenn sie Jacinth auch nur ein bisschen gemocht hätte und wenn die Hochzeitsplanerin nicht in jeder Situation dieselbe herablassende Haltung gezeigt hätte, vermutlich sogar bei einem Abstrich beim Arzt.

Jacinth zog eine Augenbraue hoch, als sei sie bereits jetzt von dem gelangweilt, was sie gleich sagen würde. »Was haben Sie denn an Farben für Brautjungfern?«

Die Frau zuckte mit den Achseln. »Na ja, wir haben Flieder … Rotgold … Mintgrün …«

»Nein, nein, nein«, sagte Jacinth und schüttelte den Kopf. »Haben Sie nichts in dunkleren Farben? Richtig dunkel? Schwarz?«

»Für schwarze Brautkleider gibt es keine große Nachfrage«, entgegnete die Verkäuferin.

»Hmm«, machte Jacinth. »Und rote?«

»Die sind aber eher … Ich meine, davon verkaufen wir für die Weihnachtszeit üblicherweise ein paar, aber …«

»Holen Sie die!«, versetzte Jacinth und fügte dann widerwillig hinzu: »Bitte.«

Die Frau war ziemlich lange weg.

»Ich … Ich glaube nicht, dass ich ein rotes Brautkleid möchte«, murmelte Flora. »Ist das nicht ein Hinweis darauf, dass gleich alle im Raum brutal ermordet werden?«

»In China soll es Glück bringen«, sagte Jacinth, »und reich machen.«

Floras Blick huschte zu Lorna hinüber, die mit den Achseln zuckte.

Nach einer gefühlten Ewigkeit kam die Verkäuferin mit mehreren Kleidern in Plastikhüllen zurück.

»Lasst mich erst einmal gucken«, sagte Flora und schaute sich warnend im Raum um. »Wenn ich darin wie ein Erdbeerpudding aussehe, komme ich gar nicht erst aus der Kabine.«

Lorna nahm während des Wartens auf Flora nicht an dem zwanglosen Geplauder der anderen teil. Sie war meilenweit weg, träumte von Saif, der jetzt gerade bei einem

Vortrag saß und sich Notizen machte. Sie dachte an seine langen Finger, daran, wie er die Worte auf Englisch hörte und auf Arabisch mitschrieb.

Irgendwann ging der Vorhang ein kleines bisschen zur Seite, und Flora erschien, das Gesicht leicht gerötet, weil sie mit dem Reißverschluss des ersten Kleids gekämpft hatte.

Das enge Oberteil ließ Floras Taille superschmal aussehen; es war mit Spitze besetzt, die ihre Schultern wie Blütenblätter einrahmte. Darunter leuchtete die Haut wie frischer Schnee.

Der mohnrote Rock war nur ein Hauch von Stoff, bestand wie ein Tutu aus Lage um Lage bauschigem Tüll, der direkt unterhalb des Knies endete.

»Auf keinen Fall!«, rief Jan wütend.

Besorgt schaute Flora zu Lorna hinüber, die heftig nickte und vor Begeisterung aufsprang.

Auch Jacinth erhob sich, kam herbei und musterte Flora kritisch. »Da fehlt noch Lippenstift«, sagte sie, was Flora als Bestätigung auffasste, dass sie toll aussah.

Und das tat sie wirklich. Es war ein wunderschönes, absolut beeindruckendes Kleid, und trotz der zusätzlichen Pfunde nach der Geburt, ihres Katers und der Tatsache, dass sie heute an allem etwas zu kritteln hatte, konnte Flora das nicht abstreiten. Das hier war ihr Brautkleid. Sie brach in Tränen aus.

»Ich wünschte, meine Mum wäre hier«, schluchzte sie an der Schulter von Lorna, die nickte, ihre Freundin festhielt und sicherstellte, dass keine Wimperntusche auf dem Kleid landete.

Flora war so hingerissen von dem Kleid, dass sie es gar nicht mehr ausziehen wollte.

Lorna hatte es aus jedem Winkel fotografiert und hoch und heilig versprochen, es in einem streng geheimen Ordner in ihrem Handy aufzubewahren und niemandem zu erzählen, dass Flora nicht in Weiß heiraten würde.

»Aber was wirst *du* denn tragen?«, sagte Flora irgendwann zu Lorna, als sei ihr der Gedanke gerade erst gekommen.

Ja, das hatte sich Lorna auch gefragt.

»Rot geht jedenfalls nicht.«

»Und auch kein Rosa«, fügte Lorna schnell hinzu wegen ihrer Haare.

Alle schwiegen einen Moment.

»Agot will ja gern Weiß, aber ich denke nicht …«

»Einen Augenblick!«, sagte die Verkäuferin mit gerunzelter Stirn und verschwand wieder im hinteren Bereich, von wo sie mit zwei Kleidern zurückkehrte, einem großen und einem kleinen.

»Na kommen Sie mal mit.« Sie winkte Lorna heran, die ihr in die Umkleidekabine folgte.

Das Kleid aus Chiffon war zwar grün, aber so hell, dass es beinahe weiß wirkte. Der tiefe V-Ausschnitt bezog die Schultern mit ein, die Taille wurde mit einer Schleife betont, und der weiche Rock endete auch hier knapp unter dem Knie. Der blasse, zarte Grünton unterstrich sanft Lornas prächtiges rotbraunes Haar und schmeichelte ihrem Teint, statt ihn noch blasser wirken zu lassen.

»Eigentlich ist es ja ein Hochzeitskleid«, sagte die Verkäuferin, »aber ich denke …«

Als sich Lorna neben Flora stellte, wirkte sie wie ein Blatt, das sich an eine Rose schmiegte. Die beiden passten perfekt zusammen, hielten einander bei der Hand und starrten grinsend in den Spiegel.

»Na schau uns nur an!«, sagte Flora.

»Das sieht ja so aus, als würde Lorna heiraten«, bemerkte Jan.

»Sag bloß«, entgegnete Flora. In dieser Situation konnte noch nicht einmal Jan ihre Stimmung trüben.

In Lorna regte sich allerdings das vertraute Gefühl des Bedauerns, weil sie auch so gern geheiratet hätte … wozu allerdings ein winziges bisschen Hoffnung kam. Die Situation war im Moment, wie sie war, würde aber vielleicht nicht immer so aussehen. Außerdem musste Lorna daran denken, wie sie die anstehende Nacht verbringen würde, und das zauberte ihr ein breites Grinsen aufs Gesicht. »Ich find es toll«, sagte sie.

»Wirklich?«, fragte Flora. »Es wäre so lustig gewesen, dich in einem Kleid da rauszuschicken, in dem du wie ein lilafarbenes Nadelkissen aussiehst. Eigentlich hatte ich mich darauf schon gefreut.«

»Dieses Modell gibt es auch in Kindergrößen«, schaltete sich die Verkäuferin ein.

»Gut, gut«, sagte Flora.

Die beiden Frauen schauten einander im Spiegel an und lehnten die Köpfe gegeneinander, den hellen und den rotbraunen Schopf.

»Unsere Mütter …«, begann Lorna.

»Nein«, sagte Flora. »Fang bitte nicht wieder an, im Ernst, das übersteh ich nicht.« Dann drehte sie sich streng zu Olivia und Jan um. »Aber eure Mum sollte wirklich hier sein!«

Dieses eine Mal kam von Jan keine sarkastische Antwort, und die beiden Schwestern blickten einander beinahe beschämt an.

Flora hatte sich von dem weichen Teppichboden und den hauchzarten Vorhängen, vom Prosecco und den süßen, teuer riechenden Kerzen ziemlich einlullen lassen.

Jetzt kam die Stunde der Wahrheit, als ihr klar wurde, dass sie ja eine Anzahlung leisten musste. Sie pfiff durch die Zähne, als sie den Betrag sah.

»Das sieht aber ziemlich teuer aus«, sagte Jan spitz.

»Ja, ja, alles klar«, knurrte Flora durch zusammengebissene Zähne.

Lorna trat neben sie. »Ich kann für mein Kleid auch selber bezahlen«, sagte sie leise.

»Red keinen Unsinn!«, entgegnete Flora. »So läuft das doch nicht!«

»Aber es ist so schön. Das kann ich später sicher noch mal tragen …«

»Nein, ist schon in Ordnung«, sagte Flora, aber ihr war doch etwas beklommen zumute.

Es war seltsam, dachte sie. Joel und sie hatten gemeinsam so viele Schwierigkeiten überwunden, hatten so viele Dinge verarbeitet, die unglaublich schwer anzusprechen waren – seine Kindheit, seine Bindungsangst, ihre Befürchtung, dass sie nicht zu ihm passte, das Leben auf der Insel – all dem hatten sie sich gestellt und dadurch ihre Beziehung zueinander vertieft. Flora hatte das Gefühl, ihn besser zu kennen als jeden anderen Menschen in ihrem ganzen Leben, ihm direkt in die Seele schauen zu können, so wie er ihr. Sie war zutiefst davon überzeugt, dass sie das Herz des anderen in der Hand hielten … trotzdem hasste sie es immer noch, mit ihm über Geld zu sprechen.

Kapitel 19

Stunden später blickte Saif Lorna herausfordernd an.

»Was denn?«, fragte sie.

Er schaute aus dem Erkerfenster ihres Hotelzimmers.

Da unten waren so viele Leute unterwegs, Menschen strömten in oder aus Kneipen, liefen lachend, rufend über das Kopfsteinpflaster und genossen ihr Wochenende.

»Weißt du, was wir machen könnten?«

»Ich will überhaupt nichts machen«, protestierte Lorna, die in ihrem kleinen privaten Universum dieses hoch gelegenen Zimmers vor Liebe ganz matt und schläfrig war.

»Lass uns ausgehen«, sagte er. »Wir gehen nie aus.«

»Und zwar deshalb, weil es bei uns kein ›aus‹ gibt«, lächelte Lorna, bevor sie wie eine Katze gähnte.

Er sah sie weiterhin an.

»Meinst du das ernst?«, staunte sie. »Wir haben doch den Zimmerservice, und da draußen ist es eiskalt.«

Aber dann bemerkte sie seinen Gesichtsausdruck. »Die Straße entlanglaufen?«, murmelte sie sanft, während in ihr Begeisterung erwachte. »Arm in Arm? Einfach so?«

»Es ist spät«, sagte er. »Da werden wir niemandem begegnen. Und ich will … mit dir losziehen, mir von dir die Stadt zeigen lassen. Einfach in eine Kneipe gehen und ein Bier trinken, so wie normale Menschen.«

Lorna sprang auf. »Ja, du musst auf jeden Fall in aller

Öffentlichkeit den Arm um mich legen, wenn wir da draußen sind. Sonst erfriere ich bei der Kälte nämlich.«

»Da kann ich helfen«, sagte er lächelnd und streifte den wunderschönen lilafarbenen Kaschmirpullover über, den Lorna ihm gekauft hatte. Normalerweise trug er den nie, weil er ihn zu verräterisch fand. Dabei passte er so gut zu seinem wuscheligen dunklen Haar.

Kichernd wie Kinder eilten sie hinaus in den dunklen Abend, auf die feuchten Edinburgher Straßen. Sie gingen den grölenden Gruppen junger Leute aus dem Weg, lauten Studenten und schick angezogenen Besuchern, die aus den vielen Theatern und Konzerthallen strömten. Sie überquerten die Brücken, von denen aus sie die leuchtenden Lichter der Stadt bewunderten: ganz oben die in Flutlicht getauchte Burg, das prachtvoll beleuchtete Hotel *Balmoral*, die lauten Außenbars mit all den Lichterketten in Waverly und die schönen Buchläden der Victoria Street mit ihren glanzvollen Schaufenstern.

Dann liefen sie weiter, hinunter nach Cowgate, wo ganze Pulks von grölenden Betrunkenen herumwanderten, wichen Autos aus, bevor sie unten zwischen den riesigen grauen, in den Himmel ragenden Häuserblocks dieser stets nach oben strebenden Stadt verschwanden.

Dabei wiesen sie einander auf dies und das hin, redeten über Geschichte – Saif erzählte von Damaskus, das so schnell gewachsen war und sich ausgebreitet hatte, in dem zugleich aber an allen Ecken und Enden die alten Ursprünge zu erkennen gewesen waren.

Irgendwann landeten sie am Grassmarket, einem großen offenen Bereich am Fuße der Burg, der vom Trubel geschäftiger Restaurants erfüllt war. Vor den dort lockenden Kneipen schmiegten sie sich eng aneinander, denn hier waren sie für die Welt nur ein weiteres junges Paar, das an einem Samstagabend unterwegs war – sie hätten irgendwer sein können, vielleicht zwei Menschen, die sich gerade erst kennengelernt hatten, ganz einfach und unkompliziert. Und von diesem Gefühl waren beide erfüllt.

Sie gingen in eine Bar und tranken ein Glas Champagner, aber es herrschte so ein Radau, dass man sich nur schwer unterhalten konnte. Und ausgerechnet jetzt, da sie laut und unbeschwert sein konnten und es keine Einschränkungen gab, hatten sie einander plötzlich so viel zu sagen. Daher gingen sie wieder nach draußen und machten dort eine uralte Treppe ausfindig – von der Lorna wusste, wohin sie führte, Saif aber nicht. Er ließ sich einfach von ihr mitziehen, und sie lachten darüber, wie Edinburgh die Beine strapazierte.

Saif war still, als sie oben auf dem höchsten Punkt der Stadt herauskamen, dem Vorplatz der Burg, der zu dieser späten Stunde leer und imposant dalag.

»Wow!«, sagte Lorna atemlos mit von der Frühlingskälte rosigen Wangen. »Guck dir das nur an, der absolute Wahnsinn!«

»Als würde die Stadt uns gehören«, sagte Saif, der Lorna an sich presste und über ihren Kopf hinwegschaute. »Sieh nur, unglaublich!«

Lorna deutete zurück zur Southside, in die Richtung, aus der sie gekommen waren.

»Schau mal, man kann die Uni sehen«, sagte sie. Beinahe ohne nachzudenken fügte sie hinzu: »Da könnten die Jungen später mal hingehen. Das ist eine super Universität.«

Jetzt starrten beide hinaus in die Dunkelheit, und Lorna hätte sich am liebsten auf die Zunge gebissen. Saif ließ das Kinn auf ihrem Kopf ruhen, daher konnte sie nicht sagen, was für ein Ausdruck in seiner Miene lag, so gar nicht. War sie zu weit gegangen?

All ihre kleinen Fantasien über die Zukunft – wie sie die Jungen hier besuchten, ihnen von Mure ein paar Leckereien schickten, ihnen Klatsch und Tratsch von der Insel erzählten, sie an Weihnachten zu Hause willkommen hießen – oh, wie üblich ließ Lorna sich wieder von ihrer Vorstellungskraft mitreißen. Das war eine fürchterliche Angewohnheit, die natürlich mit zu vielen allein verbrachten Abenden zu tun hatte.

Aber Ib hatte eben ein ausgesprochenes Talent für Mathe und Naturwissenschaften, wenn er auch eine große Abneigung gegen geschriebenes Englisch hegte.

Lorna löste sich von Saif und schaute besorgt zu ihm hoch. Er wirkte meilenweit weg, schien ins Leere zu starren, völlig in Gedanken verloren.

Tatsächlich hatte die Bemerkung ihn komplett überrumpelt. Bis heute war ihm einfach nie in den Sinn gekommen, dass da etwas in weiter Ferne lag, dass man so weit in die Zukunft denken konnte. Dass die Jungen, was auch immer geschah, heranwachsen und dabei vermutlich ihre Herkunft vergessen würden.

»Tut mir leid«, sagte Lorna. »Ich hab wohl …?«

Er schüttelte den Kopf. »Nein«, sagte er. »Es ist nur … so lange her, dass ich … von einer Zukunft träumen konnte. Dass ich mehr machen konnte, als immer nur von einem Tag zum nächsten zu denken.«

Reglos verharrte Saif und starrte hinüber zum glitzernden Horizont.

Und Lorna wusste, dass er in diesem Moment genau das tat. Dass er über das Hier und Jetzt, über seinen Alltag, hinausdachte. Die Formulare der Behörde hatten alles geändert. Wenn die Jungen in Edinburgh zur Uni gehen würden … wenn sich ihr Leben komplett hier abspielen würde … wenn er die Glieder der Kette zerschlagen und noch einmal ganz neu anfangen würde … Aber das würde für ihn bedeuten, einen Teil seines bisherigen Lebens, einen Teil seiner selbst, für immer beiseitezuschieben. Es würde Verluste mit sich bringen.

Lorna drückte ihm die Hand, und er zog sie an sich heran, schlang die Arme um ihre Taille und presste sie fest an sich, während er weiter über ihren Kopf hinweg auf die leuchtende Stadt hinunterschaute, die so voll von Leben und Hoffnung und Verheißungen war.

Saif hatte weiterhin den Arm um Lorna geschlungen, als sie gemütlich schlendernd zurückliefen. Still schauten sie zu den angestrahlten Gebäuden der Royal Mile hoch, die von der Burg herunterführte. Trotz der späten Stunde eilten immer noch etliche Menschen geschäftig hin und her.

Die beiden schmiegten sich eng aneinander. Saif wirkte jetzt verschlossener als zuvor, aber Lorna hoffte, dass er eben über sie beide nachdachte: über die Zukunft, wie für sie eine Zukunft wahr werden könnte, die jetzt in Reichweite lag.

Plötzlich drückte er sie noch fester an sich, als könne er ihre Gedanken lesen. Lorna ließ den Kopf an seiner Schulter ruhen, nahm seine vertraute, warme Stärke wahr. In diesem Moment verflogen all ihre Ängste. Während sie durch die uralten Kopfsteinpflasterstraßen streiften, fühlte sich Lorna in Saifs Arm glücklich und sicher.

Es lief gar nicht gut für Jan.

Zunächst einmal waren im Lauf des Tages ständig alle

auf sie losgegangen, nur weil sie direkt war und ehrlich sagte, wie es aussah.

Dann drehten sich alle Gespräche nur um dämliche, langweilige Hochzeiten. Über Christabel oder über das, was sie, Jan, auf der Insel durch ihre wohltätige Arbeit leistete, verlor niemand ein Wort. Immer ging es nur um Olivia. Es war *immer* nur um Olivia gegangen, solange Jan zurückdenken konnte.

Und jetzt fing die blöde Flora auch noch an und war mit einem Mal ganz schick und elegant!

Jan hatte außerdem zu Hause angerufen, aber ihr absolut nutzloser Mann hatte ihr nur erzählt, dass Christabels Möhrenbrei auf dem Fußboden gelandet war, mehr hatte er nicht zu sagen gehabt. Irgendwie kam es Jan so vor, als würde sie bei Charlie ständig bloß meckern oder ihre Enttäuschung zum Ausdruck bringen. Ein ums andere Mal nahm sie sich vor, ihm gegenüber nicht fies zu werden, nicht genervt zu sein. Aber wenn sie ihn nur hörte oder sah, war sie sofort wieder gereizt und wütend.

Immer dieser dämliche Blick aus riesigen Welpenaugen, und dann entschuldigte er sich ständig – Himmel, warum riss Charlie sich nicht endlich mal zusammen wie ein richtiger Mann? Er war einfach nur furchtbar nervig.

Und jetzt machten Flora und Lorna auch noch so ein Tamtam ums Heiraten, um Romantik und lauter so schnulziges Zeug – was Jan von Lorna ganz schön unverschämt fand, schließlich hatte sie ja niemanden oder höchstens eine Affäre oder so. Und Olivia heiratete Anthony mit seinen bescheuerten Jachten und Häusern und Autos, was den verlässlichen, bodenständigen Charlie im Vergleich noch schlechter dastehen ließ. Charlie, der in all der Zeit, die sie ihn kannte, dasselbe Paar Stiefel getragen hatte.

Am Ende waren Flora und Lorna auch noch kichernd zu irgendeiner geheimen Aktion davongezogen.

Jan selbst hatte eigentlich keine Freundinnen, da sie Frauen blöd und nervig fand. Sie war mit Olivia und Jacinth zurückgeblieben, die darauf bestanden, dass sie in das angesagteste Restaurant der ganzen Stadt gingen.

Es stellte sich als verrückter Laden heraus, der mit Kerzen erleuchtet und – absichtlich – voll mit Spinnweben war. Die beiden anderen fanden das zum Schreien komisch und bestellten Champagner plus jede Menge Essen, das sie dann gar nicht anrührten, während sich Jan ungerührt einmal quer durch das ganze Angebot mampfte. (Schalentierbisque, Räucherlachs mit Gin, Hummer und Krabben, dann Rotwild – die Gerichte waren durchweg köstlich.)

Alles war einfach vortrefflich, und wenn Jan ein großzügigerer Mensch gewesen wäre, hätte sie sich vorgenommen, das Restaurant Flora für einen Besuch mit Gaspard zu empfehlen. Der war nämlich ein toller Chefkoch, glaubte tief im Inneren aber nur an französische Küche und verwendete lokale Produkte bloß so weit, wie es seine Vorurteile zuließen. Es wäre eine gute Möglichkeit gewesen, seinen Horizont etwas zu erweitern.

Olivia und Jacinth quietschten und lachten in der Zwischenzeit, redeten über Partys und Leute, von denen Jan noch nie gehört hatte und die sie auch nicht interessierten.

Die Gäste an den anderen Tischen schauten zwar herüber, waren aber noch nicht einmal genervt. Vielmehr schienen sie fasziniert zu sein von Olivia, die ein gelbes Kleid trug, in dem jede andere schrill und aufgetakelt ausgesehen hätte. Sie hingegen wirkte damit jung und hübsch, für jeden Spaß zu haben. Und es war wirklich offensichtlich – man konnte allen ansehen, dass Olivia ihnen durch ihre bloße Anwesenheit den Aufenthalt versüßte, dass sich durch ihren unbestreitbaren Glanz und Zauber alle hier wie am besten Ort der Welt fühlten.

Das Personal brachte sogar noch Extrahäppchen, und der Küchenchef kam persönlich an den Tisch, um zu fragen, ob alles zu ihrer Zufriedenheit sei. Es war beinahe so, als hätte jemand Feenstaub verstreut.

Noch schlimmer wurde das Ganze, als nach einem Auftritt in der Stadt eine Band hereinkam, die sogar Jan vage bekannt vorkam. Selbstverständlich kannte Jacinth jemanden aus der Truppe, weil Leute wie sie wohl in jeder Stadt auf der Welt Bekannten über den Weg liefen, die natürlich in einer verdammten Band spielten.

Also wurden Tische zusammengeschoben, der Champagner floss in Strömen, es wurde immer lauter, und niemand sprach mit Jan, die mit ihrem ungeschminkten Gesicht und dem zur Feier des Tages zur Seite gekämmten kurzen Haar dasaß. Dabei hatte sie heute sogar ein gewisses Zugeständnis an die besonderen Umstände gemacht und zu ihrem schwarzen Oberteil einen Rock angezogen, um sich ein bisschen schick zu machen.

»Ich glaube, ich gehe langsam mal«, sagte sie zu Olivia, die die hübschen Augen weit aufriss und fragte, ob sie sicher sei, sie hätten doch gerade so viel Spaß.

Jan nickte und tastete in ihrer Handtasche nach dem Hotelschlüssel.

Olivia hatte für die Unterkunft bezahlt, allerdings hatte sie selbst eine Suite, während Jan in einem winzigen Zimmer schlief, das mit Blick auf die Mülltonnen nach hinten rausging.

Zum Abschied sagte Olivia: »Okay, dann viel Spaß

noch!«, den Jan allein in ihrem winzigen Zimmer mit Blick auf die Mülltonnen wohl nicht haben würde.

Trotzig zog Jan ihr Portemonnaie heraus, um ihren Anteil und keinen Penny mehr von dem unglaublich teuren Abendessen zu bezahlen, aber Olivia und Jacinth starrten sie nur entsetzt an. Jan meinte sogar, Jacinth »O mein Goooott« hauchen zu sehen, als Olivia abwinkte.

Mit hängenden Schultern marschierte Jan davon, aus dem Lokal hinaus und auf den Lawnmarket an der Royal Mile, die voll von Nachtschwärmern und glücklichen Paaren war.

Eins davon ging direkt vor ihr, eng umschlungen, und wirkte, als sei es in seiner eigenen verträumten Märchenwelt versunken. Die schienen wohl zu glauben, das ginge ihnen als erstem Paar auf der Welt so. Na ja, dachte sie, bei Charlie und ihr war es tatsächlich nie so gewesen.

Jan warf den beiden im Vorbeigehen einen finsteren Blick zu und keuchte plötzlich auf, als ihr klar wurde, wen sie da vor sich hatte: »LORNA!«

Kapitel 20

Alle drei erstarrten.

Eigentlich hatte Lorna instinktiv einen Satz von Saif weg machen wollen, aber sie waren zu eng ineinander verschlungen: Er hatte die Hand in die Gesäßtasche ihrer Jeans geschoben, sie hatte ihm den Arm um die Taille gelegt. Da konnten sie wirklich nicht auseinanderspringen, sondern mussten sich eher mühsam entwirren.

»Äh …«, machte Lorna und verfluchte ihr Pech. Hatte sie nicht gesagt, dass sie besser auf dem Zimmer bleiben sollten? Im Verborgenen. Und jetzt mussten sie von allen Menschen auf Erden ausgerechnet der verdammten Jan begegnen. Von all den Bewohnern ihrer verdammten Insel und den acht Milliarden Menschen auf der Welt, von denen sich allein in dieser verdammten Stadt eine halbe Million befand.

Jan ließ den Blick vom einen zum anderen wandern, stand mit weit offenem Mund da und glotzte wie ein Fisch: »Du … Sie! Ihr …!«

Saif hob beschwichtigend die Hände. »Jan, ich …«

Sie starrte ihn an. »Und Sie haben Ihre Jungen zu uns geschickt, sie bei Outward Adventures angemeldet! Etwa nur, um sich heimlich mit Ihrer … Geliebten zu treffen?«

Einerseits war Lorna über Jans Schock und Wut wirklich verblüfft, andererseits war so eine Reaktion vielleicht nachvollziehbar. Schließlich ging Jan mit dem Gefühl durch die Welt, dass alle außer ihr bis über beide Ohren verliebt waren. Und jetzt wurde sie auch noch mit dem Beweis dafür konfrontiert.

Wenn Jans Reaktion schon auf Lorna furchtbar aggressiv wirkte, dann auf Saif noch viel mehr. Sie machte ihm Angst. Das hier konnte alles in Gefahr bringen – sein Ansehen in der Gemeinschaft, seinen Antrag … die Staatsbürgerschaft.

»Das unterstützen wir also, wenn wir auf Ihre Kinder aufpassen …? Sind Sie denn nicht verheiratet?«

Saif schluckte und lief rot an. »Die Situation ist kompliziert.«

»Nicht aus meiner Sicht«, fauchte Jan zornentbrannt von ihrem hohen Ross aus. Sie hatte den nervigen alten Langweiler Charlie am Hals, während ihre Schwester einen Milliardär heiratete. Flora schwebte durch die Gegend und prahlte damit, wie verliebt sie doch war, und jetzt hatte sogar die bemitleidenswerte, einsame alte Lorna etwas angefangen, und das auch noch mit dem attraktivsten Mann auf der ganzen Insel! Das war alles nicht fair!

»Jan«, sagte Lorna. »Jan, bitte.«

»Du meine Güte!«, rief Jan. »Du unterrichtest doch seine Kinder! Himmel!«

»Jan, *bitte*!«

»Wie lange läuft das denn schon? O mein Gott!«

»Jan, es ist bloß … Wir sind einfach nur zwei Menschen, die …«

»Flora hat uns bereits gesagt, dass du dich hier in Edinburgh mit jemandem triffst!«

»Jan …!« Lorna wurde immer aufgebrachter. Ihre Hoffnung, dass diese Beziehung nicht als große Sache wahrgenommen werden und sich die Leute auf der Insel schnell daran gewöhnen würden, dass alle bald ein Einsehen haben würden … ihre ganze Zuversicht schien mit einem Mal zu verpuffen.

»Und, wirst du jetzt die neue Mum von Ib und Ash? Ach nein, das war mir ganz entfallen, die beiden haben ja schon eine Mutter! Und ich scheine das nicht als Einzige vergessen zu haben, dabei sollte dieser Gedanke doch für jeden im Vordergrund stehen, dem diese Jungen am Herzen liegen.«

Lorna brach in Tränen aus.

Jan hingegen wurde von einer machtvollen Mischung aus Emotionen erfasst: Neid, Traurigkeit, vor allem aber das Gefühl, dass man sie wieder außen vor gelassen hatte. Nie wurde sie irgendwo miteinbezogen, keiner erzählte ihr was, und dieser Gedanke machte sie reizbar und gemein.

»Ja, Ash hat bei Outward Adventures geweint«, hörte sie sich sagen, »weil er seine Mutter vermisst. Bisher habe ich das nicht erwähnt.«

Saif drückte Lorna und ging dann auf Jan zu.

Wie schön seine riesigen braunen Augen waren und wie traurig und eindringlich er sie damit anblickte, machte Jan fuchsteufelswild.

Mit seiner leisen, ruhigen Stimme, in der sich der nahöstliche und der schottische Highland-Akzent seltsam betörend vermischten, sagte er: »Ich kann verstehen, dass es für Sie schwer sein muss, das jetzt mit anzusehen. Ich wünschte wirklich, Sie hätten es nicht erleben müssen, und ich entschuldige mich aus tiefstem Herzen für den Schock. Ich war unglaublich dankbar, als Sie meine Söhne betreut haben – nicht wegen dieser Angelegenheit, sondern weil sie so gern mit Ihnen unterwegs sind und Ihre Kurse mitmachen. Dort gab es immer so viel für sie zu lernen, Charlie und Sie haben ihnen so viel beigebracht, Jan. Und dass sie bei Ihnen ihre Gefühle zeigen konnten, hat uns als Familie gutgetan, es hat uns wirklich geholfen. Aber, Jan, ich kann nicht zurück nach Hause, und Amena …« Er seufzte.

Sie hatten es geschafft, die Wahrheit über Amena vor dem Rest der Insel geheim zu halten, hatten ja noch nicht einmal mit den Jungen darüber gesprochen. Selbst untereinander erwähnten sie es kaum. Aber was brachte es denn, wenn niemand es wusste?

»Jan, wenn ich Ihnen jetzt etwas verrate, können Sie es für sich behalten? Es ist der schwierigste Teil meines Lebens. Kann ich Ihnen den anvertrauen?«

Jan zuckte mit den Achseln. »Das kommt darauf an. Ich weiß nicht, ob ich noch irgendetwas glauben kann, was aus Ihrem Mund kommt.«

»Wir haben doch nie gelogen!«, zischte Lorna hinter Saif wütend, wurde aber von beiden ignoriert.

»Jan, Amena hat ein neues Leben angefangen. Ich weiß, dass das die Dinge nicht unbedingt besser macht. Aber so sieht es nun einmal aus. Wir wissen das, die Jungen allerdings nicht. Sie sind in dem Glauben – und müssen es auch bleiben –, dass sie weiterhin eine Mutter haben, die sie liebt.«

Jan klappte den Mund immer weiter auf.

»Bitte«, flehte Saif.

Lorna zog sich ein paar Schritte weiter zurück, als ihr klar wurde, dass Saif mit dieser Situation viel besser umgehen konnte als sie.

»Jetzt kennen Sie mein Leben, mein ganzes Leben, und es liegt in Ihren Händen. Bitte, Jan, die Jungen sind mein

Ein und Alles. Mein Leben ist nicht einfach, und ja, mir ist klar, wie das für Sie aussehen muss, denn ich bin schwach …«

Bei diesen Worten entfuhr Lorna zwar ein leises Miss-Piggy-Schnauben, aber sie konnte Saifs Strategie verstehen.

»Ich muss Sie allerdings darum bitten, dieses Geheimnis zu bewahren. Nicht für mich, sondern für die beiden.«

»Aber …«

»Jan, man bietet mir die Möglichkeit, hier im Land zu bleiben. Zusammen mit meinen Söhnen. Doch ein Skandal …« Er schüttelte den Kopf und ging vor lauter Sorge um die Jungen immer weiter. »… würde mich ruinieren. Es kann sogar sein, dass mich das Innenministerium zurückschickt … wenn Zweifel an meiner moralischen Integrität aufkommen.«

Saif hatte nicht die geringste Ahnung, ob es stimmte, was er da sagte. Aber er war in diesem Moment so verzweifelt. Ihn quälte die Angst, dass alles ans Licht kommen und die Dinge kaputtmachen würde. Deshalb tat er etwas, was er nicht einmal bei den Schleppern getan hatte, auch nicht bei den Menschen, die ihn gefunden hatten, oder den britischen Behörden gegenüber: Er verlegte sich aufs Betteln.

»Mein Leben liegt in Ihren Händen, Jan. Ich glaube nicht … Sie sind nicht der Mensch, der es zerstören würde.«

Jan schaute ihn immer noch an. Der Ausdruck auf seinem schönen, ein wenig gequälten Gesicht wirkte aufrichtig.

»Lieben Sie sie?«, hörte Jan sich mit bitterer Stimme fragen.

»Ich liebe meine Söhne«, antwortete Saif unbeirrbar. »Und ich will, dass sie eine Zukunft haben. Sie sind alles, was mir wichtig ist.«

Triumphierend schaute Jan zu Lorna hinüber, die sich erniedrigt fühlte, obwohl sie sich einzureden versuchte, dass Saif in Wirklichkeit gar nicht so dachte.

»Würden die Sie wirklich zurück nach Hause schicken?«, fragte Jan.

»Das ist durchaus möglich«, behauptete Saif. »Ich stelle im Moment den Antrag auf Bleiberecht.«

Sie nickte einmal knapp. »Das würde ich Ihnen nicht antun.«

»Damit schulde ich Ihnen mein Leben.«

Jan kniff die Augen zusammen. »Okay, ich habe nichts gesehen.«

»Könnten Sie es bitte … sogar vor Charlie geheim halten? Bitte, Jan, ich flehe Sie an. Ich empfinde die Dankbarkeit von einer Million Leben«, sagte er und beugte den Kopf. »Ich schulde Ihnen alles.« Mit gesenktem Blick stand Saif da.

Jan, die Charlie schon seit Monaten nicht mehr angerührt hatte, die in letzter Zeit körperlich niemandem außer einem ständig sabbernden Baby nahe gekommen war, empfand plötzlich das dringende Bedürfnis, Saif in den Arm zu nehmen.

Stattdessen starrte sie ihn nur an, nickte noch einmal kurz und huschte davon.

In den Schatten der uralten Gebäude stand Lorna und schaute ihr hinterher. Dann blickte sie zu Saif hinüber, dessen Silhouette sich auf dem Kopfsteinpflaster abzeichnete.

Kapitel 21

Jetzt schien es sogar noch kälter zu sein. Frühlingsnächte waren in Edinburgh nie mild, und ohne Saifs wärmende Arme bibberte Lorna.

Jan hatte eine der winzigen Gassen mit Treppen betreten, die von der Royal Mile abzweigten, war einfach so verschwunden. Da plötzlich auch keine Nachtschwärmer mehr zu sehen waren, lag die gepflasterte Straße im Schatten der eindrucksvollen Burg leer da, und jeder Laut schien widerzuhallen.

Tief getroffen und verletzt setzte sich Lorna allein in Bewegung.

»Lorena!«, rief die Stimme, die sie mehr als alle anderen liebte, ihren Namen.

Als Saif sie einholte, schüttelte sie seine Hand allerdings ab.

»Du weißt doch … dass ich das zu ihr sagen musste.«

Lorna nickte nur dumpf, ohne stehen zu bleiben. »Ja, natürlich.«

»Ich konnte ihr schließlich … nicht die Wahrheit sagen.«

»Aber das war ja die Wahrheit«, sagte Lorna klar und deutlich. »Du würdest alles tun, damit deine Söhne in Sicherheit sind. Natürlich. Und wenn Jan von dir verlangt hätte, mich aufzugeben, dann hättest du es getan. Ohne zu zögern.«

»Warum sollte sie das tun?«

Lorna zuckte mit den Achseln. »Weil sie gemein ist.«

Saif wirkte verwirrt. »Ich hab das Erstbeste gesagt … das uns retten würde.«

Lorna nickte steif, ging aber weiter.

»Uns, Lorena.« Jetzt hielt er sie an. »Uns. Dich und mich. Uns.«

»Das verstehe ich nicht.«

»Ich dachte, wenn ich dich da raushalten kann … dann ist es für Jan vielleicht einfacher, das Geheimnis zu bewahren.«

Lorna zuckte mit den Achseln.

»Also würde sie so etwas für dich tun, aber nicht für mich?«, fragte sie. Das tat schon weh.

»Nein«, sagte er. »Nicht für mich. Für die Jungen. Meine Söhne wird sie nicht hintergehen.«

Widerwillig nickte Lorna.

Saif griff nach ihren Händen und zog Lorna näher heran.

»Meinst du nicht«, begann sie mit zitternder Stimme, »dass wir uns dann lieber trennen sollten? Nur vorsichtshalber? Damit du guten Gewissens verneinen kannst, dass wir ein Paar sind, falls den Jungen etwas zu Ohren kommt?«

Einen Moment schloss er gequält die Augen. »Aber jetzt ist doch …« Er wedelte mit der Hand herum. »… Basra längst zerstört.«

Er verzog das Gesicht, und Lorna runzelte die Stirn.

»Übersetzt ergibt das wohl nicht viel Sinn, oder? Ich meine, dass es zu spät ist.«

»Oh«, machte Lorna, als sie begriff, was er hatte sagen wollen. »Das Kind ist in den Brunnen gefallen.«

Jetzt blickte er verwirrt drein. »Okay, das wiederum ergibt in meiner Sprache keinen Sinn.«

»Nein«, sagte Lorna. Sie zögerte kurz. »Aber mir ist immer noch nicht klar … Ich habe nicht verstanden, was du jetzt tun willst.« Lorna verstummte und starrte auf das feuchte Pflaster, das im Licht der Straßenlaterne über ihrem Kopf glänzte.

Wieder huschte Verwirrung über Saifs Züge, als hätte er da etwas gerade erst begriffen. »Aber Lorena«, sagte er sacht und hob ihr Kinn an. »Du weißt doch, dass ich dich liebe, oder?«

Lange starrte Lorna ihn an. »Nein, das wusste ich nicht«, sagte sie schließlich.

Er runzelte die Stirn. »Habe ich dir denn nicht gezeigt, dass ich dich liebe?«

Lorna zog die Schultern hoch. »Aber du hast es nie gesagt.«

»Ich habe gedacht … dass das nicht nötig ist.«

»Weil dann alles so kompliziert wird?«

Auch Saif zuckte mit den Achseln. »Es ist doch sowieso schon alles kompliziert. Meine Liebe zu dir war das Einzige in meinem Leben, was einfach war. Bis jetzt.«

Lorna schluckte. »Ich … ich liebe dich auch.«

Er nickte. »Ich … gut.«

Lorna musste ein wenig lächeln. »Davon bist du einfach ausgegangen, oder?«

Er wandte den Blick ab, während auch seine Lippen von einem Lächeln umspielt wurden. »Ich habe nicht …«

»Und ob! Wow, wie arrogant!«

»Ich bin vieles«, sagte Saif, »aber das nicht. Ich weiß, wie viele Schwächen ich habe.«

Lorna küsste ihn.

»Dich zu lieben ist leicht«, erklärte er wieder. »Schwierig ist alles andere.«

»Bei mir ist es genau umgekehrt«, seufzte Lorna. »Du bist das Komplizierteste in meinem Leben.«

»Das tut mir leid.«

Sie machten sich auf den Weg zurück zum Hotel und hielten dabei nach eventuellen Bekannten Ausschau. Starr vor Angst sprachen sie kein Wort darüber, dass Jan womöglich doch noch ausflippen und es allen erzählen könnte, wollten nicht einmal daran denken.

Als sie die Lobby erreichten, griffen sie zögerlich wieder nach der Hand des anderen, und Lorna bewahrte das neue Wissen tief in ihrem Inneren, um sich daran zu wärmen.

An der Zimmertür schaute sich Saif noch einmal um, als wolle er sichergehen, dass Jan nicht hinter ihnen lauerte, dass ihnen niemand auf den Fersen war.

»Komm ins Bett, Geliebter«, sagte ihm Lorna leise ins Ohr. »Komm ins Bett.«

Kapitel 22

Am nächsten Morgen trafen sie sich an der Waverly Station und holten sich erst einmal einen Kaffee. Flora hatte verschlafen und war spät dran, Lorna war still und hatte immer noch an dem zu knabbern, was sich am Abend zuvor abgespielt hatte.

Für Saif und sie war die Nacht Arm im Arm zu Ende gegangen, aber sie hatten es nicht über sich gebracht, über die möglichen Folgen der unerwarteten Begegnung zu sprechen.

Jetzt konnten sie nichts weiter tun, als Jan zu vertrauen und auf das Beste zu hoffen.

»Ach du Scheiße!«, rief Flora aus, als sie alles erfuhr.

»Lass es gut sein«, sagte Lorna, während sie es sich in der Ecke des Waggons gemütlich machten.

»Aber … verdammt!«

»Bitte!«, sagte Lorna. »O Gott, ich hab dir noch so viel anderes zu erzählen. Ansonsten war es nämlich ein wirklich, wirklich, wirklich tolles Wochenende!«

Flora schaute hinauf zu den edlen Schachteln mit Goldrand oben in der Gepäckablage, in denen sich die Kleider der Brautjungfern befanden. Ihr eigenes musste noch geändert werden. Sie versuchte angestrengt, nicht über die Kosten für all das nachzudenken. Tja. Na ja, jetzt hatte sie wirklich dringendere Probleme.

»Warum musste es ausgerechnet Jan sein?«, fragte Flora. »Die hasst uns doch!«

»Ich weiß.«

»Im Nachhinein wünschte ich, ich wäre netter zu ihr gewesen«, sagte Flora. »Mist!«

»Du warst doch nett zu ihr!«, protestierte Lorna, loyal wie immer. »Bis zu dem Punkt, an dem das gar nicht mehr möglich war, weil sie sich wie ein Miststück aufgeführt hat.«

»So wird sie das aber nicht sehen, oder? Sie wird denken: Ich war ganz vernünftig und realistisch, was Hochzeiten angeht, und diese Zicken sind auf mich losgegangen.«

Lorna seufzte. »Na ja, hoffentlich lässt sie es nicht an uns aus«, sagte sie. »So fies kann sie doch nicht sein. Sonst hätte Charlie sie wohl nicht geheiratet.«

»Du meinst den armen alten Charlie, der sich deprimiert im *Harbour's Rest* verkriecht, weil er eine Hexe geheiratet hat?«

»Aber ihr muss doch klar sein«, fuhr Lorna fort, »dass ein Skandal zum Nachteil der Jungen wäre. Bei ihr dreht sich schließlich alles darum, Kindern mit schwierigem familiärem Hintergrund zu helfen, das ist ja ihr Lebensinhalt. Da wird sie Saifs Söhnen doch sicher nicht schaden wollen.«

»Sie könnte es aber so interpretieren, dass sie nur die Wahrheit sagt.«

»Na ja, wenn die Wahrheit derart viel kaputtmachen kann … O Gott, wir haben sogar darüber gesprochen, uns vielleicht zu trennen.«

Floras Miene wurde besorgt. »Oh, Liebes. Und dann wolltet ihr einfach alles leugnen?«

Mit unglücklicher Miene nickte Lorna.

»Das bringt doch nichts«, befand Flora. »Wenn die Sache ans Licht kommt, kommt sie ans Licht. Ob ihr dann noch zusammen seid, ist unerheblich. Entscheidend ist, dass ihr mal ein Paar wart, also ist es längst zu spät.«

Lornas nächster Satz war ziemlich rätselhaft: »Basra ist zerstört, ich weiß, aber von nun an wird die Geheimniskrämerei noch schlimmer werden. Und für uns wird das noch furchtbarer, weil wir jetzt genau wissen, dass die Leute es für falsch halten.«

»Also ich nicht«, widersprach Flora. »Beziehst du dich da auf Leute mit normaler moralischer Richtschnur? Oder auf solche, die in alles ihre Nase stecken müssen, mit dem Finger auf andere zeigen, sie zurechtweisen und den ersten Stein werfen?«

»Keine Ahnung«, gab Lorna zu. »Ich weiß nur, dass ich so glücklich war. Endlich hatte ich das Gefühl … dass etwas in Bewegung gekommen ist, dass die ganze Sache irgendwo hinführt. Jetzt habe ich hingegen den Eindruck, dass es wieder ganz von vorne losgeht oder wir sogar noch schlechter dastehen als am Anfang.«

Flora nahm einen Schluck aus ihrem Becher. »Wäre es wirklich so schlimm …?«, begann sie. »Ich bin jetzt mal ganz bewusst provokant. Was ist denn, wenn ihr es allen erzählt und die Reaktion einfach nur ist: ›Ah, okay.‹?«

»Auch die der Jungen?«, entgegnete Lorna. »Nein, das kann ich mir nicht vorstellen.«

»Gut, aber … ihr solltet es vielleicht schnell hinter euch bringen, so, wie man ein Pflaster abreißt. Oder willst du etwa den Rest deines Lebens so verbringen?«

»Nein, aber das ist jetzt nicht der richtige Zeitpunkt. Ash ist doch noch so klein. Wenigstens sollten wir abwarten, bis sie das Bleiberecht haben.«

Flora streckte die Hand aus und tätschelte Lorna.

»Da ist noch etwas …«, sagte Lorna und erzählte Flora, dass Saif nicht nur »Ich liebe dich« zu ihr gesagt, sondern auch deutlich gemacht hatte, dass eine explizite Liebeserklärung für ihn nie wichtig gewesen war.

»Oh, das ist doch super!«, sagte Flora. »Obwohl es mir immer ein Rätsel bleiben wird, dass Männer diese Worte für unnötig halten.«

»Ich weiß«, sagte Lorna. »Trotzdem.« Sie überlegte einen Moment. »Irgendwie ist die ganze Sache aber nach hinten losgegangen. Ich habe den Eindruck, als hätte ich mir etwas gewünscht und es auch bekommen, aber unter den absolut übelsten Umständen. Meinetwegen können wir das gern rückgängig machen, wenn wir uns damit auch die Begegnung mit Jan ersparen.«

Flora lehnte sich vor. »Es tut mir so leid, dass dir all das passiert ist«, sagte sie. »Und falls ich mitbekomme, dass davon auch nur ein einziges Wort an die Öffentlichkeit gelangt, dann bring ich sie um. Ich werd ihr die Hand mit diesem dämlichen Taschenmesser absäbeln, das sie am Gürtel mit sich herumträgt.«

»Ich glaube nicht, dass das so einfach wäre.«

»Egal, je langsamer, desto besser«, versetzte Flora stur. »Und auf ihr dickes Baby pfeife ich!«

»Flora!« Lorna spielte mit ihrem Kaffeebecher herum. »Ich glaube, Jan braucht einfach ein bisschen Aufmerksamkeit«, erklärte sie. »Vermutlich ist sie irgendwie einsam. Wenn wir sie mit positiver Aufmerksamkeit überschütten, hat sie vielleicht nicht das Bedürfnis, den Leuten von uns zu erzählen.«

Entsetzt starrte Flora sie an. »Willst du mir damit sagen, dass wir jetzt *supernett* zu Jan sein müssen?«

Lorna zuckte mit den Achseln. »Mehr fällt mir auch nicht ein. Du hast doch gesehen, wie sie sich benimmt, wenn Olivia in der Nähe ist.«

»O Gott. Lass mich sie doch mit einem rostigen Taschenmesser umbringen, *bitte*!«

Saif stieg aus dem Zug und nahm mit erstaunlicher Seelenruhe auf der Fähre Platz. Eigentlich rechnete er jeden Moment damit, dass die Schuldgefühle einsetzen würden, der für gewöhnlich allumfassende Schmerz, der ihn wie der Schlag eines Hammers traf. Aber das passierte nicht … Nun gut. Sein Leben war trotzdem kompliziert.

Allerdings versuchte er, jetzt besser nicht an Jan zu denken, sondern wollte sich lieber an die Glücksmomente erinnern, an die pure, unkomplizierte Freude seiner gemeinsamen Zeit mit Lorna. Er dachte an jene Augenblicke, in denen sie den Rest der Welt verbannt hatten, wenn sie ihr eigenes kleines Universum erschaffen hatten, nur sie beide, und alles andere hinter sich, außen vor gelassen hatten. Es war wie im Himmel gewesen. Aber das bedeutete natürlich auch, dass es nichts mit dem wahren Leben gemein hatte.

Unverwandt betrachtete Saif das Meer und den gleichmäßig herabfallenden Regen. Er dachte an Lornas Haut, an das gemeinsame Lachen, an das klebrige syrische Gebäck, das sie im Bett gegessen hatten … allerdings erinnerte ihn das auch an die Männer im Restaurant, die über sein Heimatland gesprochen hatten.

Er versuchte, wieder an die in der Dunkelheit vor dem Morgengrauen geflüsterten Versprechen zu denken, an den Mandelduft ihrer Haare … Und dann fragte er sich besorgt, wie es wohl seinen Söhnen erging.

Ib hatte zwar ein Handy, nutzte es aber nur widerwillig. Als Saif ihn am Abend zuvor angerufen hatte, hatte er bloß mit dem ein oder anderen Grunzen zur Unterhaltung beigetragen.

Es würde schon alles in Ordnung sein. Natürlich. Obwohl er diesen Rat doch immer seinen Patienten mit auf den Weg gab, bekam Saif ein schlechtes Gewissen, als er es sich selbst sagte: Gib gut auf dich acht. Du kannst dich nicht um andere Menschen kümmern, wenn du dich immer hinten anstellst. Selbst an oberster Stelle zu stehen, fühlte sich aber falsch an. Das war einfach nicht in Ordnung, wenn die Welt weiterhin so ein schrecklicher Ort war, wenn wer weiß was für furchtbare Dinge passierten, wenn Amena …

Als er beim Schwimmcamp ankam, um die Jungen abzuholen, warteten sie schon auf ihn.

Ib hatte eine mürrische Miene aufgesetzt, was nicht ungewöhnlich war. Ash hingegen rannte wie immer auf ihn zu, um ihn zu umarmen.

»Hattet ihr Spaß?«, fragte Saif, der ein Lächeln nicht unterdrücken konnte

»JA! Ich kann jetzt schwimmen, und da waren auch Rutschen, und ich hab einem Hai eins aufs Maul gegeben. Na ja, es war kein richtiger Hai, sondern einer zum Aufblasen, aber vielleicht ein richtiger, und Ib hat mächtig Ärger gekriegt, und ich bin kopfüber reingesprungen, ohne mich vorher hinzusetzen! Ich bin kopfüber reingesprungen, ich kann jetzt einen Kopfsprung! Und dann die Haie!«

»Ib hat was?«, fragte Saif und machte sich los.

»Ja, hi«, sagte der alte Iain, der das Wochenende geleitet hatte. »Na ja, wissen Sie, ich wollte Sie nicht während der Konferenz anrufen. Es war auch nicht so schlimm, deshalb wollte ich daraus keine große Sache machen, aber … ich meine …«

»Was ist denn passiert?«

»Er ist, na ja, auf einen anderen Jungen losgegangen.«

»Ib?«, sagte Saif voll echter Traurigkeit.

Ib stand regungslos da und hatte die Lippen entschlossen aufeinandergepresst.

»Warum haben Sie mich denn nicht angerufen?«, fragte Saif Iain. »So ein Verhalten ist nicht akzeptabel.«

»Also, er wurde ja quasi provoziert«, sagte Iain. »Wir haben es so für das Beste gehalten. Der andere Junge hat seinen Eltern gar nichts gesagt. Ich glaube, er hat sich selbst genug geschämt, wozu er auch Anlass hatte.«

Immer noch verwirrt, schaute Saif Ib an.

»Er hat das Wort mit K benutzt«, erklärte Ib leise, und Saif brauchte einen Moment, um sich zusammenzureimen, was da passiert war: Dass das andere Kind – natürlich ein Junge vom Festland, nicht von der Insel – ihn rassistisch beleidigt hatte.

»Ah«, machte Saif.

»Ich wollte nicht … Ich meine, ich konnte Ihren Ib gut verstehen«, sagte Iain. »Allerdings wird er solche Konflikte in der Highschool so nicht lösen können.«

»Nein, das wird er nicht«, sagte Saif, zugleich traurig und wütend und stolz. »Ibrahim! Du weißt, dass das nicht in Ordnung ist. Du kannst doch nicht …«

»Warum denn nicht?«, fragte Ib.

»Der andere Junge hat sich auch entschuldigt, *aye*«, sagte Iain, der ganz offensichtlich fand, dass Ib völlig richtig gehandelt hatte.

»Es gibt bessere Möglichkeiten, seinen Standpunkt zu verteidigen«, sagte Saif.

»Woher willst du das denn wissen?«, entgegnete Ib. »Ich hab ihm eine verpasst, und er hat aufgehört.«

»Und das war kein schlechter rechter Haken«, warf Iain ein.

Saif rang sich ein Lächeln ab, obwohl er innerlich kochte.

Sie waren auf der Insel mit solcher Wärme empfangen worden, und man hatte vor allem die Kinder auf allumfassende Weise willkommen geheißen. Deshalb hatte Saif eigentlich nicht gedacht, Ib auf solche Vorfälle vorbereiten zu müssen.

Immer noch ein wenig feucht stiegen die Jungen ins Auto, und Ash wollte seinem Vater sofort seine neuen Schwimmkünste in der Badewanne zeigen, wenn sie zu Hause ankamen.

Aber Saif war mit seinen Gedanken noch bei Ib, der für seine weitere Schullaufbahn noch in diesem Jahr aufs Festland wechseln würde. Und dort würde er sich mit solchen Jungen das Klassenzimmer teilen.

Saif hatte Rassismus eher als etwas Fremdes wahrgenommen, etwas, was vielleicht in England oder Amerika passierte, an Orten weit weg von hier. Aber nicht auf Mure.

Wie er nur zu gut wusste, würde die Welt da draußen mit der Zeit jedoch näher rücken.

»Es ist mir egal, wenn du mich bestrafst«, sagte Ib vom Rücksitz.

»Ich werde dich nicht bestrafen«, sagte Saif, der keinen seiner Söhne je bestraft hatte und auch jetzt nicht damit anfangen würde.

»Er hat gesagt, dass es ihm leidtut.« Wie immer wollte Ash gern Frieden stiften. »Der andere Junge hat sich entschuldigt. Weil er ein böser, böser Rassist war. Er war der Böse, und Ib war der Gute.«

»Okay, das reicht jetzt«, sagte Saif in entschiedenem Tonfall. Er parkte vor dem alten Pfarrhaus und drehte sich um. »Ich hab im Leben gesehen, wozu Aggressivität führen kann«, versetzte er. »Und ihr auch. Deshalb will ich nicht, dass ihr euch prügelt.«

»Aber wenn etwas falsch ist, muss man doch kämpfen«, wandte Ib ein. »Wenn man da nicht eingreift, geht das einfach so weiter. Dann stiftet er seine Kumpel auch an, und am Ende sagen sie dann so was zu Ash.«

Saif kniff die Augen zusammen.

»Und du schickst mich bald allein aufs Festland«, fuhr Ib fort. »Da muss ich mich doch verteidigen können.«

»Hm-hm«, machte Saif.

Sie stiegen aus dem Auto.

Saif legte den Arm um Ib, der ihn abschüttelte und ins Haus marschierte.

Ash hingegen war gern wieder bereit zum Kuscheln.

»Agot hat gesagt, dass du wahrscheinlich ein Geschenk für uns mitgebracht hast«, sagte er. »Hast du also vielleicht ein Geschenk für uns?«

»Habe ich«, sagte Saif und holte aus dem Kofferraum eine rosafarbene Schachtel mit Pistazien-Honig-Gebäck. Hatte er sie wirklich erst am Vortag gekauft? Als er voller Hoffnung für sie alle gewesen war?

»Aber ich hab dir doch gesagt, dass ich nicht dasselbe tragen werde wie DIE«, verkündete Agot.

Aus ihrer Sicht war das wohl ein äußerst vernünftiges Argument.

»Sag nicht ›die‹«, wies Flora sie etwas genervt zurecht.

Auf Mure regnete es, aber in der Küche des Bauernhofs war es an diesem Sonntagnachmittag gemütlich und warm.

Das Feuer flackerte, alle hatten frei, und im Ofen brutzelte ein Hähnchen vor sich hin.

Flora würde gleich zu Joel und Douglas weiterfahren, aber zuerst wollte sie die Kleider Agot zeigen und dann in ihr altes Kinderzimmer bringen, wo niemand sie finden würde.

Lorna war mitgekommen, damit Agot sie mal außerhalb der Schule sah und auch, weil sie nun wirklich nicht scharf darauf war, allein in ihre leere Wohnung zurückzukehren.

»Ich glaube, das wird richtig Spaß machen!«, sagte Lorna.

»Das haben Sie von der Geschichte mit der Zahl Neun auch behauptet.«

»Okay«, sagte Flora, »dann wollen wir mal sehen, was du davon hältst.«

In mehrere Lagen Seidenpapier eingeschlagen befand sich das Kleid in einer weiß-goldenen Schachtel aus stabilem Karton, um die ein goldenes Band geschlungen war.

Flora wollte gar nicht daran denken, wie viel allein die Verpackung gekostet hatte.

Agot löste das Band sorgfältig und mit dem gebotenen Respekt, dann hob sie vorsichtig den Deckel der Schachtel hoch.

Innes kam herbei, um sich das mal anzuschauen, während Flora die Szene filmte.

Ehrfürchtig lüftete Agot das Seidenpapier, verzog aber sofort das Gesicht.

Flora hätte heulen können. »Was ist denn?«

»Ich glaube«, sagte Agot, »dass du das falsche Kleid mitgebracht hast. Mein Kleid ist nämlich weiß, und das hier ist GRÜN!«

»Das ist doch nicht grün!«, protestierte Flora. »Es ist wunderbar weiß, mit einem ganz, ganz, ganz kleinen Grünstich.«

»Also ist es grün.«

Lorna verdrehte die Augen, wandte sich dabei aber ab, weil Lehrerinnen so etwas normalerweise nicht machten.

Flora trat noch näher heran. »Probier es einfach mal an«, schlug sie vor. »Es gibt nämlich einen Grund für die grüne Farbe.«

»Welchen?«, fragte Agot.

Flora war wirklich auf Zack: »Du bist der Grund, Dummerchen.«

Argwöhnisch sah Agot sie an. »Ich bin aber nicht grün.«

»Nein, ich hab es deshalb ausgesucht, weil du wie eine Meerjungfrau aussiehst.«

»Ich dachte, ich sehe aus wie ein Engel«, wandte Agot ein.

»Und auch wie eine Meerjungfrau. Eine wunderschöne Meerjungfrau, die aus dem Ozean aufsteigt«, sagte Flora. »Mit langem wallendem Haar und einem bezaubernd schimmernden meergrünen Gewand.« Sie hielt das Kleid hoch.

Das ließ sich Agot offensichtlich durch den Kopf gehen. »Wie Arielle?«

»Genau«, bestätigte Flora rasch.

»Ich mag Waschbären aber lieber als Meerjungfrauen.«

»Das ist mir klar«, sagte Flora. »Ich erkläre dir ja nur, was die Leute sagen werden, wenn sie dich in diesem Kleid sehen: Hier kommt Agot, die geheimnisvolle Meerjungfrau vom Grund des Ozeans in ihrem weißen Kleid mit einem winzigen Stich Meergrün.«

»Ja, geheimnisvoll bin ich WIRKLICH«, nickte Agot.

Sie zog ihren Fair-Isle-Pullover und ihr Cord-Latzkleid aus, ließ aber ihre beste gestreifte Strumpfhose an.

Bramble merkte auf, weil er dachte, dass sie sich vielleicht für einen Spaziergang mit ihm umzog, und trottete zur Haustür hinüber. Als er den Regen auf die Steinplatten prasseln hörte, schleppte er sich wieder zurück, um sich erneut vor dem Kamin auszustrecken.

Raschelnd glitt das Kleid über Agots Körper.

Agot war es immer furchtbar wichtig, dass bloß niemand ihre Haare anfasste, Flora durfte sie aber berühren. Daher zog sie nun die weißblonde Mähne hinten aus dem Kragen und strich sie über dem Kleid glatt, bevor sie das breite grüne Band an der Taille band.

Die Kinderversion war ein wenig anders als Lornas Modell und hatte zum Beispiel Puffärmel, die Agot sofort gefielen.

Alle traten einen Schritt zurück und verschränkten die Arme vor der Brust.

»Lasst mich gucken! Lasst mich gucken!«, rief Agot. Sie ignorierte den Vorschlag, in Floras altes Kinderzimmer rüberzugehen, wo es einen großen Spiegel gab. Stattdessen stieg sie auf einen Stuhl und von dort aus auf den alten Küchentisch, um sich im fleckigen uralten Spiegel über dem Kaminsims zu betrachten.

Flora und Lorna hielten den Atem an.

»Oh!«, sagte Agot und drehte sich im Kreis. Sie hopste und tanzte auf und ab. »Na ja, für Grün ist es gar nicht schlecht.«

»Du siehst wunderschön aus«, sagte Flora.

»Wie eine richtige Meerjungfrau!«

»Wie eine richtige Meerjungfrau.«

»Sag Danke zu deiner Tante«, mahnte Innes.

»Und komm vom Küchentisch runter«, fügte Flora schnell hinzu.

Agot stieg herab.

»Muss ich wirklich Danke sagen?«, fragte sie. »Ich finde, du solltest sagen: ›Danke, Agot, du bist die perfekte Meerjungfrauen-Brautjungfer für meine Hochzeit, obwohl du dafür ja leider Grün tragen musst, *tha thu cho breagha.*‹«

Flora schloss sie in die Arme. »Das bist du.«

»Und ich glaube nicht, dass wir dann noch die andere brauchen«, fuhr Agot unerbittlich fort, wobei sie Lorna hinter Floras Rücken einen gehässigen Blick zuwarf.

Kapitel 23

Douglas war begeistert, seine Mum wiederzuhaben, und Flora stürzte sich auf ihn, weil nach so einem langen Wochenende auch sie sich nach ihm sehnte, seiner Zuneigung, seinem Strahlen, seinen kleinen Fingern, die sie an den Haaren zogen.

»Du hast ihm gefehlt«, sagte Joel, der müde aussah.

»Wirklich?«, fragte Flora. »Okay, und was habt ihr beiden so getrieben?«

»Ach, weil Jan unterwegs war, bin ich Charlie zur Hand gegangen.«

»O Gott«, murmelte Flora, ließ sich aufs Sofa sinken und hob den laut glucksenden Douglas in die Luft. »Den Namen Jan möchte ich am liebsten nie wieder hören.«

»Jan ist schon okay«, sagte Joel. »Sie ist ein guter Mensch.«

»Hmmmmmmm«, machte Flora.

»Also, wie war es?«, erkundigte sich Joel, nachdem sie es sich mit einer Tasse Tee gemütlich gemacht hatten.

»Es war … äh … gemischt. Toll und zwischendurch auch furchtbar«, antwortete sie. »Lorna habe ich außerdem kaum zu Gesicht bekommen.«

Joel schüttelte den Kopf. »Und jetzt werden sich die beiden wieder völlig ignorieren?«

»Vielleicht gibt ihnen das gerade den Kick«, sagte Flora.

»Ich finde es ja auch immer toll, wenn du nach einer Geschäftsreise zurückkommst.«

Joel lächelte sie an. »Das geht mir genauso. Aber ich glaube nicht, dass ich das auf Dauer durchhalten würde.«

»Nein«, sagte Flora. »Wenigstens hatte ich dadurch die Chance, mich mit etlichen Leuten zu treffen, die ich schon ewig nicht mehr gesehen habe.«

»Das ist doch gut.«

Flora erwähnte lieber nicht, dass es zwar superviel Spaß gemacht hatte, sich gegenseitig auf den neuesten Stand zu bringen, aber leider alle mit einer Einladung zu ihrer Hochzeit rechneten. Flora hatte es nicht so recht geschafft, das klarzustellen.

»Könnten wir vielleicht …«, begann sie, »… später eine kleine Feier für alle ausrichten? Also, nach der eigentlichen Hochzeit?«

Joel runzelte die Stirn. »Uff, im Ernst?«

»Ich meine, nicht am selben Tag …«, fügte Flora rasch hinzu.

»Na ja, lassen wir das jetzt mal«, sagte Joel, »ich hab nämlich eine Überraschung für dich!«

Flora schaute ihn an. »Ich dachte, wir wollten das mit den Überraschungen lieber sein lassen. Nach New York. Und … äh … Douglas.«

»Ich mag es nicht, wenn du mich überraschst«, sagte Joel. »Aber ich habe festgestellt, dass normale Leute Überraschungen anscheinend durchaus mögen.«

»Hm, okay?« Flora, die furchtbar müde war, lächelte geduldig. Als Joel ihr einen Umschlag reichte, öffnete sie ihn vorsichtig. Es dauerte eine Weile, bis zu ihr durchdrang, was sie da vor sich hatte. »Oh!«, sagte sie dann und blickte auf. »Wow!«

Es war das Aufgebot, die offizielle Bekanntmachung ihrer Hochzeit.

Ein Strahlen legte sich über Floras Züge. »O mein Gott, wir tun es also wirklich!«, rief sie aus.

»Na ja, du hast dafür doch schon ein Kleid, oder?«, grummelte Joel gutmütig. »Ich dachte, da sonst alles geklärt ist, sollte ich langsam mit dem Papierkram hinterherkommen.«

Flora suchte nach dem Datum. »Einundzwanzigster Juni.«

»Mittsommer!«, sagte Joel. »Darauf hatten wir uns doch geeinigt, oder?«

»Wie schön«, sagte Flora, deren letzte Hoffnung auf eine richtige Feier damit schwand. »Das ist auch Olivias Datum.«

Joel zuckte mit den Achseln und bemerkte ihren Gesichtsausdruck gar nicht.

»Aber das wird ja alles draußen stattfinden und perfekt durchorganisiert sein, oder? Schließlich kümmert sich diese Furcht einflößende Frau darum. Ehrlich gesagt passt das doch super: Dadurch wird das Hotel selbst leer sein. Oder besser noch: Vielleicht könnte Gaspard auch hierherkommen und zu Hause für uns kochen.«

Zu Hause! Dadurch wäre alles nur noch … so würde ja niemand sie in ihrem Kleid zu Gesicht bekommen und auch nicht Lorna und Agot.

Flora musste sich auf die Zunge beißen. Am liebsten hätte sie gefragt: Willst du denn nicht der ganzen Welt deine Liebe zeigen, anstatt mich zu verstecken wie deine psychotherapeutische Assistenzbraut?

Joel lächelte. »Ich werde Mark und Marsha Bescheid sagen.«

Kapitel 24

Am nächsten Morgen dachte Flora gerade über ihre Zwickmühle nach, als eine kleine, unscheinbare Frau mit gereiztem Gesichtsausdruck ins Hotel kam. Bei genauerem Hinsehen erkannte Flora, dass es die Mutter von Jan und Olivia war.

»Senga!«, sagte sie lächelnd. »Hallo!«

»Hallo!«

»Ich hatte ja eigentlich bei dem Shoppingtrip mit Ihnen gerechnet.«

Senga schniefte und erinnerte plötzlich ganz stark an Jan. »Oh, ich bin mir sicher, dass meine Olivia mir die Vorfreude nicht verderben will. Deshalb hat sie mich nicht eingeladen. Damit alles eine Überraschung ist.«

Flora nickte.

Wenn man sich Senga so ansah, war die Ähnlichkeit mit Jan unverkennbar. An Olivias perfekte Züge mit den hohen Wangenknochen hingegen erinnerte nichts in ihrem Gesicht. Nur wer Senga besonders aufmerksam musterte, dem fielen dann doch die tief liegenden dunklen Augen und das dichte, vielleicht einst glänzende Haar auf.

Und Fraser hatte diesen lang gezogenen, kantigen Kiefer, der bei Jan zu kräftig wirkte, bei Olivia dagegen toll aussah, wie bei einem Model auf einem Duran-Duran-Album. Genetik war schon seltsam.

»Ja, ich hoffe, es wird ein toller Tag«, sagte Flora.

Senga seufzte. »*Aye*. Und jetzt …«

In diesem Moment flog die Tür auf, und Jan marschierte herein.

Flora setzte ihr strahlendstes Hallo-Jan-Lächeln auf, das wie üblich schrecklich unecht und unbeholfen rüberkam.

»Olivia will … Was will Olivia jetzt noch mal?«, fragte Jan und verdrehte die Augen. Mit einem unbequem wirkenden Tuch hatte sie sich Christabel umgebunden, die sich die Seele aus dem Leib brüllte.

»Hallo, mein Schatz«, sagte Flora, die beim Baby weniger Angst hatte, das Falsche zu sagen. »Siehst du wieder niedlich aus!« Sie schob die Hand in die Tasche und zauberte eine Fernbedienung hervor. Sie stammte aus einem der Zimmer und war kaputtgegangen. Flora hatte sie für Douglas eingesteckt, der unglaublich gern auf Knöpfe drückte. Es war natürlich besser für alle, wenn man mit diesen Knöpfen nichts an- oder ausstellen konnte.

»Möchtest du damit spielen?«

»Wir haben nur Lernspielzeug und Sachen aus Holz«, wandte Jan rasch ein und band Christabel ein wenig umständlich los. »Also«, sagte sie und ließ sich schwer auf einen Stuhl sinken, »was will sie jetzt von uns?« Es gab keinen Zweifel daran, wen Jan meinte.

Senga stieß ein schweres Seufzen aus.

»Dann lasse ich euch mal in Ruhe reden«, sagte Flora und wollte am Rezeptionstresen Gala zu Hilfe eilen.

Dort verlangte gerade ein Gast ein größeres Zimmer mit Aussicht, obwohl er tatsächlich das billigste bezahlt hatte und es auf der Website beim Buchen von jedem Raum zig Fotos gab.

In der Zwischenzeit saß Jacinth mit vor der Brust verschränkten Armen da. »Warum? Warum willst du deinen Junggesellinnenabschied bloß da oben feiern? Ich hatte eigentlich eher an Santorin gedacht, Schätzchen. Schnellboote und Kellner mit nacktem Oberkörper, die uns Bellini bringen … Nein, Moment mal – Negroni. Nein – irgendwas Brandneues, unsere eigene Sommerkreation, weil alle anderen Drinks ja total out sind.«

Olivia zupfte an ihren Fingernägeln herum. »Ich will da hin«, sagte sie, »weil ich es leid bin, wie sich die Leute dort mir gegenüber verhalten. Alle sind so überheblich und behandeln mich, als käme ich nicht von Mure. Und ich hab die Nase voll davon, dass Jan mich so piesackt. Ich ertrage es nicht länger, dass meine Mutter mich immer nervös mustert und alle so tun, als wäre ich eine Art Alien. Ich werde sie mit Geld überschütten, Flora und Lorna auf *meine* Seite ziehen und allen zeigen, dass ich immer noch ein Inselmädchen bin. Außerdem muss ich meine neuen Schwiegereltern beeindrucken, und die waren vermutlich schon mal auf Santorin.«

»Na ja … äh … es ist ihr Geld«, sagte Jacinth.

»Auf Santorin gibt es nichts als Geld und Leute und langweilige Jachten«, bemerkte Olivia abschätzig.

»Nein, bleib hier, Flora«, sagte Jan. »Um dich geht es dabei auch. Olivia drückt uns nämlich ihren dämlichen Junggesellenabschied aufs Auge, kannst du das fassen?«

»Ich weiß wirklich nicht, was die Leute davon halten werden«, überlegte Senga besorgt, »wenn sie extra den ganzen langen Weg dafür herkommen. Ich kann mir nicht vorstellen, dass das was wird.«

»Davon höre ich gerade zum ersten Mal«, sagte Flora.

»Wirklich?«, fragte Jan. »Ich dachte, ihr beiden wärt dicke Freundinnen!«

»Mein Schatz«, warf Senga mit scharfer Stimme ein, »darf Christabel das, an diesem Tisch da kauen?«

»Der ist ganz sauber«, bemerkte Flora und schaute zu dem Baby hinüber, das an der Kante nagte. »Und aus Holz.«

»Na, dann hol du sie doch da weg«, sagte Jan gereizt zu ihrer Mutter.

»Ich wollte ja nur …«

»… an mir herumnörgeln«, schnaubte Jan. Sie packte Christabel, die eine Schnute zog und so aussah, als würde sie gleich wieder losbrüllen. »Willst du vielleicht auch noch einen Kommentar über meine Haare machen?«

»Nein, aber du weißt doch, wie Olivia aussieht, so …«

»Ja, ja, Olivia ist die Schönste im ganzen Land. Können wir jetzt bitte weitermachen?«

»Womit weitermachen?«, fragte Flora.

»Na ja, wir können für den Junggesellinnenabschied nicht *The Rock* nehmen, weil das Hotel ja für die Hochzeit reserviert ist. Und jetzt weiß Jacinth nicht, wo er stattfinden könnte.«

»In London?«, sagte Flora, die plötzlich genervt war. »Oder Saint-Tropez? Hongkong? Ich wüsste nicht, weshalb ich mir den Kopf darüber zerbrechen soll. Warum wollen sie denn zweimal herkommen?«

»Jacinth hat gesagt, wir sollen dich fragen.«

»Wollt ihr etwa *Annies Küche*? Warum nicht das *Harbour's Rest*?«

»Weil das schmuddelig ist«, antwortete Jan.

»Ja, aber …« Flora überlegte kurz. »… für *Annies Küche* habe ich gar keine Alkohollizenz«, erklärte sie, »falls ich es übernehmen wollen würde. Was ich … ich … ich hab wirklich viel um die Ohren.«

Jan seufzte. »Okay, dann sage ich ihr einfach, dass sie es vergessen kann, weil manche Leute einfach keinen Bock aufs Arbeiten haben.«

»Hör mal«, schlug Flora vor, »warum redet ihr nicht mit Inge-Britt und bietet ihr an, vorher einen Putztrupp vorbeizuschicken? Ich bin mir sicher, dass sie es euch nicht übel nehmen würde.«

»Aber Inge-Britt würde die alten Fischer nicht wegschicken, die da an der Theke hocken.«

»Das gäbe der Sache doch Lokalkolorit«, meinte Flora. »Vielleicht wäre das sogar ganz schön.«

»Es würde Olivia nur beweisen, dass ich nichts auf die Reihe kriege«, sagte Jan. »Ist es das, was du willst?«

Neugierig schaute Flora Jan an. Jetzt, da sie das Geheimnis von Lorna und Saif kannte, würde sie es doch nicht als Druckmittel benutzen, oder? Flora traute es ihr durchaus zu.

»Dann schlage *ich* eben Jacinth das *Harbour's Rest* vor«, sagte Flora hastig, nur für alle Fälle. »Obwohl ich fürchte, dass sie sich davon nicht überzeugen lassen wird.« In diesem Moment piepte ihr Handy, und Flora warf einen Blick darauf, um dann ungläubig den Mund aufzureißen.

»Was denn?«, fragte Jan gereizt.

»Wenn man vom Teufel spricht«, sagte Flora ernüchtert. »Jacinth will wissen, wie ihr vorankommt.«

Jacinth war genervt. Sie wollte *Annies Küche*, Flora weigerte sich jedoch kategorisch, weil sie, selbst wenn sie Interesse an dem Auftrag hätte, nicht mehr rechtzeitig eine Alkohollizenz bekommen würde.

»Dann mach mal ein bisschen Druck«, sagte Jacinth zu Olivia, die ebenfalls besorgt war.

Ihre zukünftige Schwiegermutter, Mrs Forbes, hatte unter dem Vorwand, beschäftigt zu sein, bereits zwei Einladungen abgelehnt: zum Teetrinken im *Savoy* und zu einem gemeinsamen Drink bei *Claridge's*.

Olivia musste sie wirklich beeindrucken. Sie war sich selbst mehr als jeder andere der Ablehnung durch Anthonys Familie bewusst und als attraktive Frau von vierunddreißig Jahren zugleich auch ihres Verfallsdatums. Das hier musste klappen, musste es einfach! Denn falls nicht … Olivia wollte sich nicht wieder raus in die freie Wildbahn wagen. Nicht mehr gegen eine Konkurrenz aus jüngeren Models antreten müssen, von denen jedes Jahr mehr auf den Heiratsmarkt strömten, betörende Wesen aus allen Ländern der Welt, die im selben Teich mit reichen Männern fischten.

Sie wollte sich nicht wieder eine schäbige Wohnung teilen, ihr Geld mit winzigen Honoraren von Reisemagazinen und gelegentlichen gesponserten Posts verdienen, Ramennudeln essen und sonst nichts.

Sie hatte Anthony an der Angel, jetzt musste sie ihn an Land ziehen.

Auf Mure würde das niemand verstehen, weil die Frauen hier ja kein Problem damit hatten, mit dem erstbesten Landarbeiter vor den Altar zu treten. Die hatten keine Ahnung, wie sehr sie selbst zu kämpfen hatte.

»Ich muss ihnen zeigen«, sagte Olivia, »dass ich eine anständige, ehrbare junge Frau bin und nicht irgendein …«

»… Flittchen, das nur aufs Geld aus ist?«, schlug Jacinth vor.

Olivia ignorierte sie und starrte auf ihr Handy. »Ich hab

eine Idee. Zieh die Inselbewohner auf unsere Seite. Flora MacKenzie ist doch ziemlich knapp bei Kasse, oder?«

»Ist das wichtig?«, fragte Jacinth desinteressiert. »Ich dachte, da läuft sowieso alles nur über Tauschhandel mit Knöpfen und so, oder nicht?«

Olivia sprach mit ihrer sanftmütigsten Stimme, mit der, die Männer zum Schmelzen brachte. »Also, ich wollte fragen … Ich hab mir überlegt … ob du vielleicht … deinen Junggesellinnenabschied mit meinem zusammenlegen willst. Da du ja auch bald heiratest.«

Fassungslos starrte Flora ihr Handy an. »Was – wie bitte? Du meinst, ich kann all meine Freundinnen einladen, und dann feiern wir zusammen?«

»Solange sie nur … Du weißt schon, kein Problem damit haben, für Instagram fotografiert zu werden.«

»Oh, du willst also nur meine gut aussehenden Freundinnen?«

»Neeeeein!«, antwortete Olivia und fügte hinzu: »Dafür gibt es doch Filter!«

Flora lachte, obwohl Olivia nicht verstand, warum. Das war schließlich kein Witz gewesen.

»Aber eigentlich«, fuhr Flora fort, »wollte ich gar nichts Großes machen. Im Moment hab ich dafür einfach nicht das Geld, und auch unsere Hochzeit …«

»Oh, das übernehmen wir natürlich, und zwar komplett«, unterbrach Olivia sie.

Flora zögerte. »Bist du *sicher*?«

»Mach dir darüber gar keine Gedanken«, beruhigte Olivia sie. »Das meine ich ernst. Sieh es als unser Hochzeitsgeschenk für euch. Übrigens kann ich eure Hochzeit wirklich kaum erwarten.«

Die Tatsache, dass Olivia offensichtlich eine Einladung zu ihrer Hochzeit erwartete, ging allerdings unter, weil Flora erst einmal verarbeiten musste, was der Vorschlag bedeutete. Das war's! Hier bot sich ihr vielleicht die Lösung für all ihre Probleme! Wenn sie ihre gesamten Freundinnen zu ihrem Junggesellinnenabschied einlud, würden sie sicher nicht auch noch zur Hochzeit kommen wollen. Damit wäre auf einen Streich alles geregelt – sie würde ihre Party bekommen und zugleich wie auf wundersame Weise immer noch über das Spendengeld verfügen, das Joel so wichtig war. Es war der perfekte Ausweg!

»Ich dachte einfach«, sagte Olivia, »dass es schön wäre, möglichst viele Leute dabeizuhaben.«

Floras Herz machte einen Satz. Die Möglichkeit, alle einzuladen … Himmel! »Allerdings wird es eher schlicht«, wandte sie ein. »Das weißt du doch, oder? Wenn wir es nicht in *The Rock* machen, wird es alles ein bisschen … rustikal.«

»Das ist perfekt«, befand Olivia. »Das schreit ja geradezu ›Authentizität‹!«

»Na ja, es schreit eher nach etwas anderem«, sagte Flora. »Nämlich nach mehr Bleiche.«

Inge-Britt war über die Reservierung hellauf begeistert.

Eigentlich hätte Flora sie gern bitten wollen, zur Feier des Tages mal sämtliche Tische abzuwischen, wagte es aber nicht.

Ihre Freundinnen hatten kein Problem mit »rustikal«. Und wenn es wirklich das war, was Olivia wollte … Zwar konnte sie sich das kaum vorstellen, aber so sah es nun wohl aus.

Und sie musste auch sagen, dass sich die Menge an Geld in Grenzen hielt, die man im *Harbour's Rest* ausgeben konnte.

Vermutlich könnte Olivia den ganzen Laden aufkaufen, für einen Betrag, der ihr wie ein Taschengeld vorkäme.

Als Jan erfuhr, dass Flora mit von der Partie sein würde, weigerte sie sich rundheraus, die ganze Sache zu organisieren, also heuerte Olivia dafür ebenfalls Jacinth an (und stellte es so hin, als würde Jacinth ihr als ihre gute Freundin damit einen Riesengefallen tun).

Alle sagten Ja, wirklich alle.

»Wo sollen die bloß übernachten?«, fragte Lorna. Sie korrigierte in der Küche des Bauernhauses Arbeiten, um Flora, die sich beim Durchsehen von Warenlisten langweilte, Gesellschaft zu leisten.

»Na ja, wer später auch bei der Hochzeit mit dabei ist, kann nicht ins Hotel kommen, weil Jacinth für die Feier ›auf den Überraschungseffekt setzt‹. Deshalb übernachten dort nur die Schwiegermutter und Schwägerin, der Rest verteilt sich aufs *Harbour's Rest* und Airbnbs.«

»Aber …«, wandte Lorna ein.

»Schon klar!«, stöhnte Flora. »Mir brauchst du das nicht zu sagen.«

»Bei den ›Airbnbs‹ ist doch die Hälfte nicht viel mehr als ein Kuhstall.«

»Ich weiß!«

Airbnb war für die Insel ein ganz neues Konzept. Sobald den Leute klar geworden war, dass sie mehr oder weniger alles vermieten konnten, war eine verblüffend große Anzahl von Nebengebäuden mit einem Anstrich und einem Schlafsack »umfunktioniert« worden.

»All meine Freundinnen vom Festland kommen, was super ist, weil sie danach nicht erwarten, auch noch zur Hochzeit eingeladen zu werden.«

»Noch einmal: Ich denke ja eher, es bestätigt sie nur in der Annahme, dass sie bei der eigentlichen Feier auch dabei sein werden.«

»Ich werde das dann offiziell klarstellen«, sagte Flora.

»Mach das aber lieber gleich zu Beginn. Wenn diese Veranstaltung wird wie die meisten Junggesellinnenabschiede, werden die Leute schon gegen halb sieben vom Wodka Bru sturzbetrunken sein.«

»O ja«, sagte Flora. »Na ja, jedenfalls übernachten sechs Leute bei mir, hier passen vier in ein Zimmer ...«

»Eigentlich würde ich ja ein paar von deinen Freundinnen bei mir aufnehmen«, sagte Lorna, »aber es besteht die *winzig kleine* Möglichkeit, dass sich für mich am Abend etwas ergibt ...«

Flora lächelte verzagt. »Ich nehme mal an, dass die Jungen nicht bei Outward Adventures sein werden.«

Lorna verdrehte die Augen. »Nein, aber man kann nie wissen – vielleicht kann er Mrs Laird wegen eines Notfalls einspannen.«

»Ach, die kommt gar nicht zur Party?«, fragte Flora enttäuscht. Mrs Laird war so eine riesige Hilfe gewesen, als sie *Annies Küche* eröffnet hatte.

»Sie hat gesagt, dass bei ihrem letzten Junggesellinnenabschied alle um neun Uhr von Wodka Bru zugedröhnt waren und sie den Rest des Abends damit verbracht hat, Erbrochenes wegzuwischen.«

»Neun Uhr, hm? Die haben sich ja noch zurückgehalten. Na ja, aber das hier ist doch Olivias Veranstaltung. Ich kann mir nicht vorstellen, dass es da so laufen wird.«

»Wer das *Harbour's Rest* betritt, denkt vorher nie, dass es ›so laufen‹ wird«, prophezeite Lorna weise. »Dann geht es plötzlich drunter und drüber, die Sache gerät völlig außer

Kontrolle, und man weiß nicht einmal, wie das eigentlich passiert ist.«

Flora lächelte. »Na ja, wenn alle irgendwo auf einem Feld ihren Rausch ausschlafen, würde das zumindest gegen die Bettenknappheit helfen.«

»Ich frage mich, was es wohl an Essen gibt.«

»Schinkenbrötchen und Chips, so, wie ich Inge-Britt kenne«, antwortete Flora. Eigentlich hatte sie das ein wenig überheblich vorbringen wollen, aber das klang doch ganz verlockend.

»Hurra!«, rief Lorna.

Kapitel 25

Als Flora zwei Wochen später am Tag des sagenhaften Junggesellinnenabschieds von *The Rock* runter zum Bauernhaus lief, musste sie daran denken, was für ein Glück sie doch hatten. Also mit dem Wetter. Olivia hatte vermutlich einfach bei allem Glück.

Douglas saß in seinem Buggy und brabbelte in Richtung der Enten, die ihren Pfad kreuzten, und der Pfaue, die ihn ankreischten. Fröhlich deutete er auf die Tiere, doch Flora machte lieber einen großen Bogen um sie, denn sie war sich ziemlich sicher, dass sie ihm die Augen aushacken würden, wenn sie dazu die Gelegenheit hätten.

Trotz der lästigen Pfaue war es ein so prächtiger Maitag, wie man ihn sich nur vorstellen konnte. Natürlich wehte eine frische Brise, aber die Sonne schien vom Himmel herab, und die Welt erwachte überall zum Leben. Jede Menge Kaninchen hoppelten herum, und von den Hügeln her ertönte das Blöken tollender Lämmer – die Douglas stundenlang beim Hopsen und Spielen beobachten konnte. Dabei zeigte er hierhin und dorthin, wenn sie einen Satz über einen Bach machten oder ihren Kopf durch den Zaun steckten, um an das saftigste Gras zu kommen.

Die Vögel begannen jetzt immer früher zu zwitschern, wie Joel am Morgen noch zu Flora gesagt hatte. Ihr Gesang war meist dann zu hören, wenn auch Douglas aufwachte.

Dann begrüßte sie der *Haar*-Nebel draußen vor den Fenstern, löste sich an den immer längeren Tagen jedoch schnell unter den Strahlen der Sonne auf.

Die Saison der Glockenblumen war hier kurz, aber intensiv und gerade in vollem Gange. Die lilafarbenen Blüten begannen plötzlich an den unerwartetsten Stellen zu leuchten und verbreiteten ihr schweres und doch so erlesenes Aroma, bei dem jedem das Herz aufging, der auf ein Tal mit einem dichten Blumenteppich stieß.

Diese wunderbare Jahreszeit, in der einem der eindringliche Duft von früh blühendem Ginster in die Nase stieg, war einfach perfekt für eine Party.

Kleine Wolken jagten über den Himmel, und während die Sonne kam und ging, zeigten sich auf dem Meer grün schimmernde Flecken oder graue Schatten.

Im Norden drehten sich munter die Räder des riesigen Windparks, und im Süden leuchteten die Flügelspitzen der großen Skulptur aus Metall, die unterhalb der Schule und oberhalb des Hafens die Szenerie dominierte. Der Engel war eine richtige Touristenattraktion geworden. (Für manche Leute war er eher ein wenig zu beliebt: An einer bestimmten Stelle konnte man ein Foto machen, auf dem es so aussah, als würden die Flügel aus dem eigenen Rücken wachsen. Dort posierten alle für Instagram, und man musste sich an einer richtigen Menschenmenge vorbeischieben.)

Flora beschwerte sich nie darüber. Zum einen, weil sie die Statue toll fand, zum anderen aber auch, weil die Leute nach diesem Foto meist für eine schöne Tasse Kaffee und ein Stück Blechkuchen mit Karamell in *Annies Küche* hinübergingen.

Überall waren Leute unterwegs, Wäsche wurde in der

sonnigen Brise aufgehängt, und Kinder kamen von der Schule. Auf Mure konnten selbst die ganz Kleinen draußen allein unterwegs sein, weil es nur wenige Autos gab.

Flora erkannte von Weitem das leuchtende, weißblonde Haar von Agot, die auf den Stufen vor der Schultür stand. Ihr sorgfältig ausgewählter Rucksack mit Torvill-und-Dean-Aufdruck war beinahe größer als sie selbst.

»Hallo, Süße!«

Flora winkte, doch Agots Gesichtsausdruck blieb starr. Es war offensichtlich, dass sie auf ihre Tante gewartet hatte.

»Hallo, Tante Flora. *Ciamar a tha thu?*«

»AAAH!«, machte Douglas, zeigte auf sie und gluckste.

Je fieser sich Agot ihm gegenüber benahm, desto mehr vergötterte Douglas sie. Wie sich das später mal entwickeln würde, wenn er größer wurde, bereitete Flora schon ein wenig Sorgen.

»Sei still, Baby!«, knurrte Agot. »Ich will mich hier vernünftig mit deiner Mummy unterhalten!«

Dann umrundete sie den Kinderwagen und versuchte, nach Floras Hand zu greifen.

Dabei war es schon mit zwei Händen gar nicht so einfach, den Buggy auf dem unglaublich steilen, sich windenden Pfad zur Schule unter Kontrolle zu halten. Mit nur einer war es eine echte Herausforderung.

»Also«, sagte Agot. »Ich muss mit dir über diese Party reden.«

Flora sah sie an. »Was für eine Party?«, fragte sie und nahm an, dass es vielleicht um den Geburtstag einer Schulkameradin ging.

Agot schnalzte missbilligend mit der Zunge, so, als sei Flora furchtbar schwer von Begriff.

»Dein Junggesellinnenabschied«, sagte sie. »Was ziehe ich da bitte an?«

»Oh, Agot«, seufzte Flora, als ihr klar wurde, was sie meinte. »Mein Schatz, das ist eine Feier für Erwachsene.«

Es stimmte schon, dass auf Mure nur wenige Veranstaltungen den Erwachsenen vorbehalten waren – normalerweise feierten hier alle gemeinsam. An sonnigen Tagen oder bei Hochzeiten tummelten sich im Garten vom *Harbour's Rest* Kinder, bei Ceilidhs wurde natürlich von ihnen erwartet, dass sie mit dabei waren und vorher ihre Schritte lernten. In so einer kleinen Gemeinschaft kam man meist als ganze Gruppe zusammen.

Das hier war aber etwas anderes. Morgen würden alle herfliegen, und Flora würde einige ihrer Freundinnen auf dem Bauernhof einquartieren. Sie würde mehrmals zum Flughafen fahren, um alle abzuholen, woran sie ein bisschen nervös, vor allem aber mit freudiger Aufregung dachte.

Agot runzelte die Stirn. »Aber die ist doch für junge Leute.«

»Na ja«, sagte Flora. »Eine Junggesellin ist eine unverheiratete Frau, in diesem Fall ich. Oder vielmehr Olivia, aber ich auch.«

»Und dafür verkleidet ihr euch, oder? Ich komme einfach als Schlittschuhläuferin.«

»Nein, ich werde mich nicht verkleiden.«

»Mary-Elizabeth hat gesagt, ihre Mutter hat gesagt, dass du einen Schleier und eine Krone tragen wirst.«

»Ah, okay«, räumte Flora ein. »Ja, das vielleicht schon.«

»Dann trage ich mein Eislaufkostüm«, verkündete Agot und fügte rasch hinzu: »Und auch einen Schleier.«

»Agot, das ist wirklich kein Fest für Kinder.«

»Mary-Elizabeth hat gesagt, ihre Mutter hat gesagt, sie hofft, dass es da nicht zu viel Irn-Bru gibt. Aber ich trinke gern Irn-Bru.«

»Ja, aber das ist keine Kinderparty.«

»Mary-Elizabeth hat gesagt, dass *sie* da hingeht.«

»Nein, das tut sie definitiv nicht«, sagte Flora.

»Sie hat es aber gesagt«, bekräftigte Agot und verschränkte die Arme vor der Brust.

»Darüber will ich jetzt nicht diskutieren«, sagte Flora, doch ihr war bewusst, dass sie längst in eine Diskussion verwickelt war. Fröhlich winkte sie vorbeikommenden Bekannten zu, so, als sei alles ganz normal und als würde sie hier nicht gerade von einer Sechsjährigen in die Mangel genommen.

»Das ist eine Party für Erwachsene, und es werden ganz viele Leute extra dafür kommen, aber keine Kinder, okay?«

Trotzig blickte Agot sie an. »Das wird sehr, sehr böse enden, wenn Mary-Elizabeth zu dieser Party kommt.«

»Kommt sie aber nicht!«

Das Ganze ging immer noch weiter, als sie auf dem Bauernhof angekommen waren.

Innes versuchte, seinen Neffen dazu zu animieren, dass er sich an seinen Fingern festhielt und sich zu einer stehenden Position hochziehen ließ, woran Douglas keinerlei Interesse zeigte.

Während Flora für Eck Tee kochte, brachte Agot ihren Vater dazu, den fleckigen alten Spiegel über dem Kamin so auszurichten, dass sie sich problemlos darin sehen konnte. Dann marschierte sie mit einer ganzen Reihe von unterschiedlichen Kleidern und Kostümen in die Küche, um ihr Spiegelbild zu bewundern.

Als Innes sie fragte, was sie da eigentlich machte, antwortete sie: »Oh, ich will FÜR ALLE FÄLLE vorbereitet sein«, und warf dabei Flora einen bitterbösen, vielsagenden Blick zu.

Ein Handy klingelte, und Flora bemerkte zu ihrem Erstaunen, dass Olivia sie anrief.

In letzter Zeit hatte sie eigentlich alle Telefonate über die Hochzeit mit Jacinth geführt. Die rief zunehmend öfter an, je nachdem, wie viele geheimnisvolle Lieferungen erwartet wurden und wie viele Bauarbeiter eintreffen und irgendetwas vorbereiten sollten.

Flora musste einen kühlen Kopf bewahren und so tun, als würde natürlich alles prima klappen, weil sie so etwas ja schon zigmal gemacht hatte und daher genau wusste, wie solche Sachen bei reichen Leuten liefen.

»Hi!«, sagte Olivia so überschwänglich, als wären sie beste Freundinnen.

Flora war generell ein herzlicher Mensch, wurde bei diesem Tonfall aber misstrauisch. Ihrer Erfahrung nach freundeten sich Olivias nicht mit Floras an. Gleich und gleich gesellt sich gern et cetera. Deshalb reagierten manche Menschen auch immer noch mit wenig schmeichelhafter Verblüffung auf ihre Beziehung mit Joel. Allerdings war Flora Olivia unglaublich dankbar dafür, dass sie diese Party ausrichtete.

»Hey«, antwortete Flora. »Rufst du an, um sicherzugehen, dass wir morgen nicht ähnlich gekleidet sind? Dann ist die große Frage, wie oft du in letzter Zeit etwas online bei Per Una bestellt hast.«

Auf diese Idee wäre Olivia offenbar nie gekommen, da sie nur glockenhell lachte. »Meine Liebe, du weißt doch, dass morgen Anthonys Mutter und Schwester ankommen, oder?«

»Klar. Und all deine Freundinnen.«

»Äh … ja«, sagte Olivia rasch. »Na ja, wie auch immer, ich hab mich jedenfalls gefragt, ob du nicht vielleicht …?«

»Ich werde mir natürlich einen Moment Zeit nehmen, um sie im Hotel persönlich zu begrüßen.«

»Wäre es dir eventuell möglich, uns schon am Flughafen abzuholen?«

»Okay, das sollte kein Problem sein.«

»Und … uns im Hotel ein bisschen Gesellschaft zu leisten?« Olivia klang zögerlich und nervös.

»Hm«, machte Flora, »wann stoßen denn Jan und Senga dazu?«

Einen Moment herrschte Schweigen. »Da bin ich nicht sicher«, sagte Olivia. »Sorry.« Sie suchte offensichtlich nach jemandem, der ihr Rückendeckung gab. Aber es lag auch echte Besorgnis in ihrer Stimme. »Du hast mich durchschaut!«

»Du brauchst Verstärkung, stimmt's?«

»Ich dachte einfach … Na ja, da treffen sich jetzt zum ersten Mal Mitglieder der beiden Familien. Und das soll möglichst … harmonisch ablaufen.«

»Ist Anthony denn nicht dabei?«

»Nein, der ist in Baku. Es ist ja auch mein Junggesellinnenabschied.«

»Ich weiß, ich dachte nur …« Flora kam ein Gedanke. »Olivia, haben Jan und Senga ihn je kennengelernt?«

Jetzt herrschte noch länger Schweigen. »Also, es ist so«, antwortete Olivia schließlich, »Jan hat so lange nicht mit mir geredet, und Mum war wegen allem dauernd deprimiert und … seine Familie ist ihm echt wichtig.« Ihre Stimme war immer leiser geworden.

»Oh, okay«, sagte Flora.

»Und jetzt kommt meine zukünftige Schwiegermutter, und …« Inzwischen klang sie geradezu gequält. »Wenn es dir wirklich nichts ausmacht … könntest du dann bitte mitkommen und ein bisschen vermitteln? Ich hab das Gefühl, dass Jan sich besser benimmt, wenn Außenstehende dabei sind.«

Wenn das so war, wollte Flora sich nicht einmal vorstellen, wie sie sich in unbeobachteten Momenten aufführte. Sie willigte aber ein. »Das gehört doch zum Service mit dazu«, sagte sie. »Außerdem kommen meine Freundinnen ja auch mit diesem Flug an.«

Als der Flieger gelandet war, war ziemlich offensichtlich, wer zu der Truppe von Floras Gästen gehörte und bei wem es sich um die Familie von Olivias Bräutigam handelte.

Der Radau ging ganz allein auf das Konto von Floras Freundinnen. Die Mitglieder der Familie Forbes wirkten hingegen ein wenig steif, so, als habe der holperige Flug in dieser kleinen Maschine sie gar nicht überzeugt, was absolut zutraf.

Sie waren als Erste ausgestiegen: Eine ältere Dame mit einem hinreißenden Kostüm und honigblondem Haar, die sich unglaublich gut gehalten hatte, wurde von einer umwerfenden, sehr zierlichen Frau begleitet, die wohl die Schwester des geheimnisvollen Anthony sein musste.

Als sie sich umsahen, legte sich ein Strahlen über Floras Züge. Sie war immer heilfroh, wenn Besucher, die zum ersten Mal auf Mure waren, nicht von strömendem Regen oder so dichtem Nebel in Empfang genommen wurden, dass man kaum die Hand vor Augen sah.

Ein Tag wie heute war hingegen perfekt: Frischer Wind wehte, zugleich gab aber die Sonne ihr Bestes, und in diesem feuchten Klima führte das verrückte Sichaufbäumen des Frühlings dazu, dass alles üppig wuchs und gedieh – Blüten von zerzausten Pflanzen wurden auf Wege geweht, und neuer Ginster spross. (Gaspard hatte es mal mit Ginstersirup probieren wollen und dafür vor ein paar Tagen die ganze Truppe losgeschickt, um welchen zu pflücken. Alle waren jammernd, mit sonnenverbrannten Armen und zerkratzten Händen zurückgekehrt. Deshalb würden sie das wohl nicht noch einmal machen, was schade war, weil das Zeug in einem Gin Tonic köstlich schmeckte.)

Eigentlich hatte Flora gedacht, dass die Neuankömmlinge wie jeder nach dem Aussteigen aus dem Flugzeug erst einmal tief die frische Murer Luft einatmen würden – aber die beiden Frauen wirkten eher verwirrt.

Als Flora gerade auf sie zugehen wollte, wurde sie von der Gruppe aus London verschluckt, zu der auch Kai gehörte, und von ihren Freundinnen aus Edinburgh. Daher musste sie erst einmal alle fest drücken und ihnen ihren Sohn vorstellen, den sie mitgebracht hatte. Zum Glück ließ Douglas es ruhig über sich ergehen, als er auf den Arm genommen, getätschelt und geherzt wurde.

Bei den letzten Fluggästen handelte es sich um ein halbes Dutzend junger Frauen, die aussahen wie Supermodels oder wie eine nach klaren Kriterien zusammengestellte Girlband, da sie durchweg sehr groß und sehr schlank waren. Sie hatten teures Gepäck dabei, starrten alle auf ihr Handy und fragten sich wohl, wann sie endlich wieder Empfang haben würden.

Olivia begrüßte gerade recht förmlich Mutter und Schwester ihres Verlobten. Hinter ihr standen Jan und Senga – Jan wirkte behäbig und mürrisch, Senga, die auf sie einflüsterte, eher nervös.

»Ich muss mich auch noch um alle anderen kümmern!«, rief jetzt Flora ihren Freundinnen zu. »Schließlich bin ich gerade bei der Arbeit.«

»Auf keinen Fall!«, protestierte Kai. »Das hier ist doch *Urlaub!*«

Alle hielten Proseccofläschchen hoch und jubelten. Es war deutlich, dass die Gruppen aus Edinburgh und London im Flieger schon Spaß miteinander gehabt hatten.

»Gut, gut«, sagte Flora. »Okay, dann mal los mit euch.«

Innes war mit einem zweiten Fahrzeug mitgekommen, und Flora wies nun alle an, ihm zu folgen.

»Bist du mit dem Trecker da?«, rief Kai.

»Aye, aye!«, sagte Innes und nahm Douglas mit.

»TRECKER! TRECKER! TRECKER!«

Lachend wandte sich Flora jetzt Olivias Gästen zu. »Hallo!«, sagte sie. »Entschuldigen Sie bitte und willkommen! Willkommen auf Mure! Wir freuen uns so, Sie bei uns begrüßen zu dürfen.«

Die beiden Frauen nickten höflich.

»So, das hat sich Anthony also ausgesucht«, sagte die Schwester in nicht sehr freundlichem Tonfall.

Olivia schluckte nervös. »Und das ist meine Mutter, Senga.«

»Endlich!«, sagte Senga mit merkwürdig ersticktem Lachen. »Ich dachte schon, sie würde uns einander nie vorstellen. Als wären wir nicht gut genug für die schicken Schwiegereltern!«

Das Lächeln, mit dem Mrs Forbes auf diese Worte reagierte, war eher verhalten. Elegant reichte sie Senga die weiche Hand.

»Na Sie haben aber Klasse!«, bemerkte Senga. »Guck dir das gut an, Jan!«

Jan murmelte wie ein Teenager vor sich hin und schielte zu Anthonys Schwester hinüber, die sich als Lucy vorstellte.

»Hi«, sagte sie.

»Das ist meine Schwester, Jan«, sagte Olivia.

Jan lächelte nicht, sondern behielt ihren säuerlichen Gesichtsausdruck bei. Verlegenes Schweigen legte sich über das Grüppchen.

»Na, wie schön«, sagte Mrs Forbes endlich. »Natürlich waren wir vorher schon einmal in Schottland, schließlich haben hier viele Umweltschutzorganisationen ihren Sitz. *So weit* im Norden waren wir aber noch nie, denke ich. Himmel, Olivia, es ist wirklich ganz anders, als ich erwartet hätte. Na ja, mein Anthony kommt natürlich mit ganz unterschiedlichen Menschen klar.«

Zu ihrer Verteidigung musste man sagen, dass sie vor einer Wellblechhütte standen, die hier als Flughafengebäude durchging. Trotzdem war es nicht sehr fair, danach die ganze Insel zu beurteilen.

»Okay, gut«, mischte sich jetzt Flora in die Unterhaltung ein. »Ich habe den Land Rover hier, und Gala wird deine Freundinnen fahren …«

Die hatten ohne ein Lächeln beinahe reglos dagestanden und auf ihre Handys gestarrt. Endlich kamen sie herbei und gaben Olivia eine nach der anderen angedeutete Wangenküsschen, ohne sie dabei zu berühren.

»Hey, Livvy«, sagte eine ganz lässig. »Lange nicht gesehen.«

»Yeah, du musst uns alles erzählen«, fügte eine andere in gelangweiltem Tonfall hinzu, ohne den Blick vom Display zu lösen.

Man hätte jetzt nicht direkt sagen können, dass die Stimmung im Wagen angespannt war, aber es herrschte eine gewisse allgemeine Beklommenheit.

Mrs Forbes, die vorne saß, wirkte gefasst. Flora plapperte ohne Unterlass vor sich hin und erzählte vom endlosen Strand und natürlich von der großen Statue, die beschützend oberhalb der bunt durcheinandergewürfelten Dächer der Stadt glänzte und sogar aus der Ferne zu sehen war.

»… also«, kam Flora zum Schluss, »das ist schon etwas anderes als die Cotswolds. Aber wir geben auch hier unser Bestes, um die Natur zu schützen.«

»Das freut mich zu hören«, schniefte Mrs Forbes.

Jan stieß auf dem Rücksitz ein Schnalzen aus, so, als sei das das Dämlichste, was sie je gehört hatte.

»Nun ja«, sagte Mrs Forbes in einem Tonfall, der wohl deutlich machen sollte, dass man die beiden Landstriche wirklich nicht vergleichen konnte. »Aber es ist ja nun nicht so, als würde Anthony hier *leben* müssen. Er hat … also, wissen Sie … er ist an ein … ganz anderes Umfeld gewöhnt.«

»Hast du hier wirklich deine ganze Kindheit verbracht?«, fragte Lucy und schaute sich um. »Gibt es, was weiß ich, vielleicht eine Stadt auf der anderen Seite der Insel? Oder ein Resort?«

Olivia lachte. »Nein. Weiter oben liegen noch ein paar Höfe … aber das ist es dann auch.«

»Aber … ich meine, hier gib es ja wirklich … gar nichts!«

»Wir haben eine Post«, wandte Flora pikiert ein. »Und eine Schule! Im Vergleich zu Benbecula ist Mure das reinste Las Vegas!«

»Schön, schön«, sagte Mrs Forbes, als sei Flora ein bisschen beschränkt. Dann schaute sie zu den Lämmern hinüber, die neben der Straße herumtollten. »Sich so seinen

Wurzeln verbunden zu fühlen, die alten Sitten zu ehren … das finde ich wirklich bedeutsam. Respekt für seine Herkunft, engen Kontakt zur Familie zu halten. Ja, das *ist* wichtig, selbst wenn …« Sie deutete auf die Landschaft draußen. »Na ja, Sie wissen schon.«

Angespanntes Schweigen erfüllte das Auto.

»Also, ich würde jetzt nicht sagen, dass Olivia …«, begann Jan.

Schnell sprang Flora in die Bresche. »Nun, wegen heute Abend …«, stammelte sie hastig. Plötzlich wusste sie nicht mehr, was sie als Nächstes sagen sollte. »Äh … die Kneipe vor Ort richtet die Feier für uns aus. Wahrscheinlich werden Volkstänze aus der Region aufgeführt, und dazu wird … äh … ein traditionelles lokales Getränk gereicht.«

»Whisky?«, fragte Mrs Forbes mit besorgtem Gesichtsausdruck. »Der ist mir aber viel zu stark und bekommt mir gar nicht.«

»Ah nein«, machte Flora rasch eine Kehrtwende. »Man nennt es Wodka Bru.« Ohne sich bewusst darum zu bemühen, hatte Flora es wie »Wodkabrué« ausgesprochen, so wie die russischen Seeleute.

»Und ich dachte, ich würde alle Cocktails kennen«, sagte Lucy. »Ist der neu?«

»Nein, eigentlich nicht«, sagte Flora. »Der wird bei vielen Junggesellinnenabschieden getrunken, ist sozusagen eine Spezialität der Gegend.«

»Oh!«, machte Lucy.

»Du meine Güte!«, sagte Mrs Forbes.

Mrs Forbes' Miene erhellte sich ein wenig, als sie sich mit dem vertrauten Knirschen von Kies unter den abgefahrenen Reifen des alten Land Rovers *The Rock* näherten.

Statt sie zunächst zum Haupthaus zu bringen, führte Flora die Frauen zu einem der Gästehäuschen auf dem Gelände, perfekten kleinen einzeln stehenden Gebäuden mit Fußbodenheizung, luxuriöser Leinenbettwäsche mit hoher Fadendichte, Breitbildfernseher und beeindruckender Regenwalddusche mit tollem Wasserdruck. (Das war einer der unterschätzten Vorteile des Lebens auf der Insel: Da man hier überall auf Meereshöhe wohnte und es jede Menge Regen gab, war der Wasserdruck konstant und kräftig.)

Als Joel nach Mure gezogen war, hatte er am Anfang hier gewohnt, und Flora verspürte durch die glücklichen Erinnerungen jedes Mal einen kleinen Schauder, wenn sie eins dieser Häuschen betrat.

Zu jener Zeit hatte es sich nicht so angefühlt, nun wirklich nicht, im Nachhinein erschien es Flora allerdings so, als seien die Dinge damals einfacher gewesen.

Mrs Forbes schaute sich um und verkündete, dass das unter den gegebenen Umständen akzeptabel sei, obwohl ihr Anthony ja Besseres gewöhnt sei.

Flora hörte sich innerlich »Ja, ja …« knurren und fragte sich, was für ein Schlappschwanz dieser Anthony eigentlich war, mit dem Olivia vor den Altar treten wollte.

Kapitel 26

Lorna hatte einen anstrengenden Tag. Zum Glück war das Wetter gut genug, dass die Schüler draußen herumtollen konnten. Am schlimmsten war es, wenn die Wetterverhältnisse zu heftig waren, um die Kinder ins Freie zu lassen. Durch die Lebensumstände auf Mure waren sie notgedrungen abgehärtet, aber wenn der Wind in Sturmstärke vom aufgewühlten Ozean herüberblies, wenn Hagel prasselte oder der Regen seitlich fiel, mussten sie in den Pausen und über Mittag im Gebäude bleiben. Bei den Schülern kam jedes Mal Unwille auf, und die Situation führte unweigerlich zu schlechter Laune und angestauter Energie, selbst wenn man ihnen einen Film anstellte.

Ein leuchtender Frühlingstag mit kräftigen Böen und über den Himmel huschenden Wolken brachte hingegen das Beste in den kleinen Rackern zum Vorschein, deren Anoraks davonzufliegen drohten und ihnen beim Toben über den Schulhof vors Gesicht wehten.

Außerdem war heute Freitag, weswegen selbst dann noch eine fröhliche, geschäftige Stimmung herrschte, als Lorna später korrigierte Hausaufgaben austeilte.

Ash schaute mit großen Augen zu ihr auf und fragte: »Hab ich das gut gemacht, Miss Lorna?«

Es war sehr, sehr schwierig, ihm ins Gesicht zu sagen, dass sein Text praktisch unleserlich gewesen war.

»Es war eine tolle Geschichte, und du hast viel Fantasie«, sagte sie daher zu ihm, woraufhin er überglücklich strahlte.

»Lass uns allerdings noch mal deine Apfel-As üben, in Ordnung?«, fügte sie hinzu.

Er nickte und war aufmerksam bei der Sache, als sie mit ihm seine Geschichte durchging, ihm erneut genau zeigte, wie er den Stift halten und die Buchstaben richtig schreiben sollte.

Das Problem bei ihm war – und Lorna arbeitete daran, das nicht so sehr an sich heranzulassen –, dass er in der Vergangenheit so viel mitgemacht hatte und so ein liebes Kind war. Er versuchte immer verzweifelt, zu gefallen.

Kinder übermäßig zu fördern und anzuspornen galt üblicherweise nicht als Problem, Lorna hatte aber manchmal die Befürchtung, dass ein bisschen mehr Strenge vielleicht gut für Ash wäre.

Von seinem Vater würde die nicht kommen, dazu war Saif gar nicht in der Lage. Und auch Mrs Laird nicht, die Ash vergötterte und nach Strich und Faden verwöhnte, ebenso wie Agots Mutter, Eilidh. Damit blieb dann nur noch sie, seine Lehrerin. Aber Ash vertraute ihr völlig. Die Vorstellung, dass er verwirrt oder traurig das schöne Gesicht verziehen würde, weil sie nur ein klein wenig laut wurde … Und wer konnte schon sagen, was in Zukunft passieren würde? In einer womöglich nicht allzu fernen Zukunft, dachte Lorna, während sich ihr der Magen zusammenkrampfte und sie einen Kloß im Hals spürte beim Gedanken an das Damoklesschwert, das wegen Jan nun über ihnen schwebte.

»So, zum Schluss noch ein paar Verdopplungsaufgaben!«, rief Lorna gerade, da bemerkte sie, dass im eigentlich streng als »stille Ecke« deklarierten Lesebereich ein Streit ausgebrochen war.

Es wunderte Lorna nicht, dass es Agot und Mary-Elizabeth waren, die dort mit eisernem Griff jede eine Ecke eines Buchs mit der Katze Maisie umklammert hielten.

»Na hört mal, ihr beiden«, sagte sie. »Wir haben doch genügend andere Maisie-Bücher.«

»Ich brauche was zum Lesen für die JUNGESELLINFEIER«, erklärte Mary-Elizabeth.

Agots kleines Gesicht war wutverzerrt. »Du gehst ja GAR NICHT zu dieser Feier!«

»Geh ich DOCH!«

Geschickt befreite Lorna das Buch, bevor es noch Schaden nahm, und wies die beiden Mädchen an, sich jede an ihren Platz zu setzen, die Hände auf den Tisch zu legen und still zu sein.

»Nicht ein Wort, Agot MacKenzie!«

Agot kam gleich wieder herbei, um ihre Seite des Konflikts zu schildern, doch Lorna wies sie an, sofort zu ihrem Stuhl zurückzukehren und erst wieder aufzustehen, wenn sie die Erlaubnis dazu bekam.

»Aber …«, begann Agot.

»Das möchte ich jetzt nicht hören, mein Schatz.«

»Aber Sie gehen doch sicher auch zu dieser Party«, sagte Agot und behielt dabei den Gesichtsausdruck ihrer Lehrerin genau im Auge. »Hab ich's doch gewusst!«, schleuderte sie Lorna anklagend entgegen. »Ich bin doch EINE BRAUTJUNGFER! ICH WILL ZU DER BRAUTJUNGFERNPARTY GEHEN!« Sie verschränkte die Arme vor der Brust.

»Agot, das ist nur für Erwachsene.«

»Aber Mary-Elizabeth geht doch auch hin.«

»Tut sie nicht, wirklich nicht. Und jetzt ist es für euch beide Zeit, euch auf den Heimweg zu machen.«

Agot stampfte mit dem Fuß auf. »Ich hasse Sie! Gut, dass

Sie keine Kinder haben. Zu denen wären Sie nämlich TOTAL GEMEIN und würden sie nie zu IRGENDWELCHEN PARTYS gehen lassen.« Damit stürmte sie davon.

Lorna schaute durchs Fenster zu den Wolken hinaus und schloss die Augen. Vielleicht hatte Agot ja recht. Es ging doch einfach nur darum, gemeinsam Brautjungfern zu sein, aber sie kam überhaupt nicht mit Agot zurecht.

Womöglich wäre sie wirklich nicht dazu in der Lage … ein Kind zu lieben. So richtig und ganz konkret, nicht auf die eher abstrakte Art und Weise, auf die sie all ihre Schüler gernhatte, sogar Burton Jorgison, der den lieben langen Tag seine Popel aß.

Ob Agot nun ein Teufelsbraten war oder nicht – wenn sie, Lorna, noch nicht einmal mit der Nichte ihrer besten Freundin klarkam, wie konnte sie dann in Erwägung ziehen … na ja … vielleicht irgendwann einmal … so etwas wie eine zweite Mutter oder Ersatzmutter für Ibrahim und Ashat zu werden?

Es war albern, sich das auch nur vorzustellen. Aber sie konnte nicht aufhören, daran zu denken.

»MARY-ELIZABETH MACINTYRE, DU STINKST NACH KACKE!«, hörte man jetzt durchs offene Fenster.

Lorna seufzte und ging zur Mrs Cook hinüber, um zu sehen, ob sie vielleicht Kaffee gekocht hatte.

Flora war fest entschlossen, auf dem Junggesellinnenabschied nicht so viel zu trinken. Erstens gehörte sich das einfach nicht. Und zweitens würde der nächste Tag mit Kater und Baby und Arbeit total übel werden, sich wie neuntausend Stunden anfühlen, und das wollte sie vermeiden. Drittens wollte sie auch Olivia und Jacinth im Auge behalten, falls sie überhaupt keinen Spaß hatten und als Konsequenz daraus das ganze Geschäft platzen lassen wollten. Und nicht zuletzt musste sie sichergehen, dass sich Jan nicht betrank und das Geheimnis verriet. Oh, darüber hinaus war es auch wichtig, dass ihre Freundinnen zusammenblieben, dass sich niemand davonmachte und die Klippen hinunter ins Meer stürzte oder so. Dass sich alles unter den missbilligenden Blicken von Mrs Forbes abspielen würde, würde die Stimmung vermutlich eher trüben.

»Bestimmt wird das der langweiligste Junggesellinnenabschied aller Zeiten«, klagte Flora Lorna ihr Leid, als sie sich in ihrem schicken Schlafzimmer in *The Manse* zusammen fertig machten.

Joel und Douglas waren nach unten in die große Küche verbannt worden.

»Und ich kann noch nicht einmal einen kleinen Schleier tragen, sonst bekommt Agot das am Ende noch mit und lässt uns alle umbringen.«

Lorna war nachdenklich und erzählte Flora von Agots Wutausbruch in der Schule.

»Red keinen Unsinn«, sagte Flora forsch, wodurch es Lorna gleich besser ging. »Agot großzuziehen hat doch mehr mit einem Job als Krokodilwärter im Zoo zu tun als mit dem normalen Elterndasein. Sie ist nun wirklich kein typisches Kind.«

Lorna seufzte.

»Komm schon«, sagte Flora. »Das muss dir als Lehrerin doch auch klar sein.«

»Ich weiß«, räumte Lorna ein. »Aber wenn ich in meiner Laufbahn als Lehrerin eins gelernt habe, dann das: So etwas wie ein normales Kind gibt es überhaupt nicht.«

»Eins nach dem anderen«, sagte Flora.

Dann rief Innes an: »Wegen der Party heute Abend …«
»Davon will ich nichts hören!«, unterbrach ihn Flora.
»Aber Mary-Elizabeth …«
»*Ruhe jetzt! Nichts! Nada!* Und wenn du so weitermachst, lade ich sie auch als Brautjungfer aus.«
Jetzt klang Innes gequält. »Das würdest du doch nie machen.«
»Willst du es darauf anlegen?«
»Pff!« Er verstummte kurz. »All deine Freundinnen sind hier. Ich kann nicht fassen, dass du dich gerade wirklich für einen Abend im *Harbour's Rest* herausputzt!«
»Tja, ich hatte die Wahl, entweder selbst teilzunehmen oder das Ganze zu organisieren«, erklärte Flora.
»Ich meine, hängt ihr da alle einfach in der Kneipe rum?«
»Ja, das nehme ich mal an.«
»Und wie wollt ihr verhindern, dass Wullie dazustößt?«
»Aha!«, rief Flora fröhlich aus. »Das ist das Geniale an der Sache: Ich habe nicht die geringste Ahnung, keinen Schimmer! Weil das nicht *mein* Laden ist, hab ich Jacinth nur die Kontaktdaten von Inge-Britt gegeben und brauche nicht mehr zu wissen!«
»Na gut!«
»Hattest du nicht das Bedürfnis, ein paar Ideen mit einzubringen?«, fragte Lorna, als Flora auflegte. »Das ist doch auch deine Party.«
»Nö«, antwortete Flora. »Ich will meine liebsten Freundinnen sehen, über Männer und Sex quatschen, Wodka Bru trinken – in Maßen – und wild tanzen, ohne dass ein alter betrunkener Bauer an der Theke kommentiert: ›*Och, aye*, wie ich sehe, ist Flora MacKenzie ja auch nicht mehr die Jüngste.‹ *Das* wünsche ich mir für heute Abend, nicht mehr und nicht weniger!«

Strahlend betrachtete sie sich im Spiegel. Weil der Kauf von Klamotten auf Mure eher schwierig war, hatte sie das rosafarbene Kleid mit dem schwingenden Rock online in drei verschiedenen Größen bestellt und tröstete sich nun mit der mittleren.

»Es wirbelt«, sagte sie, »und hat Taschen.« Sie runzelte die Stirn. »O Mann, wie soll ich es bloß schaffen, für die Hochzeit ein bisschen abzunehmen?«

»Du siehst super aus, warum willst du denn für die Hochzeit abnehmen?«, wandte Lorna ein. »Das ist genau das richtige Gewicht für dich, und so eine Figur mit einem tollen Busen und einer schmalen Taille hattest du doch immer schon. Ich weiß wirklich nicht, was es da zu meckern gibt.«

Flora seufzte. »Aber sollte ich nicht so dünn wie möglich sein? Wenn es nach den Zeitschriften mit ihren Diäten für Bräute geht, sollte der Hochzeitstag doch der *dünnste* des Lebens sein.«

»Weil diese Zeitschriften gern wollen, dass man unglücklich ist und eine traurige Hochzeit hat«, erklärt Lorna. »Damit man fürs Glücksgefühl noch mehr Zeitschriften kauft. Außerdem …«

»Was denn?«

»… solltest du eins bedenken: Wenn sich im Lauf des Lebens Leute dein Hochzeitsfoto angucken, willst du doch sicher gern sagen können: ›Natürlich passe ich immer noch in mein Brautkleid!‹ Wenn du jetzt aber irgendeine verrückte Hauruckdiät mit Ahornsirup machst, durch die du doch nur gereizt und schlecht gelaunt wirst, dann passt du da nie wieder rein. Und dann wird es echt bitter, wenn die Leute mit kritischem Blick deine Figur vergleichen.«

»Da ist durchaus was dran«, sagte Flora nachdenklich. »Bedeutet das, dass ich heute Abend Chips futtern darf?«

»Himmel, na das hoffe ich doch! Mal abgesehen davon, dass es womöglich gar nichts anderes gibt.«

Flora schaute in den Spiegel und trug hellgrauen Eyeliner auf. »O *Gott*«, seufzte sie. »Mir ist gerade erst klar geworden, dass wir all diesen schicken und reichen Leuten bei ihrem ersten Abend auf Mure das *Harbour's Rest* zumuten.«

Lorna fing an zu lachen. »Na komm schon, so schlimm ist es nun auch wieder nicht.«

»Es ist schmuddelig und müsste mal gestrichen werden, und alles ist klebrig und riecht nach Pommes – o Himmel!« Flora schlug sich die Hände vors Gesicht. »Ich dachte, das wäre sogar witzig. Aber was, wenn die Leute glauben, dass es mein Hotel ist?«

»Werden sie nicht. Du hast das doch klargestellt, oder?«

»Okay, dann vielleicht nicht. Aber was, wenn sie glauben, dass *wir* den Laden total super finden und er der Höhepunkt unserer Partyszene ist?«

»Ist er doch auch!«, rief Lorna ihr in Erinnerung. Und das stimmte. Ja, in Bezug auf das *Harbour's Rest* gab es so einige Probleme, aber es war der Ort, wo die Inselbewohner für Geburtstage, Hochzeiten, Partys und Beerdigungen zusammenkamen. Diese Stationen des Lebens hatte hier Generation um Generation durchlaufen, und das *Harbour's Rest* war einfach ein Teil des Insellebens.

»Ich glaube, wenn die Leute von ›authentisch‹ sprechen, meinen sie in Wirklichkeit etwas ganz anderes«, überlegte Flora. »Sie wollen vielmehr eine schön hergerichtete Scheune mit schicken, sauberen Heuballen und Lichterketten überall.«

Lorna dachte einen Moment darüber nach. »Dann hätten wir vielleicht genau so etwas vorbereiten sollen.«

»Uff, still jetzt!«, sagte Flora. »O Mann, du hast recht!

Worüber sollen wir uns denn gleich unterhalten, etwa über den Schrank mit den Shinty-Pokalen?«

»Die Graffiti auf dem Damenklo?«

Beide kicherten.

»Ich glaube nicht, dass Anthonys Mum mit dem Geruch von Desinfektionsmittel vertraut ist. Bestimmt duftet ihre ganze Welt nach Jo-Malone-Kerzen.«

»Sie ist so beeindruckend«, sagte Lorna. »Ich frage mich, ob wir in ihrem Alter auch so aussehen könnten.«

»Ich sehe ja noch nicht einmal in meinem Alter so aus«, knurrte Flora. »Aber ich werde versuchen, es nicht so schwer zu nehmen. Außerdem fürchte ich, dass so ein Äußeres viel Geld kostet.«

»Möglicherweise kriegt man eine spezielle Seife, wenn man reich ist?«, überlegte Lorna. »Vielleicht heißt es dann: Haha, all diese Dummköpfe da draußen, die doch tatsächlich duschen und so. Aber Sie, Sie betreten jetzt unser gemeinsames Zauberblütenreich der Sauberkeit.«

»Das würde so einiges erklären«, fügte Flora hinzu. »Und ich bin gespannt, ob man in diesem Zauberblütenreich der Sauberkeit auch den Frittiergestank von altem Frühstück loswird, der nach einem Abend im *Harbour's Rest* in jeder Pore sitzt.«

»Ja, wir werden sehen«, sagte Lorna. Sie standen vor dem großen Spiegel und schauten einander an, Flora in einem hübschen rosafarbenen Kleid mit voluminösem Tüllrock, Lorna in einem sexy Modell aus smaragdgrünem Satin.

Flora drückte ihre Freundin ganz fest und brachte ihren alten Spruch vor: »Besser, als jeder Mann verdient.«

Sie grinsten einander an.

Joel fuhr sie zum Hof, wo sie mit Jubel und Pfiffen empfangen wurden.

Die Londoner Truppe war da und hatte sich mit Begeisterung an Ecks Holunderwein gütlich getan, den er immer allen Besuchern anzudrehen versuchte. Dass er so gut ankam, schien ihn selbst zu überraschen.

Hamish amüsierte sich ebenfalls köstlich.

Agots Mutter, Eilidh, trug einen leuchtend gelben Volantrock und war furchtbar aufgedreht.

Auf Flora warteten jede Menge pinkfarbene Luftballons, und man staffierte sie mit einem Schleier und einem L-Schild wie dem für Fahranfänger aus.

Agot war nirgends zu sehen, aus ihrem Zimmer ertönte aber laut und in Endlosschleife *Bolero*, was für gewöhnlich kein gutes Zeichen war.

»Okay, okay.« Alle standen auf und holten ihre Jacke. (Wer vorher schon einmal auf Mure gewesen war, hatte seine dicke Winterjacke mitgebracht.)

»Moment noch«, sagte Flora und weihte die anderen ein, bevor sie in Agots kleinem Zimmer verschwand.

Eilidh sagte gelegentlich, wie gern sie in einen der neuen (damit meinte sie, in den Neunzigern gebauten) Bungalows am Rand des Orts ziehen würde, die vernünftige Fenster, eine zuverlässige Zentralheizung und eine Badewanne hatten. Aber Innes war daran gewöhnt, nach der Hofarbeit für seinen Feierabend müde ins gemütliche Bauernhaus zurückzukehren.

Außerdem war es gut für Eck, ihn hier zu haben, und es gab jede Menge Platz für Agot, die draußen mit den Hühnern herumlaufen und auf eisige Winter hoffen konnte, daher sah Innes wirklich keinen Sinn in einem Umzug.

Jetzt saß Agot auf ihrem Bett mit dem *Eiskönigin*-Bettzeug und ignorierte Flora auf dramatische Art und Weise. Sie summte laut vor sich hin und ließ ihre Sylvanian-Families-Figuren komplizierte Eislauffiguren ausführen.

»Hallo«, sagte Flora.

»Ich bin sehr beschäftigt«, sagte Agot.

»Das sehe ich.«

»Was willst du?«

»Also …«, sagte Flora. »Wir feiern gleich alle zusammen in der Küche ein bisschen vor, das wird etwas ganz Besonderes. Es wird ein Lied zum Tanzen gespielt, und dafür brauchen wir jemanden mit einem wirklich guten Kleid in der Mitte.«

»Dein Kleid ist rosa!«, sagte Agot.

»Ich weiß«, nickte Flora und löste den kleinen Schleier, zu dem die anderen sie genötigt hatten. »Ich hatte eigentlich gehofft, dass diese Person den hier trägt.«

Das Gesichtchen blieb ungerührt. »Ist Miss Lorna auch da?«

»Ja. Wenn du nicht für uns tanzen kannst, dann muss vielleicht sie in die Mitte.«

Mit einem Mal änderte sich der Gesichtsausdruck von Agot völlig, und sie sprang auf. »Nein, ich mache das!« Sie überlegte eine Sekunde. »Dafür muss ich dann wohl mein Brautjungfernkleid anziehen«, sagte sie. »Obwohl es ja GRÜN ist.«

»Das kannst du gern tun«, sagte Flora und fragte sich, wie oft das Kleid vor der Hochzeit wohl noch gewaschen werden müsste.

»Und meine Schlittschuhe!«

»Aber das ist ja kein Schlittschuhtanz«, sagte Flora. »Möchtest du auch dieses L-Schild tragen?«

»Was soll das denn bedeuten?«

»Na, das L steht für *Lernen*. Weil man lernt, eine Braut zu sein, was man vorher noch nie gewesen ist.«

Agot runzelte die Stirn. »Aber Joel und du, ihr habt doch dieses Baby.«

»Ja, ja, okay.«

Agot wand sich in ihr Kleid.

Eigentlich hatte Flora Eilidh gebeten, es wegzuschließen, aber das war offensichtlich nicht passiert (und Agot konnte natürlich extrem überzeugend sein). Das Kleid war bereits mit Matschresten übersät und hatte Grasflecken am Saum.

»Agot! Das ist ja ganz dreckig!«

Ihre Nichte beäugte es desinteressiert. »Das ist kein sehr gutes Kleid fürs Schlittschuhlaufen, Tante Flora. Und es ist nicht weiß.«

»Könntest du bitte dafür sorgen, dass es bis zum großen Tag halbwegs sauber bleibt?«, fragte Flora.

»Kann ich es denn jetzt tragen?«

»Ja, aber es ist das letzte Mal«, sagte Flora und reservierte in Gedanken schon mal einen Nachmittag, um rüberzukommen und das Kleid zu waschen.

Agot betrachtete sich im Spiegel. »Also, ich sehe *wirklich* schön aus.«

»Allerdings«, sagte Flora. »Okay, bist du bereit?«

Sie griff nach der Hand des kleinen Mädchens und führte es aus dem Kinderzimmer.

»Und los!«, rief sie.

Kai drückte auf den Knopf, und *Dancing Queen* kam in voller Lautstärke aus der alten Stereoanlage. Fintan stellte die gerade hastig erworbene App mit Discobeleuchtung an seinem iPad an, und alle sprangen auf, um einen Kreis zu bilden. Mit ihren rutschigsten Strümpfen führte Agot vor der versammelten Mannschaft ihre besten Eislauffiguren auf, vor Gästen, die klatschten und um sie herumtanzten. Dann bekam das kleine Mädchen ein Wassereis und einen dicken Kuss, bevor sich die anderen auf den Weg machten, lachend vom Bauernhaus aus die Straße entlangliefen und sich auf den vor ihnen liegenden Abend freuten.

Sie stießen zu der Gruppe aus Edinburgh dazu, die rund um den Hafen in Gästehäusern und Airbnbs untergebracht war. Mit ihren schicken, bunten Klamotten bot die vergnügte Truppe vor dem sanftgrauen Hintergrund dieses Maiabends einen äußerst fröhlichen Anblick.

Viele ältere Bewohner von Mure kamen an die Tür oder ans Fenster, um die plappernden Frauen zu sehen, wie sie da so jung, so optimistisch in ihren rosafarbenen und roten Outfits vorbeizogen und an leuchtende, zauberhafte Vögel erinnerten.

Ihr Anblick bereitete besonders denen Freude, die sich über die Zukunft von Mure Sorgen machten, weil die hellen Lichter von Inverness, Edinburgh, Toronto und Auckland die jungen Leute von der Insel weglockten.

Dieser Junggesellinnenabschied machte so einigen Hoffnung.

Für andere war es an diesem schönen Frühlingsabend eher ein bittersüßer Anblick, schien solch eine Feier doch all den möglichen Enttäuschungen in der Liebe zu spotten und die Lasten des Alltags zu verachten.

Die plaudernde, lachende bunte Truppe marschierte ungeachtet all dessen weiter. Es war nur ein Abend, aber heute genossen sie es, am Meer zu sein, in einer Welt, die weit offen vor ihnen lag, mit einer Zukunft voller Blumen und Küsse und Freude: Im Zentrum des Pulks erstrahlte

Flora mit ihrer hellen Haut wunderschön in ihrem rosafarbenen Kleid.

Lorna, deren rotbraunes Haar leuchtete, trug ausnahmsweise mal nicht ihren typischen besorgten Gesichtsausdruck zur Schau und sah wieder aus wie ein Teenager.

Die Londoner waren einfach hin und weg wegen der hübschen kleinen Häuschen am Hafen, die in Rosa und Grün und Dunkelrot gestrichen waren, und überlegten, wie viel so etwas wohl in Notting Hill kosten würde.

Von den Schotten hatten viele noch nie die Inseln ihres eigenen Landes besucht. Sie genossen die seltsame Wildheit, den intensiven Ginsterduft, der in der Luft lag.

Und die jungen Frauen von Mure waren begeistert, dass sie endlich mal einen Anlass dazu hatten, ihre Festlandkleider anzuziehen.

»Vergesst nur bitte nicht, dass dieses Hotel *nicht von mir* gemanagt wird«, sagte Flora zum millionsten Mal.

Alle verdrehten bloß die Augen und riefen: »Ja, ja!«

»… mein Hotel ist das wirklich schicke oben in den Hügeln, okay? Dieses hier lebt eher vom *Lokalkolorit*.«

»Vom Schmuddelcharme, wolltest du wohl sagen«, rief Eilidh, was zu viel Gelächter führte.

Aber dann erreichten sie das dreistöckige, knarzende alte Gebäude am Hafen, in dessen Nähe der Endless begann, und Flora blieb wie angewurzelt stehen, genau wie der Rest der Gruppe, um mit offenem Mund zu starren.

Kapitel 27

Als Erstes entdeckte Flora Jacinth, wie üblich von Kopf bis Fuß in Schwarz, die mit verschränkten Armen dastand und Anweisungen in ein Headset schnauzte.

Sobald Jacinth sie bemerkte, wich sie in die Schatten zurück.

Aber Floras Aufmerksamkeit wurde schnell von etwas anderem angezogen.

Während der vergangenen Woche war sie kein einziges Mal in den Ort gekommen. Sie war entweder bei Douglas und Joel gewesen oder hatte lange Stunden in *The Rock* gearbeitet, damit dort alles reibungslos lief. Schließlich rückte der Sommer näher, für den sie so gut wie ausgebucht waren. Flora hatte auch versucht, mit vielen persönlich ausgewählten Details für Anthonys Familie alles so hübsch wie möglich zu gestalten. Aber das war anstrengend gewesen, daher war sie zwischendurch nicht am Hafen gewesen, hatte nicht in *Annies Küche* vorbeigeschaut.

Und natürlich waren alle anderen zu Verschwiegenheit verpflichtet worden, sodass der Anblick für Flora genauso eine Überraschung war wie für ihre Freundinnen.

Die Fassade des Hotels sah ganz anders aus, war nicht mehr wiederzuerkennen. Irgendetwas stimmte da mit den Fenstern nicht …

Flora kniff die Augen zusammen und schaute nach oben.

Das *Harbour's Rest* war Anfang des 19. Jahrhunderts gebaut worden. Da nicht so viele Erhaltungsmaßnahmen durchgeführt worden waren wie vielleicht empfehlenswert, hatte das Hotel abgetretene Fußböden und verzogene, schiefe Fenster – und all das wirkte mit einem Mal noch extremer. Die schwarzen Fensterbänke neigten sich in einem gefährlichen Winkel, und die Fenster selbst schienen ihre Form verändert zu haben, waren entweder winzig oder riesig.

Flora verzog das Gesicht.

Und die Tür …? Was war da nur passiert? Sie war komplett verschwunden, war von einer Hecke und Rosenbüschen mit roten und weißen Blüten verdeckt.

Während alle ungläubig staunten, ertönte auf einmal ein Geräusch, und das Hotel wurde in rosafarbenes Licht getaucht. In dem schmalen Streifen neben dem Gebäude, normalerweise voll mit Scherben und Zigarettenstummeln, spielten vier Frauen eines Streichquartetts in voluminösen roten Ballkleidern die seltsam misstönende Version von etwas, was Flora als einen Song von Rihanna erkannte.

Nun tanzten Scheinwerferpunkte in Rot und Rosa über das Gebäude und unterstrichen die neue Schiefheit der Fenster nur noch.

»*Was?*«, stammelte Flora und schlug sich die Hand vor den Mund. »Was ist hier *los?*«

»O weh, o weh!«, ertönte eine Stimme. »Ich bin spät dran!«

Flora begann etwas zu ahnen und drehte sich langsam um.

Tatsächlich, da rannte … ein weißes Kaninchen mit langem, kariertem Mantel die Hafenfront entlang und zog eine Uhr aus seiner Westentasche.

»Das gibt's doch nicht!«, rief Flora fassungslos und begeistert aus.

»Ich komme zu spät!«

Das Kaninchen lief an ihnen vorbei auf die Stelle zu, an der sich zuvor die Tür des *Harbour's Rest* befunden hatte und die nun von einer Rosenwand eingenommen wurde – irgendwie teilte sich diese Wand und ließ das Tier hinein.

Sprachlos starrten alle einen Moment.

Als Jacinth sie heranwinkte, folgten sie dem Kaninchen lachend und begeistert durch das intensiv duftende Blätterzelt – das sich für sie auftat und dann schloss, was es vermutlich für die nächste Gruppe wieder machen würde. Dort, wo sich normalerweise die Rezeption befand, lag nun in beinahe völliger Dunkelheit ein Gang mit Wänden aus Stoffbahnen vor ihnen, in dem ihnen an der Decke glitzernde Sterne als einzige Lichtquelle den Weg wiesen. Während sie voranschritten, schien dieser Gang enger und enger zu werden, bis sie am Ende eine winzige Tür erreichten, die ihnen nur bis zum Knie ging. Es war ein toller Effekt.

Die Tür war verschlossen. Ein wenig beunruhigt blickten sich Flora und ihre Freundinnen um, bis jemand zur Decke hochschaute und bemerkte, dass dort oben mehrere ganz kleine Schlüssel hingen.

Mit einem aufgeregtem Juchzer schnappte sich Kai einen davon, und Flora schloss die winzige Tür auf. Dahinter befand sich das Diorama eines wundervollen, sonnenbeschienenen Gartens – und eine Flasche Champagner mit der Aufschrift *Trink mich!*

Unter Jubel und Kichern griff Flora danach und zog den Korken heraus, was eine riesige Konfettiexplosion auslöste. Während alle kreischten, fiel der schwarze Vorhang zu ihrer Rechten, sodass der Raum dahinter zum Vorschein kam.

Der Barbereich war völlig verändert. Überall flackerte rosafarbenes Licht, und unglaublich attraktive Männer boten auf Tabletts Getränke und Häppchen an. Sie trugen eine Verkleidung, bei der ihr nackter Oberkörper nur vorne und hinten mit einer großen Spielkarte verdeckt war.

Die Cocktails wurden in perfekten kleinen Porzellantässchen mit Untertassen serviert wie bei einer Teegesellschaft.

»O. Mein. Gott«, sagte Flora und schüttelte den Kopf. Jetzt trat jemand vor und setzte ihr eine Krone auf. Es war Alice oder vielmehr Inge-Britt, wie Flora bei genauerem Hinsehen feststellte. Sie trug ein wirklich vorteilhaftes blaues Kleid mit weißer Schürze und ein Haarband in ihrem ungekämmten blonden Schopf.

»Du bist die rote Königin«, verkündete sie lächelnd. »Und dort ist die weiße Königin.«

Olivia stand bereits da und winkte wohlwollend. Tatsächlich schienen schon alle anwesend zu sein, stellte Flora fest, als sie hinter Olivia etliche ihrer Freundinnen entdeckte. Sie war hellauf begeistert.

Flora schnappte sich ein Getränk – einen Marmeladentörtchen-Martini –, ging zu Olivia hinüber und schloss sie in die Arme.

»Okay«, sagte sie. »Wow! Ich meine … wir hatten doch gesagt, dass das ein ganz normaler, traditioneller Junggesellinnenabschied wird, und … ich meine … Himmel, ehrlich gesagt hat mir das für dich sogar ein bisschen *leidgetan.*«

Olivia lächelte und zuckte mit den Achseln. »Oh, das ist alles Jacinths Werk. Als sie gesehen hat, wie schäbig das

Harbour's Rest ist, hat sie beschlossen, etwas daraus zu machen.«

»Aber die Fenster …«

»Ja, ich glaube, das wurde alles mit Gips gestaltet … Es sind bloß Kulissen, ist nur ein bisschen Spaß. Gefällt es dir?«

»Ich … ich bin *hin und weg*«, sagte Flora kopfschüttelnd. »So etwas habe ich noch nie gesehen. Einfach unfassbar! Hast du Anthony Fotos geschickt?«

Olivia zuckte mit den Achseln. »Ach, so etwas würde ihn *gar nicht* interessieren! Männer!«

Es war wirklich atemberaubend, vor allem, mit wie viel Liebe zum Detail alles gestaltet war.

Die Häppchen zum Beispiel waren eine Illusion – Marmeladentörtchen enthielten in Wirklichkeit Schinken und Käse, Pilze waren aus weißer Schokolade.

In einer Ecke saß auf einem riesigen Pilz eine »Raupe«, blies Seifenblasen und verdrehte sie zu den verrücktesten Formen.

Leider war Floras erster Gedanke: Himmel, Agot wäre begeistert gewesen! Überall plauderten Frauen, quietschten vor Begeisterung und bewunderten gegenseitig ihre Outfits.

»Wow!«, sagte Lorna, während sie an Flora herantrat. »Ich meine, das ist ja …«

»Ich weiß!«, rief Flora aus. »O mein Gott, im Kielwasser von reichen Leuten zu schwimmen ist echt *genial.*«

Jetzt bemerkte sie plötzlich Jan und Senga, die in einer Ecke allein an einem Tisch saßen. Jan hatte Jeans und ein kariertes Hemd an und wirkte stinkwütend, während Senga mit unglücklicher Miene den Blick durch den Raum wandern ließ. Am Tisch daneben hockte Mrs Forbes, schniefte und sah so aus, als fände sie die ganze Veranstaltung ziemlich vulgär. Senga und Jan machten keinerlei Anstalten, mit ihr ein Gespräch anzufangen.

»Oh-oh«, sagte Flora und wies Lorna auf die Szene hin.

Sie schauten einander an.

»Ich verziehe mich dann mal auf die andere Seite der Party«, sagte Lorna schnell.

»Sollten wir nicht lieber Hallo sagen?«, fragte Flora. »Und versuchen, Jan bei Laune zu halten? War das nicht unsere Abmachung?«

»Nein!«, protestierte Lorna. »Ich will Jan nicht einmal an meine Existenz erinnern, wenn sie dadurch womöglich ins Plaudern gerät. Mir ist angst und bange, Flora.«

Als hätte sie das über all den Lärm hinweg gehört, schaute Jan plötzlich auf. Noch bevor sie die beiden entdeckte, öffneten sich wie aufs Stichwort die Türen, die auf den kleinen Garten des *Harbour's Rest* hinausgingen.

»Jetzt wird es langsam absurd!«, sagte Flora.

Die Grünfläche hinter dem schäbigen alten Hotel wirkte viel größer als sonst, da sie heute auch noch den trostlosen Parkplatz mit umfasste. Und das hier war ein Garten, wie Mure ihn noch nie gesehen hatte. Wegen der heftigen Atlantikwinde gab es auf der Insel nur wenige verkrüppelte Bäumchen. Aber hier … hatten sie nun einen Garten voll stattlicher Bäume vor sich.

Angesichts des überwältigenden Anblicks entfuhr allen Frauen von Mure ein Keuchen. Da gab es Obstbäume und Rosenbüsche, und alles war mit Lichterketten geschmückt.

Olivia stand derweil mit ihren äußerst dünnen, ein wenig blasiert wirkenden Freundinnen da. Sie hatten alle eine auffallend aufrechte Körperhaltung und lehnten für sich selbst jegliche Häppchen ab, während sie andere zu deren Verzehr zu bewegen versuchten.

»Oh, wow«, sagte Flora fassungslos und ließ sich zusammen mit ihren Gästen von dem weißen Kaninchen hinaus in den Garten geleiten. Dort wurden sie in zwei Gruppen geteilt, weil jetzt ein Krocketspiel auf dem Programm stand.

»Ich spiele … doch nicht Krocket!«, rief Flora aus und lachte hilflos, als einer der Spielkartenkellner ihr einen Schläger reichte.

»Sie führen die Mannschaft an«, sagte das weiße Kaninchen mit ziemlich herrischer Stimme. »Schließlich sind Sie die Königin!«

»Oh! Na ja, okay!«

Obwohl sich um Olivia weitaus weniger Gäste scharten als um Flora, befanden sich unter ihren Teammitgliedern leider mehrere, die vorher schon mal Krocket gespielt hatten und nicht wie die Schottinnen versuchten, mit den Schlägern wie beim Golf auszuholen.

In ihrer Mannschaft waren auch Jan und Senga. Senga fragte sich, was das eigentlich alles sollte, und war keine große Hilfe. Sie jammerte über die Griffe und darüber, dass die Kugeln auf dem Kunstrasen ja gar nicht richtig rollten.

Olivia behielt ihre Mutter mit besorgtem Blick im Auge.

Jan hingegen wollte unbedingt gewinnen und hieb mit gesenktem Kopf gegen die Kugeln.

Flora, Lorna und ihre Freundinnen lachten sich in der anderen Mannschaft in der Zwischenzeit darüber kaputt, wie schlecht sie waren.

Sie erlitten tatsächlich eine vernichtende Niederlage. Als am Ende der Punktestand – sechsundzwanzig zu vier – verkündet wurde, prusteten Flora und Lorna so heftig, dass sie sich gegenseitig stützen mussten. Sie winkten eine der Spielkarten heran, damit sie ihnen aus ihrer Cocktail-Teekanne nachschenkte.

Es wurde alles noch krasser, als man plötzlich Kai ausrufen hörte: »Ach du Scheiße!«, und die versammelte Mannschaft herumfuhr.

In ihrer Abwesenheit hatte sich der Fußboden im *Harbour's Rest* wie durch Zauberhand verwandelt. Jetzt zeigte er ein Schachbrettmuster, Discobeleuchtung zuckte, und zu Floras Entsetzen und Begeisterung begann eine ganze Armee von Tänzern im Magic-Mike-Stil mit Weste, Fliege und – Nein! Doch! – winzigem Kaninchenschwanz, eine perfekt synchrone Choreografie hinzulegen.

Man konnte das Gekreische bis zu MacKenzies Hof hören.

»Uff«, entfuhr es Flora. (Sie war wirklich erleichtert, als man ihr versicherte, dass es sich bei diesen Männern nicht um *richtige* Stripper handelte, zumindest nicht heute Abend. Ihre Freundinnen aus London nahmen das eher enttäuscht zur Kenntnis.)

Irgendwann verlangte der Haupttänzer der Truppe laut nach den Brautjungfern.

Drei desinteressierte dünne Freundinnen von Olivia schoben sich lustlos heran und begannen, sich gelangweilt zur Musik zu drehen.

Lorna wollte nun wirklich nicht auf die Tanzfläche, aber es half alles nichts – von links und rechts packten Flora und Isla sie, um sie unter Gegröle und Anfeuerungsrufen nach vorne zu bugsieren. Widerwillig und mit leuchtend rotem Kopf stand sie vor einem riesigen Tänzer, dessen Muskeln vor Babyöl glänzten.

Der Tänzer, der Sanchez hieß und ein durch und durch anständiger Kerl war, lächelte und erbarmte sich ihrer. Er hatte genug Erfahrung, um schnell den Unterschied zwischen Frauen zu bemerken, die sich voll mit einbrachten, und denen, die eigentlich gar nicht im Mittelpunkt stehen, aber auch ihre Freundinnen nicht enttäuschen wollten.

Für die erste Sorte Frauen hatte er wirklich heiße, sexy Moves in petto, um ihnen einen tollen Abend zu garantieren.

Während Tom Jones aus den Lautsprechern dröhnte, führte er nun aber die Bewegungen aus, die er für die Lornas dieser Welt bereithielt. Er schob sie vor und zurück, drehte sie sanft. Während alle johlten und klatschten, stellte Lorna zu ihrer unendlichen Erleichterung fest, wie viel Spaß es machte, mit einem trainierten Profi zu tanzen, der sie gekonnt dorthin schob und zog, wo sie hinmusste, auch wenn er halb nackt war.

Zu ihrer eigenen Überraschung begann sie strahlend herumzuwirbeln und gab sich zur Begeisterung aller der Musik wirklich hin.

Flora machte so viele Fotos, dass sie von dem Tanz kaum etwas ohne Handy vor der Nase sah. Bilder von Lorna, die sich amüsierte wie nie zuvor, lachend den Kopf in den Nacken geworfen hatte.

So benahm sich Lorna normalerweise nicht, ganz und gar nicht. Da sie generell wenig Alkohol trank, war sie durch die Cocktails aber lockerer geworden und hatte einen Riesenspaß.

Im alten Pfarrhaus war es still, obwohl Freitagabend war und die Jungen deshalb etwas länger aufbleiben durften. Anders als so oft stritten sich die beiden nicht, stattdessen waren ungewöhnlich gedämpfte Stimmen zu hören, als sie gemeinsam etwas bei Minecraft bauten. Das fand Saif schön, allerdings auch ein wenig beunruhigend. Er wärmte eine von Mrs Lairds Hähnchenpasteten auf und dazu eine ordentliche Menge Erbsen, weil er heute Abend wirklich nicht in Stimmung für die Brokkolidiskussion war.

Solange der Junggesellinnenabschied nicht aus dem Ruder lief, war wohl mit einem ruhigen Abend zu rechnen.

Lorna hatte sich so sehr darauf gefreut. Er wünschte, er könnte sie schick gestylt sehen – vielleicht in einem glänzenden Kleid, das er am liebsten ganz langsam abstreifen würde, um sie auszupacken wie ein Geschenk.

Na ja. Da die Jungen den Fernseher in Beschlag genommen hatten, wollte Saif gleich ein bisschen lesen und vielleicht etwas auf dem Klavier spielen. Sie hatten hier im Haus ein altes Instrument, das früher mal in der Kirche gestanden hatte, und Saif hatte für Ash Klavierstunden organisiert. (Agot hatte ihn darüber informiert, dass sie jemanden brauchte, der sie bei ihrem Eislauftraining musikalisch begleitete.)

Inzwischen hatte Saif aber selbst an der Sache Gefallen gefunden, klimperte einfach etwas herum. Er hatte festgestellt, dass das seinen Verstand ein wenig zur Ruhe brachte.

Danach könnten sie noch ein bisschen *Der Boden ist Lava* gucken, eine Sendung, die die Jungen toll fanden, deren Sinn sich ihm allerdings nicht erschloss. Und dann würde er wie jeden Abend darum kämpfen, Ash irgendwie ins Bett zu kriegen.

»*Awlad!*«, rief er ins Wohnzimmer hinüber, als der Ofen piepte.

Er wusste, dass der Ruf erst ins Hirn der Minecraft-fixierten Jungen vordringen würde, wenn er ihn noch mindestens fünf Mal wiederholt hatte.

Als sie sich schließlich erhoben, erzählte Ash weiter brabbelnd davon, was sie gerade gebaut hatten. Da gab es wohl ein Pferd, das auf dem Kopf stand, und Ibs Haus hatte einen Swimmingpool. Das führte zu der Frage, ob sie hier nicht auch einen Swimmingpool haben könnten, ob sie mal auf dem Festland in ein großes Freibad gehen könnten, ob sie diesen Sommer im Meer baden durften.

Ib runzelte die Stirn und fragte, ob es etwa Brokkoli gab, denn am Wochenende sei Brokkoli zum Abendessen wirklich nicht okay.

»Nein«, sagte Saif, »keine Sorge, ich hab Erbsen warm gemacht.«

Ash erklärte, dass Erbsen neu eingestuft worden waren und gar kein richtiges Gemüse seien, das hätten sie bei Miss Lorna im Unterricht gelernt.

»Das kann doch nicht sein, oder?«, fragte Saif entgeistert.

Er hielt seine Söhne erfolgreich dazu an, sich die Hände zu waschen, sich vernünftig hinzusetzen und mit Messer und Gabel zu essen, wobei einer von ihnen das Besteck sogar in der richtigen Hand hielt. Und er schaffte es, dass Ib sein Handy weglegte. All das war so ein großer Fortschritt, dass Saif gerade richtig stolz war. Doch ausgerechnet in diesem Moment klingelte sein eigenes Telefon.

Zum Glück handelte es sich nicht um die Nummer der Praxis, und er fragte sich kurz, ob es wohl Lorna war. Die rief ihn aber nie an, es war nur Zufall, dass er gerade an sie gedacht hatte. Oder auch nicht, weil er ja immer an sie dachte.

Nein, die Nummer auf seinem Display war die von Neda.

Saif runzelte die Stirn und schaute auf die Uhr. Da es schon nach acht war, meldete sich Neda außerhalb ihrer Arbeitszeit. Das war also kein Routineanruf.

Er starrte das Handy an. Irgendetwas in ihm sträubte sich dagegen, dranzugehen.

Ash plapperte weiter munter vor sich hin, erzählte, wie

er einen noch größeren Swimmingpool in SEINEM Haus bauen wollte, neben dem der von Ib ganz mickrig aussehen würde.

Ib versuchte, ihn zum Schweigen zu bringen, und konterte, dass dieser größere Pool ganz blöd werden und dass er in seinen einen Hai setzen würde, der ihn viel besser machen würde.

»Nein, WÜRDE ER NICHT!«, protestierte Ash. Er legte auf seinem Teller sorgfältig getrennte Häufchen mit den Möhren aus der Pastete und den Erbsen an, um alles in seiner bevorzugten Reihenfolge zu verspeisen.

Aus dem Radio kam Musik, und alles war normal, ganz normal. Wie sich die Jungen gegenseitig aufzogen, der aus der Pastete aufsteigende Dampf, die Musik im Hintergrund, draußen die Lämmer auf den Hügeln, das lange Rispengras, das sich im kühlen Frühlingswind wiegte. Durch die schnell länger werdenden Tage fühlte sich jeder Abend wie ein Wunder an, im Hintergrund knisterte das Feuer im Kamin … Normal, das hier war Saifs normales Leben.

Das Telefon hörte kurz auf zu klingeln und fing dann wieder an.

»Daddy!«, sagte Ash. »Ich glaube, du solltest mal an dein Handy gehen.«

Ib hingegen musterte seinen Vater plötzlich mit beunruhigtem Blick.

»Esst bitte«, sagte Saif. *»Ta'akul!«* Er schnappte sich das Handy und nahm es mit ins Wohnzimmer. Dann überlegte er es sich noch einmal anders und ging damit nach draußen. Es war kalt, weil der Wind vom Meer herüberwehte, wo in weiter, weiter Ferne große Frachtschiffe vorbeizogen und sich im Windpark vor der Küste die Räder im Affenzahn drehten.

»Ja?« So kurz angebunden meldete er sich normalerweise nicht.

Vielleicht ging es um seinen Antrag für die Aufenthaltsgenehmigung, vielleicht saß Neda noch spät im Büro und erledigte Papierkram. Sie würde sich bestimmt gleich entschuldigen und ein unwichtiges Detail zur Sprache bringen, das sie im Nullkommanichts klären könnten.

»Saif.«

Jetzt forderten die Männer alle Frauen auf, auf die Tanzfläche zu kommen, während die unsterblichen ersten Akkorde von *Dancing Queen* lockten.

Abgesehen von Jan und Senga eilten die Gäste mit klappernden Absätzen herbei. Als die größte der Frauen hielt sich Inge-Britt ran, um sich den größten Tänzer zu schnappen.

Olivia war bereitwillig in die Gruppe von Floras Londoner Freundinnen aufgenommen worden und schien kaum fassen zu können, dass sie gerade tatsächlich … Spaß hatte? Selbst ihre Modelfreundinnen flirrten ziemlich fröhlich herum. Irgendetwas musste vorhin in diesen Marmeladentörtchen-Cocktails gewesen sein.

Die Lichter glühten, Lärmen und Lachen schwollen an, und Flora konnte kaum glauben, dass das wirklich ihre Feier war, dass sie sich hier auf Mure befand, umringt von Menschen, die sie liebte, von ihren besten Freundinnen, auf einer fantastischen Party voll glücklicher Gesichter, auf der es auch noch halb nackte Tänzer gab. Und das alles, weil sie in einem Monat den Mann ihrer Träume heiraten würde. Sie blickte zu Lorna, die immer noch mit dem gleichen Typen wie am Anfang tanzte, und sah sie breit grinsen. Flora griff nach Lornas Hand und drückte sie.

»Es tut mir leid, dass ich Sie so spät noch störe.«

»Ist in Ordnung«, knurrte Saif, immer noch ein wenig barsch.

»Ich hatte einfach das Gefühl, dass das nicht bis Montag warten kann.«

Selbst hier oben, im alten Pfarrhaus am Rand des Orts, drang vom Hafen her etwas an Saifs Ohr, laute Musik in der Ferne. Er linste über die grasbewachsene Einfahrt hinweg, weil er sich verzweifelt danach sehnte, diesem Telefongespräch zu entkommen. Es sah so aus, als würden da rote und rosafarbene Lichter über dem *Harbour's Rest* zucken.

»Hm-hm?«

»Wir haben sie gefunden«, sagte Neda.

Die Dünen fielen in sich zusammen, Sand rieselte, die Felsen zerfielen in seinen Händen zu Staub.

»Das haben Sie schon einmal gesagt«, erwiderte Saif mit seiner ruhigen, bedächtigen Art.

»Ja, aber … dieses Mal wurde es eindeutig bestätigt.«

Es fühlte sich so an, als wäre sein Herz stehen geblieben, als müsse er sich heftig gegen die Brust hämmern, um es wieder in Gang zu bringen.

Inzwischen waren zur Musik aus dem *Harbour's Rest* noch quietschendes Lachen und Rufen hinzugekommen, das Lachen von jungen Frauen, fröhlich und frei.

Neda nannte ein Flüchtlingslager an der jordanischen Grenze. Saif nickte. Ja, davon hatte er schon mal gehört.

»Geht … geht es ihr gut?«, fragte er. Wieder bohrte sich ihm der Schmerz tief ins Herz, scharf wie eine Klinge: Sie wollte nicht mit mir sprechen, hat sich nie bei uns gemeldet.

»Es geht ihr … so gut, wie es an einem solchen Ort zu erwarten ist«, antwortete Neda langsam.

»Sie hat nicht auf meine Nachrichten geantwortet! Was ist denn mit ihren Söhnen? Hatte sie etwa kein Handy? Oder nicht die Gelegenheit?« Saif war nicht bewusst, wie bitter er klang, aber er entfernte sich vorsichtshalber vom Haus, damit die Kinder ihn nicht hörten.

Neda wog jedes Wort sorgfältig ab. »Sie hat klar und deutlich gesagt, dass sie Ihren Status hier nicht gefährden wollte, niemals. Und auch den der Jungen nicht.«

»Aber das hätte sie doch gar nicht. Sie hätte zu mir kommen können. Zu uns«, sagte er mit leiser Stimme.

Natürlich hatte er es gewusst. Er hatte es gewusst. Von dem Moment an, in dem er das Foto gesehen hatte. Aber das war jetzt die Bestätigung. Amena hatte noch einmal ganz neu angefangen.

Auf der Feier ging es immer lebhafter zu, obwohl es noch früh war. Während Mrs Forbes die Tänzer entsetzt betrachtet hatte, flippten um sie herum alle aus. Es fühlte sich an, als wäre der Winter furchtbar lang gewesen, sodass sie schon ewig keine Gelegenheit mehr gehabt hatten, mal richtig aus sich herauszugehen. Außerdem wollten die Frauen von Mure den Gästen zeigen, dass man auch hier auf der Insel ordentlich zu feiern wusste. Und diejenigen, die von weit her gekommen waren, würden sich nicht zurückhalten, wenn sie nun schon einmal da waren. Dass immer neue Cocktails gereicht wurden, trug natürlich das Seinige dazu bei, mal abgesehen davon, welch große Anstrengungen im Voraus unternommen worden waren, um einen tollen Abend zu garantieren.

Der DJ war super und schien das perfekte Gespür dafür zu haben, was alle hören wollten, ob es nun *Shake It Off* oder *Happy* oder *Hey Ya* oder Janet Jackson war. Die unterschiedlichen Gruppen lernten sich schnell besser kennen, schon allein durch die Begegnungen auf den Toiletten, die heute zur Feier des Tages frisch geputzt und unisex waren.

Im WC-Bereich standen extra Stühle, damit sich die Frauen ein bisschen hinsetzen und plaudern konnten. Olivia und ihre Freundinnen waren als Einzige nicht darüber verblüfft, dass es hier auch eine Box mit Parfüm, Lippenstift, Tampons und Haarspray gab – also mit allem, was man brauchen konnte oder gern mal ausprobieren wollte. Jedenfalls kam es hier zu jeder Menge Vertraulichkeiten zwischen den Frauen, bis draußen auf der Tanzfläche irgendetwas Unwiderstehliches erklang und alle zurück nach draußen stürmten.

»Also, ist er da? Ihr Ehemann?«

»Er wurde nicht mehr gesehen«, erklärte Neda. »Vielleicht ist er bei den Kämpfen ums Leben gekommen. Wir wissen es nicht. Auch Amena kann es nicht sagen.«

»Sie sah auf dem Foto so glücklich aus«, sagte er leise. Dann stellte er die Frage, die gestellt werden musste: »Ist ihr Kind am Leben?«

»Nein!«, protestierte Lorna. »NEIN, NEIN, NEIN, NEIN!« Aber sie krümmte sich dabei vor Lachen.

»Doch«, sagte Flora, während sie sich um einen gespielt ernsten Gesichtsausdruck bemühte. »So schreibt es das Gesetz vor.«

»Ganz und gar nicht!«, widersprach Lorna.

»DIE HÄNDE AN MEINE HÜFTE!«

»Polonaise! Polonaise!«, riefen Isla und Iona, die herbeieilten, um sich bei Lorna hinten anzuhängen.

»O nein!«, stöhnte Lorna, aber es war zu spät.

Flora trug immer noch die Krone auf dem hellen Haar, ihr Lippenstift war allerdings ganz verschmiert, als sie alle im Raum zur Polonaise aufrief.

Mrs Forbes lehnte mit angespanntem Lächeln ab.

Flora setzte sich in Bewegung, und die Schlange hinter ihr umrundete einmal den Parkplatz, jetzt Garten, bevor sie in Richtung Hafen weiterzuckelte.

Die Fischer wollten mit ihren Kuttern gerade aufbrechen, um in den Fanggründen der eisigen Wasser des Nordatlantiks ihre harte Nachtschicht zu absolvieren. Sie ließen alle fröhlich das Nebelhorn erklingen, und die jungen Frauen winkten als Antwort – so, wie auf Mure schon seit mehr als tausend Jahren die Inselfrauen Männern in Booten zum Abschied zugewinkt hatten.

Saif kniff die Augen zusammen. Aus irgendeinem Grund tanzte da unten eine lange Schlange Frauen den Hafen entlang. So etwas hatte er noch nie gesehen, und es wirkte total verrückt. Das Ganze wurde von lautem Jubel untermalt.

»Ja, ihre Tochter lebt«, sagte Neda.

»Also ein Mädchen.« Saif schluckte heftig. Früher hatten sie mal auf eins gehofft, aber das lag ein ganzes Leben zurück. Nach der Geburt der Jungen hatte damals, in einem ganz anderen Universum, mal jemand zu ihnen gesagt: »Und jetzt noch ein Mädchen, dann ist eure Welt vollkommen.« Damals waren sie mit ihren beiden perfekten Söhnen so glücklich gewesen, dass sie abgewinkt hatten. Sie hatten ja noch so viel Zeit gehabt, weil sich die Zukunft endlos vor ihnen erstreckt hatte. Alles war möglich gewesen, sie hatten sich noch auf so vieles freuen können. Größeres Glück hatten sie sich damals wirklich nicht vorstellen können.

Aus den Augenwinkeln beobachtete Saif die jungen Frauen, die sich an ihrer Freiheit und ihrem Glück erfreuten, lachten und tanzten.

Amena hatte eine Tochter. Ib und Ash hatten eine Halbschwester. Es war so seltsam.

»Verstehe«, sagte Saif steif.

»Amena wird Sie immer noch nicht kontaktieren«, sagte Neda, »weil sie denkt, dass sie damit Sie und die Jungen einem Risiko aussetzt. Sie hat Angst davor, dass dadurch die Staatsangehörigkeit der beiden in Gefahr ist.«

Saif nickte einmal kurz. Er hatte hier in Großbritannien oft genug miterlebt, wie die Leute auf Frauen reagierten, die mit syrischen Kämpfern verheiratet waren.

»Und ich muss Ihnen ehrlich sagen«, fuhr Neda fort, »dass es für sie selbst tatsächlich … Konsequenzen haben könnte, wenn sie es täte.«

Sein Herz stand still.

»Aber wir haben eine Nachricht für Sie.«

Kapitel 28

Die Jungen spielten weiter fröhlich Minecraft, bis Ib irgendwann merkte, dass es selbst für einen Freitag spät und ihre Bettgehzeit längst verstrichen war.

Als er Ash mit dem Fuß anstieß und ihm befahl, schlafen zu gehen, rief Ash: »DU HAST MIR GAR NICHTS ZU SAGEN!«

Sie begannen zu rangeln und rollten schließlich zusammen über den Fußboden, aber nicht einmal das rief wie sonst ihren Vater auf den Plan. Schließlich standen sie auf, um mal zu gucken, was los war.

Saif saß in der dunklen Küche und hielt sein Handy in der Hand. Aber er blickte nicht darauf, sondern starrte ins Leere.

Ib stellten sich augenblicklich die Nackenhärchen auf, weil ihm Situationen wie diese nur zu präsent waren. Anderen gegenüber behauptete er, kaum noch Erinnerungen an früher zu haben, weil offensichtlich war, dass es so für alle einfacher war.

Ash hatte es da leichter: Er erinnerte sich wirklich nicht mehr und ging davon unbelastet durchs Leben.

Aber Ib wusste alles noch. Wie die Erwachsenen ihre Handys fixiert und dann ins Leere gestarrt hatten. Wie sie in dunklen Zimmern gesessen hatten, weil es keinen Strom gab.

Ash marschierte zu seinem Vater. »WAS IST DENN, ABBA?«

Saif schaute auf, und Ib entdeckte im gehetzten Blick seines Vaters etwas, was er seit den ersten Tagen ihrer Ankunft auf der Insel nicht mehr gesehen hatte. Plötzlich war der Junge starr vor Angst.

Da ihm nichts anderes übrig blieb, traf Saif schnell eine Entscheidung. »Nichts«, sagte er und stemmte sich unter Anstrengung hoch. Er warf einen Blick auf seine Armbanduhr. »Hey, guckt mal, Zeit fürs Bett!«

Zum Glück war Ash durch das Zucken von Lichtern unten im Ort abgelenkt. »Agot hat gesagt, dass sie da ohne sie eine große Party feiern«, erklärte er nachdenklich. »Ist das die große Party?«

»Ich glaube schon«, sagte Saif und schaute zu dem Murer Engel hinüber, der riesigen Statue unterhalb der Schule. Auch sie wurde in Rot und Rosa angestrahlt.

Ash schüttelte den Kopf. »Agot wird richtig, richtig sauer sein.«

Saif legte die Arme um ihn. »Mach dir darüber mal keine Sorgen.«

Ash schüttelte den Kopf. »Mache ich mir auch nicht. Miss Lorna sagt, wenn die Leute wütend sind, dann sind sie oft gar nicht wütend auf uns, sondern auf die SITUTION.«

Saif schaute ihn an. O Gott. Lorena. Der einzige Mensch, mit dem er unbedingt darüber sprechen wollte, war auch der einzige, dem gegenüber er es auf keinen Fall erwähnen durfte.

»Sie ist wirklich weise«, sagte er, und er sann darüber nach, wie sehr das stimmte. Plötzlich sehnte er sich verzweifelt danach, mit ihr zusammen zu sein, sich irgendwo an einem sicheren Ort in ihre Arme zu schmiegen.

Saif brachte Ash ins Bett, küsste ihn und empfand es als tröstlich, ihm eine Geschichte vorzulesen. Ihm fiel auf, dass der Schlafanzug Ash schon wieder zu klein wurde.

Saif hatte kein Händchen dafür, seinen Söhnen Kleidung zu kaufen. Abgesehen davon, dass er nicht daran gewöhnt war, bekam man die nur auf dem Festland. Er wusste nicht, dass die meisten Familien hier gebrauchte Kinderkleidung untereinander tauschten, wie sie es seit Generationen getan hatten. Aber niemand wagte es, den Flüchtlingen welche anzubieten, um bloß nicht als gönnerhaft dazustehen.

All das führte dazu, dass die Jungen eine bunt zusammengewürfelte Mischung aus Kleidungsstücken trugen, die Saif irgendwie ins Auge gesprungen waren. Denn er wusste nicht, dass man eigentlich nie das kaufen sollte, was einem als Erstes auffiel.

Er selbst zog sich so an wie einst sein Vater. Als eingefleischter Englandliebhaber war sein Vater der Meinung gewesen, dass alle Ärzte sich so kleiden sollten wie in einer BBC-Fernsehserie der Sechzigerjahre.

Ib wollte nur selten etwas anderes tragen als sein geliebtes Hibernian-Trikot, was Saif nicht allzu sehr störte, und beide Jungen bevorzugten bei jedem Wetter kurze Hosen wie ihre Freunde, die abgehärteten Inseljungen.

»Alles in Ordnung, *Abba*?«, fragte der sensible Ash noch einmal, inzwischen ganz schläfrig, als Saif das Nachtlicht einschaltete, das sich drehte und dabei Wale und Delfine an die Wand warf.

Saif strich dem kleinen Jungen über die Stirn. Was sollte er nur sagen? Einfach »Ich weiß, wo deine Mutter ist«? Diese gemütliche, friedliche Welt, in der du lebst, dachte Saif, die könnte ich zerschlagen wie ein rohes Ei.

Ich könnte problemlos den Frieden und die Geborgenheit zerstören, die du hier zum ersten Mal erlebst, die einzige Sicherheit, an die du dich je erinnern wirst. Die beste Zukunft, die du haben kannst.

»Naeam«, sagte er. »Alles ist gut.« Der kleine Junge schloss die Augen und versank sofort in so friedlichen Schlaf, als hätte er einfach einen großen Schritt ins Reich der Träume gemacht. Seine Stirn war völlig glatt. Noch einmal küsste Saif ihn, bevor er mühsam aufstand. Er kam sich wie hundert Jahre alt vor.

Ib lehnte im Türrahmen und schaute ihn an. »Erzählst du es mir?«, fragte er streng.

Obwohl sich die Polonaise langsam totlief, amüsierte sich Flora immer noch köstlich.

Als die Leute zurück in die Bar taumelten, war der DJ so klug, eine Pause einzuschieben, sodass die Gäste erst einmal zu Atem kommen und ein Glas Wasser trinken konnten – oder vielmehr Champagner, der jetzt in Vorbereitung auf die Reden ausgeschenkt wurde.

Alle kicherten und schwitzten, und man konnte längst nicht mehr sagen, wer zu Olivias Freundinnen gehörte, wer von der Insel oder vom Festland kam. Durch die Tänzer, die Toiletten und die Cocktails waren alle längst eine verschworene Gemeinschaft.

Na ja, fast alle.

Auch Olivia hatte die Cocktails genossen, die bei ihr ziemlich eingeschlagen hatten – vermutlich, weil sie wegen der Hochzeit ihre Diät noch strenger einhielt als sonst. Außerdem war sie so sehr daran gewöhnt, immer beäugt zu werden, dass dieser Abend im Kreise einer Truppe von aufgekratzten Frauen für sie etwas ganz Neues war und sie sich irgendwann vollends dem Cocktailgenuss überlassen hatte.

Eigentlich war es nicht sehr überraschend, dass sie sich hier mitreißen ließ. Im Toilettenbereich quatschte sie mit allen wild drauflos, und als auch Flora hereinkam, schlang sie die Arme um sie und sagte: »Das hier ist einfach *super*! Und dich hab ich so lieb!«

Flora lächelte höflich und sagte: »Ich bin froh, dass es dir gefällt, aber das ist doch alles dein Werk.«

»Nein, du hast die ganzen Leute mitgebracht, die wissen, wie man Spaß hat … nicht wie die verdammte Jan da draußen! Hast du sie gesehen? Die reinste Miesmuschel! Gott, ich wünschte, du wärst meine Schwester, nicht sie.«

Flora schnitt eine Grimasse und deutete auf eine Toilettentür, die sich in diesem Moment öffnete.

Olivia verzog das hübsche Gesicht zu einer Schnute, als Jan rot und verschwitzt aus der Kabine trat. So hatte sie sie zwar auch schon betreten, Olivias Worte hatten aber nicht gerade geholfen.

Stille legte sich über den Toilettenbereich, während alle gespannt darauf warteten, was jetzt wohl passieren würde. Insgeheim hofften einige der Gäste auf den großen Knall, durch den diese Party wohl legendär werden würde.

»Jan«, sagte Olivia mit trotziger Miene, machte auf dem Absatz kehrt und stolperte aus dem Raum.

Aber vergeblich: Jan war ihr bereits auf den Fersen und holte sie mitten im Barbereich ein. »Ist schon okay«, sagte sie. »Ich wollte dich nämlich auch nicht als Schwester.«

»Ja, das hast du immer unmissverständlich klargemacht.«

»Was soll das denn heißen?«

»›Geh weg, Olivia!‹, ›Nein, du darfst nicht mitspielen!‹, ›Verschwinde aus meinem Zimmer!‹, ›Lass meine Sachen in Ruhe!‹ Lauter Sätze, die zu meinen frühesten Erinnerungen gehören.«

»Mit mir hast du dich doch nur abgegeben, wenn du es leid warst, alle Erwachsenen im Umkreis von zehn Meilen mit deinen großen Kulleraugen zu bezirzen.«

»Ich war bloß *ein kleines Kind!* Und du hast mich von der Minute an gehasst, in der du mich zum ersten Mal gesehen hast.«

»›Oh, guckt euch alle nur Olivia an, die ist ja so hübsch, eine Runde Applaus für Olivia.‹ Das ist so *langweilig* und macht mich einfach *krank*!«

»Aber dafür kann ich doch nichts!«, protestierte Olivia.

»Und was war mit dem Dicke-fette-Jan-Club? Wer war dafür verantwortlich?«

»Der Dicke-fette-Jan-Club?«, wiederholte jemand fassungslos.

»Den hab ich doch nur ins Leben gerufen, weil es mit deinen Gemeinheiten nie ein Ende hatte! Du hast mich nicht eine Sekunde in Ruhe gelassen.«

Während die beiden Schwestern einander anfauchten wie Straßenkatzen, beobachtete Mrs Forbes die Szene mit offenem Mund.

»Äh, Leute«, sagte Flora, »es ist so ein schöner Abend, eine tolle Party. Also kommt schon, bitte kein Streit. Vielleicht sollten wir kurz raus in den …«

»Das ist eine dämliche Party voller Angeberinnen, mit der du dein Geld zum Fenster rauswirfst«, rief Jan. »Oder vielmehr Anthonys Geld. Wissen das eigentlich alle? Wer hier für alles blecht?«

Olivia biss sich auf die Lippen, während Röte ihre Wangen überzog. Sie warf einen verräterischen Blick zu Mrs Forbes hinüber, die den Mund zu einer schmalen Linie aufeinanderpresste.

»Schluss jetzt!«, versetzte Flora mit mehr Nachdruck. »Oder muss ich erst Inge-Britt holen?«

»Du hättest ja nicht zu kommen brauchen!«, zischte Olivia, die Flora völlig ignorierte.

»Doch, das musste ich verdammt noch mal, oder etwa nicht? Um die kleine ›Alle lieben Olivia‹-Welt nicht zum Einstürzen zu bringen, in der du lebst. Um deine neuen Schwiegereltern zu beeindrucken. Um so zu tun, als wären wir eine große, glückliche Familie, obwohl du dich nicht einmal dazu herabgelassen hast, zu meiner Hochzeit zu kommen. Oder meine Tochter kennenzulernen.«

»Vielleicht, weil du *ganz deutlich* gemacht hast, dass ich nicht willkommen wäre! Schließlich hasst du ja jede Minute meiner Anwesenheit, seit ich es gewagt habe, zur Welt zu kommen«, sagte Olivia.

»RAUS!«, knurrte Flora. Ein paar ihrer Freundinnen eilten zu Hilfe, jede griff nach einem Arm, und so zerrten sie die beiden gemeinsam von der Tanzfläche.

Um die Situation zu retten, schnappte sich der DJ das Mikro. »Also … hm … ein Applaus für die beiden Bräute!«, dröhnte er, und der ganze Raum johlte.

Flora und Olivia, deren Wangen knallrot waren, starrten einander entsetzt an.

»Rede! Rede! Rede!«, grölte die Menge jetzt.

»Yeah!«, rief Kai und schob Flora in die Mitte des Raums.

»Äh …«, begann Flora und warf einen flehentlichen Blick zu Olivia hinüber, die mit wild verwuscheltem Haar dastand, während ihre Augen in unterschiedliche Richtungen zu gucken schienen.

»Rede! Rede! Rede!«

Lorna funkelte sie vielsagend an, und Flora wusste erst gar nicht, was sie wollte. Dann fiel es ihr plötzlich wieder ein: Sie mussten unbedingt Jan bei Laune halten, die Situation entspannen. Deshalb griff Flora nun nach dem Mikro und dankte allen fürs Kommen, schwärmte davon, wie genial der Abend war und wie lieb sie alle hatte. Sie erwähnte auch, was für eine unglaubliche Verwandlung Jacinth da mit dem *Harbour's Rest* gelungen war, einfach unfassbar. Diese Bemerkung klang leider so, als würde a) das Hotel normalerweise ziemlich übel aussehen und als hätte Flora b) Jacinth so tolle Arbeit gar nicht zugetraut. Damit war es ihr gelungen, gleich mehrere Leute auf einmal zu beleidigen.

Da Lorna immer noch vielsagend starrte, holte Flora tief Luft. »Ich danke euch, dass ihr alle von nah und fern für diesen tollen Abend angereist seid, den wir nur Olivia zu verdanken haben …«

Alle jubelten, und Olivia fing sich endlich wieder. Als wäre der Streit nie passiert, schenkte sie den Partygästen ihr blendendes Megawattstrahlen.

Mrs Forbes hingegen lächelte immer noch nicht.

»… und ich bin vor allem deshalb so glücklich, euch alle hier zu haben, weil Joel und ich … ganz privat feiern werden, mit einer Hochzeit im Kreis der Familie.«

Schlagartig legte sich Schweigen über den Raum.

»Was?«, rief Kai plötzlich aus. »Aber ich hab mir doch schon einen Kilt ausgeliehen, das war echt teuer!«

»Äh …«, machte Flora. Zu sehen, wie sich auf den glücklichen Gesichtern ihrer Freundinnen die Enttäuschung darüber breitmachte, dass sie an ihrem großen Tag nicht dabei sein würden, war ganz furchtbar für sie.

Unvermittelt riss Olivia ihr das Mikro aus der Hand und verkündete laut: »Yeah, aber ich hab Flora so furchtbar gern – für mich ist sie *wie eine Schwester!*« Das hatte sie eher gezischt als gesagt. »Und da sie am selben Tag heiratet wie ich – habe ich beschlossen, dass wir eine *Doppelhochzeit* ausrichten!« Sie legte den Arm um Flora. »Eine *gemeinsame Feier*, das wird einfach super!« Olivia schaute sich im Raum um. »Ich weiß, dass ich den meisten hier heute zum ersten Mal begegnet bin. Aber ihr habt mich in eure Mitte aufgenommen, mich auf Mure wieder willkommen geheißen, als wäre ich nie weg gewesen.«

Fassungslos schielte Flora zu Jan hinüber, die einen trotzigen Gesichtsausdruck aufgesetzt hatte.

»Und denjenigen von euch, die ich gerade erst kennengelernt habe, möchte ich sagen, dass es mir ein absolutes Vergnügen war. Als hätte ich nicht schon das große Glück, den besten Mann auf der Welt zu heiraten …«

Ups, dachte Flora, in deren Kopf sich alles drehte. Zu Joel hätte ich vielleicht auch noch etwas sagen sollen.

»… am schönsten Ort der Welt …«

Das führte zu lautem Jubel bei den Anwesenden.

Verdammt, dachte Flora, die Insel hätte ich auch erwähnen sollen.

»Danke, meine Schwesterbraut, dass ich das mit dir zusammen erleben darf … Und ich wünsche allen so viel Liebe in ihrem Leben, wie hier heute Abend herrscht«, kam Olivia nun zum Schluss. Sie lallte ein bisschen, aber sie sprach offensichtlich tief empfundene Worte, die von Herzen kamen, sodass die Gästeschar noch lauter johlte. »Lasst uns die *beste Doppelhochzeit* aller Zeiten feiern!«

Als Flora das nächste Mal zu der Stelle hinüberschaute, an der Jan gestanden hatte, war sie nicht mehr da. Mrs Forbes saß auch nicht mehr an ihrem Platz.

Aber es blieb keine Zeit, darüber nachzudenken, denn jetzt wurde ein riesiger Kuchen hereingerollt – er war wirklich enorm, größer als ein Tisch.

Und mit einem *Rums!* sprang unter Grölen und Geklatsche eine kleine Alice im Wunderland heraus, die mit den Händen in der Luft herumwedelte.

Oder vielmehr, wie Flora mit ein wenig Verzögerung erkannte, Mary-Elizabeth MacIntyre.

Das Kreischen und Grölen wurde von den sanften Hügeln nur noch verstärkt und erreichte gerade eben das alte Pfarrhaus, in dem Saif mit seinem ältesten Sohn in der Küche zusammensaß.

»Und Mama ist also da?«, fragte Ibrahim.

Saif wollte seinem Sohn wirklich nicht wehtun, ihm auf keinen Fall das Herz brechen.

Er hatte doch schon genug mitgemacht. In seinem jungen Alter hatte er von der harschen Wirklichkeit des Lebens bereits mehr als genug mitbekommen.

Trotzig starrte Ib den Becher warme Milch an, den Saif ihm hingestellt hatte.

Er befand sich in dieser frühen Phase der Pubertät, in der Teile seines Körpers zur Unzeit zu wachsen schienen. Deshalb fiel sein wirres schwarzes Haar über Ohren, die für seinen Kopf viel zu groß waren. Sein Körper war furchtbar dünn, die Füße riesig. Er hatte eine spitze Nase, die so edel wie die seines Vater werden würde, im Moment aber eher an eine Adlernase erinnerte. Die Augen waren groß und misstrauisch.

Beim Blick auf seinen Jungen, der gerade seine Kindheit hinter sich ließ, überkam es Saif, und es brach ihm fast das Herz. Eines Tages würde nur noch wenig von dem Kind übrig sein, das Ibrahim einst gewesen war. Es kam Saif beinahe so vor, als könne er die Hand ausstrecken und den Mann, der er einmal werden würde, mit den Fingern berühren.

»Ja, das ist möglich«, sagte Saif leise.

»Und, können wir sie sehen?«

»Das weiß ich nicht.«

Ibrahim runzelte die Stirn. »Will sie uns denn sehen?«

»Hm …«, machte Saif.

»Ich hab nie geglaubt, dass sie tot ist«, sagte Ib voller Verachtung.

Saif schloss kurz die Augen. Er konnte einfach nicht fassen, dass sein Kind überhaupt über solche Dinge hatte nachdenken müssen.

»Nein«, sagte Saif. »Ich auch nicht.«

»Aber Ash schon«, murmelte Ib. »Er ist so ein Baby.«

»Redet ihr oft darüber?«

Ib schüttelte den Kopf. »Er sagt das manchmal, weil es einfacher ist, als alles zu erklären«, sagte er. »Und dann sind alle nett zu ihm. Total kindisch. Das macht er nur, weil er Aufmerksamkeit will.«

»In der Schule?«

Ib schnaubte. »Nein! Das würde ihm Miss Lorna nie durchgehen lassen.« Er klang anerkennend. »Aber im Schwimmcamp und so.«

»Oh«, sagte Saif.

Jetzt herrschte lange Schweigen.

Irgendwann schaute Ib mit riesigen schwarzen Augen wieder auf.

Saif bemerkte den zarten Anflug von Bartwuchs auf seiner Oberlippe.

Ib musste all seinen Mut zusammennehmen, um diese Frage zu stellen: »Also, müssen wir jetzt … dahin zurück?«

Kapitel 29

Beflügelt von der Liebe überall im Raum machte sich Flora auf den Weg nach draußen – es wurde weiterhin getanzt, im Garten blinkten aber plötzlich Hunderte, Tausende von Lämpchen, die wohl an Lichterketten über den Köpfen hingen. Überall waren kleine Windlichter und Feuerschalen entzündet worden, die Wärme abgaben. Gemütliche Sessel und Sofas warteten mit weichen Karodecken in Rot und Rosa.

Im hinteren Bereich des Gartens führten zwei Balletttänzer in hautengen karierten Kostümen und mit weißen Masken einen Pas de deux auf. Aber die Gäste hatten sich inzwischen so an all die wundersamen Dinge auf dieser Feier gewöhnt, dass man ihnen kaum Beachtung schenkte.

Flora fühlte sich trunken vor Begeisterung. Joel würde sicher keine Einwände haben, solange sie weiter ihr Geld weggeben könnten – und jetzt würde schließlich jeder einzelne Penny an Jan, Charlie und ihre wohltätige Arbeit mit den Jungen gehen!

Sie würden ein paar Leute einladen und nach dem Essen zur anderen Feier dazustoßen, würden ihre stille Trauung im kleinen Kreis bekommen – um später zusammen mit allen bei der Riesensause mitmachen zu können! Das war doch eine perfekte Lösung! Flora konnte es kaum abwarten, Joel davon zu erzählen.

Natürlich herrschte nicht überall Liebe.

Jan marschierte gerade nach draußen und warf dabei einen der wunderschönen verschnörkelten Gartentische um, wodurch Teetassen zu Bruch gingen und sich Cocktails über das Plastikgras ergossen. Als Flora sie ansprach, stürmte Jan einfach weiter und ignorierte sie.

Jetzt kam auch Lorna herbei.

»Soll ich ihr hinterherlaufen?«, fragte Flora.

»Du bist wirklich der letzte Mensch auf Erden, der ihr hinterherlaufen sollte«, fand Lorna. »Na ja, vielleicht der vorletzte.«

Olivia redete gerade mit einer gewissen Dringlichkeit auf Lucy ein, ihre Schwägerin. Deren Körpersprache ließ erahnen, dass sie kein großes Interesse an dem Gespräch hatte.

Mrs Forbes sagte derweil zu allen, die es hören wollten: »So eine Veranstaltung würde meinem Anthony überhaupt nicht zusagen, wirklich nicht. Das ist alles völlig unangemessen.«

Flora schaute zu Senga hinüber, die wieder einmal die Lippen schürzte. »Gehen Sie ihr nach?«

Senga schüttelte den Kopf. »Was die beiden angeht, hab ich die Faxen dicke«, sagte sie. »Ich könnte niemals eine von ihnen zufriedenstellen, ohne die andere unglücklich zu machen. Mir reicht's.«

Nun richtete sich ihrer beider Blick auf Lorna.

»Nie im Leben!«, protestierte die.

»Irgendjemand muss da hinterher«, drängte Flora. »Und uns würde sie wohl einfach ins Hafenbecken stoßen.«

»Ich kann auf keinen Fall«, sagte Lorna flehentlich. »Du weißt doch, warum.«

»Aber Sie sind so vernünftig und sanft«, bemerkte Senga.

»Man kann direkt sehen, warum Sie so eine gute Lehrerin sind.«

»Das stimmt«, bestätigte Flora. »Sie muss sich schließlich oft mit solchem Ärger herumschlagen.«

»Aber Flora, du weißt doch …«

»Das spricht erst recht für dich«, bemerkte Flora finster. »Wenn du sie umstimmen kannst, dann ist die Gefahr geringer, dass sie …«

»Meinst du wirklich, das würde sie machen?«

»In ihrem momentanen Zustand wäre sie wohl zu allem fähig«, gab Flora zu bedenken.

Entnervt rannte Lorna hinaus in die Nacht.

Saif hatte Ibrahims Fragen so ehrlich beantwortet, wie es ihm möglich war.

Ja, sie konnten auf Mure bleiben, würden hier nicht wegmüssen. Nein, in Damaskus wurde nicht mehr viel gekämpft, aber ihr Haus dort stand wohl nicht mehr. Und nein, er wusste nicht, ob die beiden mit ihrer Mutter sprechen könnten.

Einerseits gierte Ib so sehr nach Informationen, andererseits wollte Saif sein Kind doch vor allem beruhigen.

Nein, er wusste auch nicht, ob sie vielleicht »kurz zu Besuch« dort hinfahren könnten, aber er musste zugeben, dass es sehr, sehr unwahrscheinlich war. Und ja, natürlich hätte Amena sie gesucht und wäre zu ihnen gekommen, aber das war ihr nicht erlaubt. Und er fürchtete, dass sie auch besser nicht kontaktiert werden sollte.

Jedes Wort, jeder einzelne Satz traf den Jungen wie ein Tropfen beißender Schmerz.

Es erinnerte Saif an Situationen, in denen er ganz junge Patienten Behandlungen unterziehen musste, die wehtaten.

Allerdings ging es den kleinen Patienten durch diese Behandlungen für gewöhnlich besser. Er hatte keine Ahnung, wie es durch *so etwas* jemandem besser gehen sollte.

»Deine Mutter«, sagte er schließlich, »ist sehr, sehr glücklich darüber, dass du hier bist. Dass du wohlbehütet bist, in einem schönen Haus wohnst und tolle Freunde hast. Dass du an einem friedlichen Ort lebst und zur Schule gehst, dass du genug zu essen hast und Strom, der auch nachts nicht ausfällt. Genau das wünscht sie sich für dich. Das ist es, was wir beide uns für dich wünschen. Und später, wenn du älter bist, weiter in Sicherheit lebst und nicht nur dein eigenes Auto hast, sondern auch einen Pass, dann … dann wird alles einfacher, und wir können wieder zusammen sein. Aber das braucht eben seine Zeit.«

Ib starrte vor sich hin.

»An so vielen Orten auf der Welt«, fuhr Saif fort, »müssen Mütter und Väter ihre Kinder zurücklassen, wegen der Arbeit oder weil ihre Familie durch Krieg oder andere schreckliche Dinge auseinandergerissen wird. Damit stehst du nicht allein da, Ib, und deine Mum wird dich niemals vergessen. Sich selbst zu opfern, um dir das gute Leben zu ermöglichen, das sie selbst nicht führen kann – das ist doch das Größte, was eine Mutter für ihr Kind tun kann. Sie würde einfach alles tun, damit du glücklich bist.«

»Sogar ins Gefängnis gehen«, sagte Ibrahim ganz leise.

»Das würde sie gern auf sich nehmen«, bestätigte Saif behutsam. Er zog seinen Sohn zu sich heran. »Ein richtiges Gefängnis ist dieser Ort aber nicht. Außerdem sind das doch alles Erwachsenenprobleme«, erklärte er. »Ich wünschte wirklich, du müsstest dich damit nicht belasten. Du sollst noch nicht erwachsen sein müssen.«

Beiden stand nicht der Sinn danach, jetzt ins Bett zu gehen, obwohl Saif nach einer langen Woche kaputt war. Deshalb machte er etwas, was sich die Jungen öfter von ihm gewünscht hätten, er aber nur selten tat: Er suchte aufs Geratewohl irgendeinen blöden Film von Marvel aus und setzte sich mit Ib gemütlich aufs Sofa, um ihn sich gemeinsam anzuschauen.

Irgendwann wurde der Atem des Jungen langsamer, und im Schlaf fiel die Anspannung von seinem langen Körper ab, sodass sein Kopf auf die Schulter seines Vaters sank.

Saif strich Ib, der sich inzwischen nicht mehr gern anfassen ließ, sanft übers Haar.

Im Fernseher lief weiterhin der Film, als Ib schläfrig fragte: »*Abba*, sehen in Damaskus eigentlich alle so aus wie ich?«

Lorna rannte nach draußen. Da die Zeit der hellen Nächte näher rückte, war es an diesem Maiabend auf Mure um halb elf abends noch nicht richtig dunkel. Trotzdem konnte sie Jan nirgendwo sehen. Jan stapfte weder über den Endless, noch war sie am Hafen, wo sich vor der Fish-and-Chips-Bude eine fröhliche Freitagabendschlange gebildet hatte, die überwiegend aus Männern bestand. Vielleicht hatte Jan sich ja auf den Weg nach Hause gemacht, um sich dort in ihrer Wut zu suhlen.

Lorna fragte sich, was jetzt wohl passieren würde – Jan könnte Olivia drohen oder Flora oder ihr selbst.

In diesem Moment musste Lorna an das Gleichnis vom verlorenen Sohn denken, für den das gemästete Kalb geschlachtet wurde. Sie hatte diese Geschichte früher immer unfair gefunden und war offensichtlich nicht die Einzige.

Die Nachtluft war kalt, und Lorna wandte sich ab, um zurückzukehren und den anderen zu gestehen, dass ihre durch die Arbeit als Lehrerin geschulten beschwichtigenden Fähigkeiten dieses Mal gar nicht erst zum Einsatz gekommen waren. Während sie sich umdrehte, schaute sie zur in Rot und Rosa angestrahlten Statue hinauf, deren Anblick sie irgendwie immer aufmunterte.

Nachdem er eine Decke über den auf dem Sofa schlafenden Ib ausgebreitet hatte, ging Saif hinaus in den Garten.

Er musste sich eingestehen, dass Ib mittlerweile zu groß war, um von ihm ins Bett getragen zu werden, wenn er ihn sich nicht wie einen Sack Kartoffeln über die Schulter werfen wollte. Wie schnell Kinder doch heranwuchsen, wie rasch sie sich veränderten! Die Zeit verstrich so schnell, rann wie Sand zwischen den Fingern hindurch.

Als wieder das fröhliche Lärmen von Frauen an sein Ohr drang, die sich auf den Heimweg machten, schaute Saif den Hügel hinunter. Es musste wohl später sein, als ihm klar gewesen war. Der Engel, zu dem er jetzt hinübersah, war immer noch hell erleuchtet. Irgendwie … vermittelte die Statue Saif immer ein tröstliches Gefühl.

Beim Blick hinüber bemerkte er nun eine reglose Gestalt. Die Person drehte sich in seine Richtung, fast so, als würde sie nach ihm Ausschau halten, und dann winkte sie ihm eifrig zu.

Saif wusste nicht so recht, was er tun sollte. Aber da ihn ja alle auf der Insel kannten, winkte er schließlich zurück. Dann wandte er sich ab und ging wieder ins Haus.

Kapitel 30

Eine Stunde später kam die Feier langsam zum Ende. Joel war immer noch wach, weil Douglas den ganzen Abend unruhig gewesen war, und überlegte, Flora vielleicht abzuholen. Das war ihr bestimmt lieber, als mit diesen albernen Absätzen die Hügel hochzustolpern oder sich vom einzigen, eher unzuverlässigen Taxi der Insel fahren zu lassen.

Flora bemerkte, dass an der Theke des *Harbour's Rest* ein harter Kern zusammen Shots trank. Lorna war noch nicht wieder da, und auch Mrs Forbes war mit Lucy verschwunden. Und Olivia …

Olivia war furchtbar betrunken und schüttete gerade ihr Herz Jacinth aus, die zwar interessiert auszusehen versuchte, gleichzeitig aber auf ihr Handy schaute.

Flora war froh, als Joel *Soll ich dich abholen?* schrieb. Nach ein paar Minuten lugte sie schon einmal kurz durch die Tür hinaus, um Ausschau nach ihm zu halten. Der Boden draußen war mit den Resten von roten Herzchen übersät, mit Konfetti, Glitter, verschütteten Cocktails und Zigarettenstummeln, eben den Überresten einer Party. Aber was für einer!

Als Lorna mit ernster Miene zurückkehrte und erklärte, dass sie Jan nicht gefunden hatte, zuckte Flora mit den Achseln. Irgendwie klärten sich solche Dinge doch, oder? Morgen früh war bestimmt alles wieder in Ordnung.

Sie ging hinüber zur plappernden Olivia, die selbst im betrunkenen Zustand immer noch nervtötend gut aussah und nun die Arme um sie schlang. »Du bist jetzt meine Schwester!«, verkündete sie dramatisch. »Und wir werden zusammen eine tolle Hochzeit feiern.«

Als Joel in der Tür erschien, betrachtete er fassungslos das Chaos in der Kneipe. »Himmel!«, sagte er. »Ihr habt wohl ordentlich einen draufgemacht.«

»Männer verboten! Männer verboten!«, riefen Floras Freundinnen. Das war ziemlich heuchlerisch, schließlich hatten sich alle auf die Tänzer gestürzt, die nirgendwo anders hinkonnten, weil sie hier im Hotel übernachteten. Und Kai war ja auch mit von der Partie.

Inge-Britt trug immer noch ihr Alice-Haarband, stand mittlerweile aber wieder mit ein wenig schief hängender Schürze hinter der Theke.

»Ich weiß, ich weiß«, rief Joel und hob beide Hände. »Ich will nur meine Zukünftige abholen, wenn das in Ordnung ist.«

Alle riefen »Oooooh!« und rannten herbei, um Flora noch einmal zu drücken.

»Wir können die Hochzeit kaum erwarten!«, verkündeten sie. »O mein Gott, das wird *noch toller* als heute Abend!«

Olivia stürzte sich auf Joel. »Du bist also Joel, der berühmte Joel! Ich hätte ja nicht gedacht, dass du so … Sind wir uns schon mal begegnet?«, fragte sie, während sie zu ihm hinaufschaute.

»Nein, wohl eher nicht«, antwortete Joel, obwohl es ihn nicht wundern würde. Sie sah aus wie so viele Frauen, die er früher mal gekannt hatte. Mit diesem Typus war er vertraut.

»Ich kann das mit unserer Doppelhochzeit kaum fassen,

und du siehst auch noch besser aus als Anthony! Er sollte lieber gut aufpassen, dass ich nicht den Falschen heirate, hahaha!« Sie legte ihm die Hand auf die Schulter. »Es kann sein, dass ich ein bisschen betrunken bin.«

Vergeblich schaute sich Joel nach jemandem um, der ihn von Olivia befreien konnte.

»Okay«, murmelte er perplex. »Äh, Flora?«

»Komm ja schon, komm ja schon!«, rief Flora. »Mann, hier liegen wirklich viele Schuhe herum. Okay. Tschüs, Leute!«

»Wir sehen uns bei der Hochzeit!«, riefen alle fröhlich und versuchten noch einmal, sie zu umarmen, während Joel sie mit versteinerter Miene zum Auto hinausführte.

Dort gluckste Douglas fröhlich den Mond an.

Während das Auto den Weg entlangholperte, verstand Flora einfach nicht, wo das Problem lag. »Ich weiß, dass du das Geld gern Jan spenden wolltest«, sagte sie. »Aber jetzt wird doch Olivia *für alles* bezahlen, und für sie ist das nur ein Taschengeld! Wir können zunächst unsere Trauung in kleinem Kreis abhalten, wie du es dir gewünscht hast – und dann mit allen die riesige Party feiern, die für Olivia organisiert wird! Das wird super! Guck doch nur mal, wie gut es heute Abend gelaufen ist!«

»Tatsächlich? Die Hälfte deiner Gäste scheint doch verschollen zu sein, und die andere Hälfte ist im Vollrausch«, bemerkte Joel ein wenig barsch.

Flora schaute ihn an. »Hey, Jan wird doch *dein ganzes Geld* bekommen!«, sagte sie. Ihre Stimme drohte zu kippen. »Bin ich nicht das reinste Genie?«

Joel schaute sie an. »Flora, ich hab dich nur um eins gebeten.«

»Ja, um eine kleine Hochzeit, die wir ja bekommen, eine Zeremonie im ganz kleinen Kreis. *Erst danach* stoßen wir zu dieser riesigen, fantastischen, unglaublichen Hochzeitsfeier mit dazu, wo alle eingeladen sind, und nehmen so von beidem das Beste mit! Das ist doch perfekt!«

Nach all den Marmeladentörtchen-Martinis war die Idee Flora einfach fantastisch erschienen. Selbst in ihrem ein wenig benebelten Zustand bekam sie aber mit, dass Joels Reaktion darauf nicht so ausfiel wie erhofft.

»Das löst auf einen Schlag all unsere Probleme!«

Joel hielt vor ihrem Haus. »Mir war nicht bewusst«, versetzte er steif, »dass es da irgendwelche Probleme gab.«

Kapitel 31

Am nächsten Morgen dröhnte so einigen weiblichen Bewohnern von Mure der Schädel. Wohin man sich auch wandte, überall lag der Duft von – lokal produzierten oder vegetarischen – Würstchen in der Luft, die für ein stärkendes Katerfrühstück gebraten wurden.

Und vor dem *Harbour's Rest* lag tatsächlich noch ein Schuh, der darauf hinwies, dass wohl jemand im falschen Märchen hängen geblieben war.

Ansonsten war wie durch Zauberhand alles wieder verschwunden, als wären in der Nacht Elfen erschienen und hätten den Traum abgebaut, der ja doch nur aus Sperrholz und Planen bestanden hatte. Im Garten und auf dem Parkplatz standen keine großen glitzernden Bäume mehr.

Flora wachte früh auf; sie fühlte sich mies und war noch nicht so recht dazu bereit, Joel gegenüberzutreten.

Der Vorschlag gestern war ihr wie die perfekte Lösung vorgekommen, und sie war echt glücklich darüber gewesen. Olivia wollte gern alle auf der Insel einladen und ihnen eine Wahnsinnsparty bieten. Und sie hatte auch das Geld dafür. So würde Joel immer noch den Großteil ihres Budgets spenden können, und sie würden eine private kleine Trauung abhalten können, während alle anderen bei der von Olivia dabei waren.

Flora machte sich nichts vor – sie wusste natürlich, dass

sie Olivia nicht besonders wichtig war. Die wollte einfach nur gut vor ihren neuen Schwiegereltern dastehen. Aber das konnte man sich doch zunutze machen, oder nicht?

Flora hatte Joels Miene gesehen, die selbst im Schlaf versteinert gewirkt hatte, obwohl er ohne Brille immer so verletzlich wirkte.

Sie schloss die Schlafzimmertür so leise wie möglich hinter sich und kochte erst einmal Kaffee, bevor sie sich den fröhlichen Douglas in einem Tragetuch umband, um mit ihm loszuziehen. Ja, er war viel zu schwer, aber sie liebte den warmen Körper an ihrem, wie seine Fingerchen mit ihren Haaren spielten. Heute Morgen fühlte sie sich seltsam hingezogen zum Endless, wollte gern den kühlen Sand zwischen den Zehen spüren.

Es war ein windiger Tag, an dem sich das Gras bog, und das passte ihr gut, denn so bekäme sie vielleicht einen klaren Kopf. Vor dem Schlafengehen hatte sie ein Riesenglas Wasser getrunken und zwei Paracetamol genommen, es hätte also schlimmer sein können, trotzdem war sie ein bisschen benommen.

Draußen war niemand unterwegs außer Bramble, der wie üblich früh am Morgen die Zeitung holte. Er blieb einen Moment stehen, um sich von ihr die Ohren kraulen zu lassen, war aber ein wenig ungeduldig, als wollte er sagen: »Na gut, viel Zeit hab ich aber nicht. Du siehst doch, dass ich auf einer wichtigen Mission bin.«

Über dem Meer lag dichter Nebel, stellenweise kam allerdings bereits der blaue Himmel durch. Das war normalerweise ein untrügliches Zeichen dafür, dass irgendwann die Sonne die Oberhand gewinnen würde, sodass die Leute im Lauf des Tages eine Schicht Kleider nach der anderen ablegen würden.

Am Strand waren so früh noch nicht einmal Gassigänger unterwegs, sodass Flora ganz allein war. Immer wieder ließ sie sich die vergangene Nacht durch den Kopf gehen und verzog beim Gedanken an den Streit zwischen Jan und Olivia das Gesicht – was das anging, hatte sie alles versucht. Aber manche Wunden waren wohl einfach zu tief, um sie mit Martinis und schicken Kleidern heilen zu können. In genau diesem Moment beschloss Flora, dass sie sich mit ihren Brüdern niemals überwerfen würde. Das war es einfach nicht wert. Sie schrieb Fintan eine Nachricht: *Hi, wollte dir nur sagen, dass ich dich wirklich lieb habe.*

O Mist, kam die Antwort zwei Sekunden später. So richtig gut schlafen konnte Fintan immer noch nicht. *Was hast du jetzt verbrochen? Was soll ich für dich tun? Verdammt!*

Flora hob Douglas aus dem Tuch und streckte die Arme mit ihm aus. »Na komm schon, du Neunmonatsläufer«, flüsterte sie.

Douglas aber ließ sich grinsend in den Sand sinken und fing an, ihn sich in den Mund zu stopfen.

Sie seufzte. Sie hatte Olivias Vorschlag wirklich für eine gute Lösung gehalten. Aber Joel war … er war … na ja. Natürlich stand es ihm auch zu, seine Traumhochzeit zu bekommen, dachte sie. In ihrem Bekanntenkreis hatten allerdings die meisten Männer die Braut bei allem gewähren lassen, was sie sich für ihren großen Tag gewünscht hatte … Dann wiederum wollte Flora nicht die meisten Männer, sie wollte nur einen, diesen einen, so kompliziert er auch sein mochte. Vielleicht sollte sie mal mit Mark sprechen.

Das Problem bestand allerdings darin, dass sie bereits zugestimmt hatte. Sie hatte Ja gesagt, obwohl sie es vielleicht gar nicht gewollt hatte. Das … war nun wirklich kein guter Start für eine Ehe. Sie seufzte.

Schweigend legte sie den Kopf schräg und schaute zum Horizont hinüber, während sie gleichzeitig Douglas im Auge behielt, damit er nicht zu viel Sand schluckte. Da hörte sie es, ein gleichmäßiges Brummen. Das kam nicht von den Seehunden, Seehunde bellten ganz eindeutig. Tatsächlich waren auch Seehunde zu hören, sie klangen aufgebracht. Als wäre da etwas im Wasser, was zu Unruhe führte.

Flora kniff die Augen zusammen. Spritzte dort draußen in Richtung Horizont etwa Wasser? Dort, wo sich Frachter durch die Wellen schoben, wo man an so grauen, bewölkten Morgen wie heute kaum den Himmel vom Meer unterscheiden konnte und die Schiffe deshalb in der Luft zu hängen schienen?

Da war es wieder. Eins … zwei … und ein tiefes, schweres Seufzen.

»O mein Gott«, sagte Flora zu sich selbst. Als sie jetzt Douglas hochhob, waren all ihre Sorgen vergessen. »Schau, die Wale!«, flüsterte sie. »Sie sind zu Besuch gekommen, mein kleiner Waljunge. Sag Hallo!«

Douglas schaute seine Mutter an und lächelte, weil sie so begeistert war.

»Willkommen«, sagte sie, runzelte aber sofort die Stirn. Es wäre gar nicht gut, wenn die Walschule dauerhaft hierbliebe. Das würde jede Menge Walbeobachter auf die Insel locken, und dann konnte man ihnen noch so oft erklären, dass man nicht zur Herde rausfahren, sie nicht stören durfte. Irgendwie fanden die immer einen Weg. Natürlich hatten die Leute das Recht, herzukommen und zu gucken, aber zu viele Menschen auf einmal machten oft etwas kaputt. Vielleicht war es ja genau das, was auch Joel empfand, dachte Flora.

Man musste die Wale einfach in Frieden lassen; die Paarungszeit war vorbei, und die trächtigen Kühe hatten jetzt Ruhe nötig. Aber die würden sie vielleicht nicht bekommen.

Wenn es nach ihr ginge, würde Flora niemandem ein Wort verraten. Leider wurden die Tiere aber gerade auf jedem Radar von Bergen bis Neufundland angezeigt. Die Leute würden kommen, egal, was sie tat. Dann würden sich die Wale in die Enge getrieben fühlen und in Panik geraten …

Sie drehte sich um. Vielleicht würde sie es nach Hause zurück schaffen, bevor Joel wach wurde …

Joel war im Arbeitszimmer beschäftigt, was normalerweise ein gutes Zeichen war.

Flora brachte ihm eine Tasse Tee.

»Und, wie geht es dir heute Morgen?«, fragte er ein wenig gereizt.

»Gut, danke«, antwortete Flora.

Er schaute sie schräg von der Seite an. »Wirklich?«

»Ja!«

»Okay, super. Pass nur auf, dass du Douglas nicht zu viel von deiner Fahne ins Gesicht bläst.« Immerhin redete er mit ihr.

»Also, ich hab über die Hochzeit nachgedacht.«

Joel hob die Hände. »Keine Sorge. Wie ich sehe, hast du ja bereits alles geplant.«

»Es war doch nur eine Idee. Von Olivia. Und ich dachte, sie würde dir gefallen.«

»Warum?«

»Weil wir immer noch die Trauung ganz für uns hätten … und dann einfach eine … Party, auf die wir danach gehen könnten.«

»Und bei der alle sind, die du so kennst.«

»Sie ist diejenige, die das ganze Tamtam veranstaltet«, sagte Flora. »Was bedeutet, dass wir jeden Penny an Jan spenden können.«

»Das hast du bereits gesagt«, entgegnete Joel. »In Ordnung. Mach, was du willst. Was ich auch tue, du bist ja offensichtlich fest dazu entschlossen, die ganze Insel da mit reinzuziehen. Also muss ich eben versuchen, damit klarzukommen.«

»Das ist ja bloß wegen Lorna«, entgegnete Flora.

»Wie denn? Du hast nie … auch nur für eine Sekunde in Erwägung gezogen, mir meinen Wunsch zu erfüllen, oder?«

»Doch!«

»Tatsächlich? Und wieso ist dann *Saif* eingeladen? Ich meine, er ist mir durchaus sympathisch, aber er ist schließlich mein Arzt!«

»Das ist ja bloß wegen Lorna!«

»Tripp kommt auch, und den kann nun wirklich niemand leiden!«

»All das wusstest du also längst?«

»Nein, aber ich hab mich heute Morgen ein bisschen umgehört. Bis gestern Abend dachte ich nämlich … dass alles klar ist. Organisiert ist. Du und ich. Ein Raum mit Menschen, die uns lieben, uns wirklich lieben, ohne die üblichen Gaffer und Kneipenhocker. Ohne Menschen, denen wir völlig egal sind. Mit solchen Typen hatte ich schließlich mein Leben lang zu tun, mein ganzes Leben lang. Mit Leuten, die mich anstarren und denen ich völlig egal bin. Die neugierig sind oder sich an der Geschichte mit meinen Eltern aufgeilen oder einzuschätzen versuchen, ob sie mich für ihre Zwecke einspannen können. Ob sie professionell von mir profitieren können oder sonst irgendwie … Jede

Beziehung hatte irgendetwas von einem Tauschgeschäft an sich. Mit dir habe ich zum ersten Mal eine Frau kennengelernt, die nicht hinter Geld und Aufmerksamkeit her war.« Er schluckte. »Und jetzt kann ich einfach nicht … Ich ertrage die Vorstellung nicht, dass ich bei dir falschgelegen habe. Eine Olivia habe ich nie gewollt.«

Unverwandt schaute Flora ihn an. »Nein, du hast nicht falschgelegen«, sagte sie. »Aber meine Familie, die Insel und die Gemeinschaft ihrer Bewohner – das alles ist auch ein Teil von mir. Du hast dich nicht einfach nur in mich verliebt, sondern bist auch hierhergekommen, um an meinem Leben teilzuhaben. Es bringt doch nichts, wenn du dich jetzt wie ein Einsiedler zurückziehst – und so sehen dich die Leute auch gar nicht. Du bist den Menschen hier nämlich wichtig, du wirst geschätzt. Ich wünschte nur, dass du dich selbst genug schätzen würdest, um das alles zu sehen.«

Bestürzt starrten sie einander an und konnten einfach nicht begreifen, wie sie an diesem Punkt gelandet waren. Keinem von beiden gelang es, den Standpunkt des anderen nachzuvollziehen.

»Okay«, sagte Flora schließlich und wandte sich ab. »Dann sag ich Olivia Bescheid.«

»Die Mühe kannst du dir sparen«, knurrte Joel. »Es ist doch ganz egal, was du machst. Sicher werden die Leute trotzdem herausfinden, wo wir sind, und da einfach auftauchen. Also kannst du ruhig dein Ding durchziehen.«

Wütend fuhr Flora herum. »Mein Ding?«, fragte sie ungläubig. »Warum … Wie soll ich denn jemanden heiraten, der so über unsere Hochzeit spricht?«

Dann stürmte sie mit Douglas auf dem Arm aus dem Zimmer.

Kapitel 32

Es war einer von seinen Tagen als Freiwilliger, daher machte sich Joel auf den Weg zum Kai, wo bald eine neue Truppe Jungen ankommen würde.

Jan wartete auf ihn und sah so ernst aus, wie ihm zumute war.

»Hey«, sagte er. »Hattest du gestern Abend Spaß?«

»Gott, nein. Dieser Haufen kreischende Tussis …«

Joel musste beinahe lächeln.

»Ich kann nicht fassen, dass du dich zu diesem Schwachsinn mit der Doppelhochzeit bereit erklärt hast«, sagte sie.

Joel verzog das Gesicht. »Sieht nicht so aus, als hätte ich da groß die Wahl.«

»Gott, nein«, schnaubte Jan. »Für Olivia muss es immer nach ihrem Willen gehen. Bei allem. Und so ist Flora wohl auch, nehme ich mal an. Und dann die ganzen Schmarotzer hier auf der Insel …«

Joel zuckte mit den Achseln. »Für Outward Adventures ist es aber eine gute Nachricht. Wenn wir für das Essen nicht zahlen müssen, können wir noch mehr spenden.«

Jans Miene erhellte sich. »Na, immerhin etwas.« Sie dachte kurz nach. »Damit könnten wir alle Zelte ersetzen, und die schmuddeligen Isomatten!«

»Und jede Menge neue Stiefel kaufen!«, ergänzte Joel.

Jan nickte. »Ich frage mich, ob … Manchmal würde ich sie gern mit den Stiefeln wieder nach Hause schicken, wenn sie mit alten stinkenden und durchlöcherten Turnschuhen gekommen sind und es sich dabei offensichtlich um ihr einziges Paar Schuhe handelt.«

Joel nickte mit Nachdruck. »Da können wir doch sicher was machen, uns mit einem Hersteller einig werden oder so.«

Jan zuckte mit den Achseln. »Aber denk dran … dass die Kids neue Schuhe nur wollen, wenn sie von Nike oder Vans sind.«

Joel seufzte. »Alles klar.«

Jan schaute ihn listig an. »Und … Saif kommt also zu eurer Hochzeit? In Begleitung?«

Aber Joels Aufmerksamkeit wurde jetzt von etwas draußen auf See abgelenkt. »Das ist doch nicht die Fähre, oder? Was bewegt sich da nur?«

Jan griff nach dem Fernglas. »O Gott«, murmelte sie.

»Was denn?«

»Es ist eine Walschule, die nah an die Insel herangekommen ist.«

Joel dachte nach. »Oh, deshalb war Flora also heute Morgen unterwegs.«

»Dieser dämliche …« Jan riss sich zusammen. »Glaubt sie wirklich, dass sie mit Walen kommunizieren kann?«

Er zuckte mit den Achseln. »Auf jeden Fall hört sie sie.«

»Na ja, schön für sie, würde ich mal sagen. Bald wird Mure also voll von Walbeobachtern sein, noch zusätzlich zu den Gästen dieser lächerlichen, ätzenden Hochzeit. Die ganze verdammte Insel mutiert zu einem riesigen Zirkus, in dem sich jeder vor der blöden Statue ablichten lässt.

Mann, wir sind doch kein Vergnügungspark!« Auch Jan stieß einen Seufzer aus.

Joel musste ihr ja recht geben. Und er erschauderte beim Blick hinaus. Selbst jetzt, im Frühsommer, sah das Wasser kalt und wenig einladend aus.

Gemeinsam warteten sie auf die Fähre und wussten bereits, was sie ihnen bringen würde: Eine weitere Truppe frecher, verängstigter, leicht reizbarer Jungen, die entweder im Pflegesystem waren oder auf Förderschulen gingen. Sie würden sich in den nächsten fünf Tagen oft lautstark beschweren, sich aber endlich einmal auspowern, zu einer engen Gemeinschaft zusammenwachsen und Freunde fürs Leben finden. Das alles war harte Arbeit, war es aber auf jeden Fall wert.

Olivia wachte mit dröhnendem Schädel auf und guckte erst einmal, ob Anthony sie in der Zwischenzeit angerufen hatte. Hatte er nicht. Still ging sie rüber ins Hotel, um zu frühstücken. Wer hätte gedacht, dass es in *The Rock* so leckere Lachsbagel gab? Dann trank sie einen knappen Liter Kaffee, bevor sie sich auf die Suche nach Mrs Forbes und Lucy machte.

Jacinth kam mit einem Klemmbrett in der Hand herein und sah so aus wie immer. »Anthonys Mutter und Schwester haben den frühen Flug von der Insel genommen«, erklärte sie.

Fassungslos starrte Olivia sie an. »Aber heute wollte ich doch mit ihnen die Statue besuchen … und *Annies Küche* …«

»Tja. Ich glaube, die waren über gestern Abend gar nicht glücklich.«

Olivia sog Luft durch die Zähne. »Wieso, weil Jan und ich einen kleinen Familienstreit hatten? Echt jetzt, das kommt in den besten Kreisen vor!«

Jacinth zuckte mit den Achseln. »Oder vielleicht … weil du angeboten hast, noch eine zweite Hochzeit zu bezahlen?«

»Jetzt hör aber auf!«, entgegnete Olivia mit einer Schnute. »Die Gäste sind doch dieselben. Da kommt niemand Neues dazu.«

»Ja, trotzdem fanden sie wohl, du hättest es vorher mit ihnen absprechen sollen.«

Olivia seufzte. »Du meine Güte! Wessen Hochzeit *ist* das denn, hm?«

Sie griff nach ihrem Handy und wählte eine Nummer. »Hallo, Liebster«, schnurrte sie. »Oh, es war wirklich schön, deine Mutter wiederzusehen, sie ist so reizend! Und Lucy! Ich bin mir sicher, dass wir beste Freundinnen werden, das war ganz offensichtlich. Es ist einfach super gelaufen, wir hatten so viel Spaß! Okay, mein Schatz, ich liebe dich. Wir sehen uns bald!«

Jacinth starrte sie an.

»Was denn? Ich versuche nur, den anderen mit meiner Sicht der Dinge zuvorzukommen«, sagte Olivia. »Egal, sobald ich persönlich mit ihm rede, wird sich Anthony sowieso einverstanden erklären.«

»Dazu, plötzlich zusammen mit Wildfremden zu heiraten?«, fragte Jacinth.

Olivia runzelte die Stirn. »Den Forbes ist doch angeblich die Familie so superwichtig. Sie sollten wirklich davon beeindruckt sein, wie viele Leute kommen wollen und in was für eine fröhliche Gemeinschaft ihr heiß geliebter Anthony einheiratet.«

»Das Wort ›beeindruckt‹ würde ich da jetzt nicht verwenden«, murmelte Jacinth, schnappte sich ein Stück Lachs von Olivias Bagel und schob es sich in den Mund. »Da bringe ich meine Rechnung wohl besser so schnell wie möglich auf den Weg.«

Erschrocken blickte Olivia auf. »Du glaubst doch nicht etwa, sie würden …«

Jacinth zuckte mit den Achseln. »Mann, reiche Leute können echt seltsam sein.«

Olivia seufzte.

»Und jetzt kommen gleich die ganzen Bauarbeiter«, sagte Jacinth und sah besorgt auf die Uhr. »Hier oben in *The Rock* wird so viel los sein. Hör mal, Schätzchen, ich muss … wirklich los, okay?«

Übernächtigt blickte Olivia sie an.

»Okay, wir reden bald«, sagte Jacinth und trat hastig den Rückzug an.

Olivia blieb ganz allein zurück und versuchte, so auszusehen, als hätte sie weder Kummer noch Sorgen. Tatsächlich bedrückte die Sache sie aber sehr, daher scheuchte sie die kleine Isla auch einfach weg, als sie an den Tisch kam und fragte, ob sie noch etwas brauche.

Kapitel 33

Der Juni brach an, brachte aber kaum Veränderungen mit sich – Joel und Flora schlichen auf Zehenspitzen umeinander herum und hatten Angst davor, noch einmal über die Hochzeit zu sprechen.

Eigentlich wollte sich ja die Vikarin mit ihnen zusammensetzen, um mit ihnen über die Ehe zu reden. Dass sie nicht einmal das schafften, war wohl kein gutes Vorzeichen. Für eine kirchliche Trauung hatten sie sich im Prinzip nur wegen Eck entschieden, aber die Vikarin bestand darauf, dass vorher auch ein Gespräch über christliche Werte nötig war.

In *The Rock* wurden in der Zwischenzeit fast täglich geheimnisvolle neue Dinge angeliefert, die mit viel Schnaufen und Keuchen und Murren von Konstantin und dem zum Helfen herbeigeorderten Hamish weggeräumt wurden.

Man lagerte sie in einem Schuppen, wo sie auf die Baufirma vom Festland warteten.

Selbst angesichts von Kartons mit spannender Aufschrift wie »Trockener Reis« oder »Schneemaschine« kam bei Flora keine rechte Begeisterung auf. Na ja, es würde wohl toll werden, dachte sie. Und ihre Freundinnen, die bereits ihren Trip auf die Insel planten, waren völlig aufgedreht.

Der einzige Mensch, der ihr wichtig war, verbrachte

allerdings jede freie Stunde mit Freiwilligenarbeit bei Jan, die aus Floras Sicht alles andere als einen guten Einfluss auf ihn hatte.

Von Zeit zu Zeit brachte Flora die Hochzeit schüchtern zur Sprache und schlug Joel vor, nach einem anderen Datum zu suchen, wenn er nicht mit Olivia und Anthony zusammen feiern wollte. Dann zuckte er nur mit den Achseln und führte das Argument an, dass Mark und Marsha ja bereits ihre Flüge gebucht hatten. Also könnten sie es jetzt auch durchziehen, und wenn nun schon alles organisiert sei, solle Flora sich keine Sorgen machen. Jan freue sich über das Geld, und das sei für ihn gut genug.

Das klang überhaupt nicht gut genug.

Alle anderen gingen davon aus, dass Flora als Braut, die bald im eigenen Hotel heiraten würde, im siebten Himmel schwebte. Das fand sie am allerschlimmsten.

Plötzlich wimmelte es in *Annies Küche* nur so von alten Damen, die gar nicht mehr aufhören konnten, über diese für Flora ach so wunderbare Zeit zu plappern. Flora lächelte dann so strahlend, wie sie nur konnte, während sie in Wirklichkeit das Gefühl hatte, dass da etwas ganz Wundervolles, was sie doch eigentlich glücklich machen sollte, schneller und schneller davonraste, sich immer weiter von ihr entfernte.

Und es war schon Juni. Oh, Juni! Statistisch gesehen ist der Juni der beste Monat, um in Schottland Urlaub zu machen.

Viele Menschen, die südlich von Mure geboren sind, und das wäre ja fast jeder auf Erden, denken beim Sommer vor allem an den August. Aber alle Bewohner von Mure, tatsächlich sogar alle Schotten, würden mit Nachdruck erklären, dass der August kein Sommermonat mehr ist, sondern vielmehr schon Herbst. Juli und August sind auf der Insel nasse, graue Monate.

Mai und Juni hingegen sind ein gut gehütetes Geheimnis: hell und leuchtend und prächtig. Das gilt vor allem für den Juni, wenn es gar nicht mehr richtig dunkel wird und man sich gelegentlich hellwach nachts um halb zwölf am Endless wiederfindet. Dort begegnet man dann anderen Inselbewohnern, die ebenfalls aus dem Tritt geraten sind, was die angemessene Bettgehzeit betrifft.

Die Ferien fangen im Juni an, was gut so ist, denn es wäre gemein, die Kinder nach dem langen Winter und dem Frühling weiterhin im Klassenzimmer festzuhalten, wenn an wunderschönen Mädesüßtagen auf der Insel tausend verschiedene Schattierungen von Grün leuchten, wenn der schwere Geruch von Heidekraut in die Nase steigt, die Sonne den Nacken wärmt und der Wind sanft durchs Haar streicht.

Dazu kam noch, dass erst vor Kurzem der Sporttag der Schule stattgefunden hatte, bei dem es zu Agots Empörung keinen Eislaufwettbewerb gegeben hatte. Und auch die Talentshow, die die Kinder äußerst ernst genommen hatten, während sich die Erwachsenen zum Teil angesichts jeglichen Mangels an Talent das Lachen hatten verkneifen müssen.

Lorna MacLeod war jedenfalls fix und fertig, und nach den ersten sechzehn Minuten von Ruaridh Brodicks Schlagzeugsolo hatte das wohl jeder nachempfinden können.

Und dann folgte auch noch eine Zaubernummer, die nicht gerade als gelungen bezeichnet werden konnte.

Lorna hatte Saif kaum zu Gesicht bekommen, und wenn sie ihn gesehen hatte, war er sehr distanziert gewesen – einerseits war sie daran gewöhnt, andererseits bereitete es ihr aber schon Sorgen: Würde er sich nach seinem Liebesgeständnis etwa von ihr zurückziehen? Sie wusste, dass das bei Männern durchaus vorkam, dass es manchmal so lief. Wenn sie plötzlich feststellten, wie ernst die Sache längst geworden war, gerieten sie in Panik. Sogar ganz außergewöhnliche Männer, sogar der beste aller Männer. Sie hatte ihn nicht einmal während des Pfadfindertreffens der Wölflinge gesehen, was ihr wirklich Angst machte.

In der Tat fühlte sich jetzt alles intensiver an, weil es mit einem Mal real wurde. Statt sich in Träumen über eine unerreichbare Zukunft zu ergehen, mussten sie sich plötzlich mit einer tatsächlichen Zukunft auseinandersetzen, die kompliziert war, aber nicht mehr unmöglich. Doch sie würde schwere Entscheidungen mit sich bringen, schwierige Unterhaltungen. Lorna befürchtete, dass sich Saif genau deshalb von ihr entfernte, konnte aber verdammt noch mal nichts dagegen tun.

So ist das doch überhaupt nicht, mahnte sie sich. Sie hatten einfach beide schreckliche Angst vor Jan, und das dämpfte eben die Stimmung.

Wenn Lorna auf der Straße Jan begegnete, machte sie ihr mit strahlender Miene ein Kompliment über irgendetwas, das sie anhatte, was bei Jan eine ziemliche Herausforderung war.

Jan lächelte jedes Mal süffisant und ließ keinen Zweifel daran, dass sie es genoss, über Lorna Macht zu haben. Saif gegenüber benahm sie sich bestimmt genauso.

Daher blieb Lorna nichts anderes übrig, als ihn im Herzen zu bewahren, während sie zugleich das Gefühl der wachsenden Distanz in Angst versetzte.

Sie wusste, dass sie als emanzipierte Frau den Stier bei den Hörnern packen und eine klare Ansage darüber machen sollte, was sie wirklich wollte. Aber ihm war ja sonnenklar, was sie wollte.

Es war alles … ein bisschen komplizierter als das.

Und sie hatte sich nicht einmal Flora anvertraut, weil Flora so glücklich aussah, dass sich Lorna einfach nur für sie freute. Für Flora schienen sich die Dinge endlich vorteilhaft zu entwickeln, und Lorna hatte zu viel Angst, um anzudeuten, dass bei der Hochzeit vielleicht nicht alles glattgehen und sie selbst wie ein Geist durch die Gegend wandeln würde.

Sie gab es nur ungern zu – aber es passte ihr viel besser, wenn Flora glaubte, dass bei ihnen alles super lief. Als würde sich das positiv auf die tatsächlichen Gegebenheiten auswirken. Lorna redete sich ein, dass Saif bloß ein bisschen Zeit brauchte, um die Veränderungen zu verdauen. Um sich an den Gedanken zu gewöhnen. Sobald er seinen Antrag weggeschickt hatte, würde alles konkret werden, und Saif könnte anfangen, sich Gedanken um Einbürgerungstests und Pässe für die Jungen und all das zu machen.

Sie musste einfach nur Geduld haben.

Saif mahnte sich, endlich mit dem Googeln aufzuhören. Es reichte jetzt. Das war schlecht für ihn, es tat ihm nicht gut und wühlte ihn nur auf. Außerdem hatte er eine Riesenangst davor, dass sich die Jungen womöglich seinen Browserverlauf anguckten. Dabei war sein Laptop passwortgeschützt, und die Jungen hatten auf dem iPad keinen Zugang zum Internet, worüber Ibrahim endlos klagte.

Aber Saif schob richtig Panik.

Hier war es so schön und sicher, dass man sich leicht etwas vormachen konnte. Man konnte sich selbst etwas vormachen, indem man in die andere Richtung sah, wie es die meisten Leute taten. Vorwerfen wollte er ihnen das nicht.

Aber er selbst schaffte das nicht. Es war einfacher gewesen wegzuschauen, als ihm Informationen gefehlt hatten.

Saif hatte die Nachricht von Amena gelesen, die Neda ihm übermittelt hatte, hatte lange darauf gestarrt und gedacht, dass er die wirkliche Botschaft dahinter erfasst hatte: *Bring meine Söhne nicht hierher.*

Das ergab Sinn. Sie befand sich offensichtlich in einer Situation, in der es nicht sicher war, frei zu sprechen – ob das mit anderen Flüchtlingen oder ihrer Familie zusammenhing, hätte er nicht sagen können.

Aber er wusste jetzt, dass sie lebte, und eine Mutter sollte doch ihre Söhne heranwachsen sehen. Was er nun tun sollte, war ihm aber nicht klar.

Lorna bezeichnete die Sachen, die die Kinder im Unterricht bastelten, nicht direkt als Vatertagspräsente, obwohl sie das natürlich waren. Sie waren für eine wichtige männliche Bezugsperson in ihrem Leben – einen Opa oder Onkel.

Oder vielleicht auch für die Mutter, wie zum Beispiel bei den James-Geschwistern, die aus einer Familie mit einem gewissen Boho-Vibe stammten. Einst waren sie auf der Suche nach einem guten Leben auf die Insel gezogen. Allerdings hatte der Vater nach etwa fünf Minuten das gute Leben gehasst und sich nach Zentralheizung, Deliveroo, Bahnhöfen, Staus und Amazon Prime gesehnt. Deshalb war er mit eingezogenem Schwanz zurück in eine Doppelhaushälfte geflohen.

Leider waren die drei Kinder – Esmerelda, Crispin und Caraway – zu diesem Zeitpunkt längst völlig verwildert, trugen Hosen mit einem Stück Faden als Gürtel und versetzten beim Stromern über die ganze Insel Schafe und Katzen in Angst und Schrecken. Sie spielten begeistert Shinty und halfen bei der Ernte mit, weigerten sich von Mai bis September, Schuhe zu tragen, und waren offensichtlich längst über den Punkt hinaus, an dem man sie wieder der Zivilisation hätte zuführen können.

Lorna fand ja, dass sie sich ein kleines bisschen zu sehr an den Lebensstil der Insel angepasst hatten – sie sprachen selbst für Murer Verhältnisse mit ziemlich starkem Akzent und ließen gern hier und da ein paar Brocken Gälisch einfließen, was ihre Mutter in den Wahnsinn trieb. Aber Lorna hatte sich viel zu sehr darüber gefreut, welch positiven Effekt die Familie James an ihrer winzigen Schule auf die Klassengrößen gehabt hatte, daher beschwerte sie sich nicht.

Es gab noch einen anderen Grund dafür, dass sie hier jetzt bastelten: Den Muttertag hatten sie in der Schule seit der Ankunft von Ib und Ash beinahe unbemerkt verstreichen lassen.

Am Freitag vor dem Muttertag hatten sie nur zusammen ein paar Osterglocken eingepackt, die die Kinder schenken konnten, wem sie wollten, wie Lorna gemurmelt hatte.

Am Ende des Tages war dann Ash zu ihr gekommen, um ihr seinen Strauß zu überreichen.

Lorna hatte sich zusammengerissen, bis sie zu Hause war, und erst dort ein paar Tränen vergossen. Sie wusste nicht recht, warum sie das Saif gegenüber eigentlich nicht erwähnt hatte, da sie für gewöhnlich über alles mit ihm sprechen wollte. Aber … nein. Dass sein Sohn ihr zum Muttertag Blumen geschenkt hatte … das konnte wohl noch warten.

Allerdings hatte Ash die ganze Sache völlig unbefangen zu Hause beim Abendessen erzählt. Der kleine Junge wirkte sofort besorgt, als er den bestürzten Gesichtsausdruck seines Vaters bemerkte, und fragte seinen *Abba*, ob er etwa die Blumen gewollt hätte. Das wäre kein Problem, er könne ja noch einen Strauß fertig machen. Dafür bräuchte er nur grünes Krepppapier und gelbes Seidenpapier und ein bisschen Kleber und Draht und Zeitungspapier.

Sein Vater sagte: »Nein, nein, ist schon in Ordnung!«, verstaute diese Information aber in dem Winkel seines Gehirns, in dem ständig die Rädchen tickten.

Die meisten von Lornas Schülern hatten das Glück, einen Vater zu Hause zu haben oder zumindest einen, den sie regelmäßig sahen. Zusätzlich zu der Karte machten sie sich nun begeistert daran, eine kleine hölzerne Kiste in ein Muschelkästchen zu verwandeln, was jede Menge Klebstoff und rieselnden Sand mit sich brachte.

Durch die Aktion war der Klassenraum auch von einem leicht fischigen Geruch erfüllt, wie Lorna jetzt auffiel. Aber es herrschte fröhliche Stimmung, und Lorna hatte Spaß dabei, den Kindern über die Schulter zu gucken.

»Das ist für Leute, die sich um uns kümmern«, sagte Agot. »Eigentlich sollte ich ja ein Kästchen für Daddy UND Hamish und Fintan und Eck und Joel machen. Na ja, dann müssen sie eben teilen.«

»Also, ich mache zwei!«, verkündete Ash plötzlich.

Agot, die neben ihm saß, runzelte die Stirn. »Nein, machst du nicht. Keiner darf zwei machen.«

»Doch!«, widersprach Ash. »Ich darf das.«

»MISS LORNA!« Agot hatte überhaupt kein Problem damit, ihre Erzfeindin zu rufen, um ein bisschen zu petzen. »Ash sagt, dass er ZWEI MUSCHELKÄSTCHEN machen will, aber alle basteln doch nur EIN EINZIGES MUSCHELKÄSTCHEN. *Chan eil sin cothromach?*«

»Ash«, sagte Lorna mit freundlicher Stimme. »Wir machen alle nur ein Muschelkästchen.«

»Aber«, sagte Ash leise, »mein Dad ist doch Mama und Papa gleichzeitig. Er zählt als zwei.«

Lorna biss sich auf die Lippen. »Ich weiß. Und er macht das richtig gut.«

»Aber es wäre ÜBERHAUPT NICHT FAIR«, protestierte Agot, »WENN DU ALLE MUSCHELN NIMMST!«

Ash verzog das Gesicht.

Agot seufzte und klang mit einem Mal absurd erwachsen. »In Ordnung«, sagte sie, betrachtete ihr kleines Häufchen Muscheln und schob die kleinste und braunste davon ihrem Freund hinüber. »Du darfst DIESE MUSCHEL von mir haben. Ich TEILE NÄMLICH, Miss Lorna!«

»Danke«, sagte Lorna.

Weil sie nicht außen vor bleiben wollten, kamen auch die restlichen Kinder eins nach dem anderen herbei und gaben ihm von ihren Muscheln ab. Je größer sein Häuflein wurde, desto mehr leuchteten Ashs große braune Augen.

Als er an diesem Abend nach Hause kam, war Ash immer noch nachdenklich. »Also«, sagte er, »und ich will da jetzt überhaupt keine Überraschung kaputtmachen, das ist also nur EIN BEISPIEL.«

»Okay«, sagte Saif, der am Herd stand und Linsensuppe umrührte.

»Freust du dich ZUM BEISPIEL ganz doll auf den Vatertag?«

Saif kniff die Augen zusammen. Ach, war bald Vatertag? Er hatte keine Ahnung gehabt. »Ich …« Er sah Ashs Gesichtsausdruck. »Äh, ja, würde ich mal sagen.«

»Und würdest du dich ganz doll … über ein KÄSTCHEN freuen? Zum Beispiel.«

»Ich … ja, ein Kästchen ist immer nützlich.«

»Und fändest du MUSCHELN gut?«

»Ja, ich mag Muscheln.«

Ash stieß ein schweres Seufzen aus. »Es ist nämlich bald Vatertag, und der ist nur für dich, und dann freust du dich bestimmt SO SEHR, wenn du ZUM BEISPIEL ein Kästchen bekommst.«

»Nein, tut er nicht«, knurrte Ib, der in seinem geliebten Hibernian-Trikot gerade matschverschmiert vom Fußballspielen zurückkehrte. »Weil das nämlich Mist ist. Ich hab mal eins gebastelt in meinem ersten Jahr hier.«

»Ach, wirklich?«, fragte Saif sanft. »Das weiß ich gar nicht mehr.«

Ib runzelte die Stirn. »Weil ich es nicht mit nach Hause gebracht habe. Es war nämlich bescheuert.«

Tatsächlich hatte er es vor den Augen der anderen Kinder zerschlagen, was seine Schulkameraden betroffen und erschrocken beobachtet hatten.

Ib hatte länger gebraucht als Ash, um sich einzugewöhnen und die Sprache zu lernen. Erst in letzter Zeit hatte er durch den Fußball endlich zu sich selbst gefunden.

»Aber«, fuhr Ash unbeirrt fort, »ich hab ja zwei Käs… zwei Sachen. Eine davon kann ich dir geben. Ich kann nur nicht …«

»Ich hab Hunger«, sagte Ib schnell, um einem möglichen Drama zuvorzukommen. »Was gibt's denn zu essen?«

»Linsensuppe«, antwortete Saif, woraufhin seine Söhne lange Gesichter machten. »Und dazu warmes Brot aus Floras Café.«

Das heiterte Ib gleich auf, aber Ash war noch nicht fertig. »Wenn es einen Vatertag gibt«, sagte er, »warum gibt es dann keinen Muttertag?«

Ib und Saif tauschten Blicke.

»Äh«, antwortete Saif. »Ich glaube …«

»Natürlich gibt es den, Dummkopf!«, warf Ib ein.

Jetzt war Ash ganz verwirrt und durcheinander. »Aber wann …?«

»Das ist der Tag, an dem man diesen blöden Blumenstrauß aus Osterglocken fertig macht.«

Ash riss die Augen auf. »Miss Lorna hat doch gesagt, der ist für einen Menschen, der uns im Leben hilft!«

»Na ja, bei den meisten Leuten ist das ihre Mutter.«

Ash runzelte die Stirn. »Aber …«, begann er und verstummte. »Gibt es wirklich einen Muttertag?«, fragte er schließlich.

Wieder tauschten Ib und Saif Blicke.

»Nur hier«, sagte Saif schnell, weil die Situation brenzlig zu werden schien. »Nicht in Syrien.«

»Aber wenn Muttertag ist, würde die Mutter dann nicht …?«

»Lasst uns essen«, sagte Ib. »Ich hab echt Hunger.«

Saif war jedoch klar, dass sie diese Sache nicht einfach unter den Teppich kehren konnten.

»Ich bin mir sicher, Mama wusste nicht, dass Muttertag war«, sagte er behutsam zu seinem Jüngsten. »Aber sie hat mit Sicherheit den ganzen Tag an dich gedacht, so, wie sie jeden Tag an dich denkt.«

Es war nicht dunkel. Obwohl es bereits nach elf Uhr abends war, sah es draußen aus wie drei Uhr nachmittags.

Saif konnte einfach nicht verstehen, wie man sich daran je gewöhnen sollte: Selbst wer sein ganzes Leben hier verbracht hatte, fand es doch sicher jedes Jahr aufs Neue verblüffend, dass es in den Sommermonaten die ganze Nacht hell blieb, während die Wintermonate furchtbar dunkel waren.

Saif stammte aus einem Land, in dem der Zeitpunkt des Sonnenuntergangs im Lauf des Jahres um höchstens zwei Stunden variierte. Der Unterschied war kaum wahrnehmbar, daher fand er diesen verrückten Kontrast äußerst verwirrend.

Flora verkaufte jede Menge Kaffee an Leute, die nicht einmal mehr sagen konnten, um wie viel Uhr sie ins Bett gegangen waren, oder die wegen des Vogelgezwitschers schon seit drei Uhr morgens wieder wach waren. In *The Rock* nutzten alle eifrig die Verdunkelungselemente, und manche Menschen benahmen sich in dieser Zeit der hellen Nächte ein wenig komisch.

Saif lag im Bett und versuchte einzuschlafen, war sich allerdings des Lichts von draußen schmerzlich bewusst, das die Vorhänge umspielte. Plötzlich drang das leise, verzweifelte Wimmern eines Menschen an sein Ohr, der weinte, dabei aber nicht gehört werden wollte.

Saif schlich ins Kinderzimmer.

Ash hatte sich zu einer Kugel zusammengerollt und schluchzte sich die Seele aus dem Leib.

»*Habibi*«, sagte Saif. Er sah zu Ib im anderen Bett hinüber, der ihn mit kummervoller Miene grimmig anschaute.

»Ich will meine Mama«, murmelte Ash im Halbschlaf wieder und wieder. »Ich will sie zurück! Mama! Ich will meine Mama!«

Saif presste seinen Sohn an sich, wiegte den kleinen Jungen, der weder richtig wach war noch wirklich schlief und immer wieder panisch nach seiner Mutter rief.

Er schaute zu Ibrahim hinüber.

»Siehst du, warum wir es ihm nicht sagen können?«, flüsterte er und hoffte auf Unterstützung von seinem Großen, der die Situation eigentlich doch verstand. Schließlich hatte er furchtbare Angst davor, hier wegzugehen, weil er genau wusste, wie viel sie zu verlieren hatten.

Ibrahims Miene versteinerte. »Ich will sie sehen«, sagte jetzt auch er. Seine Stimme war durch Ashs lautes Schluchzen kaum zu hören. »Ich will sie sehen. Warum muss ich mich wie ein Erwachsener benehmen? Habe ich nicht das Recht auf eine Mutter, *Abba*? Warum machen wir uns immer nur um Ash Sorgen?« Mittlerweile glänzten auch seine Augen feucht. »Du hast gesagt, dass sie lebt und dass du weißt, wo sie ist. Und ich will meine Mutter. Warum darf ich sie nicht sehen? Ich will meine Mum.«

Kapitel 34

Dr. Mark Philippoussis hatte seinen Adoptivsohn Joel und seine Schwiegertochter in spe ja furchtbar gern. Aber es überraschte ihn immer wieder, dass sie offenbar nicht dazu in der Lage waren, sich den Zeitunterschied zwischen der Upper East Side und der winzigen Insel zu merken, auf der sie lebten.

Marsha freute sich bereits auf die hellen Nächte, die sie in ein paar Wochen dort erleben würden, aber im Moment hätte sich Mark einfach nur über ein paar weitere Stunden Schlaf gefreut. Er wurde schließlich nicht jünger.

»Flora«, sagte er am Telefon und setzte sich die Brille auf.

»Mark«, kam es von Flora, und dann: »Wie spät ist es denn bei euch?«

»Egal«, murmelte er, während sich Marsha neben ihm aus dem Bett rollte und in die Küche ging, um Kaffee zu kochen. Durch die Fenster fiel Sonnenlicht herein und kündigte einen weiteren glühend heißen, schwülen Tag in Manhattan an.

»Wie ist da oben am äußersten Ende der Welt das Wetter so?«, fragte Mark.

»Windig«, antwortete Flora. »Die Wolken jagen nur so über den Himmel. Frisch.«

»Gott«, stöhnte Mark, »das klingt toll. Na, wir werden ja

bald da sein, und das kann ich kaum erwarten. In New York ist die Luft nämlich alles andere als frisch, weil sie schon neun Millionen Mal eingeatmet und dann recycelt wurde.«

Einen Moment herrschte Schweigen in der Leitung.

Oh-oh, dachte Mark.

»Also, Joel ...«, begann Flora. Und dann fing sie an, die Sache zu erklären.

Ausgerechnet jetzt klingelte Marks Handy – und er konnte sehen, dass es Joel war.

»Gib mir eine Sekunde«, sagte Mark zu Flora. »Joel?«

»Hey, Mark, wie ist das Wetter?«

»Wie geht es Flora?«

»Ich kann es nicht ausstehen, wenn du das machst.«

Einen Moment stand Mark einfach da und starrte hinaus zur Skyline, die in der Hitze der Morgendämmerung bereits schimmerte.

Mit vielsagendem Blick reichte Marsha ihm eine Tasse Kaffee. »Du solltest die beiden einfach packen und ihre Köpfe zusammenschlagen. Schließlich bist du nicht mehr sein Therapeut.«

»Aber ich bin auch nicht der Typ, der Köpfe zusammenschlägt«, knurrte Mark. Er überlegte rasch und sprach dann wieder ins Handy: »Joel? Also, ich hab es eilig, deshalb nur ganz kurz: Wie ihr heiratet, ist total egal. Am wichtigsten ist, dass ihr im Leben jemanden gefunden habt, der euch liebt und den ihr liebt und der kein schlechter Mensch ist. Nur ein Idiot würde sich Gedanken darüber machen, wer bei der Trauung mit dabei ist oder nicht, okay? Das ist völlig irrelevant.«

Er legte auf und hatte jetzt nur noch Flora an der Strippe.

»Flora?«, sagte er. »Also, ich hab es eilig, deshalb nur ganz kurz: Wie ihr heiratet, ist total egal. Am wichtigsten ist, dass ihr im Leben jemanden gefunden habt, der euch liebt und den ihr liebt und der kein schlechter Mensch ist. Nur ein Idiot würde sich da Gedanken darüber machen, wer bei der Trauung mit dabei ist oder nicht, okay? Das ist völlig irrelevant.«

Marsha schmiegte sich an ihn. Obwohl mit dem Alter sein Bart grau geworden war, er die Westen, die er in der Praxis trug, regelmäßig eine Nummer größer kaufen musste und immer deutlichere Tränensäcke unter den großen Augen hatte, war er aus ihrer Sicht nicht weniger attraktiv.

Und er liebte seine Frau, die mit ihren leuchtenden Äuglein, dem forschenden Blick, den zarten Knochen an ein Vögelchen erinnerte.

»Du bist brillant«, sagte sie.

»Ich fürchte, dieser Meinung sind die beiden nicht«, erwiderte Mark.

»Jetzt sei nicht albern, du hast doch völlig recht. So, und ich muss für all das Spielzeug, das ich für Douglas mitnehme, wohl noch ein Gepäckstück dazubuchen.«

Kapitel 35

Ich zieh das jetzt durch, sagte Flora sich immer wieder, als sie sich auf den Weg zum letzten Treffen für Olivias Hochzeit machte, ich zieh das jetzt durch. Mark hat schließlich immer recht. Ich schlucke gleich meinen Stolz herunter und erkläre Olivia, dass aus der Doppelhochzeit nichts wird, erkläre jedem, dass Joel und ich nur ganz klein feiern – Himmel, die werden alle denken, dass Joel sie hasst. Sie werden glauben, dass wir uns für etwas Besseres halten. Oder dass wir total geizig sind. Aber wir müssen ja jetzt wirklich aufs Geld achten. Weil er Jan unser Budget versprochen hat, können wir uns kaum das gemeinsame Essen leisten. Und ich wollte doch so gern, dass jeder mein tolles rotes Kleid sieht. Nein. Nein, das ist egal. Ich will nur ihn. Und da kann Jacinth sagen, was sie will, mich wird nichts mehr umstimmen.

Jacinth stand an der Rezeption von *The Rock*, und Gala erinnerte Flora mit einem Zeichen an ihren Termin.

»Hey«, sagte Flora. »Und, wie läuft es?«

»Viel zu tun«, sagte Jacinth. »Übrigens, sind draußen in der Bucht wirklich Wale?«

»Ja«, antwortete Flora. »Man darf da aber nicht rausfahren oder sich ihnen sonst irgendwie nähern.«

»Ach, tatsächlich?«, fragte Jacinth und zog die Nase kraus. »Man sollte meinen, dass man mit denen gutes Geld verdienen kann. Die sind doch super für Instagram.«

»Für die Wale selbst wäre das aber nicht so super … Und, was macht Olivia so?«

»Hungern«, antwortete Jacinth. »Okay, gehen wir am besten alles noch mal durch, da es ja wohl auch deine Hochzeit sein wird.«

»Hm«, machte Flora unverbindlich.

»Alles klar bei dir und Dingsbums?«, fragte Jacinth plötzlich.

»Was? Was meinst du?«

»Man entwickelt durchaus ein Gefühl für gewisse Spannungen«, schnaubte Jacinth, »wenn man persönlich 186 Hochzeiten geplant hat. Wirklich eine lächerliche Institution.«

»Mein Verlobter will lieber möglichst wenig Leute dabeihaben«, gab Flora zu.

»Ich hab gerade eine für 1700 Gäste organisiert«, erklärte Jacinth. »*Die* war eine Riesensache.«

»Wow«, murmelte Flora. »Und, wie ist es gelaufen?«

»Wir hatten sogar Elefanten«, antwortete Jacinth. »Im Vergleich dazu wird das hier eine ganz intime Feier. Aber es wäre natürlich schön, die Wale irgendwie mit einzubinden …«

»Vergiss die Wale«, mahnte Flora mit Bestimmtheit. Sie führte Jacinth hinaus zum Bereich hinter *The Rock*, wo der Nutzgarten lag.

»Okay, gut«, begann Jacinth. »Zunächst einmal …«

»FASSÄN SIE NISCHT …«, ertönte da eine Stimme.

»O nein«, stöhnte Flora. »Gaspard! Geht es etwa schon wieder los mit …?«

»FASSÄN SIE NISCHT *mes choux* an!«

»Das haben wir doch schon tausendmal besprochen! Alles wird im Bereich hinter dem Küchengarten errichtet. Der Kohl ist also nicht in Gefahr.«

»Leute mit 'ochackigän Schu'än! Die denkän: Das ist ja nur Kohl, dem alles egal ist!« Gaspard verzog das Gesicht und steckte sich eine Zigarette an.

Als Jacinth zu ihm hinüberschaute, warf er ihr das Päckchen zu, und sie nahm sich auch eine.

»Oh, in der Nähe des Kohls zu rauchen ist also in Ordnung?«, fragte Flora wütend. »Ich mag hochhackige Schuhe, und ich bin nun wirklich kein Monster. Diesem Schuhwerk wird einfach *kein Respekt* entgegengebracht.«

»Wie laufen die Vorbereitungen für das Frühstück?«, fragte Jacinth.

Gaspards Miene wurde noch finsterer. »Alles Idiotän. 'ier werdän meine Fä'ischkeitän vergeudet.«

»Es wird einfach super«, wandte Flora schnell ein. »Alles aus ganz frischen, lokalen Zutaten …«

»Isch bin jetzt zum Eierkoch degradiert«, klagte Gaspard. »Isch! Das ist mein Plan: Isch mache Omeletts. Und das bei meinän Fä'ischkeitän.«

Tatsächlich wusste Flora ganz genau, was Gaspard mit Blick auf die Hochzeit geplant hatte: Er wollte sich den bereits gelieferten unglaublich edlen Jahrgangschampagner unter den Nagel reißen und ihn durch den unter den Hotelgästen beliebten Prosecco ersetzen, den er selbst abscheulich fand. Das gute Zeug wollte er dann zusammen mit Fintan und Konstantin in Angriff nehmen.

Flora hatte ihn bereits mehrmals darauf hingewiesen, dass er damit ein Verbrechen begehen würde, und zwar eins zum Nachteil ihrer eigenen Gäste.

Er hatte so heftig und wütend alles abgestritten, dass sie nicht weiter insistiert hatte, und es stimmte ja wirklich, dass sowohl die Gäste als auch sie selbst mit Prosecco glücklich und zufrieden sein würden.

Gut, Flora hatte ihren Chefkoch mehrmals dabei erwischt, wie er eifrig den Lieferplan studiert und voller Vorfreude im Weinkeller Platz gemacht hatte. Aber Gaspards krimineller Plan stand im Moment auf der Liste ihrer Prioritäten ganz unten.

»Alle kommen vom Boot hier herüber«, erklärte Jacinth, die sich zig Notizen machte. »Okay. Also, als Erstes wird hier im Freien Champagner gereicht, vor dem Eispalast.«

»Ein Eispalast …«, murmelte Flora.

»Eispalast«, echote auch Gaspard, aber mit einem alles andere als bewundernden Tonfall.

»Gaspard, müssen Sie sich nicht ums Mittagessen kümmern?«, fragte Flora so streng, wie sie es wagte, also nicht sehr.

»Isch weiß nischt. Inzwischen bin isch ja nur noch ein Omelett-Koch«, sagte Gaspard.

»Ja, Eis ist unser Thema«, erklärte Jacinth. »Der Palast ist allerdings nicht aus echtem, auch wenn selbstverständlich überall richtige Eisskulpturen stehen werden. Er ist fast zehn Meter hoch, wirklich spektakulär, und falls es kalt sein sollte, können wir ihn heizen. Ansonsten belassen wir es bei jeder Menge Eis.«

»Oh«, machte Flora und versuchte, sich nicht allzu beeindruckt zu zeigen.

»Dann betreten ihn die rote und die weiße Königin, schreiten in der Kapelle zwischen kleinen Thronen aus Samt hindurch, natürlich Olivia zuerst. Es folgt die Trauung, alles ganz zauberhaft, wollen Sie den hier anwesenden …«

»Joel«, sagte Flora.

»Ja, wie auch immer«, murmelte Jacinth und hakte auf ihrem Klemmbrett etwas ab. »Vermähl, vermähl, heirate, heirate, und dann … puff!«

»Puff?«, fragte Flora. Sie war wirklich, definitiv drauf und dran, jetzt endlich klarzustellen, dass Joel und sie sich hier ja gar nicht trauen lassen würden.

»Puff!«, wiederholte Gaspard mit einer gewissen Genugtuung.

»Die Wände fallen zur Seite – bum! – und …«

Jacinth breitete die Arme aus, obwohl sie im Moment ja nur auf die Rasenfläche blickten, die von *The Rock* zum Kiesweg hin abfiel. Das Gras dort stand hoch und war mit Wiesenkerbel und Mohnblumen durchsetzt.

»Dann befinden wir uns im Frühlingssaal! Überall Blumen, Ranken, zwitschernde Vögel.«

»Echte Vögel?«

»Auf jeden Fall echte Singvögel. Dazu plätschernde Brunnen, ein Streichquartett und Frühlingsjungfern, die die Getränke reichen. Dann noch ein Bach …«

»Durch den Raum wird ein Bach fließen?«

»Unbedingt! Wenn man sich etwas vorstellen kann, kann man es auch … und so weiter. Je nach Wetter können die Leute dann entweder raus ins Freie, oder wir lassen fürs Essen Tische unter das Dach aus Ranken stellen.«

»Das ist doch kein Essän!«, protestierte Gaspard. »Das ist gar nischts.«

»… Lachs, leichte Sommersalate, Wassereis, Melone, Oliven. Und dann – *bum!* – geht es weiter, dieses Mal in einen *angesagten Nachtclub auf Ibiza*. Die ganze Nacht heißt es dann Sommer, Sommer, Sommer!«

Flora biss sich auf die Lippen, stellte sich die beschriebenen Szenen und die Begeisterung der Gäste vor.

»Alle werdän solschän ’unger ’abän«, bemerkte Gaspard traurig.

»Es werden auch Sommersnacks angeboten: Hotdogs, Burger, Eis, Lutscher und Fish and Chips.«

»Ich werde darauf achten, mich nicht zu sehr mit Salat vollzustopfen«, sagte Flora, die sehnsüchtig den Kopf schüttelte. »O mein Gott. Das wird einfach der Wahnsinn, oder?«

»Nebenan wartet der Herbstsaal mit braunen Ledersofas im Chesterfield-Stil, Kaminfeuer und Decken sowie einem kulinarischen Angebot aus kandierten Äpfeln, heißem Apfelwein und Marshmallows. Hier werden die Reden gehalten, wenn der Abend anbricht. Die Kapelle verwandelt sich dann in einen Eislaufring mit Schlittschuhen und so. Am Abend kann man also zwischen den Jahreszeiten hin und her wechseln, kann sich hinsetzen, wo man möchte, tanzen oder Eis laufen oder vor der Blumenwand im Frühlingssalon Fotos machen. Das wird einfach fabelhaft, Schätzchen. Okay, dann will ich nur noch einmal sichergehen, dass ich auch alle nötigen Maße habe.« Sie zog ihr Handy hervor, um den Bauleiter anzurufen, der die Gipsplatten kontrollieren sollte.

»Wow«, sagte Flora und schüttelte den Kopf. »Olivia hatte mit mir zwar darüber gesprochen, aber mir war nicht klar gewesen … Ich meine, das wird ja eine riesige Veranstaltung.«

»Einfach läscherlisch«, wandte Gaspard ein. »Ein Kuss und gutes Essän – mehr ist doch nischt *nécessaire*!«

Aber in den Augen der armen Flora funkelten Sterne, so geblendet war sie von den Wunderwerken, die hier neben ihrem Hotel gebaut werden würden, von der fantastischen Party, die dort steigen würde, und weil sie sich selbst als strahlende Braut mittendrin sah. Wenn sie Joel das alles erzählen würde, würde er doch sicher begreifen, dass das etwas ganz Besonderes war. Unter einer Million Tagen würde dieser ganz speziell sein, etwas, was sie nie wieder erleben würden, ein traumhaftes Fest, durch das sich Flora nach der Geburt des Kindes endlich wieder einmal schön und glamourös fühlen würde.

Wenn sie ihm erklärte, wie toll das werden würde …

Kapitel 36

»Ich fasse es nicht.« Da Neda versuchte, professionell zu bleiben, klang nur eine leichte Irritation durch. Tatsächlich brodelte es in ihr aber vor Wut. »Der Abgabetermin ist Freitag! Wo bleibt denn nur Ihr Antrag?«

»Ich … ich hab nachgedacht.«

»Sie haben keine Zeit zum Nachdenken, Saif! Wenn das Innenministerium dieses Formular nicht hat, dann – dann dürfen Sie nicht hierbleiben! Und es muss ja zuerst mir vorgelegt werden, damit ich es abzeichne und für die Jungen eine Empfehlung schreibe!«

Saif schluckte. Er hatte die ganze Woche nicht geschlafen, war meilenweit den Endless auf und ab marschiert, um seine Gedanken zu ordnen und sich darüber klar zu werden, was er tun sollte.

Aus irgendeinem Grund gingen ihm die Männer aus dem syrischen Café in Edinburgh nicht aus dem Kopf, und ihr Gespräch darüber, wie nutzlos sie doch beim Wiederaufbau eines Landes sein würden.

Er wäre nicht nutzlos.

Er würde nicht in einer Praxis arbeiten, die alle Patienten mit etwas Schwerwiegendem und wirklich Besorgniserregendem an das große Krankenhaus auf dem Festland überwies, sodass eigentlich nur noch Leute mit kleinen Wehwehchen blieben.

Dort würde er mittendrin sein, denjenigen helfen können, die ihn brauchten. Immer wenn er abends in seinem bequemen Bett lag, drängten sich ihm Bilder von Kindern auf, die bei Bombenangriffen einen Arm oder ein Bein verloren hatten.

»Saif«, sagte Neda jetzt in warnendem Tonfall. »Saif, Ihre Söhne! Wie können Sie das Ihren Söhnen antun? Sie werden alles verlieren.«

Saif schwieg.

»Meine Mutter«, erzählte Neda nun, »hat ihr Leben lang drei unterschiedliche Putzjobs in Büros gehabt. Sie hat sich nie an das Leben hier gewöhnen können, an die Kälte, an die Feindseligkeit. Nie. Aber sie hat das alles auf sich genommen, damit ich zur Schule gehen, studieren und eine gute Arbeit finden konnte. Damit ich im Leben Chancen hatte, die sie nie bekommen hat. Damit ich alles habe. Dafür hat sie sich aufgeopfert.«

»Aber die beiden wollen gar nicht alles«, sagte Saif mit leiser Stimme. »Sie wollen nur ihre Mutter.«

»Es kann durchaus sein, dass sich Ihre Söhne gar nicht mit ihr treffen können«, wandte Neda ein. »Das wissen Sie doch auch! Und wenn Amena verheiratet ist, kommen Sie da im schlimmsten Fall ein paar ziemlich gefährlichen Typen in die Quere.«

Saif schloss die Augen. »Ich denke, dass ich dort auf jeden Fall nützlich sein könnte. Und ich hab ja auch etwas Geld gespart ...« Er versuchte sich halbherzig an einem Witz: »Im Moment dürfte die Miete in Damaskus ziemlich günstig sein. Und es gibt dort für die Jungen eine internationale Schule ...«

Neda wurde das Herz ganz schwer. Saif war gut organisiert und hatte sich längst vorbereitet. So unwahrscheinlich das auch klingen mochte: Jetzt befürchtete sie, dass dieselbe Zielstrebigkeit, die ihn hier in den hohen Norden gebracht hatte, ihn womöglich zurück in seine Heimat führen würde.

»Haben Sie mit irgendwem darüber geredet?«

»Nein«, antwortete Saif. »Aber seit Ibrahim herausgefunden hat … dass ich weiß, wo sich seine Mutter befindet … seitdem wünscht er sich nichts anderes mehr.«

Neda seufzte. »Das kann ich ja verstehen. Trotzdem sollten Sie das nicht machen. Und wenn Amena hier wäre, würde sie mir da beipflichten. Sie haben doch ihre Nachricht gesehen. Sie wissen, was sie will.«

»Aber sie ist eben nicht hier, und da liegt das Problem«, sagte Saif mit weiterhin leiser Stimme. Sein Blick fiel auf den nicht ausgefüllten Antrag vor ihm auf dem Schreibtisch.

»*Wollen* Sie denn gehen?«

»Nein!«, versetzte Saif aus tiefster Seele. »Natürlich will ich hier nicht weg.«

»Na, *warum* dann, um alles in der Welt?«

Mit ganz stiller, leiser Stimme antwortete Saif: »Ich denke, vielleicht ist es meine Pflicht.«

Kapitel 37

Die Vorbereitungen nahmen langsam Fahrt auf. In *The Rock* hatten sie es neben all den Plänen, Bestellungen und Lieferungen auch noch mit den normalen Sommerferiengästen zu tun, dazu mit den Leuten, die wegen der Wale anreisten.

Ein offizielles Schiff der Organisation ORCA war vor Ort, und die meisten Besucher zeigten sich respektvoll, indem sie an Land blieben und die Wale von dort mit Teleskopen beobachteten.

Aber es gab auch kritische Momente, wenn von weiter weg Leute mit dem Boot heranfuhren. Darüber war die Küstenwache überhaupt nicht glücklich. Die Wale mussten unbedingt in Ruhe gelassen werden, bis sie wieder aufs offene Wasser hinausgezogen waren und die Gefahr einer Strandung gebannt war. Das waren die Regeln, zu deren Einhaltung aber nicht alle bereit waren.

Flora lag spät am Abend schlaflos im Bett. Die Liste all der Dinge, die sie zu erledigen hatte, ging ihr immer wieder im Kopf herum, bis ihr vor lauter Aufregung und Nervosität schlecht wurde. Darüber hinaus konnte sie die Wale hören, spürte tief in den Knochen, wie sie miteinander kommunizierten. Mit Joel, der jede freie Minute bei Jan und Charlie verbrachte, hatte sie heute noch nicht gesprochen. Der vernünftige Teil in ihr mahnte, dass sie die Sache mit der Doppelhochzeit einfach vergessen sollte, weil das alles doch nicht wichtig war. Der Teil von ihr, mit dem sie sich der Insel eng verbunden fühlte, konnte allerdings den Gedanken nicht ertragen, den großen Tag nicht mit den anderen zu teilen. Und dann gab es da auch noch einen kleinen Teil, der sich nach der schönsten Hochzeit aller Zeiten auf Mure sehnte.

Joel seinerseits hörte Jan ständig darüber schimpfen, wie viel Theater um die Angelegenheit gemacht wurde und wie viel dafür ausgegeben wurde, für einen einzigen albernen, pompösen Tag. Aus ihrer Sicht war das die absolute Verschwendung, wenn man mit diesem Geld an anderer Stelle so viel Gutes tun könnte.

Floras Standpunkt konnte Joel wirklich nicht nachvollziehen. Natürlich würde er es so machen, wie sie wollte. Aber er konnte nicht verleugnen, dass er enttäuscht war.

Saif absolvierte ein paar Hausbesuche, bei denen er vor allem nach älteren Patienten sah. Die Zeit der hellen Nächte war gar nicht so einfach für Menschen, denen das Schlafen sowieso schon schwerfiel.

Als er mit seiner Runde fertig war, machte er sich unruhig auf den Heimweg. Seit jenem furchtbaren Abend waren seine Söhne stiller geworden. Sie brüllten und tobten nicht mehr durchs Haus, ließen nichts mehr zu Bruch gehen. Gelegentlich unterhielten sie sich flüsternd, verstummten aber, sobald er den Raum betrat.

Wenn er doch nur mit Lorna über all das reden könnte! Ja, wenn! Sicher hätte sie eine Lösung parat. Sie wüsste doch bestimmt, was zu tun war. Vielleicht würde sie irgendeinen Ausweg sehen. Eine Möglichkeit, wie sie zwischen den beiden Ländern hin- und herreisen könnten.

Saifs Benehmen war feige. Aber er konnte die ganze Sache nicht ertragen, konnte sich ihr nicht stellen. Ehrlich gesagt konnte er es ja nicht einmal sich selbst eingestehen … kaum daran denken.

Und dann die Jungen, die er allem entreißen würde, was sie kannten, ihrer sicheren Umgebung …

Als er eines Nachts gegen zwei Uhr den Entschluss gefasst, sich endlich entschieden hatte, war es ihm wie das Richtige vorgekommen. Aber was, wenn … Wenn Ib und Ash nun doch nicht zurückwollten? Hier war es sicher, sie hatten ihre Freunde und Fußball und das Tablet, lange Tage, die niemals endeten, und Wind über den Wiesen. Und all das fanden sie toll, sie waren glücklich auf der Insel. Saif wagte es nicht, an die Dinge zu denken, die *ihn* auf Mure glücklich gemacht hatten. Und auch daran nicht, dass er ihr Leben schon wieder auf den Kopf stellen würde. Das war doch furchtbar, vor allem für Ash, der genau so ein kleiner Schotte war wie alle anderen Kinder der Insel.

Aufgewühlt näherte sich Saif dem zugigen alten Pfarrhaus, das für sie so ein sicherer Hafen war. War das wirklich eine gute Entscheidung? Tat er das Richtige? Er hatte wieder einmal eine Mail an Amenas alte Adresse geschickt. Und wie jedes Mal hatte er die Nachricht bekommen, dass sie nicht zustellbar war. Auch ihr Facebook-Account war schon vor langer Zeit deaktiviert worden.

Die Jungen schauten auf, als Mrs Laird sich die Jacke anzog, zum Abschied wie üblich mit der Zunge schnalzte und dann die Einfahrt entlanglief. Doch zuvor mahnte sie Saif noch, den Eintopf gut aufzuwärmen.

Wie jedes Mal bedankte er sich ausdrücklich bei ihr, und sie machte sich wie immer Sorgen um ihn, als sie die Straße entlangmarschierte.

»*Taeal alaa huna*«, rief Saif seine Söhne herbei.

Ash kletterte sofort auf seinen Schoß. Auch Ib, der normalerweise Abstand hielt, kam widerwillig herbei und setzte sich auf die Lehne des Sessels.

Saif war schrecklich aufgeregt, ihm graute vor dem, was er jetzt sagen würde. Aber was war die Alternative? Dass seine Familie für immer entzweit blieb? Dass seine Kinder zu Männern heranwuchsen, die glaubten, dass ihre Mutter sie nicht liebte? Das hatte sie aber getan und tat es noch immer. Daran musste er einfach glauben.

»Wir haben die Möglichkeit«, begann er leise, »nach Syrien zurückzukehren.«

»Um Mama zu sehen?«, fragte Ash sofort mit fassungslosem Ausdruck in seinen riesigen Augen.

»Ja, vermutlich.«

»JAAAAAA!« Ash sprang auf und begann, einen Siegestanz im Wohnzimmer aufzuführen.

»Wenn wir das machen«, fuhr Saif fort, »können wir allerdings nicht mehr hierher zurückkommen.«

Ash hielt abrupt inne, während Ib ins Leere starrte.

»Aber wir wohnen doch hier«, sagte Ash, über dessen kleines Gesicht sich ein verwirrter Ausdruck legte.

»Dann würden wir wieder in Damaskus wohnen.«

»Gibt es da nicht Bomben und Soldaten?«, wandte Ash ein und flüchtete in die Arme seines Vaters.

»Jetzt nicht mehr«, erklärte Saif. »Es ist nicht mehr so wie vorher. Die Kämpfe sind vorbei.«

»Aber in unser altes Zuhause können wir doch nicht mehr zurück«, warf Ib ein, der sich noch daran erinnern konnte.

»Nein, ich glaube nicht, dass das Gebäude noch steht. Aber wir würden schon einen Ort zum Leben finden. Und es gibt dort eine Schule, die euch bestimmt gefallen würde, da wird nämlich auf Englisch unterrichtet.« Er zeigte ihnen auf seinem Laptop Bilder davon. Die Schüler auf den Fotos sahen so glücklich und fröhlich aus wie Kinder an jedem anderen Ort der Welt.

»Und dann können wir Mama besuchen?«, fragte Ib.

Saif schluckte heftig. »Ich denke, schon.«

Einen Moment herrschte Schweigen.

»Aber wir können nicht mehr hierher zurück?«

»Ich hoffe wirklich, dass das eines Tages geht«, sagte Saif. »Das hier ist Schottland, ein guter Ort. Vielleicht könnt ihr irgendwann hier studieren, zum Beispiel an der großen Uni in Edinburgh, hm?«

»Kann Agot zu Besuch kommen?«

»Ich … weiß es nicht«, räumte Saif ein.

Und dann verfielen die beiden Jungen zu seiner Verblüffung in große Aufregung und fingen an, sich im Internet Gegenden von Damaskus anzusehen, die sie sich vielleicht anschauen oder wo sie wohnen könnten, und nach mehr Informationen über ihre Schule zu suchen.

Kinder, dachte Saif, sieh sie dir nur an. Unfassbar, wie stark und zäh sie sind und wie schnell sie sich anpassen. Darin sind sie viel besser als ich.

»Und wann?«, fragte Ash.

»Schon bald«, erklärte Saif.

Wenn er keine Verlängerung seines Aufenthaltsrechts beantragte, würden sie das Land praktisch sofort verlassen müssen, um je wieder eine Einreisegenehmigung zu bekommen. Es also schnell hinter sich bringen, als würde man sich ein Pflaster abreißen.

Wie er seinen Söhnen das mit ihrer Halbschwester erklären sollte und den ganzen Rest … Na ja, eins nach dem anderen, sagte sich Saif.

Später am Abend, als er sich auf eine weitere schlaflose Nacht einstellte, ging er noch einmal ins Kinderzimmer hinüber, um nach den Jungen zu sehen.

Sie schliefen beide tief und fest, atmeten ruhig und sanft, als ob jetzt alles gut werden würde.

Saif wünschte, er könnte ihren Optimismus teilen.

Er hatte den Jungen eingeschärft, dass sie in der Schule auf keinen Fall über die Sache reden durften, bis er mit der Rektorin gesprochen hatte. Und er hatte Lorna in einer Textnachricht um ein Treffen gebeten.

Vor diesem Gespräch hatte er beinahe so viel Angst wie vor dem mit den Jungen zuvor. Oder nein: noch mehr. Weil diese Unterhaltung nämlich keinen einzigen positiven Aspekt mit sich brachte. Nicht den geringsten.

Am nächsten Morgen wiederholte Saif die Anweisung noch einmal, während er seinen Söhnen den Kragen glatt strich und versuchte, Ashs widerspenstiges Haar zu bändigen: Sie durften absolut niemandem davon erzählen, nicht einmal Agot, bis er selbst mit allen darüber geredet hatte. Sonst würden sie nicht abreisen können.

Das war eine aus Verzweiflung geborene alberne Lüge, die Ash zwar verwirrte, ihn aber zugleich so verängstigte, dass er auf jeden Fall den Mund halten würde.

Zum Glück merkte Agot ihm nichts an, weil sie damit beschäftigt war, ihm den dreifachen Salchow zu erklären, und darüber plapperte, wie viel Spaß er bei der Hochzeit haben würde.

Ash freute sich so – er war schon ganz aufgeregt wegen der Hochzeit, und dann gab es da auch noch dieses unglaubliche Geheimnis: dass er bald seine Mum wiedersehen würde! Er war der glücklichste Junge der Insel.

Kapitel 38

Jacinth war zurückgekehrt, um die Bauarbeiter zu beaufsichtigen, die bereits mit dem Aufbau des Hochzeitspalasts begonnen hatten.

Außerdem geriet sie immer wieder mit Gaspard wegen der Frage aneinander, was genau er beim Zwei-Uhr-morgens-Frühstück zu servieren gedachte. Nach diesen Diskussionen gingen sie atemlos und mit geröteten Wangen auseinander; es war jedes Mal ein echter Genuss für beide.

Vor allem über die Wettervorhersage war die Hochzeitsplanerin wirklich glücklich. Sie verkündete überall laut, dass sie Zugang zu den Daten des Militärs hatte, das viel genauere Angaben machen konnte als alle anderen. Ja, im Lauf der nächsten Woche würde es wechselhaft sein, aber danach sollte von irgendwoher beständiges gutes Wetter heranziehen.

Diese Behauptung führte zu hochgezogenen Augenbrauen bei so einigen der Fischer, die das Wetter besser lesen konnten als die Zeitung und der Vorhersage gar nicht zustimmten.

Auch Olivia war gekommen, allerdings unbegleitet. Da Anthony zum Golfspielen an der Algarve war, musste sie sich allein mit dem Standesbeamten treffen. Bei ihren liebevollen Nachrichten für ihren Verlobten legte sie sich ganz besonders ins Zeug, aber von dessen verdammter Mutter hatte sie immer noch nichts gehört.

Und ausgerechnet Flora, die ihr doch unendlich dankbar sein müsste, war so dreist, nicht auf ihre Nachrichten zu antworten!

Es war wirklich grotesk – überall wurde sie nur ausgenutzt.

Mit Schmollmiene setzte sich Olivia im Bett auf.

Jacinth schaute vom Fenster zu ihr herüber. »Du musst echt mal ein bisschen Sport machen«, sagte sie, »sonst siehst du in deinem Brautkleid nicht schlank und straff aus, sondern dürr.«

Olivia seufzte. »Meinst du wirklich?« Sie stand auf und betrachtete sich im Spiegel. »Hier auf der Insel kann ich noch nicht einmal ein Vampir-Lifting machen lassen«, klagte sie. »Ich werde uralt aussehen.«

»Du wirst völlig in Ordnung aussehen«, versetzte Jacinth unverblümt, »wenn du dich ein bisschen bewegst.«

»Aber auf Mure gibt es ja noch nicht einmal ein vernünftiges Fitness- oder Yoga-Studio«, sagte Olivia. »Ich weiß wirklich nicht, wie man hier überleben soll.«

»Wie wär's mit Stand-up-Paddling?«, sagte Jacinth. »Das ist gutes Core-Training, und ich kann dabei schon mal ein paar erste Fotos für die Hochzeitsserie schießen.«

»Wir sind immer im Dienst«, seufzte Olivia matt.

Jacinth lächelte. »Ach komm schon, Spaß wird es auch machen.«

»Na gut«, stimmte Olivia zu, runzelte allerdings gleich wieder die Stirn. »Aber – ein Surfanzug?«

»Wenn wir einen mit kurzen Beinen nehmen, siehst du damit aus dem richtigen Winkel toll aus«, versprach Jacinth.

»Einverstanden.«

Sie mieteten die Bretter im kleinen Kajakverleih auf der Nordseite der Insel. Als sie sich damit auf den Weg machten, stand die Sonne hoch am Himmel, und es sah so aus, als wollte sie ihren Platz dort auch nicht aufgeben.

Olivia musste zugeben, dass es an einem Tag wie diesem wirklich schön hier war. Auf den Fotos würde die Insel wie ein wesentlich exklusiverer Ort wirken. Allzu viele Filter würden sie dafür gar nicht brauchen.

Die Sonne glitzerte auf dem Wasser, Olivia posierte elegant auf dem Brett, und Jacinth begann loszuknipsen.

»Hashtag: livingmybestlife,« rief Olivia. »Hashtag: notacareintheworld.«

Das stimmte natürlich nicht im Entferntesten, aber Jacinth war Feuer und Flamme.

Plötzlich hielten beide inne. Vom Wasser her, dessen Oberfläche so glatt dalag wie die eines Sees, ertönte ein seltsames Geräusch, eine Art dunkles Brummen.

»Ich frage mich, ob das diese Wale sind, über die alle reden.«

»O mein Gott«, rief Olivia, »die müssen wir uns angucken! Komm schon, lass uns da rauspaddeln! Dann wird Anthonys Mutter auch sehen, was für eine Wohltäterin ich bin, weil ich Wale rette und so, und dann … das ist einfach eine Superidee!« Sie seufzte. »Ich hab das Gefühl, dass sie mich immer weniger leiden kann, je mehr ich mich um sie bemühe.«

»Man darf sich den Walen aber nicht nähern«, sagte Jacinth.

»Verdammt noch mal!«, knurrte Olivia. »Du klingst ja schon wie meine blöde Schwester.« Sie blickte hinaus auf das herrlich blaue Meer.

Lorna hatte gar nicht gut geschlafen und schaute ganz früh am Morgen als Erstes in *Annies Küche* vorbei, wo sie Flora anzutreffen hoffte.

Tatsächlich war ihre Freundin da. »Hey, was ist los?«, fragte Flora leise.

»Saif hat mir geschrieben, endlich!«, rief Lorna aus. »Ich hab schon gedacht, dass er eine Ghosting-Nummer abzieht. Aber jetzt will er sich nach der Schule mit mir treffen, wenn Ash bei den Pfadfindern ist. Ehrlich gesagt … hatte ich befürchtet, dass er seit Edinburgh nichts mehr mit mir zu tun haben will.«

»Ach, schön«, murmelte Flora, aber ohne ihren üblichen Enthusiasmus.

»Was hast du denn?«, fragte Lorna, und jetzt erzählte Flora ihr endlich alles.

»Na ja, dann mach es doch so, wie Joel es will, und sag allen ab«, redete Lorna ihr zu. »Na komm, das werden sie schon verstehen. Lass dich davon nicht so runterziehen.«

»Das werden die Leute eben nicht verstehen«, wandte Flora ein. »Stattdessen werden sie Joel für einen verwöhnten Außenseiter halten, der sie alle nicht ausstehen kann. Sie werden denken, dass er nicht Teil unserer Heimat und unserer Kultur sein, nicht dazugehören will. Dadurch wird es doch nur schlimmer.«

Lorna runzelte die Stirn. »Na, dann mach es eben so, wie du meinst.«

Flora schüttelte den Kopf. »Dann müsste ich ihn quasi zum Altar zerren.« Sie seufzte. »Puh! Ich hab mir überlegt … die Hochzeit vielleicht zu verschieben. Das machen die Leute doch ständig, oder? Vielleicht könnten wir einfach sagen, dass ich abwarten will, bis Douglas mich zum Altar führen kann.«

»Macht er schon Anstalten zu laufen?«, fragte Lorna.

Flora schüttelte den Kopf. »Aber darum geht es auch gar nicht. Ich bin mit der Sache nicht glücklich und Joel auch nicht. Und Olivia tun wir mit der Doppelhochzeit am Ende auch keinen Gefallen: Ihre Schwiegermutter dreht wohl wegen der zusätzlichen Kosten völlig durch. Wenn wir also einen Rückzieher machen … Nur vorläufig …«

»Aber kommt Tripp nicht heute schon an? Und Mark und Masha fliegen bestimmt auch bald, oder?«

»O Gott, stimmt«, sagte Flora. »Ich hätte nie gedacht, dass bei einer Hochzeit alles so kompliziert ist.«

»Das klingt ja, als hättest du mit Hochzeiten gar keine Erfahrung«, sagte Lorna. »Aber du und Joel, ihr werdet euch doch wieder zusammenraufen, oder?«

Flora seufzte. »Ich meine, wenn wir uns noch nicht einmal bei so etwas einig werden, was eigentlich nicht von Bedeutung ist … Wie wird das auf Dauer dann erst mit uns? Wenn etwas wirklich Schwerwiegendes passiert?«

Lorna nickte. »Ihr solltet euch unbedingt aussprechen.«

»Ha!«, rief Flora aus. »Und das sagst du mir? Du drückst dich doch seit Ewigkeiten vor einem wichtigen Gespräch mit dem Mann, den du *seit vier Jahren* liebst.«

»Bei uns ist das anders!«, protestierte Lorna, die trotzdem errötete. »Aber du solltest dich wirklich mal mit ihm hinsetzen. Ganz in Ruhe über alles reden.«

»Schon klar«, nickte Flora. »Ich weiß, ich weiß. Und ich drück dir für später die Daumen!«

»Danke«, sagte Lorna und umarmte sie. »Ich dir auch.«

Das Meer lag glatt wie ein Spiegel da. Allerdings war der Weg bis hinaus zu der Stelle, wo die Wale das Wasser aufwühlten, wesentlich weiter, als Olivia dachte.

Jacinth blieb dicht hinter ihr, wirkte jedoch besorgt. »Bist du dir bei dieser Sache sicher?«, rief sie.

Aber Olivia paddelte mit fest entschlossenem Gesichtsausdruck weiter.

Welch unglückliche Entwicklung die Dinge bald nehmen würden, hätte nun wirklich niemand vorhersehen können.

Die Aufregung über die anstehende Feier auf der Insel war groß, und die Kinder flüsterten einander übertriebene Geschichten darüber zu, was oben beim Hotel eigentlich gebaut wurde. Hier und da fiel der Begriff »Disneyland«, und die Spannung stieg ins Unermessliche.

Deshalb war Agot auf die Idee gekommen, auf dem Schulhof selbst eine Hochzeit abzuhalten, bei der sie natürlich die Braut sein würde. Der zurückhaltende Ash hatte sich widerwillig dazu überreden lassen, den Bräutigam zu geben, und als Brautjungfern hatte Agot ein paar Freundinnen aus ihrem getreuen Gefolge auserkoren. Mary-Elizabeth MacIntyre gehörte natürlich nicht dazu.

Mehreren Personen war die Möglichkeit geboten worden, das Ereignis musikalisch zu begleiten (was jede Menge Getrommel mit Steinen und Stiften nach sich zog), und das Paar marschierte zum Kinderreim *Grand Old Duke of York* herum, mit dem man die Angelegenheit ohne allzu viel sentimentales Getue durchziehen konnte.

Die mit grünen Binsen geschmückten Kinder waren auf dem Schulhof wirklich hübsch anzusehen, fanden Lorna und Mrs Cook, die gemeinsam die Pausenaufsicht machten und lachend Tee tranken.

»Das werden harte Zeiten, wenn Agot erst als Diktatorin die Welt regiert«, bemerkte Mrs Cook.

»Ich weiß«, seufzte Lorna. »Genießen wir das Leben lieber, solange wir noch können, und hoffen darauf, dass sie sich uns gegenüber gnädig zeigen wird.«

Als die Schulklingel ertönte, war allseits lautes Stöhnen zu hören, weil die Hochzeit noch in vollem Gange war, wobei Agots Kopfschmuck aus Gänseblümchen allerdings immer schiefer saß.

Lustlos schleppten sich die Kinder ins Klassenzimmer. Lorna hatte sich zwar überlegt, dass sie für die Vorlesestunde gleich wieder nach draußen gehen würden. Bei einem Blick gen Norden bemerkte sie aber, dass sich in der Ferne Wolken ballten. Da die ganz schnell heranziehen konnten, versprach sie lieber nichts.

»A h-uile duine a staigh«, sagte sie zu den letzten Nachzüglern.

Agot nahm behutsam ihren Gänseblümchenkranz ab.

Was Ash nun passierte, war ein reines Versehen, nicht mehr.

»Tralala«, sang er leise vor sich hin, während er beim Gehen die Füße nachzog. »Erst die Hochzeit hier in der Schule, und dann gehe ich auf eine RICHTIGE HOCHZEIT, und dann SEH ICH MUMMY! Lalalalala!«

Seine Lehrerin hatte er gar nicht bemerkt. Er war doch nur ein kleiner Junge im Sonnenschein, der einen tollen Tag erlebte und sein Glück feierte.

Für Lorna war es wie eine eiskalte Dusche.

Mure lag jetzt hinter ihnen, tatsächlich weit, weit hinter ihnen. Trotzdem waren sie den Walen immer noch nicht näher gekommen, den großen Öltankern am Horizont seltsamerweise schon. Wirklich merkwürdig.

Olivia setzte sich auf ihr Brett. Es trieb in Richtung Wale, was ja gut war, oder? So würden sie die Tiere erreichen, ohne viel tun zu müssen. Mit einem Mal wurde ihr bewusst, wie müde sie war. Pilates und Yoga waren ja schön und gut, aber Stand-up-Paddling war wesentlich anstrengender als gedacht.

Auch Jacinth setzte sich jetzt hin und schaute mit besorgter Miene hinüber zu den Wolken, die sich in der einen Richtung schnell zusammenballten.

»Hast du Wasser dabei?«, rief Olivia zurück zu Jacinth, die den Kopf schüttelte.

Dann zog Jacinth ihr Handy aus der Tasche und stellte fest, dass sie hier draußen keinen Empfang hatte.

Lorna folgte Ash ins Klassenzimmer. »Das war aber ein schönes Lied, Ash«, sagte sie so beiläufig, wie sie konnte.

Dass er augenblicklich mit entsetztem Gesichtsausdruck herumfuhr, bestätigte ihre schlimmsten Ängste. Singend hatte er da etwas zum Ausdruck gebracht, was er nicht hatte sagen sollen, und das wusste er genau.

»Oh«, sagte Ash.

»Keine Sorge«, murmelte Lorna und schluckte heftig. »Dein Geheimnis ist bei mir sicher.«

Jetzt erhellte sich seine Miene wieder, weil Miss Lorna seine große Neuigkeit nicht ausplaudern würde. Ein Strahlen ging über sein Gesicht, und er wirkte wie das glücklichste Kind, das Lorna je untergekommen war. Denn bald würde er seine Mutter wiedersehen.

Vielleicht ging es bloß um einen Videoanruf, dachte Lorna. Das war es doch bestimmt, nur ein Anruf über Skype. Aber warum sollte er das geheim halten müssen? Wegen des Innenministeriums? Vielleicht hatte das alles mit den Anträgen für die Staatsbürgerschaft zu tun. Musste Amena da vielleicht … irgendwas unterzeichnen?

Aber dann würde Ash wohl nicht vor sich hin singen, dass er »Mummy sehen« würde, oder? Nein, würde er nicht, nicht so. Der Gedanke nagte an Lorna.

Mit jeder Menge Kuchen machte sich Flora auf den Weg zum Survivalcamp für Jans Jungen, die gerade ein Schutzdach aus Ästen flochten und dabei ziemlich gepfefferte Ausdrücke von sich gaben. Es war unerwartet warm, daher schnaufte und keuchte Flora ganz schön.

Joel sah sie mit Douglas auf dem Rücken und zwei riesigen Tüten in der Hand den Hügel hinaufstapfen und schmolz angesichts dieser Szene geradezu dahin.

So wie er da jetzt saß, in der Sonne, von lautem Geplapper umringt, konnte er sich nützlich machen … Da kamen ihm beim Anblick seines Sohns all seine Einwände plötzlich albern und oberflächlich vor.

Joel stand auf und breitete die Arme aus, um Flora willkommen zu heißen.

Mit schüchternem Lächeln kam sie herbei und bat den am stillsten wirkenden Jungen darum, den Kuchen zu verteilen.

Diese Verantwortung nahm der junge Luke Hoyer äußerst ernst und machte sich mit in die Stirn fallenden dunklen Locken sofort ans Werk.

»Mein Schatz«, sagte Joel.

»Ich hab nachgedacht«, erklärte Flora. »Weißt du, wir könnten die Hochzeit doch verschieben, meinst du nicht? Wäre das vielleicht eine Idee?«

Joel fiel die Kinnlade herunter. »Den Termin absagen?«, fragte er ungläubig. »Um Himmels willen, Flora, das sind ja Anwaltstaktiken.«

Kapitel 39

Ich glaube nicht, dass das klappt«, sagte Jacinth. »Lass uns lieber umdrehen.«

Olivia zog eine Schnute. »Meine Güte, in letzter Zeit mache ich offenbar alles falsch.«

»Ich denke … Also, ich glaube einfach nicht, dass wir es bis zu den Walen raus schaffen. Aber ich kann sie mit Fotoshop einfügen, Schätzchen.«

»Na schön, wie du meinst.«

Olivia richtete sich wieder auf, wendete und begann zu paddeln. Nichts passierte. Sie runzelte die Stirn. »Warum bewegt sich das Brett nicht?«

Jacinth schaute selbst nach unten. Sie achtete darauf, dass bloß keine Panik in ihrer Stimme mitschwang: »Äh, ich denke … ich fürchte …«

Olivia paddelte wieder, kam aber kein bisschen voran. Da sich die beiden Frauen jetzt nicht mehr im selben Tempo bewegten, wurde es offensichtlich: Jacinth blieb hinter ihr zurück und wurde auf ihrem Brett abgetrieben, immer weiter aufs Meer hinausgezogen.

»Ich glaube … das liegt an der Strömung. O Gott, Olivia!«

»Dann paddle doch!«, rief Olivia mit schriller werdender Stimme. »Paddle auf den Strand zu!«

Jacinth stand auf und legte los, doch das Brett bewegte sich kaum. »O shit!«, sagte sie.

Wie Lorna den Rest des Tages durchstand, hätte sie später gar nicht mehr sagen können. Es blieb so einiges an schlechtem Benehmen ungeahndet, und obwohl das schottische Schulsystem ja nach Vortrefflichkeit für seine Schüler strebte, konnte heute noch weniger als sonst von Vortrefflichkeit die Rede sein, weil Lorna innerlich in Aufruhr war und nur noch auf Autopilot funktionierte.

»Geht's dir gut?«, fragte Mrs Cook in der Mittagspause. »Wenn da irgendwas im Anzug ist, solltest du dir einen Termin bei Dr. Hassan holen. Der ist als Arzt echt okay, wenn man sich erst einmal an ihn gewöhnt hat.«

Lorna starrte sie nur an, ohne sie wirklich zu sehen, und murmelte irgendetwas Unverbindliches. Nach der Schule würde Saif bei ihr zu Hause vorbeikommen, und dann würde sich alles ganz schnell klären. Die Sache würde sich als Missverständnis herausstellen, alles würde in Ordnung kommen. Bestimmt. So musste es einfach sein.

»Du willst niemanden dabeihaben«, sagte Flora. »Das hab ich kapiert. Aber für mich ist das nicht … Ich kann es nicht einmal recht erklären. Jetzt einfach zu sagen: Oh, ihr könnt alle nicht kommen, weil uns die Familie, die Insel und ihre Gemeinschaft ganz egal sind, weil dieser Tag nur für uns ist … Das wäre so selbstsüchtig, Joel. Natürlich ist mir klar, dass du es so gar nicht meinst. Aber es würde so aussehen, und ich fände es ganz furchtbar, auf diese Weise unser gemeinsames Eheleben zu beginnen. Wenn wir den Termin allerdings ein bisschen verschieben … Ich meine, Douglas haben wir ja schon. Ich halte das einfach für die beste Lösung. Was meinst du?«

»Deine Lösung besteht darin – unsere Hochzeit abzublasen?« Joel schüttelte den Kopf und starrte zu Boden. Es war für ihn so schwierig gewesen, diesen Punkt zu erreichen, war ein langer, beschwerlicher Weg gewesen. Und jetzt fiel sie ihm derart in den Rücken!

»Aber Mark und Marsha kommen doch.«

»Und die anderen auch«, sagte Flora. »Aber das ist schon in Ordnung, da überlegen wir uns was. Wir gehen alle zu Olivias Hochzeit, die wird ja superschick.«

»Und genau so etwas hast du dir die ganze Zeit gewünscht, oder? Eine schicke, teure, verschwenderische Feier.«

Flora schüttelte heftig den Kopf. »Ich wollte dich und meine Familie und unsere Heimat mit ihrer Gemeinschaft. Mir war eben nicht bewusst, dass das zu viel verlangt ist.«

»Aber du hast darüber ja kein Wort gesagt!«, protestierte Joel mit bitterer Stimme. »Stattdessen hast du behauptet, es sei alles in Ordnung. Und dann musste ich herausfinden, dass du hinter meinem Rücken doch eine große Hochzeit organisierst.«

Flora trat näher an ihn heran. »Joel«, sagte sie sanft, »du weißt, dass ich dich liebe, von ganzem Herzen und aus tiefster Seele. Hochzeiten sind nicht wichtig. Du bist wichtig, Douglas ist wichtig und sonst nichts. Statt uns mit irgendeiner blöden Zeremonie abzufinden, mit der entweder du nicht glücklich bist oder ich, lass uns die Sache doch einfach abblasen, nur vorläufig. Für uns ändert sich ohnehin nichts.«

Er starrte sie an. »Du hast mir gesagt, dass du mit so einer *Sweetheart Wedding* zufrieden bist, obwohl das überhaupt nicht stimmte.«

»Weil ich dachte, dass es mir reichen würde«, sagte Flora. »Dann ist mir allerdings klar geworden, dass ich mich tatsächlich nicht damit wohlfühle, wenn sonst niemand mit dabei ist. Der Grund für eine Hochzeit ist doch, dass man

Hand in Hand der ganzen Welt gegenübertritt. Und darum …« Ihre Stimme zitterte. »Darum war die Hochzeit von Colton und Fintan auch so wichtig. Weil sie sich an jenem Tag zueinander bekannt haben, vor ihrer Gemeinschaft, ihrer Welt. Colton hat damit solchen Mut bewiesen …«

Joel seufzte. »Und den beweise ich hier nicht.«

»Es läuft einfach alles schief«, sagte Flora. »Deshalb sollten wir es vielleicht … vorerst sein lassen.«

Fassungslos schaute Joel Flora hinterher, als sie ging.

Sie hatte ja keine Ahnung, wie es sich anfühlte, nicht zu ihrer Welt dazuzugehören. Er hingegen kannte dieses Gefühl nur zu gut.

Die Angst machte sich zum ersten Mal bemerkbar, als ihnen klar wurde, wie schnell alles ging.

Was mit einem einzigen Wölkchen auf blassblauem Grund angefangen hatte, türmte sich am Himmel im Eiltempo zu einer dicken grauen Masse auf. Manche der Wolken waren so dunkel, dass sie fast schwarz wirkten.

Am Horizont bemerkten die Frauen bereits den seltsam schrägen Lichteinfall von Regen über dem Meer.

»Mist, Mist, *Mist!*«, rief Olivia, während die beiden auf ihren Brettern hockten und weiter und weiter von der Insel wegtrieben. »O verdammt! Shit! Warum schaffen wir es nicht zurück?«

»Das muss die Gezeitenströmung sein«, sagte Jacinth, die wütend auf ihrem Handy herumtippte. »O mein Gott, jetzt *komm schon*. Mach endlich!«

»Warum hat der Typ vom Verleih uns nicht davor gewarnt?«, fragte Olivia.

»Hat er doch«, erwiderte Jacinth. »Es gab eine Sicherheitseinweisung, aber da warst du mit deinem Handy beschäftigt.«

»Und du hast dir das angehört?«

»Nein, ich war mit meinem Handy beschäftigt, das war jetzt nur geraten.«

Von Sekunde zu Sekunde wurde es kälter und stürmischer.

»Es wird uns jemand sehen«, versetzte Olivia mit Nachdruck. »Die Leute beobachten doch die Wale, oder? Wenn wir uns auf die zubewegen, bemerkt uns sicher jemand durch das Teleskop.«

Die Idee wäre vernünftig gewesen, wenn die Sicht von der Insel aus mittlerweile nicht null betragen hätte. Deshalb hatten sich die Walbeobachter in *Annies Küche* zurückgezogen.

»Das kann doch wohl nicht …« Inzwischen mussten die beiden Frauen laut rufen, um sich über den zunehmenden Wind hinweg zu verständigen.

Ja, sie hatten Surfanzüge an, aber welche mit kurzen Beinen, und sie trieben schließlich über den Nordatlantik. Allmählich wurde es wirklich richtig kalt.

Flora stolperte die Landspitze entlang, direkt hinein in das stürmische Wetter, das von Norden her aufzog. Sie machte ihre Tasche auf und zog die Regenjacke heraus, ohne die kein Bewohner von Mure je das Haus verließ – man konnte ja nie wissen. Mit einer unbeholfenen Bewegung schob sie sich Douglas vor den Bauch, damit er sehen konnte, wohin sie gingen. Er gurrte begeistert und streckte die Hände aus, als wolle er die tief hängenden Wolken, den brausenden Wind berühren.

Mit einem Mal blieb Flora entschlossen stehen. Was sie

hier abzog, war lächerlich. Wenn sie einander wirklich liebten, reichte auch eine *Sweetheart Wedding*, und der Rest war völlig egal. Sie hatte einfach ihren Kopf durchsetzen wollen, was total albern war, und das sollte sie wohl besser wieder in Ordnung bringen.

Schluss mit all den Ausflüchten! Mach es einfach, tu das Richtige!

Sie drehte gerade wieder um …

… da ertönte plötzlich das Geräusch.

Flora hielt inne, beruhigte Douglas und eilte eine kleine Anhöhe hinauf, um besser hören zu können.

Die Inselbewohner hatten das immer schon über Flora gesagt: dass sie zum Teil Selkie und daher mit den Geschöpfen des Meers verbunden war, so wie einst ihre Mutter und deren Mutter und ihre weiblichen Vorfahren bis zurück zu den Anfängen der Menschheit.

Flora hatte das immer als abergläubischen Unsinn abgetan, vor allem während ihrer Zeit in London. Aber jetzt hörte sie es klar und deutlich. Aus weiter Ferne ertönte vom Wasser her ein dunkles Geräusch, ein tiefes Brummen. Flora nahm gewisse Schwingungen wahr, die ihr unmissverständlich etwas vermittelten: Hier stimmt etwas nicht, irgendetwas läuft falsch.

Das musste von den Walen kommen. Aber was war denn nur los? Mit dem Sturm hatte das wohl nichts zu tun, oder? Der würde den Tieren doch nichts ausmachen.

Mit gerunzelter Stirn taumelte Flora zurück zum Wagen. Sie wollte hoch zu *The Manse* fahren, wo es ein hochmodernes Teleskop gab. Colton hatte es gern benutzt, bevor er dafür zu krank geworden war.

Als sie das Auto erreichte, hatte ihr Handy allerdings wieder Empfang, und es kam eine Nachricht von Gala rein:

Shugs vom Verleih sei da gewesen und habe gefragt, ob jemand Olivia und Jacinth gesehen hätte.

Flora wusste es augenblicklich. Ihr war sofort klar, was ihr die Wale zu vermitteln versucht hatten, sie begriff, was da passiert war. Wie hatten sie nur so dumm sein können?

Olivia wollte sich immer so cool und attraktiv wie möglich darstellen – daher würde sie trotz ausdrücklicher Warnungen selbstverständlich versuchen, sich die Wale aus der Nähe anzusehen.

Alle wussten, dass man auf keinen Fall da raus durfte. Alle außer einer dämlichen, verwöhnten jungen Frau, die eben kein Inselmädchen mehr war, schon lange nicht mehr.

Flora rief Fionn von der RNLI an, der sofort den Notruf rausschickte. Das Wetter verschlechterte sich zunehmend.

Regen wurde über die Insel gepeitscht, und der leuchtende Himmel mit dem sanften Sonnenlicht eine Stunde zuvor war längst vergessen.

Flora schauderte. Sie würde ins Hotel zurückkehren und sich vergewissern, dass in den Gästehäuschen der beiden Frauen die Heizung an war. Es würde doch alles wieder in Ordnung kommen … oder?

O Gott, plötzlich fiel ihr ein, dass ja Joel mit dem Rettungsboot hinausfahren würde. Himmel! Der hatte an den RNLI-Übungen doch nur deshalb teilgenommen, weil er seine Phobie überwinden wollte. Joel war nun wirklich nicht … Plötzlich hatte sie furchtbare Angst um ihn. Er sollte nicht draußen auf dem Wasser sein.

Wieder stießen die Wale ihre Warnrufe aus, und ihr düsterer Gesang erfüllte die stürmische Luft.

Kapitel 40

Saif war in der Praxis fertig und brachte gerade die Jungen zu den Pfadfindern. Er hörte ihren Erzählungen nur mit halbem Ohr zu, weil ihn panische Angst vor dem erfüllte, was ihn gleich erwartete.

Lorena würde es verstehen. Dass es ja nicht für immer war, sondern nur vorübergehend. Vielleicht würde sie sogar einen Ausweg sehen, eine praktische Lösung finden, auf die Neda und er bisher nicht gekommen waren. Sicher würde es für ihn einen Weg geben, auf die Insel zurückzukehren. Ja. Vielleicht ein Wechselmodell, durch das er regelmäßig als Vertretungsarzt herkommen und die Jungen ein Halbjahr hier, eins dort absolvieren konnten.

Wenn er Lorena gegenübertrat, würde sie sagen: »Natürlich, lass es uns so machen. Ich liebe dich, ich habe die perfekte Lösung, und alles wird super laufen.«

Kaum waren die Jungen aus dem Auto gestiegen, sprangen sie auch schon in Pfützen herum.

»Gibt es in Damaskus eigentlich auch Pfadfinder?«, fragte Ash, bevor er sich hektisch vergewisserte, ob ihn auch niemand gehört hatte.

»Pscht!«, machte Saif und antwortete dann leise: »Falls nicht, können wir dort sicher eine Gruppe gründen.«

»Yeah!«, rief Ash und rannte zu dem kleinen Gebäude neben der Kirche hinüber.

Während Saif noch seinen Söhnen hinterherschaute, ging plötzlich sein Notfallpieper los.

Joel war ganz still, als er den Jungen dabei half, ihre Zelte wetterfest zu machen. Dann krabbelten sie zum Schutz vor dem Sturm hinein, um an einem Quiz teilzunehmen. Zwischendurch erzählten sie sich voller Eifer gegenseitig Geschichten darüber, wie sie alle vorher schon mal vom Blitz getroffen worden waren und es auf wundersame Weise überlebt hatten.

Als der Alarm seines Handys piepte, runzelte Joel die Stirn. »Was ist das denn?«

Jan schnalzte mit der Zunge. »Du liebe Güte, bist du nun im Seenotrettungsteam oder nicht?«

»O mein Gott«, hauchte Joel, der plötzlich ziemlich aufgeregt war. »Äh, ja, aber ich hätte nie gedacht … du weißt schon. Dass wirklich mal was passieren würde.«

Jan verdrehte die Augen. »Ein unvorhersehbarer Sturm an einem sonnigen Vormittag? Da ist wohl irgendein Idiot mit einer Jolle rausgefahren – los, los, los! Wir kommen hier auch ohne dich klar!«

»Bist du sicher?«

Jan nickte und scheuchte ihn hinaus in den Sturm. Erst nach seinem Aufbruch kam sie auf die Idee, einen Blick auf ihr eigenes stumm gestelltes Handy zu werfen – auf dem unzählige Nachrichten eingegangen waren.

Lorna saß in ihrer wunderschönen Wohnung, gegen deren Fenster der Regen prasselte. Eine Duftkerze flackerte, auf dem Herd stand Tee, und sie hatte einen Teller mit kleinen Plätzchen fertig gemacht.

Ihr Herz raste. Saif war spät dran. Natürlich konnte es

sein, dass er zu einem Patienten gemusst hatte, so etwas kam ja immer wieder vor. Aber normalerweise rief er an oder schrieb ihr eine Nachricht, wenn er aufgehalten wurde. Er ließ sie nie einfach auf glühenden Kohlen sitzen, so wie jetzt. Niemals. Lorna dachte zurück an Ash. Es konnte doch nicht wahr sein, oder? Aber worum sollte es sonst gehen?

»Okay, Leute!«, rief Fionn, der sich mit einem Mal vom ein wenig mürrischen Bootsmann und Trainingsleiter der Seenotrettungstruppe in einen Mann der Tat verwandelt hatte.

Er schaute zu den acht nicht mehr zu unterscheidenden Männern und Frauen in ihrer gelben Allwetterbekleidung hinüber.

»Flora geht davon aus, dass die beiden zu den Walen hinausgefahren sind. Jan zufolge wollten sie sich die tatsächlich mal aus der Nähe ansehen. Jan hat auch … äh … unterstrichen, dass sie da ein klares und deutliches Verbot ausgesprochen hat.«

Das Boot wurde an die Slipanlage herangefahren.

Während alle anderen erfahrene Mitglieder der Organisation waren, nahmen Saif und Joel zum ersten Mal an einer Rettungsaktion teil und waren furchtbar aufgeregt, vor allem Joel. Sie schauten einander unter ihren Kapuzen an und grinsten sich zu.

Innes war ganz vorne mit dabei, und Hamish gab vom Land her Seil nach.

»Macht es einfach wie im Training«, riet Innes, »dann läuft es auch.«

Das Meer wogte heftig. Joel und Saif hatten schon oft auf ruhiger See geübt, hatten Kindergruppen mit dem Boot hinausgebracht und dort mit ihnen über Sicherheit auf dem Meer gesprochen. Aber echte Menschen in Not – das war für sie etwas Neues.

Flora konnte durch das Teleskop rein gar nichts sehen.

Inzwischen wütete der Sturm heftig, und die Sichtweite lag quasi bei null.

Sie packte das Gerät ein und fuhr zu *The Rock* weiter, wo sie in der Lobby achtzehn kleine, durchnässte Jungen erwarteten. Neben dem Kaminfeuer hockten Charlie und Christabel an der Seite von Jan, die sich die Seele aus dem Leib heulte.

»Ja, sie ist meine blöde Schwester«, schluchzte sie, »die auf niemanden hört! Aber deshalb soll sie doch nicht sterben!«

Flora nahm die Sache sofort in die Hand. Sie ließ Isla aus der Küche kommen. »Bring die Jungen bitte ins Restaurant und gib ihnen so viel Kuchen, wie du nur auftreiben kannst!«

»Yeah!«, rief die Truppe aus und folgte dem Küchenmädchen begeistert. Diese Woche war wirklich viel cooler als erwartet.

Charlie schaute zu Flora hoch, die sich an einem kleinen Lächeln versuchte.

»Du denkst also wirklich, dass sie draußen bei den Walen sind, *aye?*«

»Äh …« Flora kam es ein bisschen lächerlich vor, es laut auszusprechen. »Ich denke, es ist möglich.«

»Na also: In dem Fall werden sie sie problemlos finden«, sagte Charlie, um Jan aufzumuntern, die weiter vor sich hin schluchzte.

Charlie nickte, als Flora in seine Richtung »Wie wär's mit einem Schlückchen?« hauchte.

Sie zog los und kam mit Whisky zurück, über den Jan

normalerweise die Nase gerümpft hätte. Heute nahm sie das Getränk jedoch dankbar entgegen und ließ sogar zu, dass Charlie den Arm um sie legte.

Die Wellen rissen das Boot unbarmherzig hoch und runter, und Saif klammerte sich krampfhaft am Sitz fest. Er hatte gewusst, wie schwierig es für ihn sein würde. Aber das war gerade einer der Gründe für seine Anwesenheit hier: Er hatte keinerlei positive Erinnerungen an Boote und Schiffe, nicht eine. Jetzt kehrten lauter Bilder an jene schreckliche Überfahrt zurück, die er einst für seine Familie auf sich genommen hatte. Damals hatte er sein ganzes bekanntes Leben, alle und alles zurückgelassen, würde es aber sofort wieder tun. Einen Moment schloss Saif die Augen.

Als er sie wieder öffnete, tätschelte ihm Hamish sanft die Schulter, der bei Seenotrettungseinsätzen immer dabei war, falls sie wie die Weltmeister rudern mussten.

Saif nickte dankbar.

Fionn machte sich Sorgen. Sie hatten ein gutes Radarsystem, aber Paddleboards waren klein. Sie suchten quasi nach der Nadel im Heuhaufen, und die Sicht war unfassbar schlecht.

Jacinth war auf die gute Idee gekommen, sich mit ihrem Brett an das von Olivia heranzuziehen, sodass sie nun nebeneinanderher trieben. Die Paddel lagen Seite an Seite da.

Aber sie befanden sich jetzt mitten auf dem Meer. In nicht allzu großer Entfernung hörten sie bedrohlich riesige Tankschiffe vorbeifahren.

»Ob die uns wohl sehen?«, schluchzte Olivia.

Das erschien Jacinth ziemlich unwahrscheinlich, was sie aber lieber für sich behielt.

Mittlerweile bibberten sie vor Kälte.

»Warum habe ich bloß niemandem erzählt, was wir vorhaben?«, stöhnte Olivia.

»Na, du hast es doch Jan gegenüber erwähnt, die uns als rücksichtslos bezeichnet hat, weil wir die Wale stören würden«, sagte Jacinth.

»Und ich war ja auch rücksichtslos!«, jaulte Olivia. »Das war ich! Ich hab egoistisch und unüberlegt gehandelt und jetzt … jetzt …«

Plötzlich ertönte aus dem Nebel heraus ein unfassbar lautes, langes Geräusch, eine Art muhendes Stöhnen.

Beide Frauen stießen ein Kreischen aus, Olivia verlor das Gleichgewicht und fiel ins Wasser.

Sie hatten alle Buchten abgeklappert, in denen die Bretter vielleicht angespült worden sein konnten oder hängen geblieben waren, jedoch ohne Erfolg. Jetzt blieb ihnen nur noch, aufs offene Meer hinauszufahren oder eventuell einen Hubschrauber vom Festland anzufordern. Aber unter den gegebenen Umständen war dessen Einsatz so gut wie unmöglich: Der Nebel war so dicht, dass man kaum etwas sehen konnte, und Wind und Gischt kamen noch hinzu.

Dann hörten sie es alle: ein tiefes, stöhnendes Geräusch.

Fionn warf Joel einen Blick zu. »Meinst du, dass Flora vielleicht recht hatte?«, knurrte er.

Joel zuckte mit den Achseln. »Es gibt da schon diese seltsame Geschichte mit ihr und … großen Meeressäugern.«

Das eine oder andere Mitglied der Mannschaft, das sich noch an ihre Mutter erinnern konnte, nickte zustimmend.

»Na ja«, sagte Fionn und ließ das Motorschlauchboot in vollem Tempo drehen. »Es ist ein Anhaltspunkt.«

Und er erhöhte noch einmal die Geschwindigkeit, während sie gen Nordnordost über die wogenden grauen Wellen rasten, in Richtung des Walgesangs.

Panisch kreischend schlug Olivia um sich und traf dabei die beiden Boards, sodass sie auch Jacinth ins Wasser zu reißen drohte.

Irgendwo im Nebel hinter ihnen gaben die Tiere einen weiteren stöhnenden Laut von sich, und Olivias Kopf ging einen Moment unter.

»Verdammt!«, fluchte Jacinth. Sie legte sich mit dem ganzen Körper flach über die beiden Boards. »Nimm meine Hand!«, rief sie. »Halt dich fest, Olivia. Greif nach meiner Hand!«

Joel starrte auf der Backbordseite in den Nebel hinaus, während sie praktisch ohne visuelle Orientierung auf den Bereich zufuhren, in dem sich die Wale zu befinden schienen. Jetzt hörte man sie wieder.

»Ich könnte schwören, dass sie uns rufen«, sagte Joel, der längst nicht mehr der nüchterne und rationale Anwalt von einst war. Er hatte immer gewusst, dass man sich auf der Insel Märchen und Geschichten über Selkies und geheimnisvolle Besucher aus dem Ozean erzählte, darüber, wie Mensch und Meer miteinander kommunizierten. Aber er hatte sie früher als Seemannsgarn abgetan, als alten Aberglauben.

Wieder ertönte das laute Blöken. Allerdings hatte es nichts Märchenhaftes an sich. Es war eine Warnung.

»Still«, mahnte Fionn. »Wir sind schon nah dran.«

»LOS, OLIVIA!«, brüllte Jacinth. Wenigstens klammerte sich Olivia mittlerweile an ein Paddel, aber in ihrer Miene stand Panik, weil die Wellen sie nach oben und unten rissen.

»Komm schon! Festhalten!«

Jacinth spürte Salz auf der Zunge und musste mitansehen, wie Olivias Kopf auf den Wellen tanzte. Aber genau in dem Moment, in dem die Kräfte sie zu verlassen schienen, meinte sie etwas über das Tosen des Meers und die Klagerufe der unsichtbaren Wale hinweg zu hören.

Kapitel 41

Joel rieb sich das Spritzwasser von den dicken Brillengläsern und rief »JA!«. Ausgerechnet er, der sonst so wenig sah, hatte etwas entdeckt.

»Ich kann nur eine Person erkennen«, bemerkte jemand anders.

Die Mienen der Retter waren ernst.

»Nein«, sagte Fionn, der die Geschwindigkeit drosselte. »Da ist noch jemand im Wasser.« Er holte das Megafon hervor und stellte die Scheinwerfer auf den hellsten Strahl ein.

Die Person, die quer über den Brettern lag, drehte sich um und fing zur allgemeinen Erleichterung an, heftig zu winken.

»BLEIBEN SIE, WO SIE SIND! WIR KOMMEN VON DER SEENOTRETTUNG! BITTE NICHT BEWEGEN!«, rief Fionn.

»Wo ist denn der Rettungsring für die Person im Wasser?«, fragte Joel. Er griff selbst danach und warf den Ring hinaus in die Wellen. Leider landete er gerade eben außer Reichweite.

»Bis dahin schaffen sie es bei der Strömung nicht«, sagte Fionn. »Und der Ring treibt auch nicht zu ihnen hinüber. Außerdem sind sie fix und fertig, viel zu erschöpft, um sich groß zu bewegen.«

Das Boot umrundete die Frauen, auf der anderen Seite zerrte allerdings der Wind unbarmherzig daran, es wurde hochgerissen und klatschte immer wieder hart in die Wellentäler. Die Wetterverhältnisse waren einfach grauenhaft.

»Näher ran können wir nicht«, sagte Fionn. »Und wenn wir hier lange auf der Stelle fahren, steht irgendwann der Motor unter Wasser. Ist die andere Frau noch da? Ich kann sie nicht mehr sehen.«

Einen Moment herrschte Schweigen, dann richtete Joel sich auf. »Fahr zurück auf die andere Seite«, sagte er.

Fionn sah ihn an. »*Aye*, in Ordnung.«

Als Kind hatte Joel nie schwimmen gelernt, das brachte benachteiligten Kindern selten jemand bei. Später war es ihm schwergefallen, aber er hatte sich dazu gezwungen wie zu so vielen anderen Dingen im Leben. Er war am Ball geblieben und hatte es geschafft, also konnte er auch jedes andere Hindernis überwinden.

Joel schnallte sich einen Schwimmgurt mit Seil um und sprang aus dem Boot. Wegen der eisigen Temperaturen fühlte sich der Kontakt mit dem Wasser an wie ein Schlag ins Gesicht. »Gott!«, entfuhr es ihm, während er in Panik zu geraten drohte und kurz davor war, mit den Armen um sich zu schlagen. Er spürte Wasser im Mund und hatte vor Angst plötzlich einen Blackout.

Innerhalb von Sekunden kamen ihm jedoch die Menschen in den Sinn, die da auf ihn warteten, und die eine Person, durch die er sie gefunden hatte.

Und jetzt hörte er das anfeuernde Grölen der Rettungsmannschaft, während er begann, mit den perfekten, gleichmäßigen Kraulbewegungen durchs Wasser zu pflügen, mit denen er vor gefühlt einer Million Jahren in seinem Apartmentblock in London seine Bahnen gezogen hatte. Er würde das schaffen! Seine starke Kurzsichtigkeit war bei all dem Nebel, der Gischt und dem Wasser im Gesicht ganz egal. Joel bewegte sich instinktiv, ließ sich von den Rufen der anderen den Weg weisen, bis er die Boards erreichte, die gegeneinanderstießen.

»Gott sei Dank!«, murmelte Jacinth. »Kümmern Sie sich um sie!«

Olivia, deren Augen glasig waren, konnte nur gerade so eben den Kopf über Wasser halten. Immer wieder wurde sie hinuntergezogen und kam prustend hoch.

Joel ließ den Rettungsring über sie gleiten, packte sie mit dem Rettungsgriff und zog sie mit.

Nachdem sie an Bord gehievt worden war, hielt er sich am Boot fest und schwamm damit zurück. Es gelang ihm, den Griff am Ende des Bretts zu packen und so Jacinth heranzuziehen.

»Manchmal ist mein Job *wirklich das Letzte*«, schnaubte sie, erst dann fragte sie: »Ist mit Olivia alles okay?«

Flora schaute vom Teleskop auf, vor dem sie wie angewurzelt gestanden hatte. Die Wale waren verstummt.

»Kaffee. Flachmänner. Decken. Jetzt!«, befahl sie Isla.

»Du kannst doch nicht … Haben sie sie etwa gefunden?«, fragte Isla mit gerunzelter Stirn.

»Ich hoffe es«, antwortete Flora. *Wie* sie sie gefunden hatten? Das war eine ganz andere Frage.

Als das Boot ganz langsam in den Hafen einfuhr, wartete dort die ganze Insel auf sie. Alle hatten sich Sorgen gemacht und waren nun erleichtert, dass es den Frauen gut ging. Sofort landeten auch ein paar Fotos im Internet.

Saif untersuchte sie und empfahl, dass Olivia in *The Rock* ein sehr heißes Bad nahm. Seiner Meinung nach war es nicht nötig, einen Rettungshubschrauber zu rufen. Jacinth ging es bereits besser, nachdem sie etwas Heißes getrunken hatte, das sie von innen zu wärmen begann.

Man würde einen Wagen der RNLI nutzen, um die beiden so schnell wie möglich ins Hotel zu bringen.

In dem Moment kam jedoch Flora an, gefolgt von Jan, die völlig durchdrehte. Schreiend warf sie sich auf Olivia, die eiskalt und weiß dalag, blass wie eine anmutige Statue. Sie sah aus wie Schneewittchen. Jan starrte sie lange an, streckte dann zitternd die Hand aus und strich ihrer Schwester sanft übers Haar. Sie sagte kein Wort, wich ihr auf dem Weg hoch zum Hotel aber nicht von der Seite.

Das alles bekam Flora kaum mit, weil ihr jetzt Joel entgegenkam, dem die anderen Mitglieder des Rettungsteams zum Abschied auf die Schulter klopften. Er platzte beinahe vor Stolz.

»Meine Damen und Herren: unser Held!«, rief jemand der Menge zu. »Der Mann, der ins Meer gesprungen ist!«

Tosender Applaus brandete auf, als Joel, aufgedreht, glücklich und voller Leben, zu Flora und Douglas hinübereilte, die er schwungvoll in die Arme schloss.

Auch jetzt strömten immer noch jede Menge Leute herbei, um ihm zu gratulieren, auf die Schulter zu klopfen und zu danken.

Joel konnte nicht fassen, dass er so begeistert von all den Menschen empfangen wurde, die er gut kannte. Es war schon erstaunlich.

»Hab ich doch gern gemacht«, sagte er, von einem Ohr zum anderen strahlend. »Keine große Sache! Ich kann es kaum erwarten, euch auf der Hochzeit zu sehen! Saif, mein Freund!« Er versetzte dem guten Arzt einen ordentlichen Hieb. »Wir waren ein super Team da draußen, hm? Was für eine Mannschaft! Ich freue mich schon darauf, dich bei unserem großen Tag mit dabeizuhaben!«

»Äh, Joel …«, wandte Flora vorsichtig ein.

»Diese Leute«, sagte Joel und streckte die Arme aus, »sind die beste Truppe der Welt. Ich will, dass alle kommen und *du* den schönsten Tag deines Lebens feiern kannst.«

Flora runzelte die Stirn. »Nein, ich war im Unrecht«, sagte sie. »Das tut mir so leid, und ich will in Wirklichkeit doch nur uns beide, sonst nichts. Ich lag so falsch. Wichtig sind bloß wir, Joel.«

Den Mund ganz nah an ihrem Ohr, damit sie auch jedes Wort verstand, flüsterte er: »Einen Augenblick lang hab ich da draußen gedacht, dass ich nie wieder nach Hause zurückkehren würde. Und in dem Augenblick war mir plötzlich klar, wo mein Zuhause ist. Da hab ich mir eins geschworen: Falls ich doch zurückkehre, dann stellen wir eine Feier auf die Beine, wie diese Insel sie noch nie gesehen hat.«

Olivia saß aufrecht im Bett und tat sich selbst furchtbar leid.

Jan bewachte ihr Schlafzimmer und kümmerte sich darum, dass es ihrer geliebten Schwester auch gut ging, und wiederholte von Zeit zu Zeit: »Ich kann einfach nicht fassen, dass ihr da rausgefahren seid!«

»Ja, ja, schon klar«, murmelte Olivia. »Ich war so bescheuert.«

»Egal«, sagte Jan und fügte schüchtern hinzu: »Und es tut mir auch leid, dass ich eifersüchtig war.«

Olivia schüttelte den Kopf und nahm noch einen Schluck

von Floras unwiderstehlicher heißer Schokolade. »Warum eigentlich?«, fragte sie dann. »Wieso nur? Du hast hier doch alles. Du bist glücklich und zufrieden, hast einen tollen Ehemann, eine schöne Arbeit und Mum in der Nähe. Ich glaube, du hast keine Ahnung, wie es da draußen läuft.«

Jan zuckte mit den Achseln. »Ja, das sagst du immer wieder.«

»Und das meine ich auch völlig ernst. Wenn man selbst keinerlei Talent hat ... mit dem man Geld verdienen könnte ... Bei mir hat es ja nicht einmal mit dem Modeln geklappt, weil sich dafür tausend junge Dinger quasi umsonst anbieten. Und durch diese ganzen anderen Jobs kommt auch nicht viel Geld rein. Die sind eigentlich nur für Leute mit Privatvermögen, um dadurch andere reiche Leute kennenzulernen. Ich hab einfach versucht durchzuhalten, irgendwie nach vorne zu schauen – o Gott, und dann bin ich dreißig geworden! Jan, du kannst dir nicht einmal vorstellen, wie schrecklich das war, richtig, richtig übel.« Olivia seufzte. »Du hast so ein Glück! Einfach anziehen zu können, was du willst ...« Sie deutete auf das handgemachte Oberteil aus Segeltuch, das Jan wirklich gern trug. »Ich kann mir das kaum vorstellen. Dein Leben ist so viel unkomplizierter als meins.«

»Aber Anthony ...«

Olivia schüttelte den Kopf. »Seine Familie übt so viel Druck auf ihn aus. Geld ... funktioniert nicht so, wie du denkst. Es ist vielmehr ein Kontrollmechanismus, um ihn an der kurzen Leine zu halten. Ich glaube, seine Mutter hat ihm gesagt, er solle sich endlich mal verloben. Das hat er gemacht, und jetzt kann sie nicht fassen, dass er sich ausgerechnet mich ausgesucht hat.« Sie brach in Tränen aus. »Die Situation ist so verfahren!«

»Na, na«, tröstete Jan sie. »Wenn diese hochnäsige Mrs Forbes denkt, dass ihre Familie zu gut für dich ist, dann kann sie sich aber auf was gefasst machen!«

»Aber ich lag doch falsch«, sagte Flora wieder. Sie saßen mit Douglas zusammen an der Theke im *Harbour's Rest*, wo nach und nach alle Bewohner der Stadt auftauchten, um den mutigen, beherzten Rettungsleuten ihre Anerkennung auszusprechen.

»Ich war so egoistisch, wollte eine große, schicke Hochzeit, bei der alle Augen auf mich gerichtet sind …«

»Und die sollst du auch bekommen«, sagte Joel. »Schließlich ist es dein großer Tag, und der soll fantastisch für dich werden.«

Wie auf Mure üblich war das Wetter rasch umgeschlagen, und Flora musste lachen, weil die durch die schmutzigen Fenster hereinfallenden Sonnenstrahlen das *Harbour's Rest* wieder in seiner klassischen Schmuddeligkeit zeigten.

»Himmel«, seufzte sie. »Aber dir ist schon klar, was für ein Irrsinn da auf uns wartet? Die wollen für eine Blütenwand echte Blumen einfliegen, und oben am Hotel arbeiten Heerscharen von Handwerkern, die am Dienstag unter anderem eine Eisbahn aufbauen werden!«

Immer noch klopften ständig Leute Joel auf die Schulter und spendierten ihm Getränke, die er gar nicht wollte und deshalb gern an die Fischer an der Theke weitergab. Inge-Britt war so oder so begeistert.

Joel zuckte mit den Achseln. »Je mehr, desto besser.«

Flora lehnte sich vor und drückte Joel einen Kuss auf die Nase. »Jetzt heirate ich also einen *großen Helden unserer Zeit.*«

Er kicherte. »Red keinen Unsinn!«

»Ich rede keinen Unsinn – davon werden die Leute noch jahrzehntelang erzählen.«

»Und davon, wie eine Selkie dem Helden den Weg zurück nach Hause gewiesen hat.«

Den intensiven Blick, der jetzt in Joels Augen stand, kannte Flora nur zu gut, deshalb wollte sie gern der kleinen Feier hier entkommen und ihn nach Hause mitzerren.

Doch ausgerechnet in diesem Moment kam die offensichtlich wiederhergestellte Jacinth auf sie zu und hielt ihr ein Handy hin. »Nimm das mal bitte, Mrs Forbes ist dran«, sagte sie und presste die Lippen aufeinander.

»Hallo?«, sagte Flora.

»Haben Sie das Internet gesehen?«, fauchte Mrs Forbes.

Was denn, das ganze?, hätte Flora am liebsten gesagt. Stattdessen antwortete sie nur: »Nein, wir waren hier ... ziemlich beschäftigt.«

»Dieses junge Ding ist nicht nur in den natürlichen Lebensraum der Wale eingedrungen, sondern wäre dabei auch noch fast umgekommen! Die Nachricht hat sich online wie ein Lauffeuer ausgebreitet: *Dämliche Tussi bringt Rettungsteam unnötig in Gefahr.*« Ihre Stimme war unerbittlich. »Miss MacKenzie, ich gehöre vielen wichtigen Umweltschutzkomitees an und kann das absolut nicht gutheißen. Das geht einfach nicht. Und wir sollten ja die Kosten dieser Hochzeit tragen ... mit der Sie schließlich auch irgendwie zu tun haben. Auf diese seltsame Idee ist Madame ganz allein gekommen, das hatte mit mir nichts zu tun. Daher wüsste ich nicht, warum ich mich bei Ihnen entschuldigen soll ... die Hochzeit ist jedenfalls abgeblasen, haben Sie das verstanden? Und mit ein bisschen Glück werden wir mit Ihrer kleinen Insel nie wieder etwas zu tun haben.«

Kapitel 42

Himmel!«, murmelte Flora, während sie das Handy zurückgab. »Na ja, das war's dann wohl.«

Joel zog sie an sich, nachdem sie ihm die Sache erklärt hatte.

»Du meine Güte! Bist du enttäuscht?«

»Nicht im Geringsten«, antwortete Flora und stellte noch im selben Moment fest, dass es sogar stimmte. »Allerdings müssen wir es jetzt irgendwie Olivia beibringen. O mein Gott, sie wird … Ich meine, das ist für sie das Ende. Ich weiß nicht einmal, was sie dann tun wird. Mir kam sie ja immer schon ein bisschen verloren vor. Ich glaube, diese Hochzeit …«

»Aber ihr Verlobter macht doch wohl keinen Rückzieher, oder?«

»Da wäre ich mir nicht so sicher, so, wie sie über ihn spricht und wie seine Mutter über ihn redet …«, murmelte Flora. »Ich glaube, wenn er sich zwischen ihr und all seinem Geld entscheiden muss … Na, in Olivias Haut möchte ich jetzt nicht stecken.«

»O Mann, arme Olivia. Aber das sagt man doch auch so, oder?«

»Was?«, fragte Flora.

»Wer für Geld heiratet, wird es sich verdienen müssen.«

Saif verließ das geschäftige *Harbour's Rest* und machte sich auf den Weg zu Lornas Wohnung, fand Lorna aber nicht vor. Auf dem Tisch stand lediglich eine ungeöffnete Flasche Wein, und Lornas Parfüm lag in der Luft, das in ihm sofort schreckliche Sehnsucht weckte.

Er konnte sich denken, wo sie steckte, und traf sie tatsächlich am Endless an, wo ihr kleiner Hund Struppi ihr Stöcke brachte, um sie aufzuheitern. Leider klappte das nicht.

Sobald Saif ihre Miene sah, war ihm klar, dass sie Bescheid wusste. Obwohl sich das Wetter inzwischen beruhigt hatte, war niemand sonst unterwegs, alle anderen befanden sich im Ort. Behutsam kam er näher. »Lorena.«

Sie hatte im Sand gesessen, und als sie jetzt langsam aufstand, waren auf ihrem Gesicht deutlich die Spuren von Tränen zu erkennen. »Stimmt es?«

»Es tut mir so leid … Ich bin vom Rettungsteam zu einem Einsatz gerufen worden.«

Sie schüttelte den Kopf. »Darum geht es nicht, das interessiert mich gar nicht. Ich meine Ash. Ash hat etwas von seiner Mummy vor sich hin gesungen.«

Saif schluckte. »Ich hatte ihm ausdrücklich gesagt, er soll nicht …«

»Hat er auch nicht!«, antwortete Lorna scharf. »Es war nur ein Versehen, und er hatte danach furchtbare Angst. Saif, das war ein viel zu großes Geheimnis für ein Kind, und Ash ist doch noch so klein. Du hättest erst einmal mit mir darüber sprechen müssen.«

»Ich … ich wollte ja auch mit dir reden. Und zwar heute Abend. Ich schwöre, dass ich auf dem Weg zu dir war, um es dir zu erzählen …«

»Also stimmt es.« Mit brennenden Augen starrte sie ihn an.

»Sie haben die Mutter der Jungen gefunden, Lorena.«

Lorna nickte und versuchte, die Information zu verarbeiten. »Okay«, sagte sie. »Gut. Und? Deshalb verschwindet ihr jetzt hier? Einfach so?«

Er starrte zurück. »Ich glaube nicht, dass ich irgendetwas anderes tun kann.«

»Natürlich kannst du das!«, erwiderte sie. »Lass deine Kinder hierbleiben, wo sie in Sicherheit sind! Alles andere wäre völlig irre, ganz und gar!« Inzwischen war sie laut geworden. »Das ergibt doch keinen Sinn, ÜBERHAUPT KEINEN! Du bist wahnsinnig, musst absolut verrückt sein, wenn du das machen willst. Das sieht Amena bestimmt auch so, und das weißt du.«

»Ja, weiß ich«, räumte Saif mit hängendem Kopf ein.

»Könnt ihr nicht einfach telefonisch in Kontakt bleiben, bis sich die Situation noch weiter beruhigt hat? Kann sie nicht mit den Jungen skypen?«

»Ich kann gar nicht mit ihr sprechen«, gab Saif nun zu. »Es ist nicht sicher.«

»Nein, ist es wirklich nicht!«, sagte sie. »Und genau aus diesem Grund kannst du die Jungen auch nicht mit dorthin nehmen!« Lorna schluckte. »Ich ...« Sie atmete einmal tief durch. »Mein Schatz. Reise allein und bring Amena mit zurück. Aber lass die Jungen bei mir, hier, wo sie in Sicherheit sind. Ich kann auch ins alte Pfarrhaus ziehen, wenn es sein muss. Mach dich auf den Weg ... um alles zu klären ... und bei deiner Rückkehr warten wir hier auf dich. Das werden die Leute schon verstehen.«

Saif verzog gequält das Gesicht. »Ich würde ...« Er seufzte. »*Habibti*, wenn ich Großbritannien erst einmal verlassen habe, darf ich nicht wieder einreisen. Und du würdest dich zwar toll um sie kümmern, aber ich kann einfach nicht – ich hab die beiden schon einmal zurückgelassen …« Er schüttelte den Kopf. »Und das tu ich nie wieder.«

Als sie sich in Bewegung setzten, hielt Lorna den Blick gesenkt. »Amena will doch nicht einmal mit dir reden«, sagte sie.

»Sie hat mir eine Nachricht zukommen lassen.«

Lorna versetzte dem Sand einen Tritt. »Und, wie hat diese Nachricht gelautet?«, fragte sie mit bitterer Stimme. »Vielleicht, dass alle um deine Kinder besorgten Menschen dich anflehen werden, nicht zu gehen? Du Idiot! Neda kocht bestimmt vor Wut, oder?«

»Ja«, räumte Saif leise ein.

Lorna schaute wieder zu ihm hoch. »Wie hat die Nachricht gelautet?«, fragte sie noch einmal.

Er bekam die Worte kaum heraus, weil seine Stimme stockte: »Sie hat mich gebeten, eine Frau zu finden, die mit mir zusammen unsere Jungen großziehen kann. Und zwar eine, die lieb und gut ist.«

Die Distanz zwischen ihnen war groß, als sie sich umdrehten und zurückgingen.

»Überleg es dir bitte noch einmal«, flehte Lorna. »Es ist das Richtige für alle, das weißt du doch selbst.« Tränen standen ihr in den Augen, als sie ihn ansah. »Außer natürlich … wenn du unbedingt gehen willst.«

Sein Blick war voller Schmerz, und er bekam kein Wort heraus. Da er seiner eigenen Stimme nicht traute, schüttelte er nur den Kopf.

Das gab Lorna Hoffnung. Natürlich. Es war schließlich Irrsinn, zurückzugehen.

Amena selbst hatte ihm klar und deutlich vermittelt,

dass er um der Jungen willen hierbleiben sollte. Und das war ja auch sinnvoll. Es war die einzige sinnvolle Lösung.

Da sie langsam in Sichtweite des Orts kamen, würde sich Saif gleich zurück auf den Weg zum alten Pfarrhaus ganz oben machen.

Lorna war nicht mehr wütend. Sie trat an ihn heran und ließ den Kopf an seiner so vertrauten Brust ruhen.

Mit geschlossenen Augen drückte er ihr einen Kuss aufs Haar.

»Bleib hier«, bat sie noch einmal voller Zuversicht. »Ich bin davon überzeugt, dass du das Richtige tun wirst. Und was das ist, weißt du doch selbst am besten. Es muss ja auch nicht für immer sein, nur für jetzt. Überleg es dir noch einmal und vertröste die Jungen auf nächstes Jahr. Es kommt alles in Ordnung, versprochen.«

Dann wandte sie sich ab. Saif schaute ihr hinterher, als sie den Endless entlanglief. Aus Angst, dass er schon gegangen sein könnte, drehte sie sich nicht noch einmal um.

Kapitel 43

Auf dem Weg zu *The Rock* stand Flora ganz und gar nicht der Sinn danach, Olivia die Neuigkeiten zu unterbreiten.

»Vielleicht sollte ich ihr bis morgen Zeit geben, damit sie sich erst ein bisschen ausschlafen kann«, überlegte sie. »Ja, das hat sie auf jeden Fall nötig. Und bestimmt wird Saif gleich noch einmal nach ihr schauen, da störe ich wohl besser nicht.«

»Ich könnte mir vorstellen, dass sie es schon weiß«, prophezeite Joel finster, »und ein bisschen Trost gut gebrauchen kann. Jan führt in der Zwischenzeit vermutlich eine Siegesparade an.«

»Gott«, murmelte Flora, »du hast recht, ich sollte wirklich besser nach Olivia sehen. Bring Douglas bitte nach Hause, zieh ihn um und füttere ihn. Und später am Abend habe ich für den Herrn Wassermann noch große Pläne.«

Joel lächelte. »Wird erledigt, meine Selkie-Herrin.« Er küsste sie. Dann erstarrte er plötzlich. »Ach du Scheiße!«, rief er aus. »Die ganzen Outward-Adventures-Jungen sind ja noch im Hotel.«

»Du meine Güte«, stöhnte Flora, lief die Stufen zum Eingang hinauf und eilte hinein. »Himmel, wo stecken die denn nur?« Sie war ja ganz froh, dass sie nicht auf Skateboards durch den Empfangsbereich sausten. Dass von ihnen nichts zu hören oder zu sehen war, fand sie allerdings eher verdächtig.

»Himmel«, murmelte Flora. »Sie haben sich wohl vom Acker gemacht.«

Joel schüttelte den Kopf. »Nein, das sind gute Jungen.«

Gala schaute lächelnd auf und deutete mit einer Kopfbewegung in Richtung Küche.

Als Flora und Joel dort eintrafen, fanden sie die Jungen vor, wie sie fröhlich vor sich hin schnippelten und rührten, streng überwacht von Gaspard, der gelegentlich eine Anweisung rief. Das war nun wirklich nicht im Sinne der Sicherheits- und Gesundheitsvorschriften (obwohl sie sich zumindest die Hände gewaschen hatten).

Auch Charlie und Jan waren mit von der Partie und wurden gerade angeschnauzt: «'altet die Messer VERNÜNFTISCH!«

Flora und Joel zogen die Augenbrauen hoch.

»Ich bleibe mit Douglas hier«, sagte Joel. »Wir sehen uns später.«

Sie drückte ihm die Hand. »Gott, ja«, sagte sie. »Du hast mir in letzter Zeit wirklich gefehlt, Joel Binder.«

»Du mir auch, Mrs Binder«, sagte er, und Flora durchfuhr ein Gefühl des Glücks, das rein gar nichts mit Blütenwänden zu tun hatte.

Als Flora sanft an Olivias Tür klopfte, war von innen ein Laut zu hören, den sie als »Herein!« interpretierte.

Olivia, die am Fenster stand und hinausschaute, sah im glühenden Licht wunderschön aus. Es war, als sei dies ein völlig harmloser Tag, der nichts Böses bereithielt.

Flora ging hinüber, trat neben sie und sah jetzt, was sie sich so aufmerksam anschaute.

Draußen bauten gerade Handwerker hinter Gaspards Kohlbeet die Gebäude ab – den riesigen Eispalast inklusive Bibliothek, die Mauer, die mit Tausenden von blühenden Blumen hatte geschmückt werden sollen – all das war nichts weiter gewesen als die Bühne für eine geplante Aufführung, und diese Kulissen wurden jetzt auf Lkw verladen und weggebracht.

»Oh, Olivia«, hauchte Flora und berührte sie am Arm.

»Es war ja auch deine Hochzeit.«

»Schon, aber das macht nichts«, sagte Flora, was tatsächlich stimmte. Sie schaute Olivia an. »Hast du von Anthony gehört?«

Olivia schüttelte den Kopf. »Und Mrs Forbes hat eine verdammte Presseerklärung veröffentlicht.«

»Na, dann kannst du ja froh sein, dass du diese Truppe los bist«, sagte Flora und umarmte sie sanft. »Außerdem hat es auf mich nie so gewirkt, als wäre er dir wirklich wichtig. Es gibt da draußen eine Million Kerle, die sich für dich ein Bein ausreißen würden. Ganz anders als dieser Typ, für den du nicht groß etwas empfindest. Du erwähnst ja kaum seinen Namen.«

Olivia zog die Nase hoch und schaute Flora mit unendlich trauriger Miene an. »*O Gott!*«, stöhnte sie. »Genau das ist es ja! Du weißt doch, wie Männer so sind, deshalb gebe ich mich schon lange ganz cool! Und sich Hals über Kopf in jemanden zu verlieben … Himmel, wie kitschig ist das denn, da würden mich ja alle auslachen … Verdammt …«

Argwöhnisch schaute Flora sie an. »Was meinst du denn damit?«

»Ich bin völlig verrückt nach Anthony!«, gestand Olivia und brach in Tränen aus. »Okay, er ist total verwöhnt und lebt vom Geld seiner Familie. Aber er ist so lieb und witzig und sanft … vor allem im Vergleich mit all den schrecklichen, schrecklichen Mistkerlen da draußen. Die sind so grauenhaft, Flora, ganz furchtbar. Das ist das reinste Haifischbecken. Anthony hingegen … ist immer gut zu mir gewesen. Lieb und gut.«

»Bei dir klingt es gar nicht mehr so erstrebenswert, wunderschön zu sein«, sagte Flora und legte Olivia den Arm um die Schultern. »Na, na.«

»Und jetzt wird seine schreckliche Mutter ihn dazu drängen, sich von mir zu trennen … und er wird es machen, um es sich nicht mit ihr zu vermiesen, das weiß ich. Vermutlich hat er das längst.« Inzwischen liefen die Tränen. »Und das war es dann für mich. Ich bin ja schon vierunddreißig!«

Bei ihr klang das, als hätte sie gesagt: »Ich bin ja schon neunzig!«, aber diesen Gedanken behielt Flora für sich.

»Oder neunundzwanzig, wenn du ihn fragst.«

»Jetzt sei doch nicht albern!«, mahnte Flora. »Du musst einfach nur mit ihm reden. Den Ring solltest du aber lieber behalten«, fügte sie rasch hinzu. »Mit dem kannst du dir vermutlich eine Wohnung kaufen.«

»Er geht nicht dran«, schluchzte Olivia. »Also ist wohl Schluss, aber er will es mir nicht mal persönlich sagen! Und weißt du, was im Internet abgeht?«

»Nein«, log Flora.

»Da werde ich als Walmörderin bezeichnet!«

»Na ja, tatsächlich hast du keinen einzigen Wal umgebracht, daher würde ich mir darüber keine Gedanken machen.«

»Ich hab alles ruiniert.«

»Na, na«, tröstete Flora sie wieder. »Du hattest wirklich einen üblen Tag. Am besten legst du dich jetzt ins Bett, und ich setze mich noch ein bisschen zu dir.«

Allerdings klopfte es in diesem Moment an der Tür, und Saif kam herein, der nach seiner Patientin schauen wollte. Er sah übel aus, richtig ausgemergelt, und hatte dunkle Ringe unter den Augen.

»Hallo, mein tapferer Seemann«, begrüßte ihn Flora und drückte ihm einen Kuss auf die Wange. »Gott, du wirkst ja noch mitgenommener als Olivia.«

Beim Zubettgehen an diesem Abend, an dem die Sonne nie untergehen würde, versuchte Olivia, ihr Handy zugleich im Auge zu behalten und doch zu ignorieren. So viele Leute meldeten sich aus den falschen Gründen bei ihr und niemand aus den richtigen.

Saif lag wach und ging die Dinge im Kopf wieder und wieder durch. Für Lorna war alles ganz klar, sie war sich so sicher. Genau wie Amena auch. Nicht zum ersten Mal dachte er: Männer ziehen in den Krieg, während die Frauen leiden und um Frieden kämpfen.

Lorna schluchzte vor sich hin, bis sie einfach keine Tränen mehr hatte. Tausendmal griff sie nach ihrem Handy, um Saif eine Nachricht zu schreiben, und legte es dann wieder weg. Sie redete sich ein, dass er schon zur Vernunft kommen würde, schließlich war er nicht verrückt. Denn hier war es natürlich besser für die Jungen, besser für alle.

Wenn sie doch nur Ashs glückliches kleines Gesicht aus ihren Gedanken vertreiben könnte! Aber es würde ja nicht so werden, wie er sich das vorstellte, sagte sie sich streng. Was genau stellte er sich nur vor? In seinem Kopf war bloß Platz dafür, dass er seine Mutter wiedersehen wollte, und für sonst nichts.

Jacinth hatte lange genug herumgebrüllt, um Mrs Forbes die Zusage abzuringen, dass die bisher geleistete Arbeit voll bezahlt werden würde. Nun marschierte sie in *The Rock* triumphierend in die Küche und machte Gaspard und Fintan einen unaussprechlich schmutzigen Vorschlag, mit dem sie die ganze Nacht beschäftigt sein würden.

Flora und Joel lagen ineinander verschlungen da.

»Ich kann einfach nicht fassen, dass du nach allem doch noch deinen Willen bekommst«, sagte Flora lächelnd.

»Ah«, machte Joel, »was das angeht … habe ich vielleicht aus Versehen Tripp doch wieder eingeladen. Und die ganze Highland-Dance-Tanzschule.«

»Willst du mir etwa erzählen, dass du eine ganze Hochzeit in nur eineinhalb Wochen organisieren kannst?«

»Du wirst schon sehen«, antwortete Joel.

Kapitel 44

Am nächsten Morgen stand Flora früh auf und kam im Hotel an Handwerkern vorbei, die noch die letzten Reste der verrückten Konstruktion draußen wegräumten.

Die frühe Morgenfähre würde wohl mit Kulissen und aufwendigen Dekoelementen von der Hochzeit voll beladen ablegen.

Ach, dachte sie, was man nie gehabt hat, kann man auch nicht vermissen.

Ihr ganzes Mitgefühl galt aber Olivia. Und ihr ging durch den Kopf, dass sie irgendwie – irgendwie – mit Agot über die Eislaufbahn sprechen musste. Na ja, eins nach dem anderen.

Wenig später fanden sich an der Rezeption ein paar Leute ein, die mit der Fähre gekommen waren, um hier die hellen Nächte und das angeblich milde Wetter zu genießen und – natürlich – die Wale zu beobachten.

Die Schlagzeilen bringen also wieder Gäste, dachte Flora. Sie würde Gala anweisen, allen einzuschärfen, dass man sich den Tieren auf keinen Fall nähern durfte. Die Leute von der RNLI würden darüber hinaus den Bereich mit Bojen absperren.

»Entschuldigung«, sprach sie jetzt ein junger Typ mit hellem Haar und fröhlicher Miene an. Er war klein, hatte ein mit Sommersprossen übersätes Gesicht und im rechten Winkel abstehende Ohren. Hätte er nicht eine tellergroße Uhr getragen, hätte er beinahe als Fünfzehnjähriger durchgehen können. »Ich bin auf der Suche nach Olivia Mathieson.«

Nachdem Flora ihn einem prüfenden Blick unterzogen hatte, erschien ein Lächeln auf ihren Lippen. »Sie heißen nicht zufällig … Anthony, oder?«

»Doch, das bin ich! Anthony Forbes! Angenehm!«

Er lachte strahlend und zeigte dabei große Zähne.

Flora musste daran denken, wie sich alle Olivias geheimnisvollen Millionär vorgestellt hatten – ein bisschen wie David Gandy. Dieser Kerl dagegen sah aus, als wäre er gerade erst mit der Schule fertig. »Wow!«, sagte sie. »Moment mal … sind Sie hier, um nett zu ihr zu sein oder um ihr das Herz zu brechen?«

»Oh, hier wird man beim Einchecken aber gründlich überprüft«, sagte Anthony, strahlte aber weiter.

»Tja, wir sind um das Wohl unserer Gäste eben sehr bemüht«, versetzte Flora.

»Na ja … äh … Ersteres, ne? Schließlich ist sie das wundervollste Wesen, dem ich je begegnet bin.«

Jetzt strahlte auch Flora. »Tja, dann denke ich … dass sie wirklich sehr froh sein wird, Sie zu sehen«, sagte sie und wies ihm den Weg hinüber zum Gästehäuschen. Sie blieb an der Tür stehen, sodass sie Olivias überraschten Freudenschrei mitbekam.

»Soso«, murmelte sie vor sich hin und schüttelte verblüfft den Kopf.

Und da dachten die Leute, dass das Leben hier auf der Insel ruhig und beschaulich war.

Kapitel 45

Die jetzt anstehenden Hochzeitsvorbereitungen waren weniger spektakulär, trotzdem vergingen die nächsten zehn Tage wie im Flug.

Plötzlich mussten sich Gaspard, Konstantin und Isla um das komplette Catering für eine Hochzeit kümmern, wofür sie allerdings nur ein winziges Budget hatten.

Anthony stellte sich als der reinste Sonnenschein heraus – wand sich allerdings jedes Mal unbehaglich, wenn seine Mutter erwähnt wurde. Sie rückte keinen Zentimeter von ihrem Standpunkt ab und hatte dem Paar den Geldhahn zugedreht.

Die Vorstellung, dass sie sich bald beide Arbeit suchen mussten, war für Olivia und Anthony ein ziemlicher Schock. Allerdings hielt Anthonys Trauzeuge ihnen trotz allem die Stange und versicherte, dass es für Anthony in der City genug Jobs gab, solange er nur mit Schickimicki-akzent sprach. Das bestätigte Joel nachdrücklich.

Olivia war trotz dieser Aussicht glücklich und zufrieden und klammerte sich an Anthony, den sie um einiges überragte. Die beiden waren der Inbegriff eines verliebten Pärchens. An diesen endlosen sonnigen Tagen trug Olivia kaum noch Make-up und bemerkte nicht, dass auf ihrem Näschen Sommersprossen erblühten. Und bei den Strandspaziergängen, die sie barfuß mit Anthony unternahm, scherte sie sich nicht um ihre Pediküre.

An einem Abend hörte man Anthony im *Harbour's Rest* sogar sagen: »Also, es ist ja wirklich schön auf dieser Insel. Und wenn wir einfach hierbleiben?«

Olivia verschluckte sich an ihrem warmen Weißwein – ja, gut, vielleicht würden sie sich richtige Arbeit suchen müssen, aber es gab dann doch Grenzen.

Flora und Joel hatten natürlich das einzig Richtige getan und die beiden zu ihrer Feier eingeladen, sodass es doch noch eine Doppelhochzeit geben würde.

»Wenigstens weiß ich jetzt, dass du nicht nur so eine Tussi bist, die hinter meinem Geld her ist«, sagte Anthony. »Jetzt, da ich keins mehr habe.«

Olivia lächelte und küsste ihn. »Bis eine von seinen Tanten stirbt«, flüsterte sie aus dem Mundwinkel Flora zu.

Flora selbst war gleichermaßen glücklich und beschäftigt. Zwischendurch versuchte sie heimlich noch einmal, Douglas zum Laufen zu animieren, damit er mit ihr zum Altar schreiten konnte. Allerdings ohne Erfolg.

Neben allem anderen nahm sie sich endlich auch ein bisschen Zeit für Lorna. Was die zu erzählen hatte, fand sie allerdings unfassbar. Saif konnte doch nicht ernsthaft eine Rückkehr in Erwägung ziehen, oder? Das ging ja wohl nicht, jetzt, da seine kleine Familie hier so ein gutes Leben führte. Aber der Abgabetermin für den Antrag kurz vor der Sommersonnenwende rückte näher und verstrich ohne ein Wort von ihm.

»Vielleicht hat er den Antrag längst eingereicht und es dir einfach nicht erzählt?«, überlegte Flora. »Es könnte doch sein, dass er seine Meinung geändert hat und jetzt abwartet, bis alles offiziell ist.«

»Aber darüber hätte er doch mit mir gesprochen«, sagte

Lorna mit todunglücklicher Miene. »Natürlich hätte er mir das gesagt.«

»Er lässt sich die Sache wohl noch durch den Kopf gehen«, versicherte Flora beruhigend. »Du weißt doch, wie sorgfältig er bei allem ist. Vermutlich will er, dass erst alles in trockenen Tüchern ist.«

Lorna schniefte. »Ja, oder? Wahrscheinlich taucht er hier mit dem Brief in der Hand auf, wenn er die Bestätigung hat. Das macht er sicher.«

»Genau«, sagte Flora. »Oder er hat vielleicht ein Besuchervisum beantragt, mit dem er hin und her reisen kann.«

»Ist so was denn möglich?«, fragte Lorna skeptisch.

»Natürlich! Vielleicht fährt er nur für den Sommer hin und nimmt die Jungen mit, um zu Beginn des Schuljahrs wieder da zu sein. Hier bei dir.«

»Ja!«, rief Lorna aus. »Ja, das wird es wohl sein. Vielleicht muss er noch letzte Details klären. Und dann kommt er mit einem Blatt Papier zur Tür hereingestürmt.«

»Bestimmt.«

»Weißt du, was ich mir wünschen würde?«, sagte Lorna mit blasser, erschöpfter Miene. »Ich wünschte, Jan hätte es jedem einzelnen Inselbewohner erzählt. Mittlerweile wäre es mir am liebsten, sie hätte uns dazu gezwungen, endlich mit der Wahrheit herauszurücken. Wir hätten die ganze verdammte Insel damit schockieren sollen, dass wir zusammenziehen.«

Flora schaute sie an und war tatsächlich ein bisschen schockiert. Aber es stimmte. Was sie noch vor zwei Monaten für den schlimmsten Fall gehalten hatten, war gar nicht das Schlimmste, bei Weitem nicht.

Ash wirkte allerdings während all der typischen fröhlichen Rituale gegen Ende des Schuljahrs weiter überglücklich. Begeistert erzählte er von der Hochzeit, auf die er bald gehen würde – so wie anscheinend auch alle anderen Kinder in der Klasse, obwohl Agot lauthals verkündete, dass eine Hochzeit ohne Eislaufbahn und ein richtiges weißes Brautkleid doch Mist war.

Das Gespräch mit ihrer Nichte sollte für Flora weniger schwierig werden als befürchtet.

Da Olivia und sie mit jedem Tag bessere Freundinnen wurden, beschlossen sie, gemeinsam mit Agot zu sprechen, und holten sich Innes als Verstärkung dazu.

»Äh, leider gibt es doch keine Eisbahn«, begann Flora und wappnete sich für ein Riesentheater.

Agot ließ jedoch nur nachdenklich die Schuhe auf dem Fußboden klappern. »Na ja«, sagte sie. »Manchmal laufen die Sachen eben NICHT SO, wie man will.«

Flora und Innes tauschten verblüfft Blicke.

»Äh … dir ist also klar … dass es bei der Hochzeit keine Eislaufbahn geben wird?«, fragte Flora, falls Agot sie beim ersten Mal nicht richtig verstanden hatte.

»Es passieren traurigere Sachen«, sagte Agot.

»O mein Gott«, hauchte Flora. »Agot, du wirst ja langsam erwachsen.« Beinahe wäre sie in Tränen ausgebrochen, weil sie in den letzten Tagen einfach nah am Wasser gebaut hatte.

»Agot und ich haben einen Plan«, verriet Olivia, und sie zwinkerten einander zu. Oder vielmehr zwinkerte Olivia, während Agot zweimal blinzelte.

»Einen geheimen Plan«, bestätigte Agot, »für Leute, die ein grünes Brautjungfernkleid haben, und nicht …«

»Pscht!«, machte Olivia, und Agot gelang es, den Mund zuzuklappen.

»Was meinst du denn damit, dass traurigere Sachen passieren?«, fragte Innes.

»Oh, mein bester Freund geht FÜR IMMER weg«, erklärte Agot, setzte einen tragischen Gesichtsausdruck auf und hopste vom Stuhl. »Das ist furchtbar. Wisst ihr, es ist wirklich, wirklich schwierig, einen besten Freund zu finden.«

»Das hat er dir erzählt?«, fragte Flora entsetzt. Sie war fest davon überzeugt gewesen, dass Saif zur Vernunft kommen würde. »Und es ist sicher?«

»Er hat gesagt, dass es ein Geheimnis ist«, erklärte Agot. »Oh, den Teil hatte ich ganz vergessen. Aber bis dahin dauert es noch EEEEEWIG.«

»Ah, puh. Wirklich? Na, das ist doch gut«, sagte Flora.

»EEEEEWIG«, wiederholte Agot. »Er geht erst nach der Hochzeit. Und wir freuen uns so auf die Hochzeit!«

»Agot, aber die Hochzeit ist doch dieses Wochenende!«

»Also in einer EWIGKEIT!«

Kapitel 46

Flora nahm sich fest vor, nicht wegen des Wetters enttäuscht zu sein.

Wenn man ganz oben im Norden wohnte, war es selbst im Hochsommer albern, einen schönen Tag zu erwarten. Sonniges Wetter war für zugebaute Orte im Süden, wo Hotelklötze mit Swimmingpools Betonstraßen und matte staubige Schotterpisten säumten. Hier hingegen gab es frische Luft, grüne Weite, das beste Wasser auf der Welt, freundliche Menschen und lange, lange Tage; es war der schönste Ort auf Erden. Da konnte man nicht auch noch wie ein verwöhntes Kind tolles Wetter erwarten, das war doch albern.

Deshalb achtete Flora nicht einmal auf die Vorhersage und sprach auch nicht mit den Fischern. Als sie an ihrem Hochzeitstag morgens aufwachte, lag dichter *Haar* über der Insel, was auch in Ordnung war, wie sie sich schnell versicherte. Sogar noch besser als in Ordnung.

Flora brauchte einen Moment, bis ihr bewusst wurde, dass sie wieder einmal in ihrem alten Jugendbett auf dem Hof lag. In Floras Kinderzimmer waren die Wände immer noch voll mit ihren alten Auszeichnungen vom Highland Dancing und Urkunden von Mòd-Festivals.

Joel war zu Hause mit Douglas, der heute Nacht hier auf dem Hof bei Eck bleiben würde, wenn seine Eltern die

Nacht in der wundervollen riesigen Hochzeitssuite im obersten Stock von *The Rock* verbrachten. Flora war ganz aufgeregt, wenn sie an all das dachte. Aus der Küche war bereits das Brutzeln von Speck in der Pfanne zu hören, aber sie war sich ziemlich sicher, dass sie nichts runterbekommen würde. Als sie über den Flur tapste, wurde sie von ihren Brüdern in Empfang genommen, die begeistert johlten und ihr mit ihren Teetassen zuprosteten.

»Da ist sie also«, sagte Fintan, »die nächste sittsame Braut in unserer Familie.« Seine Stimme klang aber nicht bitter, und er lächelte.

Agot saß bereits angezogen da. »Bist du noch nicht fertig, Tante Flora?«

»Wir haben noch fünf Stunden Zeit, Agot«, sagte Flora. »Kann ich bitte erst einmal Kaffee haben?«

Bald kam es ihr allerdings vor, als würde ihr die Zeit durch die Finger rinnen.

Flora würde sich das helle Haar nicht hochstecken, sondern es offen, ganz natürlich tragen. Sie flocht sich lediglich aus einer Strähne einen Zopf einmal um den Kopf, damit das schwere Krönchen mit roten Rosen daran befestigt werden konnte. Dass sie keinen Schleier tragen würde, nahm Agot geradezu entsetzt zur Kenntnis.

Die Verführung war groß, beim Make-up dick aufzutragen – am Ende überzeugte die Vorstellung von babyblauem Lidschatten und Lippenstift mit Perlenschimmer Flora aber nicht. Daher entschied sie sich nur für einen kräftigen schwarzen Lidstrich und rote Lippen, die perfekt zum Kleid passten.

Natürlich würde sie nicht wie Olivia aussehen – aber wie sie selbst.

Was Lorna anging, so hatte Flora eigentlich gedacht,

dass sie fröhlich herumalbern könnten, während sie sich gemeinsam zurechtmachten. Diese Idee verpuffte allerdings augenblicklich, als ihre Freundin um elf Uhr eintraf.

Sie war furchtbar blass, das rotbraune Haar hing ihr schlaff den Rücken hinunter, und sie hatte an Gewicht verloren, sah aus, als könne sie sich kaum auf den Beinen halten.

Flora schloss sie in die Arme.

»Ich glaube …«, begann Lorna, »… Flora, ich glaube, dass er wirklich geht. Mittlerweile befürchte ich, dass er mir genau das zu sagen versucht und ich nur nicht richtig zugehört habe. Ich hab es nicht hören wollen, Flora.«

»Das weißt du doch gar nicht«, sagte Flora leise. »Oh, Lorna, es tut mir leid. So, so leid.«

Lorna stieß einen gequälten Laut aus und sank auf Floras Bett. »O Gott«, murmelte sie. »Himmel, ich kann das nicht. O Gott.« Sie schaute auf. »Ich glaube nicht, dass ich das heute schaffe, Flora. Nicht, wenn er dabei ist.«

»Dann laden wir ihn eben wieder aus«, sagte Flora sofort.

»Nein, du kannst doch nicht … Ash redet von nichts anderem mehr«, sagte Lorna. »Ich werde dieses Kind nicht enttäuschen.« Sie schluckte heftig.

»Na ja, dann soll jemand anders Ash bei der Feier begleiten«, schlug Flora ungerührt vor. »Eilidh macht das bestimmt gern. Heute soll einfach niemand traurig sein.«

Lorna streckte sich auf dem Bett aus. »Verdammt, Flora, es tut mir leid. Es tut mir wirklich leid. An deinem großen Tag.«

»Mach dir keinen Kopf«, sagte Flora.

Lorna schniefte. »Agot wird wohl sowieso froh sein, wenn ich nicht dabei bin.«

Plötzlich wurde die Tür aufgeschoben, und die kleine Elfe erschien. »*Ciamar a tha hu*, Miss Lorna«, sagte sie. »Oh.« Neugierig kam sie herbei und betrachtete Lornas tränenüberströmtes Gesicht. »Sie sind traurig.«

Lorna nickte, ohne etwas zu sagen.

»Sind Sie traurig, weil Sie keine richtige Brautjungfer sind?« Agot versuchte, die Sache zu enträtseln. Sie probierte es noch einmal. »Oder sind Sie traurig, weil Sie nicht die Braut sind?«

Flora sog Luft durch die Zähne.

»Na ja«, sagte Agot. »Ich finde, Sie sollten nicht traurig sein. Vielleicht stört es mich gar nicht so sehr, wenn es noch eine andere Brautjungfer gibt.«

Flehentlich schaute Lorna Flora an.

»Vielleicht geht es dir bei der Hochzeit ja sogar besser«, überlegte Flora, »als wenn du zu Hause rumhängst und die ganze Zeit daran denkst. Könnte doch sein?«

Und so kam es, dass Flora schließlich strahlend in ihrem scharlachroten Hochzeitskleid aus dem Schlafzimmer trat, gefolgt von zwei meergrünen Brautjungfern. Die kleinere versuchte, die größere mit aller Kraft zu unterstützen.

Eck war der Erste, der in der alten Küche die Fassung verlor. »Na …«, begann er. Er setzte neu an: »Na …« Seine alten Augen wurden feucht. »Das hätte deine Mutter so glücklich gemacht!«

Diese Worte ließen auch seine Söhne nicht kalt.

»Hör bloß auf, Dad!«, sagte Flora. »Du kannst nicht … das geht doch nicht. Ich trage zwar wasserfeste Wimperntusche, aber auch die hält nur bis zu einem gewissen Grad. Komm schon, lass uns nicht …« Damit warf sie sich ihm in die Arme. »Sie fehlt mir so sehr«, sagte Flora. »Es ist einfach nicht fair, bei seiner Hochzeit die eigene Mutter nicht mit dabeizuhaben.«

»Ist es nicht«, sagte Eck und tätschelte ihr den Rücken. »Ist es wirklich nicht.«

Ihr Vater war Flora auch eine Stütze im Boot, mit dem sie der zuverlässige Bertie zum Hotel brachte. Weil er in Bezug auf Flora nun endgültig all seine Hoffnungen begraben musste, trug er heute einen schwarzen Kilt. Seine Aufgabe erledigte er trotzdem pflichtgetreu und lenkte das Boot mit den fünf Fahrgästen umsichtig um die Landzunge herum, auf *The Rock* zu.

Flora blickte zum Horizont hinüber. War das da etwa … ein kleines Stückchen blauer Himmel? Nein, darüber wollte sie nicht einmal nachdenken, es war doch ein ganz normaler grauer Tag auf Mure. Nichts, in das man Hoffnung setzen sollte, und die Fotos konnte man ja später bearbeiten. Sie würde gleich den Mann heiraten, den sie liebte. Das war wichtig, sonst nichts, ganz und gar nichts.

Was für ein Anblick sie erwartete, als sie die Landspitze umrundet hatten!

Keine Blumenwand, kein riesiger Eispalast oder weitläufige Gartenlaube, kein Heer von Kellnern mit schwarzer Fliege, die gleich überkandidelte Gemüsekanapees anbieten würden.

Es gab nicht einmal Stühle, daher erwarteten ihre Freunde und Verwandten, die sich extra schick gemacht hatten, sie im Stehen und winkten eifrig.

Eine der Ceilidh-Bands von der Insel spielte mit Inbrunst *Mairi's Wedding,* und neben der lächelnden Vikarin warteten Mark und natürlich Joel. Die beiden Männer trugen alte, zueinander passende Kilts mit Tweedweste und -jacke, worin Mark bereits ordentlich zu schwitzen schien. Joel hatte Douglas auf dem Arm, der noch nicht allein stehen konnte. Heute trug auch er einen winzigen Kilt und ein kleines Hemd, das so aussah, als würde es keine zehn Minuten weiß bleiben.

Genau in diesem Moment schaute die Sonne eine Sekunde lang hinter Wolken hervor.

Flora stand ganz still da, während ihr das Herz aufging. Sie hatten nicht für ein ausgefeiltes, professionell formuliertes Ehegelübde bezahlt, keinen teuren Chor einfliegen lassen.

Stattdessen schmetterten alle gemeinsam *How Great Thou Art*, bevor die Kinder *Oh the Love of My Lord Is the Essence* vortrugen, wie Lorna es mit ihnen eingeübt hatte. Dabei blieb kaum ein Auge trocken.

Flora war von einem Meer aus fröhlichen Gesichtern umgeben, als sie an Land trat. Mal abgesehen von ihren Freundinnen vom Festland kannte sie jeder hier, seit sie so alt gewesen war wie Douglas jetzt.

Joel erwiderte ihren Blick mit einem Grinsen. »Was soll ich sagen? Meine Frau hatte recht«, sagte er, während sie die letzten Schritte auf ihn zu machte und erst Mark fest drückte, bevor sie auch Joel mit in die Umarmung zog.

Er rückte einen Moment von ihr ab. »Du Supermodel!«, sagte er.

»Jetzt sei schon still!«

Sie sprachen ihre Eheversprechen im Schatten von *The Rock* am Anleger, während hinter ihnen nach und nach die Sonne hervorkam. Durch das Tosen der Wellen konnten die Gäste ihre Worte nicht verstehen, daher war die Trauung quasi privat, wie Flora später kommentieren würde.

Lorna stand da, starrte aufs Meer hinaus und weigerte sich, in die Menge zu blicken.

Aber Agot winkte ja genug für beide.

Die Vikarin band für das *Handfasting*-Ritual ihre Handgelenke zusammen, mit Bändern in Weiß und Blau für Schottland, Rot, Weiß und Blau für die USA. Dann küssten sie sich, und Douglas grapschte nach den Blumen seiner Mutter, was Flora nicht im Geringsten störte.

Außer Innes, der in den Plan mit eingeweiht war, bemerkte keiner, dass Agot irgendwann verschwand.

Als sich Joel und Flora wieder zur Menge hin umdrehten, setzte erneut die Musik ein, und nun erschien Olivia, gefolgt von Agot, die trotz der finanziellen Einschränkungen das weißeste, weiteste, schwingendste Kleid trug, das die Welt je gesehen hatte. Sie strahlte übers ganze Gesicht und führte die kleine Christabel an der Hand, die in einem ebenso schwingenden weißen Kleid auf eigenen Füßchen voranstolperte.

»O nein, das ist jetzt *wirklich* nervig«, maulte Flora.

Olivias einfaches Kleid und ihr schlichter Strauß aus weißen Lilien wirkten auch im Kontrast mit den Highland-Farben der in Kilts gekleideten Truppe zauberhaft. Am Arm von Fraser schritt sie auf Anthony zu.

Dem hatte irgendjemand einen Kilt in einem albernen Lila geliehen, der außerdem mehrere Größen zu groß für ihn war, aber der Bräutigam grinste von einem Ohr zum anderen.

Joel und Flora umarmten das Paar und traten dann zur Seite, damit die zweite Zeremonie stattfinden konnte.

Als sich Flora in der applaudierenden Menge umschaute, entdeckte sie zu ihrer Verblüffung Jacinth, die aus eigenem Antrieb gekommen sein musste. Da sie dafür nicht bezahlt wurde, war sie wohl als Freundin hier.

Mrs Forbes war nicht mit von der Partie – aber Lucy schon. Wenn jemand aus der Familie gekommen war, dann gab es sicher noch Hoffnung, dachte Flora.

Während der Applaus toste und Küsse verteilt wurden, zeigte sich ein unerwarteter Anblick: Aus der Küche von *The Rock* strömten die Outward-Adventures-Jungen, eingerahmt von Charlie auf der einen und Gaspard auf der anderen Seite. Jeder von ihnen trug ein kleines Tablett mit Häppchen. Da gab es Schweinepasteten im Miniaturformat, winzige Sandwiches, Cracker mit Leberpastete und jede Menge Kuchen. Gaspard hatte sich für Gerichte mit so viel Gluten wie nur irgend möglich entschieden und wirkte sehr zufrieden mit sich selbst.

Da es so aussah, als würde es zumindest während der nächsten zwanzig Minuten nicht wie aus Kübeln schütten, brachten außerdem Isla und Konstantin eilig den bereits früh bestellten Champagner heraus, der nicht zurückgeschickt werden konnte. Es war das teure Zeug, das eigentlich Gaspard hatte stibitzen wollen und in dessen Genuss nun alle kommen würden.

Gourmetessen gab es nicht und auch keine eleganten Gedecke mit zueinander passendem Geschirr oder Throne oder Eisskulpturen.

Was die Getränke anging, so konnte man sich zwischen zwei Möglichkeiten entscheiden: edler Champagner oder Saft aus Sirup.

Die Band spielte, und die Kinder aus Mrs Kennedys Schule führten einen umwerfenden und nur ein bisschen wackligen *Seann Triubhas* vor. Tripp folgte mit einem besonderen Cowboytanz, um den ihn zwar niemand gebeten hatte, der aber auch eifrig beklatscht wurde.

Dann kam die Sonne raus, Joel und Flora stolperten durch die Menge, lachten, umarmten und küssten alle und waren glücklich wie noch nie zuvor in ihrem Leben, genau wie Olivia und Anthony. Allerdings musste Olivia ihren frischgebackenen Ehemann des Öfteren lächelnd weiterziehen, wenn irgendein alter Bauer versuchte, ihm seinen Hof zu verkaufen.

Als sich der Trubel so weit gelegt hatte, dass Reden gehalten werden konnten, sagte Eck auf seine altmodische, ruhige Art und Weise: »Für mich ist offensichtlich, dass am heutigen Tag Gott seine schützende Hand über uns hält und uns seinen Segen zuteilwerden lässt. Flora ist nicht nur das Herz der Familie, für uns ist sie die Blume dieser Insel. Als unsere Annie gestorben ist, hat es uns allen das Herz gebrochen. Aber ich danke dem Herrn dafür, dass er Flora zurück zu uns nach Hause geschickt hat, und ich weiß, dass Annie heute genauso stolz wäre wie ich.«

Es war die längste Rede, die man von Eck je gehört hatte, und selbst diejenigen unter den Anwesenden, die mit Religion nichts am Hut hatten, senkten ein wenig das Haupt.

Nun gab Anthonys Trauzeuge ein paar Geschichten über gewisse Rituale ihrer gemeinsamen Schulzeit zum Besten. Obwohl das für die anderen Gäste unverständliches Zeug war, hörten sie diesem Engländer trotzdem mit höflichem Lächeln zu.

Danach erhob sich Mark. »Hier auf Mure«, sagte er und blickte glücklich zu Marsha hinüber, »hat man uns vom ersten Moment an willkommen geheißen, weil es ein Ort für jeden ist. Man kann kommen und gehen oder jeden einzelnen Tag seines Lebens hier verbringen, aber diese Insel wird immer einen Platz in unseren Herzen haben, für lange Zeit oder zumindest ein Weilchen. Mure trägt man in sich und nimmt es mit. Ich hoffe, dass ihr alle das Glück und die Freude des heutigen Tages euer Leben lang in euch tragen werdet.«

In diesem Moment schaute Lorna zu Saif hinüber und nahm bestürzt den Ausdruck brennender Sehnsucht auf seinen Zügen wahr.

Gegen Ende der Reden hörte Flora einen Laut vom Meer her, von weit draußen. Sie drückte Joel die Hand, und er schaute sie eine Sekunde lang an, konnte das Lied der Wale, die unter dem strahlenden Himmel sanft sangen, aber nicht hören – oder vielleicht doch?

Kapitel 47

Lorna brachte es nicht über sich, noch einmal zu Saif hinüberzublicken.

Saif wäre auch gar nicht gekommen, wenn es sich irgendwie hätte vermeiden lassen. Aber es wäre ihm im Traum nicht eingefallen, Ash um diesen glücklichen Tag zu bringen.

Sein Jüngster ruinierte gerade zusammen mit Agot für alle anderen den Ceilidh, was aber niemanden im Geringsten störte.

Wie gern hätte sich Saif mit Lorna in eine ruhige Ecke zurückgezogen, um ein paar Worte mit ihr zu wechseln, aber das war unmöglich.

Die Neuigkeiten hatten sich herumgesprochen – wie es wohl unumgänglich gewesen war –, und es kamen immer wieder Leute zu ihm, um ihm zu sagen, wie viel Gutes er für die Insel getan habe und wie sehr er ihnen fehlen werde.

Ja, das rührte ihn, aber mit der einzigen Person, mit der er wirklich sprechen wollte, konnte er nicht reden.

Flora erkannte die Situation und zog Joel einen Moment von der Tanzfläche weg. Er konnte gar nicht mehr mit dem Strahlen aufhören, was irgendwie seltsam aussah. Der verschlossene Mann, als den sie ihn einst kennengelernt hatte, hatte nie auch nur gelächelt.

Joel behielt vorsichtshalber Mark im Auge, der Marsha

beim Ceilidh begeistert durch die Gegend wirbelte. Das war schon ein wenig besorgniserregend, weil Marsha auch nicht jünger wurde und zart war wie ein Vögelchen. Ein gebrochenes Fußgelenk konnten sie jetzt wirklich nicht gebrauchen.

Als Flora Joel ihren Plan erklärte, nickte er. »Ich freue mich einfach darauf, für den Rest meines Lebens jede Nacht mit dir zu verbringen. Da macht eine mehr oder weniger jetzt auch nichts aus.«

Dann sprach Flora mit Innes, der unglaublich erleichtert war, weil Agots Aufgedrehtheit selbst ihm langsam zu viel wurde.

Zum Schluss nahm sie noch Charlie beiseite, um ein paar Worte mit ihm zu wechseln. Da Charlie eben Charlie war, nickte er nur und stellte keine Fragen.

Allerdings marschierte sofort Jan herbei. »Kannst du ihn nicht einmal am heutigen Tag in Ruhe lassen?«

Flora starrte sie bloß an, weil sie ihre alte Fehde völlig vergessen hatte. Aber die Dinge schienen wohl zur Normalität zurückzukehren, wenn Jan sich wieder wie Jan benahm.

»Ich bin ja so, so froh, dass Olivia und du endlich Frieden geschlossen habt«, sagte Flora versuchsweise.

Jan konnte ein triumphierendes Lächeln nicht unterdrücken. »Tja, am Ende war sie doch nicht so großartig, hm? Das Leben hat sie von ihrem hohen Ross heruntergeholt und auf ihren Platz verwiesen.« Sie glühte vor Genugtuung. »Übrigens, wirklich schade, dass dich Douglas nicht zum Altar führen konnte.«

»So, ich muss dann mal«, sagte Flora rasch. Zumindest war sie erleichtert, dass Jan zu alter Form zurückgefunden hatte. Sie schaute kurz zu Olivia und Anthony hinüber, die ineinander verschlungen ganz für sich allein tanzten. »Aber danke«, fügte sie noch hinzu, »dass du Lorna nicht verpfiffen hast.«

Jan schnaubte. »Für was für einen Menschen hältst du mich denn?«

Mittlerweile war die Feier ins Innere des Hotels verlegt worden, wo sich Flora lächelnd durch die Menge schob. Sie hatte festgestellt, dass man als Braut ziemlich schnell vorankam – alle gingen davon aus, dass man schwer beschäftigt war, und niemand fragte nach Zucker oder einem Zimmer mit Meerblick oder nach dem Grund für die Anwesenheit eines Hundes in der Küche.

Flora packte Lorna am Arm und zog sie in eine ruhige Ecke mit.

»Was ist denn?«, fragte Lorna. Sie wirkte so ausgelaugt, dass Flora sich fragte, wie sie sich überhaupt auf den Beinen halten konnte. »Ich gehe nach Hause.«

»Nein, nein, warte. Du bist doch nicht superbetrunken, oder?«, wollte Flora wissen. Das wäre ihrem Plan nicht gerade zuträglich.

Lorna schüttelte den Kopf. Die Vorstellung, sich auch nur einen kleinen Schwips anzutrinken, versetzte sie in Angst und Schrecken. Zu groß war die Gefahr, die Kontrolle zu verlieren, in Tränen auszubrechen, sich vor allen auf Saif zu stürzen und die Wahrheit zu verkünden. Es gab viele schreckliche Dinge, die sie in so einem Zustand womöglich getan hätte – und deshalb war Lorna schon seit Jahren nicht mehr richtig betrunken gewesen. Selbst beim Junggesellinnenabschied hatte sie sich auf ein paar Gläschen beschränkt.

»Gut«, sagte Flora und schloss sie in die Arme. »Hier.«

Sie reichte ihr den Schlüssel für die Suite im obersten Stockwerk.

»Was ist das denn?«, fragte Lorna.

»Eigentlich ... wollten Joel und ich ja hier übernachten, aber es gibt eine Planänderung. Ash schläft heute bei Agot, und Innes nimmt die beiden gleich mit. Hast du das verstanden?«

Lorna zwinkerte und versuchte, durch ihren Kummer hindurch zu begreifen, was Flora da sagte.

»Teàrlach und Jan kümmern sich um Ib. Sie zelten mit den Jungen hier auf dem Gelände.«

Lorna starrte sie an.

»Also, das hier ist für dich, nur für dich. Damit ihr ... noch einmal gemeinsam eine Nacht verbringen könnt. Um zu reden oder zusammen zu sein oder was auch immer. Irgendetwas, Lorna. Ansonsten ... wenn du nicht ... dann wird er einfach gehen. Und zwar für immer.«

»Ich weiß«, sagte Lorna mit zitternder Stimme.

Flora schaute zu Saif hinüber. »Mach schnell. Er versucht nämlich gerade, Agot und Ash voneinander zu trennen.«

Natürlich wusste Lorna genau, wo er sich gerade befand. Das wusste sie ja immer.

»Aber ich kann doch nicht ... ich ...«

»Das ist vielleicht deine letzte Chance«, sagte Flora.

»Aber weiß er denn ...«

»Los!«, drängte Flora. »Ich meine es todernst. Bitte!«

Auf der Tanzfläche herrschten unglaublicher Lärm und Trubel. Die Stimmung stieg, die Bewegungen wurden immer wilder, Rufen und Lachen zunehmend lauter.

Innes wandte sich an Saif, und Lorna konnte mit ansehen, wie Innes die Situation erklärte. Saifs Miene zeugte von Anspannung und Verwirrung. O Gott, was, wenn er ablehnte, um einen Schlussstrich unter die ganze Sache zu ziehen?

Jetzt beobachtete sie jedoch, wie Flora selbstbewusst zu ihm hinüberging, eine strahlend schöne, großzügige Braut, die an diesem Tag ihr Glück teilen und ihnen ein großes Geschenk machen wollte.

Zu Flora konnte heute niemand Nein sagen.

Als Lorna die letzten Stufen hinaufstieg, musste sie daran denken, dass sie im oberen Stock von *The Rock* noch nie im Gästebereich gewesen war.

Es gab eine kleine seitliche Treppe, die zu den winzigen Personalunterkünften im hinteren Teil des Dachgeschosses führte.

Hier handelte es sich jedoch um eine riesige Zimmerflucht, die nach vorne rausging und einen Balkon aus Stein hatte. Dicke Teppichböden dämpften die Laute der Feier zwei Stockwerke unter ihr, als Lorna auf die große Doppeltür aus Holz zuging und sie mit dem verschnörkelten Schlüssel öffnete. Als sie eintrat, stockte ihr der Atem angesichts der riesigen Suite, die so breit war wie der Esssaal im Erdgeschoss. Statt der kräftigen Schottenmuster von unten hatte man hier gedämpfte Farbtöne wie Creme und Nilgrün verwendet, sanft und beruhigend und wunderschön.

Das Bad war so groß wie ein ganzes Hotelzimmer und verfügte über einen Whirlpool am Fenster, von dem aus man direkt hinaus zu den Möwen schauen konnte, die im gedämpften Sonnenlicht ihre Kreise zogen.

Als Willkommensgruß warteten Champagner und Erdbeeren auf Eis, und das Personal hatte für das glückliche Brautpaar überall Luftballons verteilt.

Plötzlich war Lorna wieder von Schmerz erfüllt, der sie angesichts von Floras Glück von innen heraus zu zerfressen schien. Flora hatte einfach alles, was sie sich je gewünscht hatte, während ihr, Lorna, gar nichts blieb. Das nahm sie ihrer Freundin natürlich nicht übel, wie sollte sie auch? Aber in dieser Umgebung … kam es Lorna beinahe vor, als wolle man sie verhöhnen. Das war eine ganz blöde Idee gewesen, dachte sie, als sie auf den Balkon hinaustrat, um über das einsame Meer hinauszublicken, über die wogenden Wellen. Von unten drangen die fernen Laute der Feiernden und Tanzenden herauf, während sie selbst sich so leer und einsam fühlte wie noch nie in ihrem Leben.

Es war dämlich gewesen, das Angebot anzunehmen. Im ersten Moment hatte sie Floras Idee toll gefunden, jetzt erkannte Lorna jedoch, was es in Wirklichkeit war. Dieses Stelldichein war nur ein grausames Zerrbild dessen, was ihr niemals zuteilwerden würde, war nicht echt, bloß Kulisse. Es würde alles nicht besser, sondern nur noch schlimmer machen.

Jetzt wurde leise und zurückhaltend an die Tür geklopft.

Kapitel 48

Groß und schlaksig wie immer stand er vor ihr. Aber er strahlte nicht übers ganze Gesicht wie normalerweise bei seinen Besuchen in ihrer Wohnung oder bei zufälligen Begegnungen auf einsamer Straße, wenn er sein Lächeln nicht dämpfen musste.

Seltsamerweise sah er gerade eher ein bisschen so aus wie damals, als er zum ersten Mal auf Mure angekommen war. Saif war ein gebrochener Mann gewesen, bevor man ihn hier in der Gemeinschaft willkommen geheißen hatte, bevor er durch die Menschen von Mure, das gute Essen, die Sicherheit und Schönheit der Insel und die Rückkehr seiner Kinder Heilung erfahren hatte.

Nur um jeden Morgen einen neuen Tag in Angriff zu nehmen, dachte Lorna bedauernd.

Trotz des Anzugs und der schicken Schuhe lag auch heute wieder ein gequälter Ausdruck auf Saifs Zügen. Rasch schaute er sich um, aber außer ihnen befand sich ja niemand im ganzen Stockwerk.

»Ich weiß nicht, ob das so eine gute Idee ist«, murmelte Lorna, woraufhin er schweigend nickte.

Da er aber schlecht auf dem Treppenabsatz stehen bleiben konnte, ließ sie ihn schließlich herein. Mit sanftem Lächeln schaute er sich in dem Raum um, dem tollsten, in dem er sich seit Edinburgh befunden hatte.

»Wie schön«, bemerkte er und berührte vorsichtig das Sofa.

Saif schaute Lorna an, und augenblicklich konnten beide lesen, was dem anderen durch den Kopf ging. Unter anderen Umständen wäre das ganz wunderbar gewesen, eine fantastische Gabe.

Saif blieb immer noch auf Abstand, trat nicht näher.

»Also, habt ihr schon gepackt?«, erkundigte sich Lorna und hasste sich für diese Frage. »Ist alles vorbereitet?«

»Noch nicht ganz«, antwortete Saif. »Ash hat große Sorge, dass er dort vielleicht nicht Pokémon Go spielen kann.«

»Und, kann er?«

»Ich weiß es nicht«, gab Saif zu.

»Möchtest du was trinken?«

»Wie wär's mit einem Tee?«, sagte er ohne große Überzeugung.

Lorna nickte, weil sie froh war, etwas zu tun zu haben. Noch immer hielten sich die beiden in dem riesigen Raum weit voneinander entfernt. Obgleich sie sich am selben Ort befanden, schien die Distanz zwischen ihnen größer denn je. Lorna wuselte herum, machte einen Wasserkocher ausfindig, ging sechs verschiedene Sorten Früchtetee durch und berührte mit zitternden Fingern eine Packung hausgemachte schottische Plätzchen.

Als Flora ihr den Vorschlag gemacht hatte, hatte Lorna nach dem Strohhalm gegriffen, war zu allem bereit gewesen, um ein letztes Mal Zeit mit Saif zu verbringen.

Jetzt aber kam es ihr vor, als mache dieser gemeinsame Moment alles noch schlimmer. Das war eine blöde Idee gewesen. Sie konnte ... ja nicht einmal mehr weinen.

Lorna hatte Saif nicht den Raum durchqueren hören,

spürte ihn aber plötzlich hinter sich. Eine Sekunde später befand er sich neben ihr, bot ihr seine warme, tröstliche Gegenwart, und da spürte sie die Tränen nun doch in sich aufsteigen.

»Ich will … nicht … dass du gehst …«, würgte sie hervor. Längst war sie nicht mehr wütend oder auf eine Diskussion aus, verschloss die Augen nicht länger vor der Wahrheit oder versuchte, die Tatsachen zu ändern. Es war einfach nur ein Ausruf, ein Ausdruck ihres wahren Seins, der tiefsten Seele entsprungen. »Ich will nicht, dass du gehst!«

»Und ich will dich ja auch nicht zurücklassen, Lorena«, sagte er.

»Trotzdem wirst du es tun.«

Er nickte, und sie richtete sich auf, sodass sie ihm direkt ins Gesicht sah, in diese riesigen, ernsten braunen Augen.

»Das muss ich einfach«, sagte er.

Sie nickte.

»Aber es ist nicht fair.«

»Nein, ist es nicht.«

Sie schüttelte den Kopf. »Meine Granny hat gern eine alte Fernsehsendung geguckt, *Der Feuersturm.*«

Saif sagte nichts, wartete nur darauf, dass sie weitersprach.

»Ich wusste nie, was das bedeuten soll – Feuersturm.« Sie schluckte heftig. »Aber jetzt schon. Der Krieg ist wie ein Feuersturm, weil er alles durchrüttelt und man sich eben nicht aussuchen kann, wo man am Ende landet.«

Er nickte. »Und man ist der ganzen Sache … einfach schutzlos ausgeliefert. Einer fremden Macht. Das heißt es doch, oder?«

»Ich denke, schon.«

»Und es bringt ja auch nichts, dann darüber zu jammern … dass es nicht fair ist. Mir gegenüber ist es nicht fair, dass ich dich verliere … aber ein Leben ohne ihre Mutter wäre für Ash und Ib erst recht nicht fair. Irgendjemand leidet immer.«

»Deshalb gibt es keine richtigen Entscheidungen«, sagte er.

Der Wasserkocher erreichte den Siedepunkt und schaltete sich, von ihnen ignoriert, selbst ab.

Saif setzte sich aufs Bett und hob beide Hände. »Das soll jetzt nicht so aussehen, als würde ich automatisch davon ausgehen, dass wir …«

»Gott, ich weiß«, sagte sie, kam herbei und ließ sich mit angespanntem Lächeln neben ihm aufs Bett sinken. »Die Hochzeitssuite, das ist schon ein Witz.«

»Aber kein lustiger«, sagte Saif und schlang die Arme um sie, wie er es so oft getan hatte – aber einfach nicht oft genug.

Lorna sog mit jedem Atemzug seinen Duft ein, während sie Tränen vergoss, die sein weißes Hemd tränkten. Natürlich war es Quatsch gewesen zu glauben, dass seine Berührung sie beruhigen würde.

»Könntest du nicht eine Zeit lang dort verbringen und dann wieder zurückkommen?«, fragte sie und klammerte sich an diese letzte Hoffnung.

»Nein, das geht nicht«, antwortete Saif. »Wenn ich gehe, darf ich nicht wieder ins Land.«

Er stützte sich auf dem Bett ab, runzelte plötzlich die Stirn, zog seine Hand heran und betrachtete sie.

Lorna öffnete die Augen und machte »Oh«, als sie sah, was ihn so verwirrt hatte. Die ganze Tagesdecke war mit Rosenblütenblättern bestreut. Schniefend wischte sich Lorna über die Augen, um die Tränen zu stoppen.

»Weißt du noch, wie Struan Macintosh mal für den Muttertag welche von Mrs Baillies Rosen stehlen wollte?«

Saif lächelte. »Ich hab noch nie jemanden wegen ein paar Dornen so brüllen hören. Die Patienten im Wartezimmer dachten, ich würde ihn umbringen.«

»Er hat auch am nächsten Tag in der Schule gesagt: ›Der neue Arzt wollte mich kaltmachen‹, was alle sehr beeindruckt hat. Ich glaube, er hat behauptet, dass er sich mit Kung-Fu gewehrt hat.«

Beide lachten, und dann hob Saif den Arm und ließ ein paar Blütenblätter sanft herabrieseln. Sie landeten in Lornas dickem, schwerem Haar, auf ihren nackten Schultern und dem hellen Kleid.

»Du siehst wie eine Braut aus«, sagte Saif sanft.

»Ich weiß.« Lorna senkte den Blick. »Das hat Jan auch ganz wuschig gemacht.«

Saif wusste nicht, was das bedeutete, und nickte nur.

»Wie …«, begann Lorna, wollte aber nicht weitersprechen. Doch dann dachte sie: Wann, wenn nicht jetzt? »Und wenn ich heute wirklich eine Braut wäre?«

Saif blickte Lorna mit den Blütenblättern in ihrem schönen Haar an. Im Licht des unwirklichen Abends, das durch die Vorhänge hereinfiel, sah ihr hellgrünes Kleid beinahe weiß aus.

Er schluckte heftig. »Ja?«

»Wie würde das ablaufen?«

Er lächelte traurig. »Na ja, wir hätten eine Feier mit unglaublich viel zu essen ausgerichtet, aber ohne Tanz.«

»Und auch ohne Reden?«

»Genau.«

»Würden wir uns einander mit einem Ehegelübde versprechen?«

Er schüttelte den Kopf.

»Ich würde also gar nichts sagen?«

»Doch«, erklärte er. »Du würdest dreimal *qabul* sagen.«

»Was bedeutet das?«

»Ich akzeptiere.«

Lorna starrte ihn an. »Dreimal?«

Er nickte. »Um ganz sicher zu sein.«

Jetzt befand sich Lornas Gesicht ganz nah an seinem. »Ich akzeptiere«, sagte sie kaum vernehmbar.

Er griff nach ihrer Hand, fuhr mit seinen eigenen, viel längeren Fingern die ihren entlang, hob sich ihre Hand dann an den Mund und küsste sie.

»Ich akzeptiere«, sagte er, bei ihm lag aber so viel in diesen Worten, unendliche Traurigkeit darüber, wie die Dinge standen.

»Ich akzeptiere«, sagte Lorna wieder und sah ihm direkt in die Augen.

Dieses Mal küsste er zart die Stelle an ihrem Finger, an der ein Ring sitzen würde, und murmelte erneut die Worte: »Ich akzeptiere.«

Lorna schloss die Augen und rückte noch näher an ihn heran. Der silbrige Rock des Kleids raschelte auf der gestärkten, sauberen Leinenbettwäsche, als sie sich vor ihm hinkniete. »Ich akzeptiere«, sagte sie, Nasenspitze an Nasenspitze. Sie hielt die Augen geschlossen, und er lehnte sich vor, presste die Stirn gegen ihre und drückte mit beiden Händen die ihren.

»Ich akzeptiere«, sagte er mit rauer, leiser Stimme, die so traurig klang.

Irgendwann rückte Lorna ein wenig von ihm ab, machte die Augen auf und schaute ihn an.

»Und was würde jetzt passieren?«, sagte sie in einem

ruhigen Tonfall, der dennoch etwas Herausforderndes an sich hatte.

Er sah sie direkt an. »Ich würde dir versichern, dass du keine Angst zu haben brauchst«, antwortete Saif unbewegt.

»Ich hab aber Angst«, entgegnete Lorna.

»Ich weiß«, sagte Saif.

Lorna blickte hinab auf ihr zauberhaftes Kleid. Und dann sagte sie: »Bitte«, erhob sich und drehte Saif den Rücken zu.

Sie erbebten beide, als er aufstand und mit geschickten Fingern ihren Reißverschluss herunterzuziehen begann, ganz, ganz langsam, da er keine Sekunde davon verpassen wollte.

Während all ihrer Zeit zusammen hatten sie sich so oft hetzen müssen, weil sie sich gleich wieder an die Arbeit machen oder zu den Kindern zurückmussten oder Angst hatten, dass jemand ihre gemeinsame Abwesenheit bemerken würde. Oder sie hatten es deshalb eilig gehabt, weil sie so lange hatten warten müssen, weil sie beide vor Lust brannten und ganz verrückt nacheinander waren.

Jetzt hingegen kosteten sie den Moment aus, wollten alles so lange wie möglich hinauszögern.

Lorna spürte Saifs weichen Bart und seine Lippen, als er sich vorbeugte, um ihr unendlich langsam die Schulterblätter zu küssen. Seine Hand wanderte nach vorne, liebkoste dort die kleine Rundung ihres Bauchs, während sie in ihren hochhackigen Schuhen mit einem eleganten Schritt aus dem Kleid stieg.

Als sie sich zu ihm umwandte, hörte sie ihn scharf die Luft einsaugen. Ein hoffnungsvolles Lächeln stieg in Lorna auf. Plötzlich fühlte sie sich nicht nur schön, es kam ihr auch vor, als habe sich die Atmosphäre im Raum geändert. Ein Schimmern schien ihn zu erfüllen.

Sie befanden sich hier in einem Hotel, an einem Ort, der weder ihr noch sein Zuhause war, sondern irgendwie dazwischen lag. Und dieses Hotel stand auf einer Insel, die vielleicht nicht ihre gemeinsame Heimat war, aber doch etwas, was sie zusammen für sich erschaffen hatten. Und es schien hier nicht um ein erstes oder letztes Mal zu gehen, sondern um eine Grenzerfahrung, um eine Inselhochzeit, die weder an Land noch auf dem Meer stattfand.

Während Lornas Weinen nach und nach zu ganz leisem, klagendem Stöhnen wurde, liebten sie sich sanft, still und schmerzerfüllt, später dann mit größerer Dringlichkeit. Sie dösten ein wenig und liebten sich wieder, nahmen ein Bad und vertilgten – als sie beide schrecklichen Hunger bekamen – jede einzelne Erdbeere, jede Praline, jedes herzförmige Plätzchen, das in der Hochzeitssuite zu finden war. Sie tranken auch den Champagner, was sich in Lornas Fall als Fehler herausstellte, weil sie davon ganz weinerlich wurde. Deshalb wechselten sie schnell in den Whirlpool, den sie mit viel zu viel Schaum füllten, und Saif erzählte lustige Anekdoten aus seinem Medizinstudium, bis sie sich wieder gefangen hatte.

Dann sanken sie erneut gemeinsam aufs Bett, und dieses Mal war es wild und verzweifelt und laut und schmutzig. Wie verletzlich Lorna danach am Fußende des Betts lag! Während sich ihre Gedanken überschlugen, fiel Saif von einem Augenblick auf den anderen in einen so tiefen Schlaf, als hätte man ihm etwas über den Schädel gezogen.

Es war fünf Uhr morgens, und über dem Meer löste sich der Nebel unter Sonnenstrahlen auf.

Lorna wandte sich Saif zu und schaute ihn an, machte ein paar Fotos, während er schlief – von seiner Brust, der goldenen Haut, dem dunklen Haar, von seinen elegant geschwungenen Wimpern. Sie kam sich dabei wie eine Diebin vor.

Dann küsste sie ihn einmal heftig auf den Mund. »Bleib!«, flüsterte sie, wobei sie sich trotz ihrer Erschöpfung kühn und stark und irgendwie anders fühlte, so leuchtend wie die Sonne, die den Nebel vertrieb.

Saif rührte sich nicht.

»Bleib, und ich werde dir jeden Abend eine Geschichte erzählen, ich werde dich in den Armen halten und dich niemals ziehen lassen. Und du wirst bleiben«, sagte sie, als würde sie einen rituellen Text deklamieren. Sie zupfte ein Zweiglein Weißdorn aus ihrem Strauß, der vergessen auf der Kommode lag, und schob es Saif wie bei einem Bindezauber unter die Hände.

Da er sich immer noch nicht rührte, zog Lorna mit hocherhobenem Haupt wieder ihr wunderschönes Kleid an und ging hinaus auf die stillen Flure.

Das Hotel sah aus wie ein Dornröschenschloss: Überall lagen Leute einfach da, wo sie eben eingeschlafen waren. Bei Joel und Flora war das ein Sofa mit Meerblick. Sie hatten offenbar die ganze Nacht durchgeredet und schmiegten sich eng aneinander, hatten Arme und Beine so sehr verschlungen, dass man gar nicht mehr wusste, wo der eine anfing und der andere aufhörte.

Fiddeln, Schultertücher und leere Gläser lagen verstreut herum.

Mit ihren Schuhen in der Hand schritt Lorna barfuß zwischen den Überresten der Feier hindurch, während ihr Kleid hinter ihr flatterte. Das offene, verwuschelte Haar schwebte wie eine Wolke durch die Luft, als sie die steinernen Stufen hinabstieg.

Sie trat in den perfekten Garten hinaus, wo die Pfauen herumstolzierten und der Nebel ihre Fußgelenke umspielte, bevor er aufs Meer hinauszog.

Kapitel 49

Drei Tage später

Aber ich habe ihn doch mit einem Zauber belegt«, sagte Lorna am Telefon zu Flora. »Ich habe wirklich gedacht, dass er danach seine Meinung ändern würde. Oh, Flora, was ich nicht alles hätte tun können! Ich hätte zulassen sollen, dass Jan es allen erzählt, hätte es von den Dächern schreien sollen. Wenn ich ihn von Anfang an in Zugzwang gebracht hätte … Ich hätte bei ihm einziehen, für die Kinder da sein, sie großziehen sollen. Ich hätte nicht lockerlassen sollen.«

Flora seufzte am anderen Ende. »Ach, mein Schatz«, sagte sie nur. »Mein Schatz!«

»Wer weiß?«, stammelte Lorna panisch. »Vielleicht hätte ich ja wirklich alles ändern können, Flora! Was, wenn ich nicht wie ein Dummkopf abgewartet hätte? Wenn ich die Dinge stattdessen in die Hand genommen hätte?«

»Aber Schätzchen, das ging doch nicht, für euch beide nicht. Denn in dem Fall wärst du eben nicht die anständige, herzensgute Frau gewesen, in die er sich verliebt hat. Und er wäre auch nicht der aufrechte Mensch, den du kennst, wenn ihm nicht das Glück seiner Kinder über alles gehen würde. Wenn ihr beide selbstsüchtig gewesen wärt …«

»… dann könnten wir jetzt zusammen sein.«

»Aber dabei nicht glücklich!«, versicherte Flora. »Glaub mir, Lorna. Ich kann dir versichern, dass das nicht funktioniert hätte. Weil ihr dann nicht mehr diejenigen wärt, die ihr nun mal seid.«

»Und jetzt muss ich runter zum Hafen …«

»Ich weiß«, sagte Flora. »Und ich werde dort für dich da sein.«

Es war ein heller, klarer, leuchtender Morgen, und der ganze Ort schien auf den Beinen zu sein. Das war ganz anders, dachte Lorna, als am Tag von Saifs Ankunft, als nur sie und Festlandpolizist Ewan Andersson hier gestanden hatten. Sie warf einen Blick zu Ewan hinüber, der drauf und dran war, am anderen Ende des Kais einzugreifen, um die Menge zu kontrollieren.

Saif wirkte völlig verblüfft und konnte nicht recht glauben, dass die Leute seinetwegen einen derartigen Wirbel machten. Die Menschen von der Insel waren gesammelt erschienen, um sich zu verabschieden. Fast alle waren schon einmal bei ihm in der Praxis gewesen und hatten sich gleich besser gefühlt, wenn er ihnen auf seine sanfte Art zugehört und dann mit seiner üblichen Gründlichkeit eine Diagnose gestellt hatte. Bei ihm hatte nie jemand den Eindruck bekommen, die Zeit des Herrn Doktor zu vergeuden, und im Lauf der Jahre hatten alle das Gefühl gehabt, dass er sie und ihre Familie gut kannte und sich wirklich um sie sorgte. Der anfängliche Argwohn war schon lange unerschütterlicher Treue und Zuneigung gewichen.

Heute brachten die Eltern ihre Kinder nicht zum Schulgebäude, sondern lieferten sie am Hafen bei Lorna und Mrs Cook ab. Die meisten Schüler waren bereits da.

Für Saifs Söhne war ein Erinnerungsbuch vorbereitet worden, und wenn erst einmal klar war, auf welche Schule die beiden in Damaskus gehen würden, wollte man mit dieser eine Partnerschaft anregen. Darauf war Mrs Cook richtig erpicht, Lorna eher weniger, und auch Ibrahim hatte sich angesichts der Idee wenig begeistert gezeigt.

Manche der älteren Damen im Ort bekamen ganz feuchte Augen. Viele von ihnen hatten furchtbares Mitleid mit dem armen Mann gehabt, der seine Frau verloren hatte, was an den häufig vor seiner Haustür abgestellten Lasagnen abzulesen gewesen war.

Die Leute von der Seenotrettung waren auch mit von der Partie und reckten ihre Schwimmwesten in die Luft.

Den Jungen wurden mehr Tütchen mit Karamellbonbons in die Taschen gesteckt und mehr Dosen mit schottischen Plätzchen gereicht, als sie zusätzlich zu all ihrem Gepäck jemals würden mitnehmen können.

Saif fühlte sich in Menschenmengen nicht besonders wohl, gab aber sein Bestes. Wie von ihm erwartet, schüttelte er Hände und dankte allen, war dabei aber auch für die Ablenkung dankbar.

Aufgrund des ganzen Wirbels klingelte in *Annies Küche* um acht Uhr morgens bereits ordentlich die Kasse. Flora verließ das Café, um Lorna beizustehen, die sich leider nicht drücken konnte und so unbewegt aufs Meer hinausstarrte, wie sie es denn hinbekam.

Sanft drückte Flora ihr die Hand. Mit einem Kloß im Hals hier zu stehen und den Kindern gegenüber so zu tun, als sei alles in Ordnung, war die schwierigste Herausforderung in Lornas Leben.

Saif schüttelte immer noch der Reihe nach Hände und sprach tief empfundenen Dank aus, der spürbar von Herzen kam. Als er Lorna erreichte, machte er einfach damit weiter – er gab ihr die Hand, die sie so gut kannte wie ihre eigene und die sie kurz schüttelte. Dass sie einander dabei nicht einmal anschauten und die Hand des anderen so schnell wie möglich losließen, bestätigte Mrs Cook nur in der Vermutung einer gegenseitigen Abneigung.

»Danke«, sagte Saif schlicht. »Für alles.«

Lorna wollte etwas erwidern, stellte aber fest, dass sie kein Wort herausbekam. Ihr gelang nur ein knappes Nicken, und selbst dafür musste sie ihre ganze Willenskraft aufbringen.

Es folgte ein langer Augenblick, in dem Lorna dachte, dass Saif seine Meinung ändern und doch noch etwas sagen würde. Sie glaubte wirklich, er werde sich jetzt zu ihr umdrehen und sie vor den Augen aller Inselbewohner in die Arme schließen – und weil er selbst das auch dachte, standen sie plötzlich entsetzt da. Aber dann ertönte das Signalhorn der Fähre, Lorna starrte Saif panisch an, und der Moment war verstrichen.

Das war es also, dachte Lorna, als Saif sich wieder in Bewegung setzte. Sie befürchtete, dass ihr gleich ein unterdrücktes Schluchzen entfahren würde.

An Lornas Stelle nahm nun Flora Saif in den Arm und drückte ihn ganz fest, aber ihre Umarmung hatte auch etwas Wütendes an sich, was beiden nicht entging.

»Und wir müssen uns jetzt wohl mit dieser dämlichen Ärztin zufriedengeben, die dich schon mal vertreten hat«, sagte Flora gereizt zu ihm. »Das ist die, die sich beim Verarzten selbst die Finger zusammennäht.«

»Sie wird mit Sicherheit gute Arbeit leisten«, entgegnete Saif versöhnlich.

»Tatsächlich hast du uns alle zu einem schmerzhaften, unnötigen Tod verurteilt«, fuhr Flora fort. »Ich hoffe, du bist stolz auf dich.«

Saif kniff die Augen zusammen und trat einen Schritt

zurück. »Nein, das bin ich nun wirklich nicht«, stellte er ganz leise klar und ging weiter.

Flora holte Lorna erst einmal einen Kaffee. »Hier«, flüsterte sie, reichte ihrer Freundin den Becher und hakte sich bei ihr unter, um sie zu stützen. »Wenn er endlich weg ist, werde ich dich mitnehmen und erst einmal so richtig abfüllen.«

Lornas Blick war noch immer auf den Horizont gerichtet, weil sie sich weigerte, Saif wegfahren zu sehen.

»Es ist acht Uhr morgens, und ich bin Lehrerin«, würgte sie schließlich hervor. Im Geheimen hoffte sie immer noch, dass er sich gleich umdrehen würde.

Jetzt dreh dich schon um!, drängte sie in Gedanken. Komm zurück, noch ist es nicht zu spät. Dreh dich um. Ich hab dich doch mit einem Zauber belegt, dich an mich gebunden. Kehr um!

»Na ja, dann sollen die Schüler halt im Klassenzimmer ein Nickerchen machen«, schlug Flora vor, die sich um eine heitere Stimmung bemühte. Während sich Saif immer weiter vorankämpfte, versuchte sie so gut wie möglich, ihrer Freundin zur Seite zu stehen.

Plötzlich kam Bewegung in die Menge, und es wurde laut.

»Agot«, sagte Flora finster.

Der Motor der Fähre lief bereits, und alle anderen heutigen Fahrgäste waren an Bord. Der Kapitän kannte Saif und mochte ihn, daher gönnte er ihm natürlich diese Momente des Abschieds. Aber er musste die Gezeiten im Auge behalten.

Agots weißblondes Haar wehte im Wind. »Nein!«, rief sie. »Du darfst noch nicht weggehen! *Chan eil thu a'dol fhathast!*« Dabei klammerte sie sich an Ash, ihren besten Freund auf der ganzen Welt.

Mit einem Kloß im Hals stand Saif da und wusste nicht, was er tun sollte.

»Ich will nicht mehr wegfahren, *Abba!*«, sagte Ash.

»Er kann doch bei uns bleiben«, sagte Agot. »Und dann könnt ihr ihn besuchen, wenn ihr wollt, ihr müsst aber nicht.«

Saifs Miene war gequält. Das hatte er nun nicht erwartet, und ihm stand wirklich nicht der Sinn danach, vor den Augen der ganzen Insel seinen Sohn dramatisch auf die Fähre zu zerren.

Ib gab laut ein missbilligendes Schnalzen von sich.

Saif trat vor und kniete sich hin. »Aber dann würdest du mir so sehr fehlen«, sagte er zu Ash, der ihn mit riesigen Augen anstarrte.

»Ich hab doch GESAGT, dass ihr ihn besuchen könnt«, wiederholte Agot. »Wir sind dann alle hier.«

»Aber ich würde jeden Abend denken: Wo ist denn nur Ash? Und auch jeden Tag, wenn Ib aus der Schule kommt und du nicht da bist. Und wenn wir …« Eigentlich hatte er hinzufügen wollen »wenn wir Mama besuchen«, aber das brachte er nicht über sich, weil Ash ihn so entsetzt ansah. »… wenn wir uns dort die Gärten und den Fluss ansehen, dann werde ich die ganze Zeit sagen: ›Das würde Ash gut gefallen.‹«

Ash blickte zu seinem Vater hoch, der ihm die Hand hinhielt. »Vielleicht kann uns Agot ja dort besuchen?«

»Habt ihr da eine Eislaufbahn?«, fragte Agot trotzig. »Sonst komme ich nämlich nicht.«

»Und du weißt ja, dass du mit Agot reden und chatten und Roblox spielen kannst, wann immer du willst. Du kannst sie jeden Tag anrufen.«

Das munterte Ash gleich auf. »Jeden Tag? Darf ich dann etwa mehr spielen als jetzt?«

»Auf jeden Fall«, antwortete Saif.

»Jeden Tag!«, bekräftigte Agot mit Nachdruck. »Es muss wirklich jeden Tag sein, sonst sind wir nämlich keine besten Freunde mehr. Und das soll jetzt keine Drohung sein.«

Wieder ertönte das Horn der Fähre. Die Leute mussten auf dem Festland ihre Züge erwischen, es gab Sachen zu erledigen, Waren mussten für teure Kneipen und Restaurants nach Edinburgh und London geliefert werden, die Welt würde sich weiterdrehen.

»Jeden Tag«, versprach Ash, und dann umarmten sie einander heftig.

Mit stechendem Blick trat Agot schließlich zurück und verschränkte die Arme vor der Brust.

Ein oder zwei andere Kinder kamen herbei, um Ash noch ein letztes Mal zu drücken, Agot ließ sie aber nicht an ihn heran.

Als Saif seine Söhne zur Fähre führte, sah Ib immer noch verlegen und peinlich berührt aus.

Mrs Cook schob ein paar seiner Klassenkameraden vor, die ihm eine Tüte reichten. Ib beäugte sie vorsichtig, machte sie dann auf und stieß ein Keuchen aus. Darin befand sich nämlich ein Fußball, den die Spieler seiner Lieblingsmannschaft Hibernian signiert hatten.

Obwohl sich Ib seine Gefühle nur selten anmerken ließ, konnte er in diesem Moment ein breites Grinsen nicht unterdrücken. Seine Klassenkameraden jubelten und klatschten auf dem Weg zur Gangway bei ihm ab. Lynette McGhie zeigte sich besonders wagemutig, stürzte vor und küsste ihn auf den Mund, was sie später als Mutprobe rechtfertigen würde.

Alle johlten, und Ib presste sich beim Betreten der Fähre

den Ball gegen die Brust. Es lag weiterhin ein Lächeln in seiner Miene.

Ash drehte sich im letzten Moment noch einmal um, als wäre ihm gerade etwas klar geworden. Dann riss er sich von der Hand seines Vaters los und rannte zurück – und zwar zu Miss Lorna, seiner Lehrerin. Sie war diejenige gewesen, die ihn hier mit offenen Armen willkommen geheißen und sogar genug Arabisch gelernt hatte, um ihm am Anfang helfen zu können. Tag für Tag hatte sie sich mit ihm zusammengesetzt, um ihn die merkwürdigen Laute der englischen Sprache zu lehren und die seltsame Form der Buchstaben. Dabei hatte sie nie die Geduld verloren und war immer für ihn da gewesen, freundlich, geduldig, warmherzig, jeden schwierigen Tag aufs Neue.

Natürlich hatte es da noch viele andere Menschen gegeben – Neda, Flora im Café, Jan bei Outward Adventures, Agots Mutter Eilidh, die ihn wie ihren eigenen Sohn in ihre Familie aufgenommen hatte, Mrs Laird. Sie alle waren auf die ein oder andere Art und Weise für die Person mit eingesprungen, die ihm am meisten gefehlt hatte.

Aber Lorna war diejenige, auf die er nun zurannte.

»Tschüs, Miss Lorna!«, sagte er.

Und sie tat das, was sie nie gemacht hatte, weil es bei den Kindern in der Schule eben nicht erlaubt war: Sie schloss ihn in die Arme und drückte ihn so fest, dass er kaum noch Luft bekam.

Die Leute winkten den Gestalten an Deck noch lange hinterher, die sich auf dem weiten blauen Meer immer weiter entfernten.

Während die beiden Jungen ganz fest die Hand ihres Vaters umklammerten, starrte er über ihre Köpfe hinweg ins Leere. Vom Ufer her konnte man seinen Gesichtsausdruck nicht erkennen, nicht sehen, wie heftig er den Kiefer zusammenpresste. Saif konnte selbst kaum fassen, was er hier gerade tat. Er musste alles an Willenskraft aufbringen, um nicht über die Reling zu springen und zu Lorna zurückzuschwimmen, sie um Vergebung anzuflehen und ihr zu versprechen, dass er sie nie, niemals wieder allein lassen würde, nicht ein einziges Mal, nicht eine Sekunde lang. Am liebsten hätte er jetzt das Gesicht in ihrem duftenden Haar vergraben und ihr wieder und wieder versichert, dass er sie liebte.

Er nahm Ash auf den Arm, um sich selbst zu schützen, ließ ihn an seiner Schulter schluchzen und presste auch Ib an sich.

Sein Großer zeigte seine Gefühle nicht so offen, aber sie waren trotzdem tief empfunden.

Saif klammerte sich verzweifelt an die beiden. Wenn es nicht für sie gewesen wäre und für eine Frau, die ihre Kinder verloren hatte, hätte er es nicht über sich gebracht.

Drüben am Hafen wandten sich die Leute jetzt ab und machten sich zu *Annies Küche* auf den Weg, um eine Kleinigkeit zu kaufen, damit sie vor dem Mittag noch einen Happen zu essen hatten.

Flora schaute zu ihrer Freundin hinüber, aber Lorna musste ja die Kinder zur Schule bringen und dann irgendwie weitermachen, den Tag durchstehen und dann noch einen und noch einen.

Nur gelegentlich würde sie mal entkommen können, wenn sie mit Struppi am Endless spazieren ging, immer wieder, auf und ab. An diesem Strand hatte sie Saif einst kennengelernt, als er dort auf ein Boot gewartet hatte, ein Boot, das niemals gekommen war.

Lorna hatte wirklich geglaubt, dass er sich zu ihr umdrehen würde. Selbst als er schon auf der Fähre war, hatte sie noch gedacht, dass er wieder umkehren würde. Oder dass die Fähre umdrehen würde. Dass er zurückkommen würde.

Tatsächlich aber, das war ihr klar, würde einfach der kalte Wind weiter blasen, die Jahre würden verstreichen, die Gezeiten würden kommen und gehen, von Ufer zu fernem Ufer.

Epilog

September

Es war ein wunderschöner Montagabend, an dem Flora ein paar Leute zu sich eingeladen hatte. Montags hatte ihr Koch frei, und es war generell der ruhigste Abend im Hotel.

Wie sie dort diesen Sommer über geschuftet hatten! Einfach Wahnsinn, an sonnigen Tagen war unglaublich viel zu tun gewesen, an regnerischen allerdings auch.

Und es waren für das nächste Jahr so viele Anfragen für Hochzeiten hereingekommen, dass Flora sich das im Moment nicht einmal anzuschauen traute. Trotzdem war sie glücklich.

Außerdem waren die Wale endlich weitergezogen, hatten sich ohne Strandung, ohne weitere Vorfälle auf den Weg ins Winterjagdrevier gemacht. Das war nun wirklich eine gute Nachricht.

Joel hatte sich im Gras die Schuhe ausgezogen und versuchte immer noch, einen ihn träge anschauenden Douglas zum Laufen zu animieren. Alle Onkel des Kleinen standen aufmerksam bereit, um ihn im Notfall aufzufangen, aber er zeigte kein besonders großes Interesse.

»Vielleicht ist er ja ein Idiot«, überlegte Flora.

»Pech gehabt!«, sagte Fintan. »Allerdings wäre das nicht sehr überraschend.«

»Es wäre doch sogar gut, wenn er ein Idiot wäre«, befand Joel. »Dann würde er für immer auf dieser Insel bleiben.«

»HEY!«, protestierten alle laut und bewarfen ihn mit Grasbüscheln, Servietten und Sachen, die sie eben zur Hand hatten.

»Ja, ja, hier ist es ja ach so furchtbar«, murmelte Flora, lehnte sich zurück und genoss die Strahlen der Septembersonne. Im August war es ganz schön wechselhaft gewesen. Aber jetzt, da die meisten Leute ihre Sommerferien hinter sich hatten und die Schule wieder anfing, würde das Wetter natürlich absolut perfekt sein.

Gaspard erschien mit etwas, was sie erst einmal probieren mussten, bevor er ihnen verriet, dass es sich um Entenherzen handelte.

Flora mahnte ihn, doch seine Freizeit zu genießen, aber er runzelte nur die Stirn und sagte, dass Entenherzen *évidemment* doch der Inbegriff von genossener Freizeit seien. Dann drückte er Fintan einen Kuss aufs Haar, woraufhin der träge lächelte und nach seinem Arm griff.

Also sind die beiden wohl immer noch zusammen, dachte Flora. Und es scheint sogar ernster denn je. Okay.

Konstantin und Isla lagen im hohen Gras. Sie hatten diesen Sommer so hart gearbeitet, dass ihnen an ihren freien Tagen für mehr als Rumhängen keine Energie geblieben war. Das fand Isla aber völlig okay, und das Hotel würde auch bald für einen ganzen Monat schließen. Diese Zeit wollten sie für eine Reise durch die Fjorde nutzen. Auch wenn sich Isla nicht ganz sicher war, was man für eine Fjordtour so anzog, freute sie sich schon darauf.

Zum ersten Mal seit langer, langer Zeit war heute auch Lorna gekommen.

Flora hatte sie immer zu allem eingeladen, aber es war

schwierig gewesen, sie aus dem Haus zu locken, und auch bei Besuchen in ihrer Wohnung war Lorna wortkarg geblieben. Sie war zu keinem Gespräch bereit, egal über was, und Flora machte sich große Sorgen um sie.

Aus dem Nahen Osten hatten sie nichts Neues gehört, mal abgesehen von den wirren Informationen, die Agot an sie weitergab. Oft bekamen sie aber auch von ihr zu hören, dass Ash ja ihr Freund sei, nicht der der anderen, und dass seine Nachrichten an sie deshalb niemanden etwas angingen.

Allerdings hatte Ash seine Mutter wiedergesehen, so viel wusste Agot wohl. Wie und unter welchen Umständen, hatte sie allerdings nicht sagen können.

Lorna war nicht dazu bereit, über dieses Thema zu reden, und weigerte sich, auch nur Saifs Namen auszusprechen.

»Na komm, hilf mir mal in der Küche«, bat Flora sie nun.

Sie hatte keine Ahnung, was los war, aber ihre Freundin wirkte nervös und ein wenig atemlos. Vielleicht sehnte sie sich einfach nur nach einem großen Glas Wein.

»Und, wie geht es dir?«, fragte Flora. »Es ist so schön, dass du mal aus dem Haus kommst.«

»Was soll das denn heißen?«

»Du hast drei Monate lang mit dem Gesicht zur Wand im Bett gelegen und bist nicht ans Telefon gegangen. Jetzt bist du plötzlich hier aufgetaucht und klingst merkwürdig, mein Schatz, da mache ich mir eben Gedanken. Sag mir doch bitte, bitte, dass mit dir alles in Ordnung ist. Wir haben uns solche Sorgen um dich gemacht.« Das alles hatte Flora in einem Atemzug ausgesprochen.

Betroffen schaute Lorna sie an, als ihr klar wurde, wie sehr sie die Leute beunruhigt hatte. Sie schluckte heftig.

»Ich … ich denke«, sagte sie. »Ich denke … dass etwas passiert ist.«

Sie sahen einander an, und Lorna legte sich instinktiv die Hand auf den Bauch.

»Nein, bist du etwa …?«

»Sicher bin ich nicht«, gab Lorna zu. »Ich traue mich nicht, den Test zu machen. Aber … meine Periode habe ich schon seit drei Monaten nicht mehr, und …« Sie zog einen Test aus ihrer Tasche.

»Du meine Güte! Himmel, Lorna, wirst du es ihm sagen?«

Heftig schüttelte Lorna den Kopf. »Natürlich nicht, er hat schon genug durchgemacht … Und ich weiß ja noch nicht einmal …«

Mit geschultem Blick musterte Flora sie von oben bis unten. »O mein Gott, deine Brüste sind ja riesig.«

Lorna lief rot an. »Mensch …«

»Mal ehrlich, das sind doch Schwangerschaftsmelonen, wie sie im Buche stehen. Guck dir doch nur mal die dicken blauen Adern an! Ich glaube nicht, dass dieser Test noch nötig ist.«

»Könnten wir ihn trotzdem machen?«, fragte Lorna, für die die Unsicherheit offensichtlich eine Qual war.

Flora goss für jede von ihnen ein Glas Wasser ein. »Klar, dann mal runter damit! Dann bist du in neun Sekunden so weit.«

War Lorna allerdings nicht, und es schien eine Stunde zu dauern, bis sie endlich aus dem Bad zurückkehrte. Ihre verzweifelte, angespannte Miene gab keinerlei Aufschluss über das Ergebnis, daher riss Flora ihr schließlich den Teststreifen aus der Hand.

»O mein Gott, Lorna. O mein *Gott!*« Sie umarmte ihre Freundin, die völlig unter Schock stand.

»Himmel, du bist schwanger! Aber ... habt ihr denn überhaupt keinen Kontakt?«

Während Lorna den Kopf schüttelte, versuchte Flora ihrerseits, einen kühlen Kopf zu bekommen, und wartete ab, bis sich ihr Atem etwas beruhigt hatte.

»Es ist nicht ... Er hat doch ... Das ist einfach nicht richtig ...«, sagte Lorna. »Er hat jetzt da drüben ein Leben, hat eine Ehefrau und alle Hände voll zu tun. Und ich hatte ihn mir ... ja nur kurze Zeit geliehen. Außerdem kann ich nicht ... Ich kann mich nicht damit quälen, jeden Tag ständig daran zu denken, was er wohl gerade macht, wie spät es bei ihm jetzt ist, wie er so lebt. Das habe ich alles gemacht, Flora, und zwar seit Jahren. Mit solchen Gedanken habe ich mich abgemüht, seit er einen Fuß auf die Insel gesetzt hat. Aber das ertrage ich jetzt nicht mehr, und für ihn wäre es auch nicht gut. Wenn Am... – wenn seine Frau dort ist, dann ... muss er sich irgendwie wieder mit ihr zusammenraufen. Da kann ich doch nicht ...«

»Ja, aber«, sagte Flora und deutete auf Lornas Bauch – der ihr jetzt, da sie es wusste, deutlich gerundet vorkam. »Er hat es doch verdient, davon zu erfahren, oder etwa nicht?«

Lorna schluckte. »Ich ... wir haben eigentlich immer gut aufgepasst.«

»Hm ...«

»Aber an dem letzten Abend ... während eurer Hochzeitsnacht ...«

Flora zog die Augenbrauen hoch. »Ein Flitterwochenbaby!«

Lorna musste ein wenig lächeln, schüttelte dann aber den Kopf. »Das konnte er ja nicht wissen. Und ich bringe es einfach nicht über mich, Flora. Schließlich hat dieser Mann alles für seine Kinder geopfert, da hat er wirklich ...«, sie seufzte, »… ein bisschen Frieden verdient, finde ich. Wenn er ihn denn finden kann.«

Sie schaute Flora an. »Hältst du das für eine schlechte Idee?«

»Nach Coltons Tod habe ich es komplett aufgegeben, irgendwas vorhersagen zu wollen«, erklärte Flora. »Inzwischen zählt für mich nur noch das Hier und Jetzt, weil man unmöglich in die Zukunft schauen kann und es doch nie so kommt wie gedacht. Ich glaube, die einzig wichtige Frage hier ist: Bist du damit glücklich?«

»Ich weiß nicht«, antwortete Lorna, »ob ich je wieder glücklich werden kann. Aber das gerade, in diesem Moment, ist so nah dran wie irgend möglich.« Zart liebkoste sie ihren Bauch.

Flora drückte sie wieder, und diese stille Umarmung war von tiefem Verständnis füreinander geprägt.

Plötzlich schoss Floras Kopf hoch. »Ach du je!«, hauchte sie. »Da hast du es so lange geheim gehalten, nur um in sechs Monaten … Hach, lass es *bitte* einen kleinen Saif sein. *Bitte.* O mein Gott! Na komm, gib es zu: Das ist schon ein bisschen *lustig.*«

»Halt bloß den Mund!«, knurrte Lorna, aber sie musste beinahe – *beinahe* – lächeln.

»Nein, im Ernst! Hoffentlich kommt er oder sie mit Vollbart zur Welt.«

»Still jetzt!«

»Himmel, da wird Mrs Cook aber was zu tratschen haben! Weißt du, sie hatte doch eindeutig ein Auge auf ihn geworfen.«

»Hör auf!«

»Hat eigentlich sie seinen Söhnen immer diese wichtigen Rollen in den Schultheaterstücken gegeben?«

»O mein Gott!«

Seltsamerweise schienen Floras Sticheleien auf Lorna einen positiven Effekt zu haben. Nach all dem Grübeln, Nachdenken und Sich-Sorgen-Machen, all dem Liebeskummer, nahm es den Tatsachen etwas von ihrer Schwere und Tragweite, dass ihre beste Freundin darüber Witze riss. Es wirkte ja fast, als wäre Lorna ein ganz normaler Mensch und die Situation leicht in den Griff zu kriegen. Als würde man darüber lachen können, da bald alles gut werden würde. Die Last in Lornas Innerem wurde ein wenig leichter, und ihr ging ein kleines bisschen das Herz auf.

»Und weißt du«, sagte Flora nun leise, »vielleicht ist das ja noch nicht das Ende von allem. Dieses Kind … wird britischer Staatsbürger sein. Das mag im Moment nicht so wichtig sein, aber vielleicht ist es das eines Tages doch.«

Lorna nickte und schluckte heftig.

Mit Teetassen in der Hand kehrten sie nach draußen auf den Rasen zurück, wo sie Jubel hörten, weil wohl gerade Douglas endlich zögerlich seine ersten Schritte gemacht hatte, direkt in die Arme seines Vaters. Es waren Rufe zu hören: *»Allez, allez!«* von Gaspard, »Auf deinen eigenen Füßen, kleiner Mann!« von Innes und »Flora, *Flora!*« von Joel.

Von den Rufen und vom Applaus angefeuert, überlegte Douglas, es vielleicht gleich noch einmal zu probieren.

»Vollbart, Krawatte, eine Abneigung gegen das Verschreiben von Antibiotika … O MEIN GOTT, KANN MEIN SOHN ETWA LAUFEN?« Flora rannte die Stufen hinunter, um Douglas in ihre Arme zu locken. »Himmel, sieh dich nur an, du kleines Genie!«

»Ich glaube«, sagte Joel, »wir sollten ihn fürs Olympiatraining anmelden.«

»Fürs Baumstammwerfen«, schlug Innes vor. »Er wird nämlich mal groß und stark.«

»Bei den Olympischen Spielen gibt es doch kein Baumstammwerfen, du Holzkopf«, mischte sich Fintan ein. »Ich kann nicht fassen, dass du nicht einmal den Unterschied zwischen den Olympischen Spielen und den Highland Games kennst. O mein Gott, du bist ja *so ein* Bauer!«

»Jetzt sei schon still, du Käsefreak! Bist *du* jetzt etwa Sportexperte? Das wäre ja ganz was Neues!«

»Und«, sagte Flora mit leiser Stimme zu Lorna, »du kennst doch sicher den Spruch, dass man ein ganzes Dorf braucht, um ein Kind großzuziehen. Tja, so wird das wohl leider laufen. Dich wird dabei ein komplettes Dorf von Idioten begleiten.«

Douglas tapste auf seinen winzigen Füßchen durchs Gras, und Lorna musste Tränen wegblinzeln, als sie sie betrachtete.

Lächelnd ließen sich die beiden Frauen – und Douglas – an diesem goldenen Abend unter dem leuchtend blauen Himmel auf ihrer winzigen Insel im Gras nieder.

Dank

Ein riesiges, riesiges Dankeschön an Darcy Nicholson, Rosanna Forte, Joanna Kramer, Rachel Kahan, Deborah Schneider und Jo Unwin, die dieses Buch alle im Eiltempo gelesen und fertiggestellt haben, damit wir es so schnell wie möglich in die Hände der ersten Leser geben konnten.

Und wie üblich danke ich wieder Lucy Malagoni, Charlie King, David Shelley, Hannah Wood, Gemma Shelley und Stephanie Melrose bei Little, Brown, sowie Donna Greaves, Milly Reilly, Nisha Bailey bei der Jo Unwin Literary Agency; bei Curtis Brown Jake Bosanquet-Smith, Kate Burton, Alexander Cochran und Matilda Ayris.

Schottisches Gälisch ist eine andere Sprache als irisches Gälisch und kämpft weiterhin um seine Existenz in den Highlands und auf den schottischen Inseln. Es verfügt über eine unglaublich elegante Grammatik und Vokabeln, die besser hängen bleiben als ein mit Sirup beschmierter Biber.

Wer Interesse an schottischem Gälisch hat, dem möchte ich den ausgezeichneten Sprachkurs von Duolingo ans Herz legen, vor allem, um sagen zu können: Das Monster von Loch Ness frisst Haggis – *Tha Niseag ag ithe an taigeis.*

Musik funktioniert ja in jeder Sprache, und die wunderschönen traditionellen Weisen des Radiosenders BBC nan

Gàidheal kann man überall auf der Welt über die BBC Sounds App hören.

Der Neffe von guten Freunden, der fünfzehnjährige Luke Hoyer, ist 2018 beim Schulmassaker von Parkland ums Leben gekommen. Mit der Erlaubnis seiner Eltern, Tom und Gena Hoyer, ist er jetzt auf der Insel Mure unterwegs.

Von Jenny Colgan liegen im Piper Verlag vor:

Die kleine Bäckerei am Strandweg:
Band 1: Die kleine Bäckerei am Strandweg
Band 2: Sommer in der kleinen Bäckerei am Strandweg
Band 3: Weihnachten in der kleinen Bäckerei am Strandweg
Band 4: Ein neuer Sommer in der kleinen Bäckerei

Floras Küche:
Band 1: Die kleine Sommerküche am Meer
Band 2: Hochzeit in der kleinen Sommerküche am Meer
Band 3: Weihnachten in der kleinen Sommerküche am Meer
Band 4: Weihnachten im kleinen Inselhotel
Band 5: Hochzeitsglocken auf der kleinen Insel
Begegnung in der kleinen Sommerküche. Erzählung

Happy-Ever-After:
Band 1: Happy Ever After – Wo das Glück zu Hause ist
Band 2: Happy Ever After – Wo dich das Leben anlächelt
Band 3: Happy Ever After – Wo Geschichten neu beginnen
Band 4: Weihnachten in der kleinen Buchhandlung